Carol Shields
Alles über Larry

Carol Shields

Alles über Larry

Roman

Aus dem Amerikanischen
von Margarete Längsfeld

Piper
München Zürich

Die kanadische Originalausgabe erschien 1997 unter dem Titel
»Larry's Party« bei Random House Canada in Toronto.

ISBN 3-492-04032-2

Gesetzt aus der Baskerville
Satz: Uhl + Massopust, Aalen
Druck und Bindung: Friedrich Pustet, Regensburg
Printed in Germany

Joseph, Nicolas und Sophia gewidmet

Inhalt

What is this mighty labyrinth – the earth,
But a wild maze the moment of our birth?

Was andres ist dies mächt'ge Labyrinth – die Erden,
als Irregehn in dem Moment, da wir geboren werden?

Reflections on Walking in the Maze at Hampton Court
British Magazine, 1747

Kapitel Eins

Fünfzehn Minuten im Leben des Larry Weller

1977

Aus Versehen griff sich Larry Weller ein fremdes Harris-Tweed-Sakko, doch erst als er seine Hand in die Tasche schob, merkte er, daß es nicht sein eigenes war.

Die Hand fuhr geradewegs in eine seidige Leere. Seine fünf Finger stießen hinab, suchten nach dem zerknüllten Kleenex in seiner vertrauten ausgeleierten Tasche, nach den Fünf- und Zehncentstücken, den Eintrittskarten für alle Filme, die er und Dorrie in letzter Zeit gesehen hatten. Auch nach den verkrusteten Fusselbröckchen, die offenbar nie verlorengehen, wenn sie sich einmal in den Nähten eingenistet haben.

Diese Tasche – die jetzige Tasche – war anders. Sauber, ein schlüpfriges Tal. Die Stiche, die er am Boden berührte, waren nicht die vertrauten Stiche. Seine Fingerspitzen glitten über eine angenehme kleine Futterfläche. Er griff nach den Knöpfen. Leder, echtes. Und noch etwas – die Ärmel waren gut einen Zentimeter zu lang.

Dieses Sakko war doppelt so teuer wie sein eigenes. Der Stoff, die Nähte. Man sah ihm an, daß es regelmäßig zur Reinigung gebracht wurde. Und außerdem – an den vorspringenden Schultern konnte man erkennen, daß dieses Sakko über Nacht auf einem dicken hölzernen Kleiderbügel geparkt wurde. Über einer Reihe von blankgeputzten Schuhen. Und daß das Tweedgewebe sauerstoffreiche Luft nachtankte.

Er hätte ins Café zurücklaufen sollen, um nachzusehen, ob sein eigenes Sakko noch über seine Stuhllehne geknüllt war, aber es war schon Viertel vor sechs, und Dorrie erwartete ihn um Punkt sechs, und es herrschte Berufsverkehr, und eine Bushaltestelle war nicht in der Nähe.

Und – kam es ihm in den Sinn – was soll's? Sakko ist

Sakko. Ein Mensch, der Stammkunde im Café Capri ist, fordert es geradezu heraus, daß sein Sakko geklaut wird. Es hatte ja eigentlich nur eine Art Tausch stattgefunden, weiter nichts.

Pfeif auf den Bus, beschloß er. Er wollte zu Fuß gehen. Er wollte schlendern. In seinem scharfen neuen Harris-Tweed-Sakko. Er wollte die Schultern vorschieben, sie locker in den Gelenken rollen. Rechte Schulter vorwärts, zack, dann die linke Schulter von hinten vorholen. Er wollte die Arme weit schwingen. Die Finger spreizen. Hier kommt der große Macker, nehmt euch in acht vor dem großen Macker.

Die Ärmel scheuerten leicht auf seinen Handrücken, kratzig, doch nicht *zu* kratzig.

Und dann sah er, daß die Ärmelknöpfe auch aus Leder waren, eine kleinere Version der Hauptknöpfe, aber von der gleichen Machart, eine Art Kreuzmuster wie ein geviertelter Pekannußkuchen, nur daß die Stücke ein kleines bißchen überlappten. Man konnte die Erhebungen mit dem Finger ertasten, konnte fühlen, wie sich die vier Lederquadranten jeweils überkreuzten, daß die Kanten am inneren Rand wellenförmig geschnitten waren. Diese Wellen kreuzten sich in der Mitte, tauchten dort in einen dunklen Schnittpunkt und verschwanden. Ein schwarzes Loch im Universum des Knopfes. Ein Nichts.

Quadrant war ein Wort, an das Larry seit ungefähr zehn Jahren nicht mehr gedacht hatte, seit dem Geometrieunterricht, elfte Klasse.

Die Farbe des Sakkos war in gemischten Brauntönen gehalten, ein kräftiger Hintergrund für eingestreute Tabaktöne mit feinen orangefarbenen Sprenkeln. Sehr fein. Niemand würde sagen: Hey, da kommt dieser Kerl mit den orangefarbenen Sprenkeln auf dem Sakko. Man mußte schon auf zwei Zentimeter herangehen, bevor man diese Sprenkel wahrnahm.

Orange war nicht Larrys Lieblingsfarbe, zumindest nicht,

was Kleidung betraf. Er erinnerte sich, daß er damals auf der MacDonald Secondary High-School eine orangefarbene Badehose hatte, vermutlich zwei Nummern zu groß, weil er sich zu jener Zeit seines Lebens ständig sorgte, daß seine Schwellung zu sehen sein könnte, im krassen Gegensatz zu den meisten anderen Jungs, die großen Wert darauf legten, zu zeigen, was sie hatten. Schamgefühl lag in seiner Familie – seine Mum, sein Dad, seine Schwester Midge –, und hat man das Schamgefühl erst einmal im Blut, bleibt es haften. Dorrie dagegen schließt nicht mal die Badezimmertür, wenn sie drinnen ist und mal muß. Eine vollkommen andere Familie.

Er hatte auch mal orangefarbene Socken, neonorange. Das hat nicht allzulange angehalten. Ziemlich bald war er wieder bei weißen Socken. Sportsocken. Man hatte die Wahl zwischen einem roten Streifen am Bündchen, einem blauen Streifen oder gar keinem Streifen. Selbst Schlaffis wie Larry und sein Freund Bill Herschel, die sich nichts aus Sport machten, trugen Tag für Tag diese dicken baumwollenen Sportsocken. Man kaufte sie im Dreierpack, und sie hielten ungefähr eine Woche, dann fielen sie auseinander. Man dachte immer, hey, ein echtes Schnäppchen, drei Paar Socken zu diesem phantastischen Preis!

Weiße Socken herrschten eine lange Zeit in Larrys Leben vor. Eine ganze Epoche.

Gewöhnlich knöpfte er sein Sakko nicht zu, aber beim Gehen überkam ihn der Wunsch, einen von diesen Lederknöpfen zu schließen, den mittleren. Fühlte sich gut an, nicht zu eng über den Eingeweiden. Der Typ mußte ungefähr seine Größe haben, Fünfzig, ein Glück für ihn. Wenn er sich zum Beispiel Larrys altes Sakko gegriffen hätte, könnte er es morgen in den Müll werfen, aber wenigstens lief er nicht nur mit dem Hemd am Rücken in Winnipeg herum. Die Abende wurden kühl zu dieser Jahreszeit. Auch war Regen vorhergesagt.

Viele Leute wissen nicht, daß Harris-Tweed praktisch wasserdicht ist. Man sollte meinen, ein so dicker Wollstoff würde Wasser aufsaugen wie ein Schwamm, doch tatsächlich perlt Regen von der Oberfläche ab. Dies war Larry von einem versierten alten Knaben erklärt worden, der bei Hector's in der Herrenbekleidungsabteilung arbeitete. Das mußte, hm, vor neun oder zehn Jahren gewesen sein, vor Hector's Geschäftsaufgabe. Larry war klar, daß dies nicht einfach ein Verkaufstrick war. Der Knabe – er trug einen Button am Revers, auf dem »Verkäufer des Jahres« stand – hatte davon gesprochen, daß die Schafe dort drüben mit einem besonders langen, gutgefetteten Fell ausgestattet sind, das Wasser abstößt. Das erschien Larry sinnvoll, da so ein Schaf Tag und Nacht im Regen stand. Dies war sein Schutz.

Dorrie wollte dauernd, daß er sich einen khakifarbenen Trenchcoat kaufte, aber er braucht keinen, er hat ja sein Harris-Tweed-Sakko. Beim Gehen soll nichts um seine Beine schlabbern. Er geht sehr viel zu Fuß. Dabei denkt er nach. Er summt seine Gedanken in die Luft wie Musik; sie haben einen Disco-Beat: Mein Name ist Larry Weller. Ich bin Florist, sechsundzwanzig Jahre alt, und ich gehe in der Stadt Winnipeg im Lande Kanada im Monat April im Jahre 1977 die Notre Dame Avenue entlang, und ich denke angestrengt nach. Darüber, daß ich hungrig bin, daß ich mich verspäte, daß ich heute abend Sex haben werde. Darüber, wie großartig ich mich fühle in diesem Harris-Tweed-Sakko von dem anderen Typen.

Autos sausten vorüber, Hupen tuteten, alle paar Sekunden kam ein Lastwagen vorbei, Leute brüllten sich an. Keine ruhige Gegend. Doch trotz dieses tosenden Lärms hörte Larry ständig so einen winzig kleinen, wischenden Unterton. Er hatte ihn die letzten paar Minuten gehört. Witsch, wusch, witsch, wusch. Er kam aus dem Körper von Larry J. Weller. Er fand es nicht unangenehm, das nicht. Es gefiel ihm vielmehr, er wollte nur wissen, was es war.

Er witschte vorbei am Billigkaufhaus Triple Value Store, vorbei am Portugiesischen Bestattungsinstitut, vorbei an Big Mike's, wo die Schaufenster vollgepackt waren mit Skiausrüstungen im Sonderangebot. Das Geschäft war gerammelt voll mit Menschen, die Frühjahrskleidung trugen, leichte Baumwolljacken, weite Schlaghosen und dergleichen, aber sie dachten bereits voraus bis zum kommenden Winter. Sie hatten Schnee in den Köpfen statt einen schönen warmen Strand. Dies ist etwas, was Larry an Dorrie schätzt. Sie lebt im Augenblick. Wenn es schneit, denkt sie an Schnee. Wenn es Frühling ist, so wie jetzt, denkt sie daran, sich neue Sandalen zu kaufen. Und das tut sie genau in dieser Minute: Sandalen kaufen bei Schuh-Expreß, im Sonderangebot, zwei Paar zum Preis von einem. Larry weiß, sie hat sich vermutlich schon entschieden, aber sie hat gesagt, sie würde warten, bis er zum Laden käme, bevor sie etwas kaufte. Sie möchte sichergehen, daß Larry gefällt, wofür sie sich entscheidet, auch wenn Sandalen für ihn bloß Sandalen sind. Bloß ein Bündel Riemen.

Dorrie versteht es, mit Geld sparsam umzugehen. Sie sammelt die Kupons von Ponderosa, auf die man fünfzig Cents Nachlaß erhält – was einem irgendwann ein Rib-eye-Steak mit gebackener Kartoffel und Salat einträgt, alles zusammen für 1,69 Dollar. Oder ihr kommt zu Ohren, daß die Schuhpreise in der nächsten Woche um die Hälfte reduziert werden. Weshalb sie zum Verkäufer bei Schuh-Expreß sagt: »Hören Sie, können Sie mir die bis nächsten Mittwoch oder Donnerstag oder wann immer zurücklegen, damit ich sie zum Sonderpreis bekomme?«

Larry entdeckt, was das für ein Geräusch ist. Es ist das Futter seines Sakkos, das auf seinen Schultern hin und her rutscht, während er vorwärts schlendert, und auch der Futterstoff, der an den Ärmeln seines Hemds auf und ab gleitet. Er kann es leiser machen, wenn er seinen Schritt verlangsamt. Oder lauter, wenn er den Arm hebt und dem

Typen auf der anderen Straßenseite zuwinkt, den er gar nicht kennt. Der Typ winkt zurück, er versucht herauszufinden, wer Larry ist – *hey, wer ist der Mann, der da drüben herumstolziert, der Mann in dem topaktuellen Harris-Tweed-Sakko?*

In Wahrheit trägt kaum noch jemand Harris-Tweed. Tatsächlich hat nie jemand so etwas getragen, niemand, den Larry kannte. Es ist fast antiquiert, wie eine Kostümierung. Dies war geschehen: Larry stand am Red River College vor dem Abschluß (Floristendiplom), nur zwei Jungs und vierundzwanzig Mädchen. Die Feier würde im Erfrischungsraum stattfinden, nicht im Mehrzweckraum, und die Kleidung sollte zwanglos sein. Was aber ist zwanglos? Anzug, Kostüm oder was? Die Mädchen zogen am Ende normale Kleider an, und die beiden Jungs entschieden sich für Sakkos und Anzughosen.

Larry und seine Mutter gingen zu Hector's, einem Geschäft, auf das sie schwört, und dort fanden sie das Harris-Tweed-Sakko, diesen genoppten Wollstoff, glatt und rauh zugleich, schwer und doch leicht, der nach Geld aussah und sich wie ein Getreidesack anfühlte und überall diese weichen Härchen auf dem Gewebe hatte. Der Verkäufer sagte: »Hey, Sie könnten dieses Sakko zu einem Empfang beim Premierminister anziehen.« Larry hatte noch nie von Harris-Tweed gehört, aber der Verkäufer sagte, es sei ein Klassiker. Es würde nie aus der Mode kommen. Es sei unverwüstlich. Darauf ergänzte Larrys Mutter, daß man den Schmutz nicht sehen würde, und der Verkäufer sagte, er wolle sich bemühen, zwanzig Prozent Nachlaß für sie herauszuschlagen, und damit war die Sache entschieden.

Larry zieht das Harris-Tweed-Sakko fast jeden Tag zur Arbeit bei Flowerfolks an, zu Jeans, und es ist kaum abgetragen. Es sieht nie knittrig oder schmutzig aus. Das heißt, nicht bis heute, als Larry versehentlich dieses andere Sakko griff. So! Es gibt Harris-Tweed und Harris-Tweed, ah-*ha*.

Es war ein Zufall, daß Larry Florist wurde. Ein glücklicher

Lesen

Die

macht

neuen

das

Bücher

Leben

Frühjahr 1999

schön!

PIPER

Rom in den politisch bewegten siebziger Jahren. Die aufgeweckte Niederländerin Hanna Piccard ist als Auslandskorrespondentin in die italienische Metropole gezogen. Dort lernt sie den zurückhaltenden, sensiblen Kunsthistoriker Andrea Simonetti kennen. Oek de Jong erzählt in diesem epochalen Roman mit tiefer Klarheit und Musikalität die Geschichte dieser tragischen Liebe.

Aus dem Niederländischen von Thomas Hauth.
457 Seiten. Leinen DM 46.-/öS 336.-/sFr 42.50

Sten Nadolny bewundert Güney Dals »Raffinesse und sprühenden Erzählreichtum«. Hier erzählt der in Berlin lebende Autor von der glanzvollen Hauptstadt in den zwanziger Jahren, dem Berlin Marlene Dietrichs und Bertold Brechts, der neuen Malerei und des Jazz. Souverän und mit erzählerischer Eleganz entwirft Güney Dal das Porträt eines tiefgründigen Überlebenskünstlers und schildert zugleich die Sehnsucht eines Menschen nach seiner Heimat.

Aus dem Türkischen
von Karl Coß.
Ca. 256 Seiten. Gebunden
DM 38.-/öS 277.-/sFr 35.-

Caradog Prichard war zu seiner Zeit so erfolgreich, daß sogar die Regeln der beliebten Dichter-Wettbewerbe geändert werden mußten – er gewann sie alle und zwar jedes Jahr. Dieser zeitlose Klassiker der walisischen Literatur ist wie Frank McCourts »Die Asche meiner Mutter« die Geschichte einer Kindheit, die uns einführt »in eine Welt, die in einem alltäglichen Sinn real ist und gleichzeitig hochgradig phantasievoll und poetisch« (Washington Post).

Aus dem Englischen
von Christel Dormagen.
234 Seiten. Leinen
DM 34.-/öS 248.-/sFr 31.50

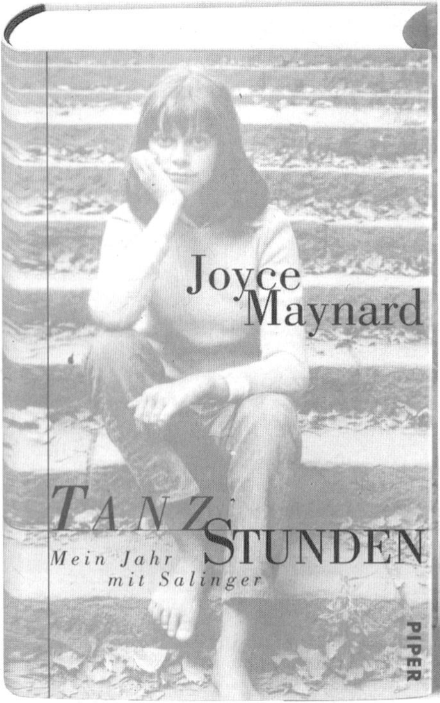

Als Joyce Maynard dem weltberühmten Autor J. D. Salinger begegnet, ist er dreiundfünfzig Jahre alt und ein Mythos, sie ist achtzehn, fragil, aber hochbegabt und in der New Yorker Journalistenszene der Shootingstar. So intensiv die Liebesgeschichte zwischen dem menschenscheuen Asketen und dem komplizierten Wunderkind ist, so unvermeidlich ist auch ihr Scheitern. Joyce Maynards Buch ist ein wunderbar kluger und ehrlicher Roman über ihre eigene Geschichte.

Aus dem Amerikanischen von Ursel Schäfer und Reiner Pfleiderer. Ca. 400 Seiten. Gebunden DM 44.-/öS 321.-/sFr 41.-

Zufall. Er war seit ein paar Wochen aus der Schule, trödelte so herum, und schließlich rief seine Mutter im Red River College an und bat um Zusendung der Broschüre über den Heizkessel-Reparaturkurs. Sie dachte sich, einen Heizkessel hat jeder, also sind Heizkessel unabhängig vom Auf und Ab der Wirtschaft und eine sichere Sache. Am anderen Ende der Leitung hatte wohl jemand geschlafen, denn es kam ein Heft über die Kunst des Blumenbindens statt über Heizkessel. Dot, Larrys Mutter, setzte sich sogleich in die Frühstücksnische und las das Heft durch, tappte beim Umblättern mit dem Fuß und nickte der Efeutapete zu, als wollte sie sagen, ja, ja, Blumenbinden hat wirklich Zukunft.

Larrys Vater war allerdings nicht sehr erbaut. Larry sah ihm an, daß er dachte, Blumen seien etwas für Mädchen, nicht für Jungs. So, als sei sein einziger Sohn ein Homo, und es finge soeben an, sich zu zeigen. Am Ende kam er zu Larrys Abschlußfeier in den Erfrischungsraum, aber er wußte nicht, wohin er gucken sollte. Auch als Mrs. Starr Larry die Rosenkrone für den besten Notendurchschnitt überreichte, saß Larrys Vater bloß mit zu Boden gesenkter Stirn da.

Larry bekam sogleich eine Stelle bei Flowerfolks angeboten, und seitdem ist er dort. Vergangenen Oktober hat er den Tischschmuck für das Bankett des Bürgermeisters gestaltet. Es kam sogar im Fernsehen, Channel 13. Man sah den Bürgermeister aufstehen und seine Rede halten, und da waren Weizenhalme, Eukalyptuszweige und kleine Orchideen auf dem Tisch. Orchideen! Was für ein Anblick für den Steuerzahler. Aber bei Flowerfolks ist es Brauch, die Blumen in Krankenhäuser zu schicken, wenn die Kunden sie hinterher nicht mehr wollen, daher ist es eigentlich keine Verschwendung. Sie sind eine Kette mit einem sozialen Gewissen, und sie legen auch großen Wert auf Professionalität. Sie wollen, daß die Angestellten gut aussehen. Schulterlange Haare sind beim männlichen Personal erlaubt, aber keinen halben Zentimeter länger. Krawatte ist freigestellt, aber Jacketts sind Pflicht. Und da kommt Larrys Tweed-Sakko ins Spiel.

Larry muß unwillkürlich denken, wie dieses nagelneue Sakko den Arbeitskolleginnen Stielaugen machen wird.

Oder vielleicht werden sie es gar nicht merken. Er hatte es ja selbst nicht gemerkt, als er danach griff, wie sollte es dann ihnen auffallen? Geschehen war es so: Er war an den Tresen gegangen, um seinen Cappuccino zu bestellen. Dabei hätte er ihn gar nicht bestellen müssen. Er nimmt jeden Tag das gleiche, einen doppelten Cappuccino. Früher war er nach der Arbeit auf ein paar Bier in eine Bar gegangen, aber Dorrie machte sich Sorgen wegen seines Alkoholkonsums. Sie war überzeugt, daß seine Gehirnzellen erlöschen würden, eine nach der anderen, wie Weihnachtslichter an einer Kette, bloß daß es für sie keinen Ersatz gab.

»Warum trinkst du nicht besser Kaffee?« sagte sie, und von da an kehrte Larry im Café Capri ein, das gleich um die Ecke von Flowerfolks liegt. Ein unbedeutendes Lokal, aber sie haben den Cappuccino in dieser Stadt eingeführt. Anfangs wußte niemand, was das war, und manche Leute, wie Larrys Familie, wissen es bis heute nicht. Larry hat ihn probiert, und jetzt ist er auf dem Doppelter-Cappuccino-Trip. Sie bereiten ihn zu, sobald sie Larry um halb sechs zur Tür hereinkommen sehen.

Er streut den Zimt gern eigenhändig darüber. Er mag es, wenn der gesamte Schaum dünn bestäubt ist und der Zimt nicht nur als feuchter Klumpen in der Mitte sitzt. Man nimmt den Streuer, hält ihn fünf Zentimeter rechts von der Tasse und klopft zweimal leicht darauf. Eine weiche kleine Zimtwolke bildet sich in der Luft – man kann sie fast schweben sehen –, und dann senken sich die Stäubchen gleichmäßig in die Tasse. Totale Abdeckung. Wie letzten Sommer der Staubsturm in Winnipeg, der jedes Sims und jedes Blatt und jede Petunienblüte mit seiner schön gleichmäßig verteilten Schicht pulvrigen Staubs bedeckte.

Viele Cafés sind zu Wegwerfgeschirr aus Plastik übergegangen, aber das Café Capri verwendet noch die alten weißen Tassen und Untertassen mit dem grünen Rand. Man führt so eine Tasse an den Mund, und die Dicke fühlt sich genau richtig an, stimmt exakt mit Zunge und Lippen überein. Mensch und Tasse verschmelzen, es ist wie ein Kuß. Die Gäste wissen das zu schätzen. Sie sind so dankbar für ordentliche Tassen und Untertassen, daß sie ihr leeres Geschirr beim Hinausgehen zum Tresen tragen. So muß Larry es auch gemacht haben. Seine Tasse zurückgebracht, seine fünfzig Cents an die Kasse gelegt, ein Sakko vom Stuhl genommen. Nur war es der Stuhl von jemand anderem. Oder vielleicht war der andere Typ zu dem Zeitpunkt schon mit Larrys Sakko auf und davon. Ein Versehen kann in beiden Richtungen passieren. Larry hatte vermutlich an seine Verabredung mit Dorrie gedacht, an den Film, den sie sich am Abend ansehen wollten, *Der Marathon-Mann,* zum dritten Mal, und daran, daß sie danach zu ihr gehen würden, und bei diesem Gedanken regte sich sein Schwanz.

Als sie anfingen, miteinander zu schlafen, lagen sie auf ihrem Bett, und sie sagte: »Laß uns ficken und ficken und immerzu ficken.«

»Mußt du das sagen?« fragte Larry, als er sie ein paar Monate kannte. »Kannst du nicht einfach ›uns lieben‹ sagen?«

Sie setzte ihre beleidigte Miene auf. Partien von ihrem Gesicht neigten dazu, aus der Form zu geraten, insbesondere um den Mund herum. »Du sagst ›ficken‹«, sagte sie zu Larry. »Du sagst es die ganze Zeit.«

»Nein, tu ich nicht.«

»Ach komm. Du sagst immer ›fickerig‹ oder ›verfickt!‹«

»Vielleicht. Vielleicht tu ich das. Aber ich sage es nicht literär.«

»Was?« Sie machte ein verständnisloses Gesicht.«

»Nicht *literär.*«

»Ach du«, sagte sie, »immer mit deinen College-Wörtern.«

Larry starrte sie an. Sie denkt wahrhaftig, ein *Floristen*-College ist ein richtiges *College.*

Es war so etwas wie ein Versehen, wie sie zusammengekommen waren. Larry war mit einem anderen Mädchen auf eine Halloween-Party in St. Anthony's Hall gegangen. Sie, das andere Mädchen, hatte ein Piratenkostüm an, mit Augenklappe, Schwert, allem Drum und Dran. Und sie hatte sich mit einem Augenbrauenstift oder dergleichen einen Schnurrbart gemalt. Das störte Larry, wenn er rasch den Kopf wandte und einem Mädchen ins Gesicht sah, das einen Schnurrbart trug. Ein Kostüm ist dazu da, einen zu verwandeln, aber man kann es auch übertreiben. Larry war an jenem Abend als Clown gegangen. Er hatte die Schlappschuhe und den Hut und im Gesicht die weiße Farbe, aber die rote Nase hatte er weggelassen. Wer sammelt schon Punkte mit einer roten Nase? Am Tisch war ein anderes Mädchen, Dorrie, die mit ihren Freundinnen gekommen war. Sie war wie ein Marsmensch angezogen, aber nur ein kleines bißchen wie ein Marsmensch. Man hatte eine allgemeine Vorstellung, aber wenn man mit ihr tanzte, kam man nicht auf die Idee, sie sei eine unheimliche Außerirdische. Sie war einfach ein mageres, gelenkiges, gutaussehendes Mädchen, das zufällig ein geliehenes Marsmenschkostüm trug.

»Liebst du diese Dorrie?« Das hatte Larrys Vater vor ein paar Monaten gefragt. Sie saßen auf der Tribüne. Wie üblich gewannen die Jets. Alle ringsum jubelten wie verrückt, und Larrys Vater fragte Larry, ohne ihm sein Gesicht ganz zuzuwenden: »Na, liebst du dieses Mädchen? Diese Dorrie?«

»Was?« sagte Larry. Er hatte den Torhüter im Auge, der ganz allein dort auf dem Eis war, gewaltig wie ein japanischer Ringer mit seiner Gesichtsschutzmaske und den Schienbeinpolstern, und eine Art Steptanz aufführte, während der Puck übers Eis rutschte.

»Liebe«, sagte Larrys Vater. »Du hast schon verstanden.«

»Ich hab sie gern«, sagte Larry nach ein paar Sekunden. Er wußte nicht, was er sonst sagen sollte. Die Frage legte sich wie ein Kranz um seine Gedanken, hielt die letzten sorgenvollen Tage und Nächte zurück, trennte sie vom Hier und Heute.

»Aber du liebst sie nicht?«

»Ich glaube nicht.«

»Du hast sie bloß gern?«

»Ja. Aber sehr.«

»Du bist sechsundzwanzig Jahre alt«, sagte Larrys Vater. »Ich habe Mum geheiratet, als ich fünfundzwanzig war.«

»Tja«, sagte Larry. »Sechsundzwanzig Jahre alt, und der Junge wohnt immer noch zu Hause!«

Er fühlte, wie sein knochiges Gesicht in Verwirrung geriet. Doch er liebte diese Verwirrung, sie war so unerwartet, so voll von Erregung und Gefahr. Liebe, Liebe.

»Nichts dagegen einzuwenden, daß du zu Hause wohnst«, sagte Larrys Vater, ein wenig schnaufend, den Blick zur Seite gerichtet. »Hab ich gesagt, daß ich was dagegen hätte?«

Dieses Gespräch ging Larry durch den Kopf, als er in seinem geklauten Harris-Tweed-Sakko über die Notre Dame Avenue spazierte und sich im silbernen Spiegel seines Ich betrachtete. Der Stoff umschwang ihn, schob sich bei jedem Schritt auf seinen Schultern hin und her. Das Sakko schien wie ein Lebewesen. In ihm drinnen und auch außerhalb von ihm. Es war wie eine Wohnung. Er konnte in dieses Sakko einziehen und darin leben. Sich darin niederlassen, sich eine neue Telefonnummer zulegen und einen Satz Cornflakesschüsseln.

Da wurde ihm klar, daß er in die dumme, forsche Dorrie verliebt war. Verliebt. War er. War er wirklich. Als würde er gegen eine Hitzemauer anrennen, mit Kopf und Händen direkt hindurchstoßen. Das überraschte ihn, aber nicht komplett. Man kann sich ganz auf sich gestellt verlieben.

Man muß nicht neben der Person stehen; man kann es allein, während man eine Straße entlanggeht und der Wind einem ins Gesicht bläst, während eine Menge Leute, die man nicht mal kennt, vorbeigehen und fast mit einem zusammenstoßen, aber man merkt es nicht, weil man in einem tranceähnlichen Zustand ist. Er vergaß mit einemmal, daß Dorrie ein zu kleines Gesicht mit zu vielen Haaren drumherum hatte und daß er sich bisher zu Mädchen mit größeren Gesichtern und einer bloß durchschnittlichen Haarfülle hingezogen gefühlt hatte.

Er sah unruhig auf seine Uhr. Er wußte, Dorrie würde trotzdem noch dort stehen, neben der Kasse, die Arme voller Schuhe, und sie würde etwa zwei Sekunden lang sauer sein, und dann würde ihr Larrys Sakko ins Auge springen, und ehe man sich's versah, würde sie mit den Händen den Stoff hinauf und hinunter fahren und die Knöpfe befühlen.

Das Problem war jedoch der morgige Tag. Larry und sein neues Sakko würden den morgigen Tag nicht überstehen. Er konnte in diesem Sakko zur Arbeit gehen, aber nicht um fünf Uhr im Capri erscheinen. Sie würden ihn in dem Moment ergreifen, in dem er hineinging. *Hey, Freundchen, für dieses Sakko liegt eine Verlustmeldung vor. Auf dieses Sakko wird Anspruch erhoben.*

Moment mal, es handelt sich um einen Irrtum.

Ein Irrtum, der zu einem weiteren Irrtum führte, der wiederum zu einem weiteren führte. Menschen begehen unentwegt Irrtümer, so viele Irrtümer, daß es keine Irrtümer mehr sind, es sind bloß positive und negative Ladungen, die hin und her schießen und einen vorwärts bringen. Wie Glück und Unglück. Wie ein Tunnel, durch den man geht, die Poren weit offen. Wenn er sich windet, windet man sich mit.

Larry erinnert sich an einen Patienten in der Winnipeg Chronic Care Unit, als er nach dem Bankett des Bürgermeisters die Blumen dort ablieferte. Dieser Mann hatte weder Arme noch Beine, nur kleine Stümpfe, die seinem Leib entwuchsen. Er war ein einziger schlimmer Irrtum, wie ein menschlicher Salzstreuer, der auf einer Bettkante hockte. Larry stellte die Blumen auf den Tisch neben ihm, und der Mann beugte sich ein paar Zentimeter vor und streifte sie mit der Stirn, dann roch er daran, dann streckte er die Zunge heraus und leckte an den Blättern und Blütenblättern, wobei er Larry die ganze Zeit im Blick behielt, beinahe mit einem Blinzeln, aber nicht richtig. Larry leckte auch, ganz leicht. Und stellte fest, Eukalyptus schmeckt nach Pferdemedizin. Und Orchideen schmecken nach gar nichts.

Die Sonne war schon tief gesunken, und Larry war jetzt an der Ecke, nur einen halben Häuserblock von Schuh-Expreß entfernt. Dort stand ein großer Abfallbehälter mit der Aufschrift: Helfen Sie mit, unsere Stadt sauberzuhalten.

Larry knöpfte das Harris-Tweed-Sakko auf, zog es geschwind aus und rollte es zu einem hübschen kleinen Ballen zusammen. Er stopfte es in den Abfalleimer. Er mußte es hineinzwängen. Er wußte nicht, ob es ein Irrtum war oder nicht, daß er das Sakko wegwarf, und es war ihm auch egal. Das Sakko mußte verschwinden.

Und da merkte er erst richtig, wie kalt der Wind geworden war. Er blähte seine Hemdsärmel auf wie zwei Luftballons, so daß er urplötzlich riesige nagelneue Muskeln hatte. Superman. Dann drehte sich der Wind, und Larry stand da, das Hemd platt an Arme und Brust gedrückt, kümmerlich und geschrumpft. Im nächsten Moment war er wieder aufgeplustert. Dann war alles abgesogen. Auf und ab, auf und ab. Die windigste Stadt im Land, in Nordamerika. Wirklich, das war sie.

Viele Blicke waren auf ihn gerichtet, er konnte fühlen, wie sie sich durch seine Haut bohrten. In ungefähr zwei Minuten würde irgendein Typ das Harris-Tweed-Sakko aus dem Abfall zerren und anziehen. Doch bis dahin würde Larry um die Ecke gebogen sein und geradewegs auf das nächste Ereignis zulaufen, das ihm widerfahren sollte.

Kapitel Zwei

Larrys Liebe

1978

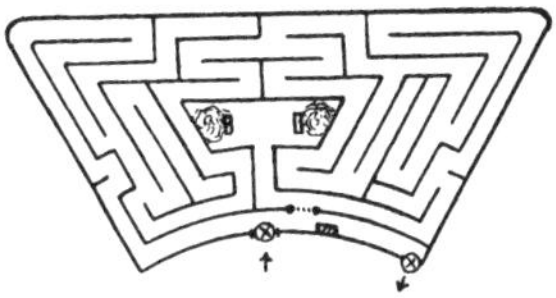

An einem Mittwoch im Winter ging Larry in einen Friseursalon an der Sargent Avenue und verlangte einen Haarschnitt. »Bloß ganz normal schneiden«, sagte er zu dem Friseur in einem ernsten, murmelnden Ton, der seinem sonstigen Wesen gar nicht entsprach. Seit einem Jahrzehnt trug er die Haare schulterlang. Eine halbe Stunde später kam er aus dem Friseursalon, die Haare um die Ohren kurz und im Nacken gestutzt. Sogar die Farbe schien anders – dunkler, dichter und ohne Schattierungen, eine schwer definierbare Farbe.

Noch Stunden nach dem Haarschnitt zitterte er vor Kälte, trauerte seinen Haaren nach, fühlte sich obenherum geschrumpft, aber gleichzeitig auch stärker, mutiger. Das neue Aussehen erweckte in ihm den Wunsch, die Fäuste zu ballen wie ein Preisboxer oder die Arme vor der Brust zu verschränken. Er stand vor dem Badezimmerspiegel und probierte einen neuen Gesichtsausdruck, bewegte Mund und Augenbrauen hierhin und dorthin und versuchte, eine freundliche Miene aufzusetzen.

Vivian und Marcie, die mit Larry bei Flowerfolks arbeiteten, überschlugen sich mit Komplimenten. Vivian, die Geschäftsführerin, sagte, mit dem neuen Schnitt sehe er »jünger und gesünder« aus, worauf Larry sich fragte, wie er in letzter Zeit ausgesehen hatte. Er war erst siebenundzwanzig, eigentlich kein Alter, das in seinem Gesicht und an seinem Körper Spuren hinterlassen hätte – oder doch? Er bildete sich ein, in recht guter Verfassung zu sein, bei der vielen Lauferei zur Arbeit und zurück, dazu die Wochenendwanderungen nach Bird Hills mit seinem Freund Bill Herschel. Marcie bemerkte, mit der neuen Frisur sehe er »trendiger« aus. »Wir haben 1978«, sagte sie. »Die sechziger Jahre sind vorbei.«

Was weiß sie denn schon, dachte Larry – sie war ein Kind, siebzehn, achtzehn.

Mit siebenundzwanzig wohnte Larry noch bei seinen Eltern, Dot und Stu, in ihrem Bungalow in der Ella Street, aber dies war seine letzte Woche; Freitag würde er ausziehen, endlich. Dot und Stu lobten den Haarschnitt ihres Sohnes. Nicht daß sie deswegen Luftsprünge machten. Es war eher eine gespielte Nonchalance. »Wurde aber auch höchste Zeit«, sagte Larrys Vater und fing davon an, wie oft er den Badewannenabfluß hatte aufmachen müssen, um die langen Haare und den Schmutz zu entfernen. »Hm, siehst richtig gut aus«, sagte Dot und testete mit der flachen Hand die neue Spannkraft von Larrys Haar. Es war eine Weile her, seit sie den Kopf ihres Sohnes berührt hatte, Jahre, um genau zu sein, und jetzt war es, als könne sie sich nicht bremsen. »Wenn das Dorries Einfluß ist«, meinte sie, »dann sage ich, nur weiter so.«

Am Freitag nachmittag – Schneegestöber, starker Wind – begaben sich Larry und seine Leute und seine Freundin Dorrie mit ihrer Familie zur Eheschließung in die Stadt aufs Standesamt. Aus Dorrie (Dora) Marie Shaw und Laurence John Weller wurden die Wellers, Mann und Frau. Und am Samstag morgen bestieg das Brautpaar einen Jet der Air Canada nach London, England.

Die meisten Passagiere im Flugzeug trugen Jeans und Pullover, aber Dorrie hatte als Reisekleidung ein neues rosenrotes Kostüm aus Polyestermischung gewählt. Jetzt bereute sie es, sagte sie zu Larry. Der glatte Rock des Kostüms engte sie ein, so daß sie sich nicht entspannen und den Flug genießen konnte, und sie sorgte sich wegen der tiefen Knitterfalten, die sich auf ihrem Schoß bilden würden. Sie hätte sich eins von diesen klappbaren Reisebügeleisen leisten sollen, die sie im Ausverkauf gesehen hatte. Und es war dumm von ihr, keinen Fleckenentferner mitgenommen zu haben für den Fleck auf ihrem Jackenrevers. Bis sie nach England kämen, würde er sich dauerhaft festgesetzt haben. Die Flugzeugverpflegung enthielt Farbstoff, der die Soße dunkelbraun färbte, damit sie nahrhafter und appetitlicher aussah. Das hatte ihr ein Verkäufer bei Manitoba Motors, wo sie arbeitet, erzählt. Er riet ihr auch, während des Fluges keine kohlensäurehaltigen Getränke zu sich zu nehmen, wegen der Gase. Die Menschen lassen in Flugzeugen viel Gas ab, erläuterte er. Das hinge mit dem Luftdruck zusammen. Ferner: ein alkoholisches Getränk an Land habe in der Luft die Wirkung von dreien. Eine nützliche Information.

Hätte sie doch nur jemand aufgeklärt, was man auf so einem Flug anzog. Sie war noch nie in einem Flugzeug gewesen – Larry übrigens auch nicht –, aber irgendwie hatte sie sich vorgestellt, eine Flugreise sei eine elegante Angelegenheit, zumal wenn man ein internationales Ziel anflog wie London, England. Sie sei stets dafür, sich leger anzuziehen, wie sie zu Larry sagte, sie liebe bequeme Kleidung, das wisse er, aber sollte man nicht meinen, die Leute würden sich Mühe geben, nett auszusehen, wenn sie eine wichtige Reise machten?

»Nicht alle sind auf Hochzeitsreise«, erinnerte er sie.

Und in diesem Moment hörten sie über den Lautsprecher eine Sonderdurchsage; die vergnügte, kumpelhafte Stimme des Kapitäns kam aus dem Cockpit zu ihnen: »Meine Damen und Herren, wir dachten, es würde Sie interessieren, daß wir ein frischvermähltes Paar an Bord haben. Eine Runde Applaus für Mr. und Mrs. Larry Weller aus Winnipeg, Manitoba.«

Plötzlich stand eine Stewardeß neben Braut und Bräutigam, mit einer Flasche Sekt und zwei Gläsern sowie einem Ansteckbukett, das Dorrie sich an die Schulter heften konnte, mit den besten Empfehlungen von Air Canada.

»Ohh!« Dorrie stieß einen kleinen Schrei aus. Sie glühte knallrosa. Sie wand sich vor Freude auf ihrem Sitz. »Das ist ja umwerfend. Woher wußten Sie das? Teerosen, ich liebe Teerosen, und sehen Sie, sie passen ideal zu meinem Kostüm.«

»Ich bin fast vor Verlegenheit gestorben«, sollte Dorrie Larrys Mutter zwei Wochen später erzählen, wieder daheim in Winnipeg. »Ich gehe jede Wette ein, daß ich von Kopf bis Fuß rot geworden bin. Alle haben uns bloß angestarrt, und dann haben sie uns hochleben lassen und geklatscht und an ihren Sitzen vorbei auf uns geguckt, oder sie sind aufgestanden, um zu sehen, wer wir sind und wie wir aussehen. War ich froh, daß ich mein neues rosa Kostüm anhatte. Und Larry mit seiner neuen Frisur. Die Jungvermählten!«

Von dem Sekt schlief Dorrie sogleich ein, die Füße auf dem Sitz unter sich gezogen, und ihr Kopf sackte auf Larrys Schulter. Der süße Duft der Rosen, die schon die Farbe verloren, vermengte sich mit dem Stimmengemurmel, dem gedämpften Licht in der Kabine und dem gleichmäßigen, einschläfernden Vibrieren des Flugzeugs, das durch den Nachthimmel zog.

Ein bißchen betrunken, gestrandet zwischen dem alten und dem neuen Tag, zwischen einem Kontinent und dem anderen, spürte Larry die besitzerische Freude, eine verstummte und zufriedene Gefährtin an seiner Seite zu haben. Er und Dorrie waren mit dem Gefühl einer lastenden Leere an Bord der Maschine gegangen, erschöpft nach der Trauung und dem Hochzeitsmittagessen im Delta und vom Transport seiner Habe in Dorries Wohnung. Und sie waren auch ausgehöhlt – so fühlte es sich an – nach einer langen, ekstatischen Liebesnacht, und dann hatte um halb sechs der Wecker geklingelt, weil in letzter Minute noch ein paar Sachen zu packen waren, und Larrys Leute waren zu früh gekommen, um sie zum Flughafen zu fahren. Sie hatten eine Menge verkraften müssen. Aber jetzt war ihnen dieser unerwartete Tribut zuteil geworden, ihm und seiner Ehefrau Dorrie. Eine Ehefrau. Eine Ehefrau. Er hauchte das Wort in die gummiartige gemusterte Polsterung des Sitzes vor ihm – *Ehefrau.*

Eine zufriedene Benommenheit überkam ihn, betäubend und verhängnisvoll, und er schüttelte heftig den Kopf, um seine Sinne zu klären – aber in der Aufregung der letzten Stunden hatte er seinen neuen Haarschnitt ganz vergessen. Statt der Bewegung der weichen Haare, die auswärts flogen und dann schwungvoll auf seinem Hals landeten, statt jenes tröstlichen, seidigen, vertrauten Schnippens an seiner Wange spürte er abrupt sein kaltes, glattes Gesicht, spürte, wie entblößt es war unter der winzigen Kabinenlampe – und wie dämlich starr.

Vor einer Stunde hatte er eine leichte Schläfrigkeit gespürt, doch jetzt gelobte er sich, wach zu bleiben. Kummer war an diesem Entschluß beteiligt und möglicherweise eine simple Ritterlichkeit. Wach zu bleiben schien ein Bestandteil dessen, was von ihm erwartet wurde, ein Teil der neuen Rolle, die er erst vor sechsunddreißig Stunden übernommen hatte, als er vor dem Standesbeamten saß und die Familien, seine und Dorries, zuschauten. »Die Ehe geht man nicht leichtfertig ein, sondern mit Bestimmtheit, gegenseitiger Achtung und einem Gefühl der Ehrfurcht.« Diese Worte aus der Trauungszeremonie standen auf einem Kärtchen, das man ihm und Dorrie zur Erinnerung überreicht hatte.

Er war jetzt ein Ehemann, und seine geschwätzige, reizbare Dorrie – nicht mehr Freundin, sondern Ehefrau – rutschte neben ihm an seinem Arm herunter, das Gesicht feucht, eingefallen und von Schlaf versiegelt. Er spürte, wie ihre Schulter sich mit jedem dritten oder vierten Atemzug hob, hob und dann senkte auf fesselnde, ungleichmäßige Weise, als hätten ihre Träume sie mit einer neuen, rätselhaften Form von Erschöpfung konfrontiert, etwas, woran sie sich bald gewöhnen würde.

Um ihretwillen wollte er wach bleiben. Er wollte sie behüten, sich auf seinem Sitz möglichst gerade aufrichten, ohne ihren schlafenden Körper zu stören. Er wollte seine Kinnladen fest aufeinanderpressen, auf ehemannhafte Art, geduldig, nachsichtig, und den Blick ruhig ins Dunkel richten. Er wollte dies tun, um die Panik auf Distanz zu halten. Alles, was von ihm verlangt wurde, war, das Bild in dem schwebenden schwarzen Glas des Fensters mit seinem Blick zu bannen, das Bild jenes seiner Haare beraubten, verwirrten Fremden mit dem frischen Gesicht, dessen Profil ihn trotz der jungenhaften Unfertigkeit erschreckend erinnerte an – an wen?

An seinen Vater.

»Das Ebenbild seiner Mutter«, sagten die Leute immer von Larry Weller. Diese blauen Augen. Die sommersprossige Haut. Dots Gesten. Dieser Mund.

Larry konnte sich nicht erinnern, daß jemals von einer Ähnlichkeit mit seinem Vater die Rede gewesen war. Er war der Sohn seiner Mutter. Erbe ihres Körpers, ihres Schwungs und ihrer intensiven frohen und freudlosen Stimmungen.

Doch jetzt, da sein Leben siebenundzwanzigeinhalb Jahre währte, stellte er fest, daß sein Vater unter seinen Knochen eingezogen war. Jene namenlose Partie seines Gesichts, der Bereich, wo der Kiefer sich dem Ohrläppchen nähert – jetzt konnte er sehen, was seine wallenden Haare verborgen hatten: Die Gene seines Vaters waren in seinem Körper lebendig. Sogar in Fleisch und Farbe seiner Ohrläppchen. Was war das für eine Farbe? Eine Spur Erdbeerrot, das sich von den Ohren die Adern hinauf zu den Wangen zog, seines Vaters Wangen, rundlich und erstaunlich weich in einem harten Männergesicht.

Seines Vaters stramme, rotbackige Präsenz. Sie stellte sich ein, plötzlich und unerhört, und blieb während seiner und Dorries zweiwöchiger Hochzeitsreise bei ihm. Er begegnete ihr jeden Morgen im Rasierspiegel der bescheidenen Hotels, wo sie abstiegen. Was war dies für ein Streich? Er wandte seine Augen langsam zum Spiegel hin, sie schlichen sich an sein Gesicht heran, und da war der alte Knabe, größer und greifbarer als ein simples genetisches Flackern. Seines Vaters bewegliche lockere Haut drückte sich an den Spiegel, ein vollständig geformtes Abbild, gähnend, die schläfrigen Lider hebend, in seiner Arbeitsmontur mit dem Logo der Busfabrik auf der Tasche, *Air-Rider*; seine breiten Schultern und der kräftige Rücken traten unter Larrys Schlafanzug hervor, und seine großen roten Hände griffen aus, jeder Finger auf die eine oder andere Weise zernarbt von der Polsterarbeit, die er im Betrieb verrichtete. Und Larry konnte auch die Stimme hören, seines Vaters hohe, nörgelnde Stimme mit dem Lancashire-Akzent, der sich auch nach siebenundzwanzig Jahren Kanada nicht verleugnen ließ.

Stu Weller. Polstermeister. Ehemann von Dot, Vater von Midge und Larry.

Es war Stu, der, mit Dots Segen, die Idee gehabt hatte, dem jungen Paar eine Pauschalrundreise durch England zu schenken. Ein Hochzeitsgeschenk, schroff, unfeierlich überreicht. »Wir haben es bei deiner Schwester genauso gemacht, als sie heiratete.«

Keine Rede davon, daß Midge und ihr Mann sich nach zwei Jahren scheiden ließen. Weil sich herausgestellt hatte, daß Paul Männer lieber mochte als Frauen.

Dorrie hätte Flitterwochen in Los Angeles oder vielleicht Mexiko vorgezogen, irgendwo, wo es warm war, ein hübsches Hotel am Strand, aber wie kann man einen Gratisurlaub ausschlagen, alles inklusive und bezahlt, der Flugpreis, eine zwölftägige Busreise, Sunbrite Tours, Frühstück und Abendessen, bis hinauf zum Penninischen Gebirge, dann nach Land's End, der südwestlichsten Spitze von England, dann für die letzten drei Tage zurück nach London. Stu und Dot hatten vor ein paar Jahren eine ähnliche

Rundreise gemacht, die sie sich selbst zur Silberhochzeit geschenkt hatten, eine »Reise zurück zu unseren Wurzeln«, wie Dot es ausdrückte, obwohl ihrer beider Wurzeln eigentlich in der nördlichen Industriestadt Bolton lagen, nicht in der grünen, weitläufigen englischen Landschaft.

Und als Larry und Dorrie hinkamen, *war* es grün, unvorstellbar grün – ein leuchtendes, abwechslungsreiches Grün, das Larry an Rosenkohl denken ließ. Zu Hause hatten alle gesagt: Was? – ihr wollt im März nach England? Seid ihr verrückt?

Doch hier waren sie nun, wurden über Englands grüne Hügel gefahren, in enge grüne Täler befördert, hielten auf den Parkplätzen grüner mittelalterlicher Dörfer, wo mit dicken Türmen bewehrte Burgen grünliche Schatten auf den klobigen Sunbrite Bus warfen (sie hatten ihr Entsetzen darüber überwunden, daß sie auf der linken Straßenseite fuhren und der Verkehr direkt auf sie zubrauste).

Die Rundreise begann in London, von dort ging es nach Nordosten. Regen wechselte mit Abschnitten von strahlendem Sonnenschein, als sie aufbrachen, unterwegs dann wieder Regen, der auf die kahlen Bäume und Hecken prasselte und gewaltige drückende Lichtwechsel mit sich brachte, als wolle der Tag selbst eine immense Idee beisteuern. Sie machten in der Bilderbuchstadt Saffron Waldren halt, wurden im Eiltempo durch die alten gewundenen Straßen gelotst und bekamen in einer Teestube namens Silken Cat ein Mittagessen serviert. Dorrie vertilgte ungemein tapfer Steak und Nierenpastete und ließ aus Höflichkeit nur ein paar Reste auf ihrem Teller.

»Beachten Sie die Deckenbalken«, empfahl ihr Reiseleiter. Sein Name war Arthur, ein stämmiger Mann mit breitem Gesicht, ein Londoner mit einer bierrauhen Stimme und der geduldig erklärenden Art eines Lehrers. »Spätes fünfzehntes Jahrhundert. Möglicherweise früher.«

Dorrie trug diese Information in ein kleines Reisetagebuch ein, das sie aus ihrer Handtasche zog – »Spätes 15. Jahrhundert«.

Larry fand es rührend und auch überraschend, daß seine Frau sich Notizen machte. Woher hatte sie das Tagebuch? Der Einband war aus rotem Leder. Die eng linierten Blätter hatten einen Goldschnitt. Eine Freundin bei Manitoba Motors mußte es ihr geschenkt haben, ein Abschiedsgeschenk, etwas, woran sie selbst nicht gedacht hätte, nie im Leben. Es rührte ihn, seine Dorrie in schülerinnenhafter Konzentration zu sehen, über ihrer Wortwahl innehaltend, ihre Schrift adrett und klein. Daß sie sich damit befaßte, diesen Schnipsel einer historischen Information festzuhalten – spätes fünfzehntes Jahrhundert –, für *ihn* festzuhalten, für ihr gemeinsames Leben, ließ eine Flut von Liebe in seinem Herzen aufwallen.

Aber er wußte aus der Schule, daß das fünfzehnte Jahrhundert eigentlich die vierzehnhunderter Jahre waren, was so verwirrend sein konnte, und er fragte sich, ob Dorrie den Unterschied kannte oder ob er sie über diesen Punkt aufklären sollte. Aber nein. Sie hatte das Tagebuch schon zugeklappt und die Kappe auf den Stift gesteckt. Sie sah Larry an, zog seinen Blick auf sich und schickte, die schmalen, korallenroten Lippen vorgeschoben, einen Kuß durch die Luft.

In der ersten Nacht war die Reisegruppe in einem Hotel in Norwich untergebracht (sechzehntes Jahrhundert, noch mehr Balken), das Eduard VII. und eine »befreundete Dame« angeblich mindestens einmal aufgesucht hatten. Im Vorgarten des Hotels blühten Schneeglöckchen. Blumen im März. Larry brauchte einen Moment, um dies zu erfassen – die Unmöglichkeit, daß es Blumen gab –, aber sie waren da. Zu Hause in Kanada waren es sechs Grad unter Null. »Schneeglöckchen«, schrieb Dorrie in ihr Tagebuch, als ihr gesagt wurde, wie die Blumen heißen.

»Schneeglöckchen sind erst der Anfang«, erklärte Arthur

Larry und Dorrie. »Sie werden Narzissen sehen, bevor wir fertig sind.«

Es zeigte sich, daß die Rundreise nur halb ausgebucht war. Die anderen Teilnehmer waren überwiegend pensionierte Neuseeländer und Australier, dann war da noch ein uraltes taubes rumänisches Ehepaar, das sich ständig an den Händen hielt. »Die sind alle so alt«, flüsterte Dorrie Larry zu. Enttäuscht – sie neigte dazu, schnell enttäuscht zu sein – legte sie das Gesicht in Falten. »Alle sind alt und dick, außer uns.«

Es stimmte. Beinahe jedenfalls. Alle achtzehn Reisenden, Männer wie Frauen, hatten jene schwammige, vernachlässigte Haut, die das mittlere Alter mit sich bringt. Die weißen dauergewellten Frisuren der Ehefrauen, die rosigen Glatzen ihrer Männer krönten Gesichter, die sich, zumindest in Larrys Augen, bemerkenswert ähnlich waren, weichlich, mit verschwommenen Konturen, die Züge zu einer Art grauem Kitt zerflossen.

»Ich wette, wir sind die einzigen, die die ganze Nacht vögeln«, sagte Dorrie, sich umsehend. »Oder überhaupt vögeln.«

»Vermutlich.« Er lächelte sie an.

»Beachte, ich habe vögeln gesagt und nicht ficken.«

»Gratuliere.«

»Ich bin jetzt eine verheiratete Frau. Respektabel.«

»Ha.« Noch lächelnd.

»Selber ha.«

Ein weißhaariger Ehemann aus Arizona nahm mit seiner Gattin an der Rundreise teil. Sie verbrachten ihr Sabbatjahr in England. Sie, die Ehefrau, sprach das Wort »Sabbatjahr« aus, als seien die Silben Perlen an einer Schnur. Sie erklärte Dorrie, die nie von einem Sabbatjahr gehört hatte, daß sie und Dr. Edwards, ihr Mann, »letztes Mal« in Thailand und davor in Berkeley, Kalifornien, waren. »Wir sehen diese Anlässe als Gelegenheit, uns alle sieben Jahre aufzufüllen«, sagte sie, »und Inventur zu machen.«

Die Teilnehmer der Reisegruppe wurden jeden Morgen in ihren diversen eisigen Hotelzimmern durch ein Klopfen an der Tür geweckt, dem ein schwungvolles »Morgen!« von Arthur folgte.

»O Gott!« Dorrie kroch unter den Decken hervor.

Während Larry sich rasierte und wusch, bemühte er sich, den Augen seines Vaters im Spiegel auszuweichen, jener gespenstischen Präsenz, die hinter der beschlagenen Fläche schwebte. Er versuchte durch den Schaum hindurch das Gesicht fortzublinzeln, und bis er vollständig angezogen war, zwei Pullover plus Sakko, war es ihm meist gelungen.

Er und Dorrie waren jedesmal die letzten im Hotelspeisesaal, und jeden Morgen wurden sie mit den gleichen neckischen Rufen begrüßt: »Da kommen die Flitterwöchner.« »Spät wie immer.« »Hoch leben Braut und Bräutigam!« Dorrie, den Kopf eingezogen, den Mund geschürzt vor Freude und Verlegenheit, rutschte auf einen Stuhl, während die Männer Larry Klapse auf den Rücken gaben oder ihm, Daumen nach oben, Zeichen machten.

Es gab warme Platten mit Speck, Würstchen und Eiern – doch Dorrie, die »nicht ganz auf der Höhe« war, begnügte sich mit Tee und Toast. Danach nahmen die Rundreisenden ihre Plätze im Bus ein, und es ging los zum Ziel des Tages. Die Neuseeländer und Australier – Heather und Gregory, Joan und Douglas, Marjorie und Brian, Larry konnte sich die Namen nie richtig merken – saßen lieber vorn im Bus, wo sie munter hin und her plänkelten und nur schwiegen, wenn Arthur sie auf interessante Punkte hinwies. Die Rumänen setzten sich nach hinten, jeden Tag auf denselben Platz. Larry und Dorrie saßen in der Mitte des Reisebusses – Dorrie am Fenster, was ihr zustand, wie sie meinte, weil sie kleiner war als Larry und weil ihr auf dem Fensterplatz nicht so leicht übel wurde.

Dr. und Mrs. Edwards saßen auf der anderen Seite des Gangs neben ihnen, ihre Landkarten und Reiseführer auf dem Schoß. »Wir möchten nichts versäumen«, erklärte Mrs. Edwards. Sie war Arthur gegenüber mißtrauisch. Er sei faul, sagte sie. Er »rezitiere«, statt zu »interpretieren«. Und er unterschlage Einzelheiten auf der Route, eine bestimmte Abtei aus dem zwölften Jahrhundert, die in ihrem Reiseführer ausdrücklich mit einem Stern vermerkt sei. Sie gedenke an das Hauptbüro von Sunbrite zu schreiben, wenn sie wieder zu Hause sei.

»Aber nicht doch, mein Herz«, sagte Dr. Edwards und tätschelte ihre Hand.

Dr. Edwards forderte Larry auf, ihn Robin zu nennen. Er fragte Larry, was er beruflich mache, welches sein »Fachgebiet« sei. Larry erzählte ihm von der Floristenkette Flowerfolks in Winnipeg und daß er zu dem Beruf gekommen sei, indem er an einem heimischen College einen Floristenkursus belegt habe. »Ah, Botanik!« sagte Dr. Edwards. »Oder ist es Gartenbau?« Er drehte seinen Körper steif zu Larry hin, in Erwartung seiner Antwort. »Von jedem ein bißchen«, sagte Larry nachdenklich. »Aber nicht ganz.«

Dr. Edwards war Soziologe; Bevölkerung, urbane Strukturen. Ein absoluter Ochse im Garten, sagte er zu Larry. Er könne eine Primel nicht von einer Lilie unterscheiden. Habe nie ein Interesse entwickelt. Nie Muße dazu gehabt. Er und Mrs. Edwards lebten in einer Wohnung in Tucson, hatten immer dort gelebt, daher bestand keine Notwendigkeit. Doch eines Tages, wenn er sich zur Ruhe setzen würde, könnte er sich vielleicht damit befassen. Eine Art Hobby. Der Mensch dürfe nicht aufhören zu lernen.

»Vielleicht sollte ich Soziologie zu meinem Hobby machen«, sagte Larry. Er meinte es als Scherz, doch Dr. Edwards fuhr erschrocken zurück.

Eines Nachmittags hielt der Bus neben einem zerfurchten Feld, dem Gelände einer alten römischen Stadt; die Umrisse der Häuser, Tempel und öffentlichen Plätze waren durch flache rote Ziegelsteine im Gras kenntlich gemacht.

Dorrie setzte sich auf die Ecke eines Hausfundaments und schrieb in ihr Tagebuch: »Zweites Jahrhundert.« Sie unterstrich den Eintrag doppelt und sah Larry verständnislos an. Er merkte, wie schwer es ihr fiel, zu glauben, daß diese Ruinenstätte einmal eine richtige Stadt gewesen war, in der sich Männer und Frauen tummelten.

Ihr sei kalt, sagte sie zu Larry. Sie habe genug für heute. Mehr als genug. Später dachte Larry, daß dieser Augenblick der Erschöpfung, als Dorrie auf dem Fundament einer alten römischen Wohnstatt kauerte, ihre Flitterwochen zu spalten schien.

Sie wurden im Laufe der Tage durch Schlösser geführt, durch Kirchen, stattliche Wohnsitze und verfallende Scheunen, und eines Morgens stapften sie in einem leichten grauen Regen auf den mittelalterlichen Mauern der Stadt York herum. An diesem Tag betrachteten sie in einem weitläufigen Museum Münzen, Möbel, Ackerbaugeräte und, in einer enormen Glasvitrine ausgebreitet, mehr als fünfzig verschiedene Scheren zum Beschneiden von Lampendochten. Die Geschichte, so schien es Larry, hinterließ eigenartige Einzelteile, die meisten bedeutungslos: merkwürdige und törichte Gerätschaften, Werkzeuge, die von ihrem Zweck getrennt waren, wunderliche Kleinigkeiten, seltsame Formungen, eine erstaunliche Anzahl Nichtigkeiten.

Doch es waren Wald und Flur Englands, die Larry mit Staunen und Unruhe erfüllten, als der Bus immer weiter nach Norden fuhr. Diese Unruhe identifizierte er schließlich als ein Aufwallen von Glück. Das Grün Englands. Es schien keinen Teil dieser Insel zu geben, der nicht beackert wurde, kein Stück Land, das Wind und Wetter derart preisgegeben war oder so ungünstig lag, daß nicht irgend etwas Wurzeln schlagen und wachsen konnte. Arthur, ihr Reiseleiter, witzelte, daß in der Stadt Leeds die Vögel hustend aufwachten, aber selbst dort, zwischen Fabriken und dunklen, verschmutzten Häusern, erspähte Larry die Winterstämme von Eichen und Kastanien. Diese Bäume, ohne Laub jetzt, gegen rauchende Schornsteine und schwärzliche Luft gedrängt, schienen Larry auf gebieterische Weise präsent, voller Würde und Erhabenheit. Er dachte traurig an die spindeldürren Pappeln daheim, die ärmlichen Strauchkiefern und verkrüppelten Fichten, ihr langsames jährliches Wachstum in einem problematischen Klima, ihre schiefen, unschönen Formen.

Doch die Hecken Englands waren es, mehr noch als die Bäume, die ihn in Verwunderung versetzten. So eine schattige Dichte; wie der leichte Bleistiftstrich eines Künstlers durchzog sie die englische Landschaft. Warum hatten seine Eltern nichts von dieser erstaunlichen Gegebenheit erzählt, mit der sie aufgewachsen waren? Die Hecken waren überall. Draußen auf dem Land trennten sie Felder von Weideland, schlängelten sich die unebene Landschaft hinauf und hinunter, kreuzten sich oder verschwanden, abbiegend, aus dem Blickfeld, separierten einen grünen Flecken vom anderen, schufen eine Barriere zwischen Rindern, Schafen und Gänsescharen. Diese Hecken seien viehsicher, erklärte Arthur, was bedeutete, daß Schafe nicht hindurchschlüpfen konnten – die Hecken waren genauso wirksam wie Steinmauern oder Stacheldraht, und einige hatten Wurzeln, die mehrere hundert Jahre alt waren.

In den Städten dienten die gestutzten Hecken als Zäune zwischen den Häusern, ein Gebilde aus feinen grünen Nähten, und verliehen winzigen Handtuchgärten Schutz und Privatsphäre. Üppig und wohlgeformt, wirkten sie wie gepflegte Skulpturen, und jetzt, spät in einem milden Winter, war ihr Geäst in eine blasse, pelzige grüne Wolke gehüllt. Knospen im März. Es schien unmöglich. Junge Blätter, sich entfaltend.

Zu Hause bekam man kaum einmal eine Hecke zu sehen, und wenn, dann war es gewöhnlicher Geißbart oder der schmächtige, farnähnliche Erbsenstrauch, den man einfach nicht in Form trimmen konnte. Larrys Vater hatte das Haus in der Ella Street mit einem Gitterzaun umgeben, erste Qualität – das war Jahre her. Wie die Aluminiumverkleidung, die er auf den alten Schindeln des Hauses aufgebracht hatte, erfüllte der Zaun seinen Zweck, und er bedurfte kaum einer Instandhaltung.

»Woraus bestehen alle diese Hecken?« fragte Larry Arthur und warf die Haare zurück, die er nicht mehr hatte. »Ich meine, welche Pflanzen nimmt man dafür?«

Arthur wußte es nicht. Er kannte sich mit historischen Stoffen aus, er kannte seine Könige und Königinnen, aber er war Londoner. Von Grünzeug verstand er nichts.

In einer hell erleuchteten Buchhandlung in Manchester fand Larry ein Buch über Hecken. Es lag in einer Kiste mit Sonderangeboten. Über hundert farbige Illustrationen in dem schlecht gebundenen Exemplar informierten den Leser über die Mannigfaltigkeit und Verwendung von Hainbuche, Mäusedorn, Lorbeer, Zypresse, Wacholder, Linde, Weißdorn, Liguster, Stechpalme, Hagedorn, Eibe, Zwergbuchsbaum und Platane. Wie sie gepflanzt werden, wie sie gedüngt werden, und Tips, wie man sie zurückschneidet und ihnen Form gibt. Wie bestimmte Pflanzen mit anderen verschlungen werden und zu einer robusteren oder schöneren Hecke zusammenwachsen; Flechtwerk wird diese kunstvolle Vereinigung verschiedener Arten genannt. Larry studierte das Buch *Hecken in England und Schottland*, während der Reisebus nach Süden strebte, auf Devon und Cornwall zu. Nach ein, zwei Tagen konnte er aus dem Busfenster heraus die verschiedenen Arten unterscheiden. Diese mühelose Beherrschung überraschte ihn, doch dann fiel ihm ein, daß er damals in seinem Floristenkurs den Klassenpreis gewonnen, daß ihn einer seiner Lehrer wegen seines ausgezeichneten Gedächtnisses und ein anderer wegen seiner Beobachtungsgabe gelobt hatte.

Die Merkmale zum Identifizieren der Hecken lagen in der Dichte und Verzweigung, der Grünfärbung des Laubwerks und der Form der sich entwickelnden Blätter. Wenn er sie erspähte, sprach er ihre Namen laut aus und schrieb sie dann auf die Innenseite des Bucheinbands. Er hatte in den letzten zwei, drei Jahren vergessen, daß er so war, daß er immer Sachen wissen wollte, die er nicht wissen mußte.

Dorrie, die im Bus neben ihm saß, war in Trübsal verfallen. Sie habe Heimweh, sagte sie. Und sie habe es satt, dauernd mit diesen alten Weibern zusammenzusein. Ihre Neckereien beim Frühstück, immer dieselbe alte Leier, gingen ihr auf den Wecker, trieben sie zum Wahnsinn.

Jeder Tag war grüner als der vorige. Eines Morgens, auf halbem Wege durch die Wochentour, sprang Arthur von seinem Sitz vorn im Reisebus auf und deutete aufgeregt auf ein langgestrecktes, abfallendes Feld voller Narzissen. »Hab ich Ihnen nicht versprochen, meine Damen und Herren, daß wir auf dieser Reise Narzissen zu sehen bekommen!« Alle drängten an die Fenster, um einen Blick hinauszuwerfen, alle mit Ausnahme von Mrs. Edwards, die fest schlief, mit rückwärts geneigtem Kopf und offenem Mund.

Dorrie zog ihr Tagebuch aus der Handtasche und schrieb ein einziges Wort auf das Blatt: »Narzissen.« (Als Larry Jahre später auf das Büchlein stieß, fand er zwei Drittel der Seiten leer. »Narzissen« war der letzte Eintrag.)

An demselben Tag, an dem sie die Narzissen sahen, spendierte Dr. Edwards Larry ein Bier – es war am frühen Abend während einer zehnminütigen Rast in einem Pub – und sagte aus heiterem Himmel: »Unser Sabbatjahr ist eigentlich erst in zwei Jahren fällig, aber Mrs. Edwards hat ein Problem mit rezeptpflichtigen Medikamenten, auch mit freiverkäuflichen. Es ist eine schreckliche Geschichte, und es wird immer schlimmer, deshalb schien es uns eine gute Idee, auf Reisen zu gehen.«

Larry betrachtete den Rest seines dunklen schaumlosen Biers. Er wünschte, er stünde am anderen Ende der polierten Theke, wo die neuseeländischen und australischen Paare laut lachten und darüber debattierten, wie viele Kilometer es bis zum Hotel in Bath seien. In wohlwollender Rivalität scherzten sie munter miteinander, ließen sich lauthals über die jeweiligen Verdienste von Kiwis und Känguruhs, Fußballmannschaften und Politik aus. Larry fühlte sich von ihrer guten Laune angezogen, war aber in ihrer Gegenwart schüchtern, besonders gegenüber den Männern mit ihrer gutmütigen derben, herzlichen, heiteren Unbeschwertheit, die so ganz anders war als Dr. Edwards' verschlagenes, steifes Ausforschen.

Und doch hatte Dr. Edwards, Robin, es für richtig befunden, Larry, einem Fremden, jung genug, um sein Sohn zu sein, seine unglückliche Lage zu schildern.

»Sie versteckt sie. Sie sind ja so klein. Die Pillen. So leicht zu verheimlichen.«

»Ist sie süchtig danach?« Dies schien Larry eine törichte, überflüssige Frage, aber er hatte das Gefühl, daß irgendeine Erwiderung geboten war.

»Ja, süchtig, natürlich. Sie kann nichts dafür.«

»Das ist furchtbar. Es muß schrecklich schwierig sein ...«

»Es ist herzerfrischend, ein Paar wie Sie beide zu sehen«, sagte Dr. Edwards und lenkte damit das Gespräch in eine positivere Richtung. »Soeben am Beginn des Lebens, frei wie ein Vogelpaar.«

Larry schluckte den Rest seines Biers hinunter. »Wir bekommen ein Baby«, sagte er. »Meine Frau, meine ich.«

Dr. Edwards nahm die Neuigkeit höflich auf: »Ich verstehe«, sagte er. Seine Finger zwirbelten an einem Knopf seines Regenmantels.

»Vielleicht haben Sie bemerkt, daß sie sich nicht besonders gut fühlt«, sagte Larry. »Vor allem morgens.«

»Ist mir eigentlich nicht aufgefallen.«

»Morgenübelkeit.«

Er und Dorrie waren übereingekommen, daß das Baby ein Geheimnis sein sollte, wenigstens so lange, bis sie wieder zu Hause waren und es ihren Familien erzählten. Es erschreckte ihn jetzt, zu hören, wie locker ihm die Worte aus dem Mund glitten: das Baby. Er hatte kaum an »das Baby« gedacht, seit sie von zu Hause fort waren. Es war schwer genug, sich zu besinnen, daß er ein Ehemann war, geschweige denn ein Vater. Er mußte sich daran erinnern, indem er diese Tatsache jeden Morgen dem Spiegel verkündete, nachdem er das gespenstische Gesicht seines Vaters fortgeblinzelt hatte. *Ehemann, Ehemann* – ein Ehemanngesicht bahnte sich seinen Weg durch ein anderes, derb, selbstzufrieden, das aber seine erstaunte Miene nie ganz ablegte.

Neuerdings hatte er gemerkt, daß er das Gesicht bannen konnte, indem er seinen Kopf mit dem Grün der Hecken füllte. Es war wie das Umschalten von einem Sender zum anderen. Stechpalme, Linde, Weißdorn, Buchsbaum, eine Kette von Namen wie der Refrain eines Volkslieds. Er belastete sein Gehirn mit ihren buschigen Strukturen, ihren glatten, steifen, würdevollen Formen, ihrer abgerundeten Perfektion.

»Wir wollten warten und im Juni heiraten. Aber dann – kam dies – und hier sind wir nun. Im März.«

Er sah, daß er Dr. Edwards' Interesse verloren und auf alle Fälle die Gelegenheit verpaßt hatte, tröstliche Bemerkungen über Mrs. Edwards' Probleme anzubieten.

»So«, sagte Dr. Edwards. Er sprach jetzt forsch, eher wie ein Sportreporter als ein Soziologielehrer. »Zeit, wieder in den Bus zu steigen, sonst läßt man uns noch zurück.«

»Wir waren über ein Jahr zusammen«, erklärte Larry. Er hielt sich an seinem Bierglas fest. »Wir hatten schon vom

Heiraten gesprochen. Wir waren schon entschlossen, deswegen spielte das Baby eigentlich keine Rolle mehr.«

Dr. Edwards' Gesicht hatte sich zu einer finsteren Miene verzogen. Er legte Larry seine Hand auf die Schulter und drückte mit den Fingerspitzen zu. »Was meine Frau betrifft«, sagte er. »Es wäre mir lieb, wenn Sie das, was ich Ihnen erzählt habe, als vertraulich betrachten würden.«

»Warum?« schrie Dorry Larry an. »Warum hast du diesem vertrottelten alten Professor von uns erzählt?«

Sie waren in Devon, in der Stadt Barnstable, im King's Inn. Ihr Hotelzimmer lag nach vorn heraus mit Blick auf eine Straße mit belebten Geschäften.

»Ich weiß nicht«, sagte Larry.

»Verfickt noch mal, wir hatten beschlossen, es keinem zu erzählen. Und sag mir bloß nicht, ich soll nicht ficken sagen. Ich sage ficken, soviel ich will, verfickt noch mal.«

»Es ist einfach so rausgekommen. Wir haben uns unterhalten, und da ist es rausgerutscht.«

»Nicht mal meine Mutter weiß es. Meine eigene Mutter. Und du mußtest hingehen und es diesem Trottel erzählen. Hast du ehrlich geglaubt, daß er es seiner Schlampe von Frau nicht weitersagt? Mein ›Zustand‹, hat er zu mir gesagt, ich sollte in meinem ›Zustand‹ kein Bier trinken. Und jetzt wissen es bald alle im Bus. Ich geh mit dir jede Wette ein, daß die es schon längst wissen.«

»Was macht das schon?«

»Wir sind auf Hochzeitsreise, das macht es. Wir sind die romantischen Flitterwöchner, um Himmels willen, bloß, die kleine Braut ist jetzt schwanger.«

»So denkt heute kein Mensch mehr.«

»Ach ja? Und was ist mit deiner Mutter und deinem Vater? Sie denken so.«

»Woher weißt du, was sie denken?«

»Sie denken, keine ist gut genug für ihren kleinen

Larryschatz, das denken sie. Besonders kein Mädchen, das so blöd ist und sich schwängern läßt.«

»Sie werden sich dran gewöhnen.«

»Als ob es meine Schuld wäre. Als ob du nicht das geringste damit zu tun hättest, wie?« Sie ließ sich stöhnend aufs Bett plumpsen, drehte den Kopf hin und her. »Ich sehe deinen Dad schon vor mir, wie er mich anguckt. Dieser Blick von ihm, Junge, Junge. Als hätte ich kein Hirn im Kopf, wie? Warum ich die Pille nicht nehme?«

»Wir sagen es ihnen, sobald wir zurück sind. Sie werden ein, zwei Tage brauchen, das ist alles. Dann gewöhnen sie sich dran.«

Sie drehte sich um und warf ihm einen durchtriebenen Blick zu. »Und du? Wann wirst du dich dran gewöhnen?«

»Ich hab mich dran gewöhnt.«

»Ach ja, sicher. Ich sitze da drin im Bus, Tag für Tag, und überleg mir Namen. Mädchennamen. Jungennamen. Das geht mir durch den Kopf. Mir gefällt Victoria für ein Mädchen. Für einen Jungen gefällt mir Troy. Solche Gedanken. Und du hopst auf und ab und guckst dir Gestrüpp an. Schreibst es dir auf. Das ist alles, worum du dich kümmerst. Gottverdammtes verficktes Gestrüpp.«

Er zog sie an sich, wiegte sie, tätschelte ihr Haar.

Erschrocken wurde ihm klar, wie grausam billig dieses Tätscheln war, wie ungeheuer zerstreut. Es war die Geste eines Menschen, der abwesend, ermattet ist. Das Tätscheln eines Ehemanns. Er hatte gesehen, wie sein Vater seine Mutter auf genau diese Weise berührte, wenn sie wieder einmal einen melancholischen Tag hatte. Bloß: tätscheln war eigentlich nicht das gleiche wie berühren. Einen Menschen tätscheln, das war, als würde man automatisch gesteuert, man faßte einfach hin und tat es. So, so. Und er sah verstohlen auf seine Uhr. Bald Essenszeit. Tätscheln, streicheln, tätscheln.

Er beruhigte sie. Sie sackte neben ihm zusammen. Sie

legten sich aufs Bett, hielten sich schlaff umfaßt und sprachen nicht. In zehn Minuten würde es Zeit sein, hinunterzugehen in den Speisesaal. Larry hatte einen Bärenhunger.

Noch ein einziger Tag blieb ihnen – und es galt einen wichtigen historischen Schauplatz zu besichtigen: Hampton Court.

»Dieser Palast ist unvergleichlich«, sagte Arthur, der seine Schutzbefohlenen in einem engen Kreis um sich scharte, »wegen seines hervorragenden Erhaltungszustands.« Er wies auf den Anne-Boleyn-Torbogen hin, die astronomische Uhr (vor zwei Jahren auf Elektrobetrieb umgestellt), die Great Hall, den Brunnenhof, die Chapel Royal mit dem kunstvoll geschnitzten Dach. »Beachten Sie die Qualität der Ausführung«, sagte er. »Was Sie hier sehen, ist ein Gedenken an die besten Künstler und Handwerker im Land.«

Die Mitglieder der Reisegruppe hatten eine Sammlung veranstaltet, und am Vorabend hatten sie Arthur ein Paar silberne Manschettenknöpfe geschenkt. Er hatte geblinzelt, als er die Schachtel des Juweliergeschäfts aufmachte, hatte geblinzelt und in die abwartenden Gesichter geblickt. »For he's a jolly good fellow«, stimmte ein Australier an und gab sich Mühe, einen Rundgesang in Gang zu bringen. Der Name des Mannes war Brian. Er war groß, freundlich und hatte eine vornehme Glatze. Er war es, der die Sammlung für Arthur übernommen und eine Dankeskarte herumgereicht hatte, damit alle unterschrieben. Aber er trug das Lied in schwankender Tonlage vor, so daß niemand einstimmen konnte.

Überraschenderweise war es Dorrie, die vortrat, die Melodie aufnahm und die anderen mit ihrer kräftigen, klaren Stimme mitzog. Sie kam aus einer musikalischen Familie; ihr Vater sang als Bariton im Polizeigesangverein; ihre Mutter schmetterte nach ein paar Gläsern eine zündende

Wiedergabe von »You Light Up My Life«. Und Dorrie hatte, obwohl sie klein war und nur hundert Pfund wog, eine reine, kraftvolle Stimme.

For he's a jolly good fellow
Which nobody can deny.

In diesem Augenblick liebte Larry sie unendlich. Seine sonst so hilflose Dorrie. Er brannte das Bild in sein Gedächtnis. Dies war etwas, woran er sich erinnern mußte. Ihr aufgeworfenes Kinn, als sie bei den letzten Worten eine ganz kleine Variation der Melodie wagte. Wie sie die Hände in den Taschen ihres Regenmantels ballte, sich dann gleich in eine zweite Stimme stürzte, als sei sie, für ein paar kurze Sekunden, zur Miß Harmonie von Sunbrite Tours erkoren.

Mrs. Edwards hatte laut ihre Zweifel geäußert, ob Manschettenknöpfe das Richtige für Arthur seien. »Er sieht nicht aus wie einer, der Wert auf Umschlagmanschetten legt«, flüsterte sie ihrem Mann, Larry und Dorrie zu. Aber als sie Arthur heute morgen in den Park von Hampton Court folgten, sah Larry etwas Silbernes an Arthurs Handgelenk blitzen. »Vor sich«, sagte Arthur deutend, »haben Sie den ältesten noch existierenden Heckenirrgarten in England.«

Einen was? Larry hatte noch nie von einem Heckenirrgarten gehört.

»Wir haben eine Dreiviertelstunde«, verkündete Arthur in seinem vergnügten Ton. »Wenn sich jemand verirrt, rufen Sie einfach, und wir kommen und retten Sie.«

Später prägte Larry sich das Schema ein, wie man durch den Irrgarten gelangte. Er konnte es ohne weiteres jedem aufsagen, der es hören wollte. Nach links wenden, wenn man den Irrgarten betritt, dann rechts, wieder rechts, dann links, links, links und noch einmal links. So kommt man in die Mitte. Um hinauszugelangen, macht man es umgekehrt, wendet sich nach rechts, dann noch dreimal rechts, dann bei den folgenden zwei Biegungen links, und man ist draußen.

Aber am ersten Tag, als er den Irrgarten von Hampton Court besuchte, am 24. März 1978, ein junger, nicht weit herumgekommener Florist aus der Mitte Kanadas, der frisch angetraute Ehemann von Dorrie Shaw, die im vierten Monat mit seinem Sohn Ryan schwanger war – an jenem Tag nahm er jedesmal die falsche Biegung. Er kam tatsächlich als letzter der Reisegruppe aus dem Ausgang des Irrgartens getaumelt.

Dorrie stand da in ihrem knallblauen Regenmantel und wartete. »Wir haben uns Sorgen gemacht«, sagte sie brummig. Dann: »Du siehst mitgenommen aus.«

Es stimmte. Das Innere des Irrgartens hatte ihn benommen gemacht. Es war sehr früh am Morgen, ein eisiger Tag, so kalt, daß er sehen konnte, wie sein Atem seinen Mund verließ und sich in der Luft verbreitete. Es schien wie ein Wunder, daß die zarten, nadelartigen Blätter solch einer Kälte standhalten konnten. Um ihn erhoben sich die grünen Wände, zu hoch, um hinüberzusehen. Wer hätte eine solche Höhe und Dichte erwartet? Und er hatte nicht mit dem Gefühl gerechnet, von der Welt abgekapselt zu sein, oder mit dem Zustand gesteigerter, bewußter Panik, die sich jedoch beheben ließ. Ohne zu überlegen, hatte er seine Schritte verlangsamt, war hinter die anderen zurückgefallen, wollte sich willentlich verlieren, wollte allein sein. Er sah Mrs. Edwards vor sich auf dem schmalen Pfad gehen, Seite an Seite mit Dorrie, die Köpfe zusammengesteckt, sich unterhaltend, und Mr. Edwards dicht dahinter. Larry beobachtete, wie die drei sich nach rechts wandten und hinter einer Laubwand verschwanden.

Er fragte sich, wie sehr ein Mensch verlorengehen könnte. Verloren auf See, verloren im Wald. Fatal verloren.

»Du machst so ein gedankenverlorenes Gesicht«, hatte

Vivian an seinem letzten Tag bei Flowerfolks zu ihm gesagt, dem Tag, bevor er und Dorrie geheiratet hatten. Er war hinten im Laden und hatte in ein blaues Lodern von Nelken gestarrt. »Ich hab bloß nachgedacht«, sagte er zu ihr, und sie hatte ihm ein träges Lächeln geschenkt. »Mit der Ware kommuniziert?« sagte sie und berührte den Ärmel seines Sakkos. »Das mache ich auch immer.«

Während er auf die fransigen blauen Blütenblätter starrte, hatte er sich Gedanken über die Liebe gemacht, darüber, wie seine unvollkommenen Eltern es geschafft hatten, sich so lange und beständig zu lieben, und über seine unzulängliche Liebe zu Dorrie, wie sie kam und ging, und wie er sie immerzu fand und wieder verlor.

Und nun, hier in diesem Irrgarten, schien der einzige Sinn und Zweck zu sein, sich zu verlieren und zu finden, dies und der Augenblick gewollten Sichaufgebens, der unerwartete Glückstaumel, blindlings geführt zu werden.

In der Ferne hörte er eine aufgekratzte Stimme mit australischem Akzent – jemand von ihrer Gruppe – rufen: »Hier entlang, hier entlang.« Larry schreckte vor dem Geräusch zurück, vor der schwungvollen Vergnügtheit, und hatte den Wunsch, tiefer und tiefer ins Dickicht vorzustoßen und sich der Listigkeit des Irrgartens, dieser kostbaren geschlossenen Anlage anheimzugeben. Er beobachtete, wie seine Füße jede falsche Biegung wählten, seinem Navigationsinstinkt zuwiderhandelnd, kreisend und wiederholt, und eine fieberhafte Loslösung erzeugten. Einer, der älter war als er, schritt in seinem Körper, einer, der auch stärker war, befreit von den alltäglichen Bindungen, von Sex, von Verantwortung. Später wird er sich im Rückblick an einen kurzen Moment erinnern, als die Zeit stumm und reglos schien. Diese Stunde des einsamen Wanderns war wie ein Geschenk, und ein Teil des Geschenks war eine alte unnachgiebige Grammatikregel, die ihm in die Ohren schlug: verloren, verlorener, am verlorensten. Er fühlte, wie die vierzehn Tage seiner Ehe rückwärts purzelten und ein erdachtes Kunstprodukt wurden, ein gekrümmter Raum, in den sich einzupassen er lernen mußte. Die Liebe war nicht behütet. Nein. Sie saß im Freien wie alles andere.

Fünfundvierzig Minuten hatte Arthur ihnen gegeben. Aber Larry Weller hatte sich eine ganze Stunde innerhalb der grünen Wände aufgehalten.

»Wir haben uns Sorgen gemacht«, sagte Dorrie. Vorwurfsvoll.

Er folgte ihr in den Reisebus zur Rückfahrt nach London. »Wie konntest du dich nur so verlieren?« fragte sie immer wieder. Am nächsten Tag bestiegen sie ein Flugzeug, das sie über den breiten Ozean trug, dann über die ungeheuren leeren Gefilde von Labrador und die sonnenerhellten Städte und Dörfer von Ontario, ein endloser Nachmittag im Flug. Zugefrorene Seen und Wälder breiteten sich unter ihnen aus, wurden schließlich spärlicher und verflachten zu einem Korridor aus schneebedeckten Feldern und dann dem dunklen, erkennbaren Labyrinth aus wirren Straßen und Dächern und Wolken kalter Luft, die aufstiegen, sie zu begrüßen.

Eine helle Glocke ertönte, Aufmerksamkeit heischend. Sicherheitsgurte wurden zugeklickt, Tische hochgeklappt, die Landeklappen knirschend ausgefahren, eine kleine Folge von technischen Wundern wurde sorgsam ausgeführt. Dorrie drückte aufgeregt, ergriffen Larrys Hand, was besagte: fast daheim. Gleich würden sie in Anspruch genommen werden von vertrauten Straßen und Häusern und dem Leben, das sie sich ausgesucht hatten oder das sie ausgesucht hatte.

Abreise und Ankunft: Er wußte es damals nicht, aber diese beiden Mächte sollten die Zwillingsbolzen seines Daseins bilden – wie die kurzen Augenblicke der Klarheit, die sich zwischendurch ergaben und Stille boten. Ein Aussetzen des Atems. Sein Leben, in seinen eigenen Händen gehalten.

Kapitel Drei

Larrys Leute

1980

Kurz vor seinem dreißigsten Geburtstag hatte Larry genug Geld beisammen für eine Anzahlung auf ein kleines Haus an der Lipton Street, ein Gelegenheitskauf, besonders günstig, da renovierungsbedürftig, fünf Zimmer und eine verglaste vordere Veranda, und jetzt verbringt er die meisten Abende und Wochenenden damit, daran zu arbeiten. Er und Dorrie, seine Frau, sind vor zwei Monaten eingezogen, und seither liegt sie ihm in den Ohren, in der Küche neue Fliesen zu verlegen, und danach müssen die Armaturen im Badezimmer erneuert werden und vielleicht auch die Dekkenisolierung, bevor der Winter kommt. Eine ellenlange Liste. Doch in diesem Sommer hat Larry in jeder freien Minute im Garten gearbeitet, zuweilen mit Hilfe seines Freundes Bill Herschel, doch meistens allein. Dies sollte erledigt werden, solange das Wetter schön ist, sagt Larry. Und er will, daß der Garten rundum eingezäunt ist, damit Ryan im nächsten Frühjahr unbeaufsichtigt draußen spielen kann.

Larry hätte auch heute im Garten gearbeitet, aber seine Eltern haben ihn, Dorrie und das Kind zu sich eingeladen, um seinen Geburtstag zu feiern. Sonntagsessen, Geschenke von den Angehörigen auspacken, Kerzen ausblasen, das Übliche. Es ist das Jahr 1980; er wird nun in die Dekade der Dekadenz eintreten, nur weiß er es noch nicht, niemand weiß es; er weiß nur, daß er das angenehme Summen einer nahezu ununterbrochenen Vorfreude in der Brust fühlt, obwohl Dorrie auf dem ganzen Weg zum Haus seiner Leute genörgelt hat, daß es vermutlich ein warmes Abendessen geben wird, und das jetzt, am beschissenen Ende eines glühendheißen Tages. Sie versteht unter Nahrungsaufnahme bei Bullenhitze einen großen Eisbecher und ein Glas Eistee.

Ein bitteres, schales Schweigen hatte sich in den letzten Wochen zwischen ihnen ausgebreitet.

Noch vor drei Jahren war er ein junger Spund gewesen, der in Hemdsärmeln über eine Straße in Winnipeg spazierte. Er erinnert sich, was für ein Gefühl das war, keine Frau, kein Kind, kein Haus, kein Garten. Jetzt hat sich das Bild gewandelt, aber das ist in Ordnung, besonders Ryan, sein Kind. Und noch etwas: Er hätte bei dem Gedanken, dreißig zu werden, erwartungsgemäß in Schwermut versinken müssen, aber das hat er nicht getan. Er ist einmalig und sterblich, das weiß er, und er hat dieses niedliche kleine Haus und einen Garten, der langsam Gestalt annimmt; alle Ecken füllen sich mit umgepflanzten Sträuchern vom Großhändler in Carmen. Auch ein paar Blumen sind da und etwas Ziegenpfeffer, doch vor allem sind es die Sträucher, die er liebt. Dorrie nennt sie immerzu Gestrüpp, und er muß sie immerzu verbessern. »Du hast einen Gestrüppfimmel«, sagt sie, doch ihre Lippen lächeln dabei. »Du willst der Gestrüppkönig des Universums sein.«

Vielleicht stimmt es. Vielleicht will er seinen Garten zu einer regelrechten Sträucherpräsentation gestalten. Irgendwo hat Larry gehört, daß fast jedermann auf der Welt in seinem Leben eine Minute des Ruhms vergönnt ist, oder vielleicht ist es eine Stunde.

Über Stu Weller, Larrys Dad, stand in der Wochenendausgabe der *Winnipeg Tribune* einmal etwas zum Thema seiner Korkenzieher- und Flaschenöffnersammlung, die zur Zeit des Interviews sechshundert Exemplare umfaßte und sich seither fast verdoppelt hat. Midge, Larrys ältere Schwester, hat letztes Jahr bei der Tombola der Kunstgalerie tausend Dollar gewonnen – genug, um mit einer Freundin eine Reise nach Hawaii zu machen –, und sie war tatsächlich in Channel 13 aufgetreten, wo sie berichtete, wie überrascht sie war und daß sie normalerweise kein Geld für Tombolalose verschwende, es sei denn für einen guten

Zweck wie die Erweiterung der Ausstellungsräume der Galerie oder dergleichen.

Larrys Augenblick des Ruhms liegt noch einige Jahre in der Zukunft, und das ist gut so. Er hat dieser Tage genug im Kopf, seine junge Familie – Dorrie, der kleine Ryan – und seine Arbeit bei Flowerfolks. Und seine gegenwärtige Hauptbeschäftigung, die Gestaltung seines Gartens. Was Dot angeht, seine Mutter, sie hat genug Berühmtheit für ein ganzes Leben. Bloß nicht mit ihr über Berühmtsein reden, vor allem nicht über die Art Ruhm, die aus Ignoranz hervorsprudelt und einen für den Rest des Lebens verfolgt. Dumme Dot. Unachtsame Dot. Dot, die Mörderin. Natürlich, das lag lange Zeit zurück.

Als Larry ein kleines Kind war, hat seine Mutter ihn vor den Gefahren öffentlicher Trinkbrunnen gewarnt. »Kein Mensch hält seinen Mund direkt an die Spritzdüse«, sagte sie, »weil man sich dabei die Bazillen von anderen Leuten einfangen kann und sich wer weiß was für eine Krankheit holt.«

Das war schlimm für Larry. In jenem Alter stellte er sich gern auf die Zehenspitzen und drückte die Lippen direkt an die kühle silbrige Wasserdüse, statt zu versuchen, den unberechenbar aufwärts strömenden Strahl mit dem Mund aufzufangen. Außerdem ergab die Warnung seiner Mutter keinen Sinn, denn wenn kein Mensch die Düse berührte, wie konnten dann Bazillen daran sein? Er erinnert sich – er mußte damals sechs oder sieben gewesen sein –, daß er seiner Mutter diesen logischen Schluß darlegte, sie aber hatte nur ihren Kopf mit den zerdrückten Locken geschüttelt und traurig, weise gesagt: »Es wird stets Menschen auf dieser Welt geben, die es nicht besser wissen.«

Er stellte sich diese Menschen – Menschen, die es nicht besser wußten – als eine Rasse von ungeschickten Unglücklichen vor, und seiner Mutter zufolge lebten sie zuhauf direkt hier in der Ella Street im West End von Winnipeg:

jene Menschen zum Beispiel, die ihren Rasen mähten, aber es unterließen, das Schnittgut aufzurechen. Menschen, die es nicht besser wußten, lagerten Kuchenmehl und andere Erzeugnisse in den Originalpapiertüten, so daß es in ihren Schränken von Ameisen und Käfern wimmelte. Es fiel ihnen nie ein, die zerfallenden Platzdeckchen von *Lake of the Woods* zu ersetzen, auf deren Mitte »Die Geschichte des Zellstoffs« geprägt war. Das war das Problem mit Menschen, die es nicht besser wußten: Sie warfen nichts fort, nicht einmal ihre fleckigen Geschirrtücher, nicht einmal ihre Topfhandschuhe mit Brandlöchern in den Daumen.

Menschen, die es nicht besser wußten, aßen wahrhaftig den Krautsalat, den es zu ihren Hamburgern gab, spießten ihn mit ihren Gabeln aus den winzigen gefältelten Papierbechern. Jemand, ihre wohlmeinende Mutter vermutlich, hatte ihnen eingeschärft, sie müßten alles grüne Gemüse essen, das ihnen vorgesetzt wird. Nicht daß an Krautsalat viel Grünes wäre, vor allem, wenn er in einer Pfütze nasser Salatsoße daherkam und unerhörterweise weiß der Himmel wie viele Tage tiefgekühlt gewesen war. Diese Menschen haben das Wort Salmonellen nie gehört, und wenn, können sie es vermutlich nicht aussprechen.

Wogegen Dot (Dorothy) Woolsey Weller, Ehefrau von Stu Weller, Mutter von Larry und Midge, Großmutter von Ryan, sich gründlich und in tragischen Einzelheiten mit Lebensmittelvergiftung auskennt. Sie war in jungen Jahren eine unwissende und unachtsame Person, eben einer jener Menschen, die es nicht besser wußten, und nun wird es ihr niemals gestattet sein, ihren Unverstand zu vergessen. Sie ist gezwungen, sich jeden Tag zu erinnern, entweder für einen flüchtigen Augenblick – an ihren guten Tagen – oder an langen, leidvollen Nachmittagen der Schwermut. »Eure Mutter ist heute ein bißchen melancholisch«, pflegte Stu Weller seinen Kindern zu sagen, als sie in dem Haus in der Ella Street aufwuchsen, und sie wußten, was das bedeutete.

Dann saß ihre Mutter, wieder einmal, noch in ihrem Chenille-Morgenrock am Küchentisch, wenn sie aus der Schule kamen, rieb sich mit den Händern übers Gesicht, ihre Augen blicklos und glasig, und durchlebte aufs neue ihre einzige entsetzliche niederträchtige Tat.

Selbst heute, am 17. August, dem dreißigsten Geburtstag ihres Sohnes, erinnert sie sich. Larry kennt die Anzeichen. Es ist halb sechs an einem Sonntagnachmittag, und da ist sie, mit strammem Steiß, schwitzend in ihrem zerknitterten baumwollenen Sommerkleid, und macht sich in der Küche zu schaffen, stapelt die Eßteller zum Wärmen auf den Ofen, als ob sie nicht schon heiß genug wären, weil sie in der heißen Küche standen. Sie späht in den Ofen nach dem blubbernden Eintopfgericht, und sie wuselt hin und her, vom Kühlschrank zur Anrichte, von der Anrichte zum Spülbecken. Ihre ausholenden, munteren Gesten scheinen nicht in ihrem Leben als Ehefrau und Mutter begründet zu sein, sondern in einer sonnigen, behüteten, schwelgerischen Mädchenzeit, doch bezweifelt Larry, daß sie die jemals hatte. Sie lächelt und plappert, und sie flirtet sogar ein bißchen mit ihrem dreißig Jahre alten Sohn, der zuschaut, eine Flasche kaltes Bier in der Hand, aber er kennt die Warnzeichen. Ihre fahrige Gelöstheit verrät sie. Sie nimmt ein Glas saure Gurken und schlägt es fest auf das Brotbrett, um den Deckel zu lockern. Sie denkt nach und sorgt sich und weiß Bescheid, und ihr ist übel vom Gift der Erinnerung.

Meine Mutter, denkt Larry, meine wehmütige, sanfte Mutter. Den größten Teil ihres Lebens war sie damit befaßt, ihre schmerzliche Geschichte zu verkraften, zu versuchen, voranzukommen, während diese ganze *Schwere* in ihr liegt. Ein einziger uralter Fehler, eine schiefgelaufene Stunde, und nun bezahlt sie und bezahlt.

Sie ist Hausfrau, Larrys Mutter, Herstellerin von Eiercreme, Strickerin von Schals, inbrünstige Bewahrerin von Babybildern und Familienalben, doch dies ist ihre eigentliche Arbeit: trauern, erinnern. Das lose Schiffchen ihres Schmerzes schießt hin und her, so daß sie manchmal ganz gesund wirkt, ganz wie andere Mütter auch. Heute, zu Larrys Geburtstag, hat sie statt eines Kuchens eine Zitronenbaisertorte zubereitet; sie hätte sie gestern zubereiten und im oberen Regal des Kühlschranks direkt unter dem Gefrierfach aufbewahren können, doch bei *ihrer* Geschichte würde sie sich nicht im Traum einfallen lassen, ein solches Risiko einzugehen. Und wer könnte es ihr verdenken? Ihre Ängstlichkeit, was Essen betrifft, ist in die Familienchronik eingegangen – ebenso wie Larrys Leidenschaft für Zitronenbaisertorte. Dot macht ihrem Sohn jedes Jahr eine große zum Geburtstag, mit einem Kreis aus Geburtstagskerzen, die sie durch die goldenen Spitzen der Baisers bohrt. Ein sehenswerter Anblick.

Es gibt auch Lancashire-Eintopf, und der ist es, der jetzt gerade im Ofen blubbert. Es ist ein simples Rezept aus alter Zeit, das Dots Mutter in England immer samstags abends zubereitet hat: Der Boden einer Pyrex-Kasserolle wird mit Stücken von geschmortem Lammfleisch ausgelegt, darüber kommt eine Schicht in Scheiben geschnittene Kartoffeln, dann eine Schicht Möhren, dann wieder Lammfleisch und obenauf eine Handvoll fein gewürfelter Zwiebeln. Man gebe reichlich Salz, Pfeffer und Petersilie sowie eine Tasse Brühe aus Oxo-Suppenwürfeln hinzu und lasse alles zugedeckt anderthalb Stunden im Ofen schmoren. Larry ist verrückt nach Lancashire-Eintopf, zumindest tut er so, seiner traurigen und sich ständig grämenden und erinnernden Mutter zuliebe. Mum nennt er sie, hat sie immer so genannt. Die Amerikaner sagen Mom oder Ma. Die Leute in Filmen und Büchern sagen Mutter.

Sie hat den Ausziehtisch im Wohnzimmer für sechs Personen gedeckt, mit ihrer besten Damastdecke, dem guten

Besteck und Porzellan. Nur die Familie ist da, ihre Lieben, wie sie sie gerne nennt, als seien es Gestalten aus einem Nachruf – ihr Mann Stu, Larry, Dorrie und der kleine Ryan auf seinem Kindersitz. Ihre Tochter Midge wird auch kommen, aber bis jetzt, da es fast Zeit ist, sich zu Tisch zu setzen, ist sie noch nicht erschienen. Vor drei Jahren hat Midge ihrem Mann den Laufpaß gegeben, nachdem sie ein anonymes Schreiben erhalten hatte, worin stand, daß Paul häufig eine bestimmte Schwulenbar aufsuchte, und jetzt schwört sie, daß sie nie wieder heiraten wird. Sie sagt, die Augen aufwärts verdreht, sie hätte vom ersten Tag an gewußt, daß irgend etwas mit ihm nicht stimmt.

Larry macht sich Sorgen um seine Mum. Sie geht in letzter Zeit nicht genug aus, tatsächlich so gut wie gar nicht, es sei denn, man nennt eine Fahrt zu Sear's Matratzenausverkauf »ausgehen«. Larry macht sich auch Sorgen, weil seine Mutter sich so sehr für andere aufreibt. Sie grämt sich um Midge, weil sie schon mit fünfunddreißig Jahren verbittert ist, stets daherredet wie eine richtige Anhängerin der Frauenbewegung, bei Demonstrationen mitmarschiert und so weiter. Sie macht sich auch Sorgen um Larry und Dorrie, weil die sich unentwegt streiten und weil Dorrie ganztags bei Manitoba Motors arbeitet, statt zu Hause zu bleiben bei Ryan, der mit dreiundzwanzig Monaten noch Windeln anhat, und sie macht sich Sorgen um ihren Mann, der schlecht gelaunt ist und der sich in diesem Augenblick im Schlafzimmer ein sauberes Sporthemd anzieht, weil sie ihm so lange zugesetzt hat. Ehrlich gesagt hat er den ganzen Tag nur genörgelt, über die Hitze, die Mücken, seine Kreuzschmerzen, nicht genug Zucker in seinem Nachmittagskaffee, den Schmutz im Garten hinterm Haus wegen des Komposthaufens, zu dem Larry ihn überredet hat, und weil er jetzt am Ausziehtisch im Wohnzimmer essen muß statt in der Küchennische. Bislang hat er Larry, seinem Sohn, nicht mal zum Geburtstag gratuliert.

Sie schaut in den Ofen, sieht auf die Uhr, späht aus dem Küchenfenster, um zu sehen, ob Midges Auto den Weg hinterm Haus entlangkommt. Wo bleibt das Mädchen? Als nächstes gießt sie kochendes Wasser über den silbernen Tortenheber, falls Bazillen darauf lauern, dann legt sie ihn zum Trocknen auf ein Papiertuch. Makellos. Genau wie das gesprenkelte Linoleum. Genau wie Dots Besteckschublade. In diesem Haus würde nie ein tropfender Teebeutel oder ein Haufen Kaffeesatz ins Spülbecken geworfen. Mit Leuten, die es so weit kommen lassen, daß sich am Saum ihres Duschvorhangs eine Schimmelschicht bildet, will sie nichts zu tun haben. Sie ist eine Frau, die das Fleisch vom Metzger nach Hause trägt und es im Spülbecken wäscht. Während Larry beobachtet, wie sie sich unterm Wasserhahn die Hände abspült, tritt er mit dem Fuß gegen das Tischbein, wie er es getan hat, als er klein war. Die gepolsterte Frühstücksnische, wo er sitzt, hat den blanken Hygienegeruch einer alten Ehe. Larry flötet eine kleine Melodie in seine leere Bierflasche.

Ist auf der geneigten, rotierenden Welt Platz für einen Mann von dreißig Jahren, der in eine Flasche flötet? Das denkt er, und seine Mutter denkt es auch, als sie ihm die Flasche abnimmt, weniger mit tadelnder als vielmehr mit entschlossener Miene, und sie unter die Anrichte stellt. Was für eine Entbehrung, fragt ihr Gesicht, was für eine Beschädigung hat ihren Sohn mit dreißig Jahren zum Stillstand gebracht? Etwas ist zu früh weggenommen worden, aber was? Und ist es ihre Schuld?

Natürlich ist es ihre Schuld.

Sorgen, Sorgen, ein Kreislauf von Sorgen. Und dies sind ihre Lieben, diese fünf. Ihr nörgelnder Mann, ihre abtrünnige Tochter, ihr unsteter Sohn und im Wohnzimmer ihre Schwiegertochter Dorrie, die sich mit ihrem reinlichen Körper, den scharfen Augen, dem straffen Kinn und den gespannten Schultern über die Wochenendzeitung beugt, die

Anzeigen studiert und Gutscheine über einen Dollar Rabatt ausschneidet, während der kleine Ryan auf dem Fußboden sitzt und mit den Papierresten spielt, die er zu winzigen Schnipseln zerreißt. Diese unzureichende kleine Familie. Das ist alles, was Larrys Mutter hat, um sich gegen die Schädigung ihres eigenen Lebens zu polstern.

Die Geschichte von Dot Weller, und wie sie ihre Schwiegermutter getötet hat, bekam Larry in kleinen Häppchen serviert, in Raten gewissermaßen. Er erinnert sich an keine Zeit, da er nicht wenigstens einen Teil der Geschichte kannte, und er weiß wahrhaftig nicht genau, ob ihm jemals ein vollständiger Bericht, von Anfang bis Ende, in einem Stück, zuteil wurde.

In einem der Alben seiner Mutter ist eine Fotografie von Larry, die ihn im Alter von sechs Monaten zeigt. Der kleine Larry in einem gesmokten weißen Nachthemd ist in einen altmodischen hölzernen Hochstuhl geklemmt, den man aus irgendeinem Grund ins Freie getragen hat. Verwischte Bäume und eine Andeutung von Rasen vervollständigen den Hintergrund, der von einem unheimlich grellen Licht erhellt ist, das auf das feine Kraushaar des Kindes und auf das schimmernde Holz des Stuhles fällt. Kann ein Köpfchen von dieser Größe denken? Kann ein Babygesicht klug und unbeirrbar sein? Seine Hände, die krumpeligen Muscheln ähneln, umklammern die Kante vom Tablett des Hochstuhls, und das Gesicht ist zu Knittern verinnerlichter Qual verzogen. Er kann in diesem Alter unmöglich wissen, daß sich im Leben seiner Mutter eine Katastrophe ereignet hat, oder doch? Und dennoch, die verständigen, sanften Augen in ihren Höhlen, die kleine Rundung seines Mundes künden bereits von dem vollen Umfang peinigenden Wissens. Er hat eine Mutter, die im Schlaf weint. Eine Mutter, der es an jener kalten, rettenden Wißbegierde fehlt, die sie nach einem tragischen Ereignis im Lot halten würde, und deren Gram ihn angesteckt hat. Durch ihre Milch, durch ihre Haut und ihre Fingerspitzen.

Oder es mag zu Beginn nicht mehr gewesen sein als eine Aufeinanderfolge von Schweigen, das um bestimmte Themen erwuchs, die im Leben seiner Mutter nicht offen angesprochen werden konnten. Im Rückblick ist Larry sich fast sicher, daß ihm die Geschichte, als sie zu ihm gelangte, mit heftig flüsternder tonloser Stimme vermittelt wurde – aber wessen? seines Vater? seiner Schwester? – und daß hinter der Schilderung der Begebenheiten eine treibende Dringlichkeit lag: Dies war eine Information, die er brauchen würde, um in der Familie Weller zu leben, um durch die Welt zu gehen. Die Katastrophe, die sich im Herbst 1949 ereignet hatte, ein Jahr bevor er geboren wurde, war unausweichlich, in den Mauern installiert wie eine Isolierschicht aus Formaldehyd, eine stets gegenwärtige, fest verschnürte Erzählung, die jeden einschloß, der unter dem Dach der Familie lebte. Und so weiß Larry vom Leiden seiner Mutter. Hat es immer gewußt, hat die bekannten Teilchen mit seiner Phantasie ergänzt. Er hätte gern seine Arme um sie gelegt, und sie hätte es auch gern geschehen lassen. Aber er weiß nicht, wo er anfangen soll, weiß nicht, ob sie weiß, daß er es weiß oder wieviel er weiß oder welches Gewicht er ihm beimißt. So schweigt er, und so schweigt sie. Er sitzt und spielt mit seiner Bierflasche, bis sie ihm entschlossen weggenommen wird, und Dot sieht zum x-ten Mal auf die Uhr, als würde jede tickende Minute ihre Traurigkeit mit einem zusätzlichen Gewicht beschweren.

Dot Weller war zur Zeit des Unfalls fünfundzwanzig Jahre alt und mit dem jungen Stu Weller verheiratet, der bei British Railways in der Stadt Bolton im Norden Englands als Polsterer arbeitete. Ihre kleine Tochter Midge – die Kurzform von Marjorie – hatte soeben die ersten Schritte gemacht, ein fröhliches kleines Kind, das von einem Stuhl zum anderen torkelte und sein akrobatisches Wagnis mit vergnügtem Glucksen begleitete. Das zufriedenste Kleinkind der Welt, sagten alle. Ein richtiges Schätzchen.

Die Familie lebte in einem neueren gemeindeeigenen Wohnhaus, vier luftige Zimmer und ein winzig kleiner Garten, wo Dot im Sommer Kopfsalat, Rettiche, Möhren, schwarze Johannisbeeren und eine wogende Reihe Stangenbohnen zog. Ihr wären ein schöner Rasen und ein Blumenbeet lieber gewesen – sie hatte ein Faible für Lupinen –, doch eine bedachtsame, anerzogene Sparsamkeit hieß sie sich auf das verlegen, was sie, Stu und die kleine Midge verzehren konnten. Aus den schwarzen Johannisbeeren kochte sie eine ziemlich saure Marmelade, weil Zucker noch rationiert und schwer zu bekommen war, und die Stangenbohnen dünstete sie und konservierte sie in luftdicht verschlossenen Gläsern. Es machte sie glücklich, wenn sie ihre Reihe eingemachtes Obst und Gemüse betrachtete, sechs Liter insgesamt; die Bohnen, von blaugrüner Farbe, schimmerten im Regal der Vorratskammer.

Stu war sechs Tage in der Woche in der Fabrik, aber sonntags blieb er zu Hause und bereitete für seine hübsche junge Frau und sich selbst den Morgentee. Das wenigste, was er tun könne, sagte er gern. Er warf die kleine Midge in die Luft, las den *Sunday Mirror* von vorn bis hinten, machte die Kaminroste sauber, und kurz vor Mittag ging er über die Straße zum Pub, um schnell einen Gin-Tonic zu trinken, den er damals für einen Gentleman-Drink hielt. Danach stiegen er, Dot und ihr kleines Dickerchen von Tochter in den Bus und fuhren quer durch die Stadt zu seiner Mutter und seinem Dad, die in einem Reihenhaus lebten. Es erwartete sie eine sonntägliche Zusammenkunft. Glückliche Tage. Alle waren sich bewußt, wie gut sie es hatten. »Aber sie sollten ab und zu auch mal zum Sonntagsessen zu *uns* kommen«, sagte Dot. »Es ist nicht richtig, daß deine Mutter die ganze Arbeit hat.«

Sie redete auf sie ein, und schließlich sagten sie zu. Die Sonntagstour ging in die umgekehrte Richtung, Mum und Dad Weller fuhren an einem Vormittag Ende Oktober mit dem Bus Nummer 16 quer durch die Stadt und kamen, von kaltem Regen durchnäßt, aber fröhlich und bereit für eine warme Mahlzeit, an ihre Tür. Es gab Roastbeef mit Kartoffelbrei und Bratensoße, dazu Rosenkohl oder Stangenbohnen nach Wahl. Es gab Meerrettichsoße in einem kleinen Dessertschälchen, ein Hochzeitsgeschenk. Und zum Nachtisch selbstgemachten Biskuitkuchen, mit goldgelbem Sirup übergossen.

Ein Segen, sagten die Leute hinterher, daß nicht alle lieber Bohnen statt Rosenkohl wollten. Nur Mum Weller nahm sich, und zwar reichlich, von den Bohnen. »Und unsere Dot hat sie eingemacht«, sagte Stu, der stolze junge Ehemann. »Nimm dir, Mum, du hast ja fast nichts auf dem Teller.«

Eine Stunde später klagte die alte Dame, während sie eine Tasse Tee trank, daß sie doppelt sah und Schluckbeschwerden hatte. Trotzdem packten Stu und sein Vater die schläfrige Midge in ihren Kinderwagen und spazierten zu dem unbebauten Grundstück beim Rangierbahnhof, ließen Dot mit ihrer leidenden Schwiegermutter allein. Dot bot ihr noch Tee an, aber sie wies ihn zurück. Dot holte eine Wärmflasche und eine Decke, die sie ihrer Schwiegermutter über die stämmigen Knie legte. Mum Weller schaukelte einige Male vor und zurück, dann stöhnte sie plötzlich und fiel krachend nach vorn auf den Kaminvorleger, wobei ihr Kopf das Metallgitter um wenige Zentimeter verfehlte. Dot lief zu ihr, kniete sich auf den Vorleger. Mutter Wellers Kopf war grotesk nach einer Seite verdreht, und ihr Gesicht sah lila aus, wie erstickt. Dot erinnert sich, daß sie aufschrie, weiß aber nicht, was sie gesagt hat. (Vermutlich *Hilfe, Hilfe,* aber wer war da, um zu helfen?) Und dann fuhr sie mit der Hand vor den Augen der toten Frau hin und her.

Sie war tatsächlich tot. Die junge Dot hatte noch nie

einen toten Menschen gesehen, aber sie wußte, dieses massige Wesen auf ihrem Fußboden war auf die andere Seite hinübergegangen, wie die Leute es damals ausdrückten. Da lag sie, mit dem Gesicht nach unten auf dem mit Asche bestreuten Teppich, eine schwergewichtige Frau, in ein steifes Korsett gezwängt und mit mehreren Schichten wollener Kleidungsstücke übereinander gepolstert, der karierte Rock kolossal über ihrem Hinterteil, ihr gestrickter Pullover hochgerutscht. Ihre Hüften und Waden waren plump und leblos, und der rosa Rand ihrer Unterhose sah unzüchtig hervor. Ein eigenartiger Geruch nach Abfall stieg von dem Leichnam auf. Dot erinnert sich, daß sie *Es kann nicht sein, es kann nicht sein* dachte, als sie an der reglosen Gestalt zerrte, an der festen, unbeweglichen Masse. Dann kam ihr ein Gedanke: Herzinfarkt. Das Wort bildete sich in ihrem Kopf, brachte einen Schwall der Erleichterung mit sich – das also war geschehen! –, und mitten in ihrem Begreifen befiel sie ein Hauch, nicht mehr, von schamhafter Selbstgratulation, weil sie das Phantom vor ihren Augen erkannt und benannt hatte. Sie war überdies Zeugin einer der großen Tragödien des Körpers gewesen.

Doch es war kein Herzinfarkt, der das katastrophale Ende ihrer Schwiegermutter herbeigeführt hatte. Oh, wenn es doch nur einer gewesen wäre, wenn doch nur! Mum Wellers Tod war – was Laboruntersuchungen später ergaben – durch eine schwere Lebensmittelvergiftung vom Typ C verursacht worden. Die Ursache der Vergiftung waren Dots gedünstete Stangenbohnen – unsachgemäß verschlossen, unzureichend erhitzt –, dieselben Bohnen, die während der vergangenen zwei Monate in ihrem hübschen Glas gestanden hatten, so untadelig blaugrün und makellos wie die reine Unschuld.

Dot Weller ist jetzt sechsundfünfzig und ihr Mann Stu achtundfünfzig. Stus Eltern sind mit Mitte Fünfzig gestorben, seine Mutter an der Lebensmittelvergiftung und sein Vater zwei Jahre später an Wut – wenngleich auf dem Totenschein »schwerer Schlaganfall« vermerkt war. Dads Wut, eher ein biblischer Zorn, war an jenem entsetzlichen Sonntag ausgebrochen, als seine Frau auf dem Kaminvorleger tot umfiel, vergiftet von ihrer dämlichen Idiotin von einer Schwiegertochter. Mord war das Wort, das Dad Weller benutzte. *Vorsätzlicher* Mord sogar. Dies sagte er zum Reporter der *Manchester Evening News,* der einen Fotografen schickte, um ein Foto vom Garten der Wellers zu machen und in einer Ecke die dunkle Reihe Bohnen aufzunehmen, die Wurzel des Übels. Mit Vernunft war Dad Weller nicht beizukommen, obwohl er sein Leben lang ein vernünftiger Mann gewesen war. Seine Welt war durch Unheil gespalten, und er weigerte sich, den anklagenden Finger zu senken.

Am Ende trieb dieser anklagende Finger den Sohn Stu geradewegs zum Auswanderungsbüro in Stockport, und kurz darauf brachte Stu seine schwangere Frau und das Kind nach Kanada, Ende der vierziger Jahre das Ziel von Tausenden englischer Arbeiter. In Winnipeg gab es Arbeitsplätze in Fabriken. Es war möglich, ein eigenes Haus mit Garten anzustreben, mit der Zeit ein Auto, eine Waschmaschine, einen Kühlschrank zu kaufen, den Kindern ein besseres Leben zu bieten. Und bitteren, häßlichen Szenen und Familienärger zu entfliehen. Als die Nachricht kam, daß der alte Mann an einem Schlaganfall gestorben war, machte Stu sich nicht die Mühe, zum Begräbnis nach Hause zu reisen.

Larry kennt die Giftepisode mit all ihren tragischen Rhythmen und Resonanzen. So ist es, wenn man mit einem schlimmen Kapitel aus der Geschichte eines anderen aufwächst, im Giftglanz der Schuld eines anderen, einer Schuld, die sich zu einem verwurzelten Schmerz auswuchs. Er hatte das gramvolle Leid seiner Mutter hautnah miterlebt, und nun ist es sein Leid; jede Runzel, jede Falte gehört zu ihm. Er weiß von der angebotenen Tasse Tee und der Wärmflasche; seine Ohren können präzise den Aufschlag des Körpers auf dem Kaminvorleger hören; er sieht die finstere Fotografie in der Zeitung und die Schlagzeile: »Frau aus Bolton vergiftet Schwiegermutter.« Dies alles ist durch die Türen und Fenster seiner Kinderwelt gedrungen, ohne daß er es richtig bemerkte. Es war einfach – da. Wie der Sauerstoff, den er atmete. Wie ein mit Asche belegtes Feuer. Und er kann sich sogar die geheimsten Gedanken seiner Mutter vorstellen, diejenigen, die nie ausgesprochen werden konnten: Gott sei Dank, daß die kleine Midge die Bohnen abgelehnt hat. Und sogar: Gott sei Dank, daß ich keine wollte.

Und für Larry, der zwei Monate, nachdem seine Eltern sich in Winnipeg niedergelassen hatten, geboren wurde, hat der Flug aus dem Heimatland das Flair eines alttestamentarischen Exodus. Es fällt ihm schwer, es zu glauben. Er betrachtet seine biederen, bedächtigen Eltern und versucht sich den Druck vorzustellen, der sie zwang, ihre Habe zusammenzupacken und, ohne es zu kennen, in ein neues Land zu reisen. Sie waren acht Tage auf einem rostigen griechischen Linienschiff unterwegs, dann fuhren sie noch drei Tage mit der Eisenbahn nach Manitoba. Dot Weller war auf jedem Kilometer der Reise übel, und sie muß mehr als einmal über die Schulter geblickt und sich gefragt haben, was sie zurückgelassen hatte und warum. Eine Katastrophe hat sie vertrieben, eine Katastrophe, gepaart mit Schuld, die seiner Mutter wie ein chirurgischer Eingriff ins Hirn geritzt war. Wie wollten sie in der Hitze der strafenden Wut eines Vaters überleben?

Wenn Larry über seine Familie nachdenkt, ist dies der Abschnitt ihres Lebens, den er nie ganz begreifen kann: daß sein Vater aus Liebe, aus dem Wunsch heraus, seine Frau zu beschützen, seine Wurzeln gekappt und einem sicheren Arbeitsplatz, einem behaglichen Haus, seinem wöchentlichen

Gin-Tonic und allem, was ihm vertraut war, den Rücken kehrte, daß er Freiheit oder Vergessen hätte wählen können, sich jedoch statt dessen entschied, seine Frau auf der schwerfälligen, schmerzhaften, fruchtlosen Suche nach etwas, was als Vergeben gewertet werden könnte, zu begleiten. Larry entdeckt etwas Heroisches im Herzen seines hartnäckigen und unbequemen Vaters, der seine junge Frau rettete, der zu ihr hielt. Stu Weller ist ein Mensch, der ohne eine Spur von Zweifel für die Wiedereinführung der Todesstrafe ist. Er quasselt von Sozialschmarotzern, und manchmal bezeichnet er Schwarze als Nigger und behauptet mit einer verqueren Logik, daß Schwule kastriert gehörten, das ganze Pack. Und deswegen verwundert es Larry, daß sein Vater zu einer derart männlichen, selbstaufopfernden Tat fähig war, und er fragt sich, ob er für seine Frau Dorrie das gleiche tun könnte. Vermutlich nicht. Er gesteht sich ein, daß seine Liebe niemals so rein sein wird wie die seines Vaters und gewiß nicht so redlich wie die eingeprägte goldene Liebe in seinem Kopf.

Nicht daß es seinen Eltern Stu und Dot gelungen wäre, jegliche Erinnerung an die Tragödie auszulöschen, beileibe nicht. Noch nach all den Jahren geht dauernd ein Schalter in Dots Kopf an: bei der Erwähnung von Bolton, von Lebensmittelvergiftung, von Selbsteingemachtem, von Biskuitkuchen, bei einer Anspielung auf Schwiegermütter, auf Kaminvorleger, auf das Gespenst eines plötzlichen Todes, auf das Wort Bohnen – vor allem auf das Wort Bohnen, eine Materie, die aus dem Wellerschen Haushalt verbannt ist und von der nie, niemals gesprochen wird. In seinen dreißig Lebensjahren hat Larry das verräterische Gemüse nie gekostet.

Stu Weller liebt seine Arbeit. Seit dreißig Jahren arbeitet er jetzt als Polsterer in einer Firma im Süden von Winnipeg, der größten ihrer Art in Nordamerika; sie stellt Reisebusse in Einzelanfertigung her. Er hat mit vierzehn die Schule verlassen, sobald es gesetzlich möglich war, und ging geradewegs zur Eisenbahn, wo er sein Handwerk erlernte. Er fand auf der Stelle Gefallen daran, und es war genau das richtige für ihn. Der Wechsel von Zügen zu Bussen, als er nach Kanada kam, war ein Kinderspiel, und er hat an ein paar echten Schönheiten mitgewirkt. Ein einzelangefertigter Reisebus wird von Hand hergestellt, und das wird von den meisten Leuten nicht gewürdigt. Als Ausgangsmaterial nimmt man ein paar Metallplatten, schneidet sie zurecht, biegt sie, verdreht sie, bringt Verstrebungen und Nieten an, und dann hat man etwas Einmaliges. Alles außer dem Motor wird direkt auf dem Air-Rider-Fabrikgelände hergestellt, sogar die Benzintanks, sogar die dekorative Ausstattung, und hier kommt Stu Weller ins Spiel.

Fest steht, daß einige der größten und glänzendsten Namen in der nordamerikanischen Unterhaltungsindustrie bei Air-Rider individuell gefertigte Fahrzeuge bestellt haben, wunderbare rollende Wohnstätten und Büros mit weißer Bespannung an den Wänden und italienischem Marmor als Bodenbelag. Ein Country-and-Western-Sänger – nach ein, zwei Glas Bier läßt Stu schon mal einen Hinweis fallen, wer genau der Sänger ist – hat ein Modell mit einem Badezimmerboden bestellt, der aufklappbar war und, schwupp, ein Dampfbad enthüllte, wo normalerweise das Gepäckabteil ist. Dieses Stück hat locker eine halbe Million Dollar gekostet. Derselbe Bus hatte eine komplett ausgestattete Küche, deren Schränke mit Einlegearbeiten in Eiche versehen waren – und mit einer versteckten Koje für den mitreisenden Koch. Letztes Jahr hat Stu die Polsterung für einen Krankenhausbus gefertigt, eine fahrende Klinik für ländliche Gebiete, und jetzt arbeitet er an einem Bus für den Transport von Gefangenen, in dem jeder Sitz eine separate kleine Gefängniszelle ist, mit Gittern bis zur Decke. Im Augenblick montiert er schlitzfesten Kunststoff mit der geringstmöglichen Menge an Polsterung. Jeder Auftrag ist eine neue Herausforderung. Der Werkshallenaufseher nimmt ihn immer beiseite und sagt: »Hören Sie, Stu, Sie sind der Mann mit der Erfahrung. Wir brauchen Ihre Fachkenntnis für diesen Auftrag.«

Am Wochenende schläft Stu, oder er schleicht im Haus herum und wartet auf Montagmorgen. Seine Hände kennen die Geheimnisse von Schaumstoff, Federung und Rahmen, sie verstehen es, den Unterbau unsichtbar und gleichzeitig stabil zu machen. Er hat eine große Auswahl an Stoffen zur Verfügung, Samt, Brokat, Wildleder und Leder. Für den Chef eines amerikanischen Fernsehsenders hat er die Buswände mit schimmerndem mauvefarbenen Satin bespannt und dafür einen handgeschriebenen Dankesbrief erhalten. Als nächstes ist ein spezieller Kapellenbus für einen bekannten Fernsehprediger geplant, und Stu hat vor, reichlich pflaumenfarbenen Samt und weißes Leder für die Türen zu verwenden, die das Publikumsabteil vom privaten Bereich trennen. Er hat die Erfahrung gemacht, daß die Leute bereitwillig Geld für Qualität ausgeben; sie wünschen das beste Material und legen Wert auf erstklassige Ausführung. Im Laufe der Jahre hat man ihm Jobs in einer Reihe der besseren Polsterwerkstätten von Winnipeg angeboten, aber er hat die Angebote nie auch nur einen Moment lang in Erwägung gezogen. Er kennt das Geschäft der individuellen Fertigung von Reisebussen in- und auswendig und kann sich nicht vorstellen, den ganzen Tag nur an Möbeln, schlichten Sofas oder Sesseln zu arbeiten.

Natürlich ist er sich nicht zu schade für ein Wochenendprojekt zu Hause. Die Frühstücksnische in der Küche, Anfang der siebziger Jahre gebaut, ist sein eigener Entwurf, eine geschwungene rote Kunststoffbank mit leuchtenden Messingknöpfen. Schick, modern, bequem. Und letzten Sommer hat er die Wohnzimmercouch auseinandergenommen, den Rahmen neu verklebt und sie mit mitternachtsblauem Strukturnylon neu bezogen. Gäste des Hauses denken, sie sehen ein nagelneues Möbelstück. Sein Hochzeitsgeschenk für Larry und Dorrie war außer der Reise nach England eine erstklassige Polsterarbeit an einem alten Bettsofa, das Larry auf einem Garagenflohmarkt erstanden hatte. Es sieht wirklich gut aus, bezogen mit einem Stoff mit diesen abstrakten Drucken, die jetzt groß in Mode sind, und der Stoff ist imprägniert, so daß kein allzu großer Schaden entsteht, wenn Dorrie mal wieder Ryans schmutzige Windel herumliegen läßt.

Er hat zu Larrys Dreißigstem eine weitere Polsterarbeit angeboten. Er könnte, schlug er vor, für sein Bett ein gepolstertes Kopfbrett in Kunstleder machen, aber Larry sagte nein, er hätte lieber ein paar Ladungen guten Mutterboden für den Garten. Schön, wenn der Junge das haben will, dann kriegt er es auch. Heiliger Strohsack. Erde, Dreck.

An der Art, wie Stu an seinem Hemdkragen kratzt, erkennt man, daß er nicht ganz glauben kann, einen Sohn zu haben, der heute dreißig geworden ist. Er scheint nicht zu wissen, was er von seinem Sohn und seiner schludrigen Frau halten soll (Dorrie, Dor, Dorable) und von Larrys abwegigen Ideen von Wandern und Umwelt. Und davon, daß Larry in seinem Garten Sträucher-»Arrangements« pflanzt und Jahr für Jahr in einem Blumengeschäft arbeitet, sich den ganzen Tag mit Blättchen und Blümchen abgibt. Aber Stu hält den Mund. Streit ist das letzte, was er möchte.

Sein Sohn nennt ihn Dad oder Da; dafür nennt er Larry gar nicht, bloß *du*. Keiner von beiden kann sich erinnern, wann das angefangen hat, aber Larry wertet seinen namenlosen Status als eine vorübergehende Schüchternheit seitens seines Vaters; ha! vorübergehend – lebenslang. Doch Schüchternheit ist alles, worauf es hinausläuft. Immerhin hat sein Dad ihm Geld für die Anzahlung geliehen, nicht wahr? Und er hat gestern morgen eine Fuhre allerbesten

Mutterboden zu Larrys Haus liefern lassen, noch bevor Larry und Dorrie aus dem Bett waren.

Sechs Uhr. Larrys Eltern setzen sich immer um Punkt sechs zum Abendessen, auch wenn es ein besonderer Anlaß ist wie heute und obwohl Midge weder aufgetaucht ist noch so höflich war, anzurufen. Die Vorhänge waren den ganzen Tag zugezogen, um die Hitze zurückzuhalten, und das Licht, das ins Wohnzimmer sickert, hat die Farbe von staubigem Bernstein. Das Zimmer ist vollgestopft mit dem ausgezogenen Tisch und den zusätzlichen Stühlen, die hineingequetscht werden mußten, und mit den warmen Speisen auf der Anrichte. Der kleine Ryan fängt an herumzufuhrwerken, er greift nach der Tischdecke, und Dot ist besorgt, daß er die Glasschüssel mit den eingelegten Zwiebeln herunterzieht. Sie fürchtet tatsächlich den Tod, fürchtet, daß ihre Tafel mit den sorgsam zubereiteten Speisen denen, die sie am meisten liebt auf der Welt, Schaden, nicht Nahrung bringen wird. »Setz dich hin, Mum«, sagt Larry, und er rückt ihr den Stuhl zurecht – eine seltene Geste in diesem Haus, eine unglaubliche Geste – und hilft ihr, es sich bequem zu machen. Am liebsten würde er sich vorbeugen und mit der Wange ihr frisch frisiertes Haar berühren. »So«, sagt sie und sieht in die Runde, »guten Appetit allerseits.«

In diesem Moment platzt Midge in Shorts und einem T-Shirt in Orange und Pink durch die Hintertür; ihre Autoschlüssel klimpern an den Fingern einer Hand, in der anderen hat sie eine Tüte Brötchen, ihr Beitrag zum Mahl. Sie wirft die Brötchen mitten auf den Tisch, noch im Plastikbeutel vom Safeway-Supermarkt. Eine Sekunde später schleppt sie ein riesiges, unhandlich verpacktes Paket herein, ein Geburtstagsgeschenk für ihren Bruder, das aber erst nach dem Nachtisch ausgepackt wird, wenn die Kerzen ausgeblasen sind und die Torte verzehrt ist. Larry weiß schon, daß es etwas für den Garten ist, ein Werkzeug oder eine exotische Pflanze vielleicht. Seine Schwester hat ihn immer verstanden. Mits nennt er sie oder Mit-Brain oder Pigeon, Taube.

Sie nimmt ihren Platz am Tisch ein, zwängt sich zwischen ihre Mutter und Dorrie, fuchtelt mit den Armen. Sie dampft förmlich von einem Wirrwarr an Entschuldigungen und Neuigkeiten und auch von der feuchten Hitze des Tages. Verzeihung, Verzeihung, Verzeihung, sagt sie zu allen, aber sie war das ganze Wochenende auf einem Wut-Workshop im Erholungsort Gimli nördlich von Winnipeg. Zweihundert Frauen haben teilgenommen. Wenn man sich zeitig anmeldete, bekam man zehn Prozent Nachlaß, aber sie hatte erst Freitag nachmittag davon erfahren, weswegen sie früh mit der Arbeit aufhörte, sagte, sie hätte Kopfschmerzen, dann den Wagen vollpackte und losfuhr. Keine Zeit zu telefonieren, es war eine ganz spontane Sache, eine Gelegenheit, die sie sich nicht entgehen lassen konnte. Die Leiterin des Wut-Workshops war aus den Staaten gekommen. Ja doch, das ist ihre Spezialität. Was für eine Frau! Graue Haare bis zur Taille, barfuß, und sie hat in irgendeinem Fach einen Doktortitel, reist durchs ganze Land, hält Vorträge, tritt im Fernsehen in Talkshows auf, bei Phil Donahue und so weiter. Brüllt es raus, das verlangt sie von ihren Wutgruppen. Schreit, kreischt, weint, bis ihr pißt, klammert euch aneinander. Erzählt eure Geschichte, begrabt sie dann, und das haben sie getan. Sie haben sich heute am frühen Morgen am Strand versammelt, gerade als die Sonne am Winnipegsee über den Horizont kam, zweihundert schreiende halbnackte Frauen, und in einem inszenierten Augenblick – es gab einen Trommelwirbel und einen Lautsprecher – warf jede von ihnen einen symbolischen Kieselstein in die sanften Wellen, ihre geballte Wut, ihre kieselharte kleine Bürde an gehorteten Ungerechtigkeiten. O Gott, war das schön, dieser Frieden, diese Erleichterung. Direkt am Strand standen gigantische Teemaschinen mit sogenanntem Friedenstee, der wird aus

Äpfeln und Algen zubereitet, wahrscheinlich auch aus Seetang. Und Brot, diese gigantischen Laibe, die einfach herumgereicht und auseinandergerissen und mit der Hand gegessen wurden, ohne Butter oder sonst etwas, nur das reine körnige Brot, und die Brise wehte vom See her, und die vielen unter Wasser ruhenden Steine, aus den Augen, aus dem Sinn, für immer verschwunden, und die sich umschlingenden Frauen im Sand, tanzend und singend, oder sie saßen vielleicht ruhig da, während die Sonne auftauchte, diese Stille, das Licht auf dem Wasser. Und dann der verfluchte Verkehr auf der Heimfahrt – es war ein Alptraum, das könnt ihr mir glauben, und das in dieser ewigen Hitze!

Dot nimmt Ryan auf den Schoß – ihren kleinen Rye-Krisp, ihren kleinen Ribena-Saft, ihren Mister Man, ihren Noodle-Doodle – und drückt ihn an ihre friedliche Brust.

»Und weswegen sind all die Weiber so wütend?« fragt Dorrie. Sie kann ihre Schwägerin nicht ausstehen, und dieses Gefühl beruht auf Gegenseitigkeit.

»O Gott.« Midge schüttelt den Kopf und nimmt sich eine eingelegte Zwiebel. »Laßt mich bloß nicht davon anfangen.«

Und niemand tut es. Sie reden statt dessen über die Hitze, über den Pollenbericht und darüber, ob Quebec sich abspalten soll. Sie bemühen sich, eine Familie zu bleiben, trotz allem. Nichts Wesentliches wird in diesem Haus jemals laut ausgesprochen werden, auch wenn Midge plärrt und plappert und Larry stachelt und vermutet. Es kommt nicht darauf an, das hat Larry vor Jahren begriffen. Heute erzählt sein Dad einen Witz, den er in der Fabrik gehört hat, eine lange Geschichte von einem Neufundländer, der Quebec besucht und bei einem Einheimischen Dorschlebertran kaufen will. Dot Weller summt Ryan in den Schlaf, und Dorrie Weller erzählt allen, daß sie im Norden der Stadt einen Laden entdeckt hat, wo man Putzmittel mit zwanzig Prozent Rabatt kaufen kann.

Larry hört zu. Auf diese Weise erfährt er etwas über die Welt, genau wie jedermann – aus Nebenbemerkungen über eine Zitronenbaisertorte, aus plötzlichen Aufwallungen von Begreifen oder aus sonderbaren Parallelen, die aus dem Radio kommen, aus einem Film, aus den Seiten einer Zeitung, aus einem Witz –, und sein verblüfftes Ich tritt zurück und sagt: So funktioniert das also.

Man hätte meinen sollen, daß Larrys Familie sich in eine im Gram erstarrte Gruppe von Statuetten verwandelt hätten, aber nein. Sie bewegen sich, sie atmen, sie befolgen selbstersonnene Rituale, und Larry nimmt alles in sich auf. Die wuchernde Schuld seiner Mutter, das stoische Herz seines Vaters, die herrlich flammende Wut seiner Schwester, selbst die abwechselnde Schärfe und Schlaffheit der häuslichen Gewohnheiten seiner Frau – dies alles brennt um ihn herum, ein fluoreszierender Ring, wenngleich der Raum zwischen einer derartigen Lebhaftigkeit und den unscheinbaren vertrauten Gesichtern am Tisch zu eng scheint, um ihn zu betreten. Er ist dreißig Jahre alt, um Himmels willen, alt genug, um zu wissen, daß er nicht alles wissen kann. Alles, was er will, ist das, was ihm zusteht, das, was er glücklicherweise am Wegesrand findet. Alles, was er will, ist leben und weiterleben, bis er hundert Jahre alt ist, und dann will er sich hinlegen und sterben.

Kapitel Vier

Larrys Arbeit

1981

Die meisten Freunde von Larry hatten in ihrem Leben ein halbes Dutzend Jobs, und ziemlich viele haben zwischendurch eine Weile unter Arbeitslosigkeit gelitten. Aber Larry hat Glück gehabt. Er arbeitet jetzt zwölf Jahre bei Flowerfolks, seit er 1969 sein Floristendiplom erwarb.

Flowerfolks ist eine kleine Kette, die für freundlichen Service und gute Qualität bekannt ist. Gewöhnlich ist ein Gesteck von Flowerfolks an seiner Natürlichkeit zu erkennen. Die Flowerfolks-Leute halten zum Beispiel nichts von exzentrischen Gebilden mit verbogenen Stielen oder von diesen Holly-Hobby-Gestecken oder von abwegigen Zusammenstellungen, etwa Tulpen und Paradiesvogelblumen in ein und demselben Strauß. Auch ihre Glückwunschgebinde zur Geburt haben ein frisches, irdisches Aussehen. Larry sagt, es jagt ihm Schauder über die Haut, wenn er bloß an diese Styroporlämmer denkt, denen rosa und blaue Blumen aus dem Rücken ragen. Schlichtheit und Redlichkeit zu einem vernünftigen Preis – das war immer die Devise von Flowerfolks.

Und das hat sich nun über Nacht geändert.

Alle zwölf Flowerfolks-Geschäfte sind von Flowercity geschluckt worden, dem multinationalen Konzern mit Hauptsitz in Kalifornien. Plötzlich gibt es ein neues Logo. Plötzlich gibt es überall gefärbte Nelken, die sie früher nur zögernd, nur auf extra Bestellung, verkauften. Plötzlich tragen die Angestellten, sogar die Männer, blau-weiß karierte Kittel mit kleinen runden Peter-Pan-Krägen, an denen ihre Namensschildchen stecken. Die halbe Ladenfläche in den diversen Filialen ist jetzt Kunstblumen vorbehalten, über die man bei Flowerfolks immer die Nase gerümpft hat. Wie Vivian Bondurant sagt: »Warum etwas Totes, wenn man es lebendig haben kann?« Gute Frage.

Vivian, die Filialleiterin, hat zwei Wochen nach der Übernahme durch Flowercity gekündigt. Ihr graut vor dem, was sie in den achtziger Jahren kommen sieht, und außerdem hat sie Lust, den Beruf zu wechseln. »Ich habe mich krumm geschuftet«, sagte sie zu Larry, »ich habe diesen Laden aufgebaut, habe hier im West End einen treuen Kundenstamm gehalten, habe reelle Ware angeboten. Ich bin fest entschlossen, noch einmal die Schulbank zu drücken. Sozialarbeit – da liegen die Jobs der Zukunft. Ich habe neulich etwas über Eichhörnchen gelesen, und ich ...«

»Eichhörnchen?« unterbricht Larry und kratzt sich durch seinen karierten Kittel an der Brust. Seine Frau hat den Kittel nun schon zweimal gewaschen, aber er ist immer noch steif von Appretur.

»Vierundsiebzig Prozent der Nüsse, die ein Eichhörnchen versteckt, werden nie gefunden. Erstaunlich, nicht?«

»Du meinst ...«

»Ich meine, ich habe auch Nüsse versteckt, gewissermaßen. Habe ich nicht dauernd kleine Verbesserungen im Geschäft vorgenommen? Mir die Namen der Leute gemerkt. Bin nach Hochzeiten drangeblieben. Habe kleine Aufmerksamkeiten zum Jahrestag geschickt. Habe zu Weihnachten Schneeballzweige aus Toronto besorgt, als keine andere Filiale in der Stadt was davon wissen wollte. Und so weiter.«

»Und?«

»Und was habe ich nun davon?«

»Ich dachte, dir gefällt es hier.«

»Jetzt wollen sie täglich Stechkarten. Das ganze Brimborium. Man sollte doch meinen, wenn sie ein modernes Management betreiben, müßten sie gemerkt haben, daß es auf die *Menschen* ankommt! Computerisierte Bestandsliste. Großer Gott! Gegen Computer an sich ist ja nichts zu sagen, und sie wollen es eben so. Und ich muß Tag für Tag in diesem albernen Schulmädchenaufzug zur Arbeit erscheinen. Ein karierter Kittel, in meinem Alter. Also wirklich!«

»Was meinst du damit, in *deinem* Alter? Du redest, als wärst du ...«

»Ich bin achtunddreißig Jahre alt. Eine reife Frau. Ha! Wenn ich Little Bo-peep sein wollte, würde ich in Disneyland arbeiten. Bei dir ist es etwas anderes, du bist ...«

»Ich bin einunddreißig.«

»Das reinste Kind.«

»Aber Sozialarbeit, Viv! Woher weißt du, daß Sozialarbeit dir liegt?«

»Weiß ich ja gar nicht. Vermutlich werde ich sie hassen. Arme Leute, kranke Leute. Ach du lieber Gott. Aber wenigstens habe ich meine Würde. Du weißt schon, etwas Nützliches tun.«

»Hey, Viv, Moment mal. Du bist es doch, die immer sagt, wie wichtig Blumen sind. Denk an deine Chinesengeschichte ...«

»Chinesengeschichte? Was für eine Chinesengeschichte?«

»Du weiß schon – von dem Schlitzauge, der zwei Pennies hat ...«

»Zwei Yen, meinst du.«

»Und er gibt einen für einen Laib Brot aus und den anderen, um eine Blume zu kaufen.«

»Hör zu, Larry, ich muß dir mal was sagen. Ich hoffe, daß ich dir damit nicht zu nahe trete.«

»Nur zu. Schieß los.«

»Schau, du bist ein sensibler Mensch, wirklich, das bist du, aber da ist etwas, was du wissen mußt, vor allem, da du in einem Geschäft arbeitest, wo es zu neunundneunzig Prozent um Kundenbeziehungen geht.«

»Ich kann's verkraften. Los, sag schon.«

»Also, schau, du darfst einfach nicht mehr Schlitzauge sagen. Es klingt nach Vorurteil. Du mußt Chinese sagen.«

»Oh.«

»Schlitzauge ist wie Spaghettifresser oder Rothaut.«

»Mein alter Dad sagt ›Chink‹.«

»Genau, da hast du's. Wir haben es weit gebracht, Kleiner.«

»Ich werd's mir merken.«

»Das wirst du müssen, Larry. Weil's nämlich danach aussieht, daß du den Laden hier übernimmst, wenn ich weg bin.«

»Machst du Witze?«

»Es ist nicht sicher, aber es gab da so klitzekleine Andeutungen aus der Zentrale, von diesen Mistkerlen. Kurze Erkundigungen, verstehst du? Ist dieser Weller zuverlässig? Kann er Entscheidungen treffen? Wie gut kann er mit Leuten umgehen? Lauter solche Sachen.«

»Ich kann es nicht glauben. Ich hatte nie gedacht...«

»Wie die Eichhörnchen, von denen ich vorhin sprach? Du hast deine Nüsse immerzu vergraben – nimm's nicht persönlich, Kumpel –, und jetzt ist es Zeit, ein paar zu finden. Du hast es verdient, Larry. Du wirst ein großartiger Chef sein. Ich habe übrigens eine Empfehlung geschrieben. Eine ganze Seite, einzeilig getippt. Er ist ein prima Kerl, so etwas in der Art. Mit originellen Ideen, originell unterstrichen. Weiß dieser Mann, wie Iris sich halten oder was? Und er ist gut organisiert, sauberer Arbeitstisch, läßt die Aufträge nicht auflaufen, spielt sich gegenüber den Lehrlingen nicht auf. Hey, was ist? Du solltest ein frohes Gesicht machen. Du kletterst die Leiter hoch, mein Kleiner. Was ist los?«

»Ich kann mir diesen Laden ohne dich einfach nicht vorstellen«, sagte Larry.

Larry spricht nicht viel über seine Arbeit, aber er denkt viel über sie nach, und meistens denkt er, daß er Glück hat. Arbeit bedeutet ihm weit mehr als das Gefühl von Farn in den Händen oder der Anblick von Schleierkrautzweigen, die durch das Glas des Kühlraums schimmern, oder auch das Geschäft selbst, diese schwammige grüne Höhle, deren

Waldgerüche aufsteigen und ihn begrüßen, wenn er morgens hereinkommt. Wie viele Menschen arbeiten schon in dieser Üppigkeit, wo die Luft ringsum in Duft und Farben ausbricht. Die leichte Feuchtigkeit im Laden ist ein Teil des Arbeitens, ein großer Teil, doch all diese Eigentümlichkeiten werden übertroffen vom Wohllaut der Gespräche. Er und Viv reden den ganzen Tag. Sie reden seit zwölf Jahren, ein unaufhörliches, nahtloses Gespräch.

Sie haben immer mehrere Hilfskräfte, aber die kommen und gehen: Wendy, Kerri, Dawn, Sidney, Brenda, Lou-Anne, zwei oder drei Jennifers, ein großer dicker Kerl namens Tommy Enns, eine endlose Prozession, Lehrlinge vom Red River College, jung und konfus, eifrig, verkrampft, schrill oder schüchtern, je nachdem. Ein neuer Lehrling, der ein achtwöchiges Arbeitspensum absolviert, neigt dazu, Chaos zu verbreiten, zumindest am Anfang, doch Larry und Viv halten den Laden mit ihren Stimmen in Schwung, seine Stimme, ihre Stimme – sie reden, reden, den ganzen Tag reden diese zwei.

Während sie an der Bank stehen und Brautbuketts mit Draht »verstärken« oder einen Winterstrauß komponieren, der zur Palliative Care Unit des Victoria Hospital geschickt werden soll, oder Wacholder auspacken (er wird in Bündeln zu zwanzig Stück pro Kiste geliefert), diskutieren Larry und Viv über Michael Jacksons Bühnenauftritte oder Margaret Trudeaus mütterliche Instinkte beziehungsweise deren Nichtvorhandensein. Ihre Finger bewegen sich und ihre Münder desgleichen. Quassel, quassel. Sie geben zu, daß sie von Wirtschaft nichts verstehen, und finden, daß dies ihr gutes Recht ist. Sie reden über die Pennyknappheit in den Vereinigten Staaten, die Radongefahr in Kellergeschossen, die maßlosen Gagen von Profifootballspielern, über das Pro und Kontra der Keuchhustenimpfung – bei diesem speziellen Thema ist es Viv gelungen, Larry zu überreden, seinen dreijährigen Sohn Ryan lieber nicht impfen zu lassen. Die zwei schwelgen in der Erinnerung daran, wie einmal ein Typ hereinkam und ein Dutzend verwelkte Rosen bestellte, um sie seiner Exfrau zu schicken, und wie Vivian den Auftrag entgegennahm und dann in aller Ruhe die Polizei anrief.

Sie sprechen über die Preise von Klimaanlagen in den Staaten im Vergleich zu denen in Kanada. Über Männer, die über die Grenze kommen, um sich vor dem Wehrdienst zu drücken, und ob man sie nach Hause schicken sollte. Über Pickel, ob man sie ausdrücken oder in Ruhe lassen soll. Über Mütter, ihre Stimmungsumschwünge, ihre stumme Herzlichkeit. Über Ronald Reagan, wie gutmütig oder dämlich der Mann ist. Wie heiß es draußen ist, wie regnerisch, daß der Weg hinterm Haus zugeschneit ist. Ein ganzes Jahrzehnt ist verstrichen, mit seinen Wechselfällen, Aufregungen und dahingegangenen Persönlichkeiten, und das Ganze kristallisiert sich in den Worten, die zwischen Vivian Bondurant und Larry Weller hin und her fliegen. Eine Million Wörter, eine Milliarde. Ton für Ton, das wichtigste Geräusch in Larrys Leben ist das Geräusch, das aus Viv Bondurants Kehle kommt.

Ihre Stimme ist ein tiefes, vertrauenerweckendes Rollen, aber erfüllt von kleinen Trillern und kurzen Pausen. Sie versteht es, eine Geschichte aufzubauen, und sie weiß genau, wann es Zeit ist, Larry den Ball zuzuspielen. »So, und was meinst *du,* Larry?« Sie bringt ihm Berichte aus jenem Abschnitt der Welt, der ihm anscheinend verwehrt ist, die Anekdoten, die sie CHOL'S Sendung, bei der die Zuschauer anrufen können, oder dem *People Magazine* entnimmt. Mit unermüdlichem Nachdruck gibt sie großzügig Tips weiter wie Hustenmittel von irgend jemandes Großmutter, die Tatsache, daß Italiener Chrysanthemen nur bei Beerdigungen verwenden, was man heutzutage laut sagen kann und was verboten ist. Schlitzauge ist heute verpönt. Indianer sind keine Rothäute, sondern Ureinwohner. Und so weiter, und so fort.

Bestimmte Themen sind zwischen ihnen tabu. Zum Beispiel erwähnen sie nie, niemals, Dorrie, Larrys Frau; Viv mit ihrer scharfen Intuition nimmt vermutlich an, daß es auf diesem Gebiet nicht allzugut läuft. Andererseits kann sie erstaunlich freimütig über sich selbst sprechen; zum Beispiel legt sie großen Wert darauf, Larry über ihren Menstruationszyklus auf dem laufenden zu halten. »Besser, du weißt Bescheid, wenn ich meine Periode habe, Junge, dann kannst du mir aus dem Weg gehen.« Dabei ist sie mit einem bemerkenswert ausgeglichenen Naturell gesegnet, eine Frau, deren steter Kommentar über die Welt untermauert ist von einer mühelosen Akzeptanz all dessen, was ihr über den Weg läuft. Was sie in ihrem Dasein sammelt, sind *Informationen,* und zwar Informationen, die zu wertvoll sind, um nicht weitergegeben zu werden.

Larry ist froh darüber. Er hat Viv eine Menge zu verdanken, dabei kennt er sie doch kaum. Sie und Hector, ihr Mann, leben zurückgezogen in einem Haus in St. Vital. Hector ist gut fünfzehn Jahre älter als Viv, und er war schon einmal verheiratet – das ist Viv eines Tages entschlüpft, als sie im Laden eine Kiste Stechpalmenzweige sortierte – und hat mehrere Kinder gezeugt, die sich zu Quenglern und Raffzähnen entwickelt haben, weshalb er keine mehr will, und dafür hat Viv Verständnis. Larry ist nur ein einziges Mal bei ihnen zu Hause gewesen, an einem Sonntagmorgen vor ein paar Jahren, als er ein paar Reklamationen wegen falsch fakturierter Rechnungen vorbeibrachte.

Er hatte noch nie ein so gepflegtes Haus gesehen, alles abgestaubt und poliert und in einwandfreiem Zustand, und die hellbeigen Vorhänge in exakte Falten gelegt. Viv, die Jeans und einen Rollkragenpullover trug, kochte Kaffee, den sie Hector und Larry an dem blanken Küchentisch servierte. Sie war stiller als im Laden, saß zurückgelehnt da und ließ die Männer miteinander vertraut werden. Anschließend zeigte Hector Larry den Keller, wo er Uhren reparierte.

Dies war sein Job, nicht bloß ein Hobby. An einer Wand stand eine lange Werkbank mit Hectors Arbeitsgeräten. Sie waren erstaunlich schön, diese Geräte, mit Messingspitzen und dunklen Holzgriffen, und sie sahen wie Antiquitäten aus. Eine metallene Drehbank schimmerte, edel wie ein Museumsstück, sauber, gewienert, einsatzbereit. Eine viereckige Aufhängeplatte enthielt Bohrer, in Harfenform angeordnet. »Jedes einzelne Stück, das Sie hier sehen, ist aus Europa«, sagte Hector stolz. »Überwiegend aus Deutschland. In Maschinen und Werkzeug sind die Krauts unschlagbar.«

»Jaha«, murmelte Larry, den Blick auf die Metallzähne einer Miniatursäge gerichtet.

Zwanzig oder dreißig Uhren standen im Raum herum oder hingen an den Wänden, einige auseinandergenommen, andere mit Schildchen versehen und bereit, von ihren Besitzern abgeholt zu werden. Hector machte Larry auf die blanken Rahmen aufmerksam und erklärte ihm, wie man eine französische Uhr von einer englischen Uhr unterscheidet, daß manche Uhren einen Reguliermechanismus haben, so daß ihre Pendel weiter oder enger ausschlagen können, und er erläuterte ihm den Grund des Übergangs von Taschenuhren zu Armbanduhren. Larry fuhr anerkennend mit der Hand über den Rahmen einer schlichten runden Wanduhr.

»Das ist eine Seth Thomas, die Sie sich da ansehen«, sagte Hector. »Eine echte.«

»Ah«, sagte Larry, der noch nie etwas von einer Seth Thomas gehört hatte.

Die zwei Männer standen eine Minute in ehrfürchtigem Schweigen beisammen. Die Luft war erfüllt von lautem, geschäftigem Ticken, und dann plötzlich – Hector hielt vor Larry einen Finger in die Höhe; jetzt kommt's! – erklang ein kurzes Konzert von Glocken und Schlägen; zwölf Uhr mittags. »Das ist mein stündliches Konzert«, sagte Hector, und Larry war klar, daß er dies oft sagte und jedesmal mit Vergnügen. »Andere Musik brauche ich nicht.«

Dann sah Larry sich um in dem Raum mit der niedrigen Decke, der in den Ecken dunkel, aber unter dem Kegel einer grünen Arbeitslampe weißlich beleuchtet war. Dies war das Reich eines Mannes, dessen Name und Handwerk in den Gelben Seiten aufgeführt war. Der durchdringende Geruch von Maschinenöl hing über diesem tickenden Arbeitsimperium, und in der Mitte stand Hector Bondurant, die Arme vor dem Bauch verschränkt, seine Ellenbogen beklopfend, übers ganze Gesicht strahlend, ein Monarch in seiner erwählten Sphäre.

Larry spürte einen Stich widersinniger Eifersucht. Einen winzigen Augenblick lang wünschte er sich, diesen Raum zu besitzen, dieses geräumige Haus mit seinen adretten Vorhängen und den strengen weißen Kaffeebechern, und er sehnte sich nach dem täglichen Abstieg die linoleumbelegte Treppe hinab in diesen warmen, behaglichen Zufluchtsort mit der wartenden Werkbank, auf der sortierte Ersatzteile und hübsch angeordnetes Werkzeug lagen. Er wünschte sich dies alles, aber am meisten wünschte er sich Hectors Arbeit, seine Uhrmacherhände und die knifflige mechanische Verheißung, die er aus bloßem Holz oder Metall herausholte.

Im selben Augenblick überlappte sich mit Larrys spontanem Wunsch, Uhrmacher zu werden, sein Verlangen, Seite an Seite mit seinem Vater in den Air-Rider-Reisebus-Werken zu arbeiten, Metallplatten in mobile Paläste zu verwandeln. Dieses Wunder, aus nichts etwas zu machen. Die Freude am Ende des Tages, zu sehen, was man mit eigenen Händen geschaffen hat.

Und dann Dorrie, seine Frau, die bei Manitoba Motors Autos verkaufte – er hatte nie viel über Dorries Arbeit nachgedacht, aber jetzt wünschte er sich auch davon einen Anteil. Er in einem flotten Sportsakko mit einem Anstecker am

Revers, auf dem »Nennen Sie mich Larry« steht. Der Fachjargon, das Ködern der Kunden, die günstigen Angebote, scherzhaft gemacht und wieder zurückgenommen, die ständig wechselnden Schichten, der entscheidende Moment und der Kitzel: zuletzt die feierliche Handlung, die Unterschrift auf der gepunkteten Linie – und ein dicker Auftrag in der Tasche.

Es läßt sich nicht umgehen: Die Arbeitsrhapsodie summt in Larrys Ohren, mit ihren Variationen und Strategien, ihren Instrumenten und scharf konzentrierten Kunstfertigkeiten. Manchmal versucht er, sich mit dem Gedanken an Arbeitslosigkeit bange zu machen, den langen, unausgefüllten Vormittagen der Erwerbslosen – was wäre das für ein Gefühl? – und der vereinten Langeweile und Traurigkeit, weil man abgebrannt ist und nichts leistet, nichts anfangen kann mit seiner Zeit. Am Ende ist alles besser als nichts, selbst die tägliche Plackerei der Arbeitssüchtigen. Manche Arbeit ist unbefriedigend, das weiß er. Arbeit kann schmutzig, laut, gefährlich, erniedrigend sein, aber es ist immerhin Arbeit, und das ist es, was das Getriebe des Lebens in Gang hält. Er versteht diese simple, einzigartige Tatsache besser, als er jemals imstande sein wird, die rätselhaften Geheimnisse von Liebe und Glück zu verstehen.

Jahre später, als es schlecht lief mit seinem Leben, war er so weit, die Arbeit als den einzigen Trost für das Ausharren in der Welt anzusehen.

Bevor Dorrie heiratete, war sie Rezeptionistin im Ersatzteillager von Manitoba Motors. Die Bezahlung war nicht besonders, aber Dorrie war bekannt dafür, daß sie gut mit Kunden umgehen konnte; sie klagte stets mit ihnen über die Höhe der Reparaturrechnungen, ergriff für sie Partei. Das wußten sie zu schätzen. Sie gaben ihr den Spitznamen Dorable. Der Abteilungsleiter des Ersatzteillagers, ein Mann namens Al Leonard, sagte, sie sei die tüchtigste Angestellte, die er je erlebt habe. Sie hatte die Gabe, den Verbleib von Einzelteilen zu verfolgen und sich zu merken, was wo war und welche Teile nicht mehr auf Lager waren. Damals trug sie bei der Arbeit Jeans und einen dicken Pullover, weil es immer zog, da die Tür zur Reparaturwerkstatt den ganzen Tag auf und zu ging. Außerdem war sie hinter der Theke, was spielte es da für eine Rolle, ob sie leger oder schick angezogen war?

Nach Ryans Geburt blieb sie drei Monate zu Hause und verdiente sich ab und zu ein bißchen Geld, indem sie für den Reparaturdienst telefonisch Kontakt mit den Kunden hielt. Hierzu schickte ihr Manitoba Motors einmal in der Woche eine Liste mit ausgeführten Reparaturen, und ihre Aufgabe war es, die Kunden anzurufen und zu fragen, ob sie mit der Arbeit zufrieden seien. Eine Art Öffentlichkeitsarbeit, durch die der Kunde sich geschätzt und betreut fühlte. Sie wurde pro Anruf bezahlt, und sie schaffte etwa fünfzehn Telefonate, während Ryan seinen Mittagsschlaf hielt. Trotzdem war die Bezahlung eine Bagatelle, und dauernd wählte sie vergebens, weil niemand zu Hause war, oder die Kunden kanzelten sie ab, weil sie in der Mittagszeit gestört wurden.

Sie beschloß, wieder ganztags zu arbeiten. Russell LaFleur, der Oberboß, überraschte sie mit der Frage, ob sie schon mal daran gedacht habe, in die Verkaufsabteilung zu wechseln. Die Zeiten hatten sich geändert. Heute kauften Frauen ihre Autos selbst, alleinlebende berufstätige Frauen mit Geld für Extras. Frauen schätzten das Urteil anderer Frauen. Sie legten Wert auf die Ansicht einer Frau. Wenn Dorrie die Prospekte hervorholt und auf die Querschnittszeichnung des Motors verweist, stehen sie aufmerksam dabei und achten auf jedes Wort. Getriebetyp, Servobremsen, Temporegler – sie zählt diese Details an den Spitzen ihrer sorgfältig manikürten Fingernägel auf. Sie ist äußerst einfühlsam, wenn es um Farbe und Polsterkombinationen geht, und sie ist imstande, sich voll zu konzentrieren auf Sitzkomfort, Beinfreiheit, die Annehmlichkeit, daß das Handschuhfach ein eigenes Lämpchen hat. »Wir müssen alle mit einem bestimmten Budget leben«, sagt sie, zum Benzinverbrauch überleitend, und indem sie resigniert die Achseln zuckt und die kleine Nase rümpft, signalisiert sie Mitgefühl. *Hey, wir stehen dies zusammen durch, das kriegen wir schon hin, dies sind die Zahlen, vertrauen Sie mir.*

Unverzüglich kaufte sie sich bei einem ihr bekannten Designer-Direktverkauf zwei flotte Kostümchen, eins aus weichem grauen Wollflanell und eins in einem kräftig-blauen Hahnentrittmuster. Berufskleidung sagt sie dazu. Eine Investition. Frauen, die bei anderen Händlern in der Stadt arbeiten, stehen auf Hosenanzüge, aber Dorrie bleibt bei Röcken und farblich abgestimmten Strumpfhosen. Immerhin kommen auch männliche Kunden zu ihr, und auch bei ihnen hält sie einen beneidenswerten Verkaufsabschlußrekord. Am Ende jeder dreimonatigen Verkaufsperiode lädt Mr. LaFleur die ganze Belegschaft ins The Loft zum Essen ein, zu Steak und Bohnen. Das Verkaufspersonal mit guten Abschlüssen bekommt Steak serviert, und die, die zuunterst auf der Tabelle stehen, erhalten einen Teller Bohnen. Es ist zum Schreien, sagt Dorrie zu Larry, aber sie gehört schließlich jedesmal zu den Steak-Essern. Zweimal ist sie Verkäuferin des Monats gewesen, und einmal, letzten April, war sie die beste der Stadt. Dafür erhielt sie eine Plakette mit ihrem eingravierten Namen und ein Wochenende für zwei Personen im Hecla-Island-Erholungshotel. Und sie ging sogleich los und kaufte sich ein drittes Kostüm, aus einer himbeerroten Leinenmischung, hübsch für den Sommer, und ein Paar hochhackige Sandalen.

Sie hätte gern noch ein Kind; sie wäre gern eine Frau mit Freizeit, das sagt sie jedenfalls, und Larry erzählt sie, sie werde bei Manitoba Motors kündigen und ihren wehen Füßen eine Ruhepause gönnen, sobald sie genug Geld auf der Bank haben. Aber wieviel ist genug, das ist die Frage. Sie kann es nicht erwarten, fortzuziehen von der Lipton Street mit den altmodischen Häusern und dem starken Verkehr. Sie hat die Wohnsiedlung Linden Woods im Westen der Stadt im Auge, Doppelgarage, Badezimmer mit direktem Zugang vom Schlafzimmer, Hobbyraum mit Kamin und Hausbar mit Gläserspülbecken. Und was sie zu gern hätte, auch wenn es sich verrückt anhört, ist eine Wendeltreppe mit einem schmiedeeisernen Geländer. Als sie und Larry letzten Sonntag an der Hausbesichtigung einer Maklerfirma teilnahmen, haben sie so eine gesehen, und hinterher sagte Dorrie, als sie diese Treppe hinuntergegangen sei, eine Hand auf dem Geländer, habe sie sich wie ein richtiger Filmstar gefühlt. »Wenn wir in so einem Haus wohnen könnten«, sagte sie zu Larry, »würde ich keinen Tag im Leben mehr arbeiten.«

Larry möchte nicht aus seinem Haus ausziehen. Er gibt zu, es ist kein Palast, aber er ist gerade damit fertig geworden, den Keller zu isolieren, und denkt daran, sich das Dach vorzunehmen. Er hat auch einen neuen Müllzerkleinerer eingebaut. Er weist Dorrie darauf hin, was er an Geld und Arbeit investiert hat.

»Du willst dich bloß nicht von deinem verrückten Garten trennen«, hält sie ihm vor.

Seufzend, achselzuckend gibt er zu, daß stimmt, was sie sagt.

Er hat schwer an dem Garten gearbeitet. Es ist ein kleines Areal, neun Meter breit und dreißig tief, das ist alles, aber es hat in der Stadt Winnipeg nicht seinesgleichen, vermutlich nicht mal in der Provinz Manitoba. Jeder Zentimeter ist mit Hecken besetzt, und diese Hecken sind in dem ausgeklügelten Muster eines Irrgartens gepflanzt. Es gibt selbstverständlich einen direkten Zugang für den Briefträger, aber es gibt auch einen anderen, gewundenen Pfad, der sich zweimal ums Haus schlängelt, mit einem halben Dutzend falscher Kehren.

Larrys Irrgarten-Irrsinn (wie Dorrie es nennt) begann vor dreieinhalb Jahren, als sie heirateten und auf Hochzeitsreise nach England flogen. Der Höhepunkt der Rundreise war eine Tour durch den berühmten Irrgarten von Hampton Court außerhalb Londons, und seither liest Larry Bibliotheksbücher über Irrgärten. Und hat diesen klassischen Irrgarten-Entwurf adaptiert und auf die Größe des Grundstücks an der Lipton Street zugeschnitten. Er hat in einem Discount-Gewächshaus Jungpflanzen erstanden und sich darüber informiert, welche Sträucher in diesem Klima am besten gedeihen und wie man sie einen langen Winter hindurch am Leben erhält, nämlich indem man die jungen Schößlinge unter Laubhaufen begräbt. Im Augenblick sind die Hecken noch kümmerlich und so kurz, daß man leicht hinübersteigen kann; es wird noch vier, fünf Jahre dauern, bis die Heckenwände hoch genug sind für seinen Geschmack, doch in der Zwischenzeit hegt und päppelt er sie. Das letzte, was er möchte, ist, nach Linden Woods zu ziehen, wo er wieder ganz von vorn anfangen müßte und wo die Gemeindesatzung eine exzentrische Gartengestaltung vermutlich verbietet.

In dieser Nachbarschaft dagegen ist alles möglich. Die Leute hier sind bunt gemischt. Sein Freund Bill Herschel, der zwei Straßen weiter wohnt, arbeitet ganztags bei Manitoba Endangered Species Alert, einer Umweltorganisation, die sich für gefährdete Arten einsetzt, und er geht Larry am Wochenende manchmal zur Hand. Die Gilshammers gegenüber (er macht in Discount-Elektronik; sie arbeitet in einem Unisex-Haarsalon) haben gerade das zusammengerechte Laub von ihrem Grundstück gespendet. Ebenso die zwei Jungs ein paar Häuser weiter. (Larry kann sich nicht auf Anhieb auf ihre Namen besinnen, aber er weiß, daß sie in einem Theater in der Stadt als Bühnenschreiner tätig sind, was er sich als eine hochinteressante Arbeit vorstellt.) Lucy Warkenten, die die obere Wohnung nebenan hat, hat kein Laub anzubieten, aber sie zeigt lebhaftes Interesse für Larrys Irrgarten und ist ein halbes Dutzend Male durchgegangen, hat ihn in ihren lila Lederstiefeln durchschritten. (Sie ist selbständige Buchbinderin und arbeitet zu Hause.) Unter Lucy wohnen die Lees mit ihren drei kleinen Kindern. Ken Lee liefert Pizzas für Bella Vista aus und gibt Larry all sein Laub und seinen Grasschnitt sowie eine Menge Ratschläge zum Thema Vermehrung von Sträuchern, die in einer flachen, aber breiten Furche gepflanzt werden müssen, damit die Wurzeln sich seitwärts ausbreiten und so dazu beitragen können, die Äste gegen starke Winde zu verankern. Die Grangers, Gord und Moira, wohnen auf der anderen Seite von Larrys Haus. Moira ist Hausfrau, Halbinvalidin, die für eine Rechtschreibreform eintritt (sie sähe gern den Buchstaben X getilgt), und Gord entwirft ergonomische Arbeitshandschuhe, sein neuester Durchbruch ist eine verminderte Wattierung an den Fingergelenken, damit die behandschuhte Hand bei kaltem Wetter Gegenstände leichter greifen kann. Die gutmütigen Grangers haben ebenfalls ihr zusammengerechtes Herbstlaub für das Überleben von Larry Wellers jungen Hecken beigesteuert, und jetzt, kurz vor dem Wintereinbruch, gleicht Larrys und Dorries Garten einer Reihe von indianischen Grabhügeln, aus denen ihr Haus wie ein Pilz herausschaut.

An den dunklen Novemberabenden bleiben die Leute in dieser Nachbarschaft gern mit den Ihren zu Hause und genießen ihr Hamburger-Abendbrot und ihre Lieblingssendungen im Fernsehen. Im allgemeinen gehen in den Häusern der Straße zwischen zehn und halb zwölf die Lichter aus. Es finden, stellt Larry sich vor, Sternexplosionen statt mit Sex oder Anfeindungen oder spätabendlichem Kommen und Gehen – und vermutlich sogar Gewalttaten, aber die Nächte in der Nachbarschaft sind größtenteils ruhig und schwer von Schlaf. Unter dem unendlichen marineblauen Himmel, unter dem kalten, knochenbleichen

Mond, erneuert sich dieser kleine Abschnitt der Welt, füllt seine Reserven auf, macht sich bereit für morgen. Bereit, wieder zur Arbeit zu gehen.

Angestellt bei Flowercity, verheiratet mit Dorrie, wohnhaft in der Lipton Street, hatte Larry keine Ahnung, daß die Technik einmal den Arbeitsmarkt plattwalzen würde. Anfang der achtziger Jahre, dieser zauberhaften, dümmlichen Zeit, hatte fast jeder einen Arbeitsplatz, und wenn nicht, rechnete man damit, jeden Moment einen zu finden. Niemand dachte auch nur im Traum an das Überflüssigwerden, die Freistellungen von Arbeitskräften und die Verschlankungen, die das Ende des Jahrhunderts mit sich bringen würde, wo in einer ärmlichen, darbenden Welt die tägliche Arbeit so rar und exotisch sein würde wie die kostbaren Orchideen, die Larry, in Isoliermaterial gepackt, im hinteren Bereich des Kühlraums aufbewahrt.

Larry selbst hatte sich nur langsam an den Gedanken gewöhnt, zu arbeiten. Mit zwölf hatte er von einem anderen Kind das Austragen der Zeitung übernommen und die Arbeit eine Woche durchgehalten. In seinem letzten High-School-Jahr hatte er aus Geldnot – und weil er sich Markenjeans und eine Lederjacke wünschte – bei McDonalds in der Nachbarschaft gearbeitet, Bestellungen aufgenommen und die Registrierkasse bedient, und es war ihm gründlich zuwider. Damals behagte ihm der Gedanke gar nicht, daß er den Rest seines Lebens mit Arbeit würde verbringen müssen. Doch dann hatte er Glück. Er geriet an das richtige Arbeitsgebiet: Blumen, Pflanzen.

Und seit Viv Bondurant von Flowercity weggegangen ist, hat Larry nun die Verantwortung für den Laden, und das heißt, dreimal die Woche morgens um sechs aufstehen und zu Stems Inc. fahren, dem Großhändler. Sie machen um sieben auf, und Larry möchte in einer halben Stunde drinnen und wieder draußen sein. Er hat natürlich seine Standardbestellungen, Tausendschönchen, Chrysanthemen, Rosen, Nelken und so weiter, und dann sieht er sich gern noch ein paar Minuten um, was soeben von der Blumenbörse in Montreal hereingekommen ist. Stems hat etwa hundertvierzig feste Kunden, da ist es kein Wunder, daß er etliche andere Floristen aus der Stadt trifft, Sally Ullrich, Jim Carmody, und Neuigkeiten austauscht. Drüben in der Ecke gibt es Kaffee und einen Korb mit Doughnuts – eine nette Geste, denkt Larry, weil er neuerdings zu Hause das Frühstück wegläßt und Dorrie ohnehin zuviel damit zu tun hat, Ryan für den Kindergarten fertigzumachen, um auch noch Kaffee zu kochen.

Eine Reihe Hochzeitsbestellungen stehen an, deshalb nimmt er heute einen großen Vorrat Schleierkraut mit. Am liebsten ist ihm das aus Peru, ein Erzeugnis, so rein, wie man es nur bekommen kann. Der Heiratsboom auf dem nordamerikanischen Kontinent ist im Juni und Juli, aber es gibt eine Hochblüte in der Stadt Winnipeg, wo Winterhochzeiten in Mode gekommen sind. So können die Neuvermählten auf eine tropische Hochzeitsreise gehen. Larry macht einen hübschen Brautstrauß, der teils kaskadenartig herabfällt; Durchschnittspreis 120 Dollar. Bräute wollen in neun von zehn Fällen Rosen. Man kann es ihnen nicht ausreden. Sie denken an Blumen, und schwupp! kommen ihnen Rosen in den Sinn. Rosen sind romantisch, auch allgemein verbreitet. Winnipegrosen kommen aus dem Süden von Ontario, wo sie auf großen Flächen unter Glas wachsen.

Ingwerpflanzen kommen mit dem Schiff aus Südafrika nach Manitoba, Fresien aus Holland und Nelken aus Kalifornien. Die Leute halten Nelken für billige Blumen, aber das stimmt nicht; manchmal, es hängt von den Wetterschwankungen ab, sind sie teurer als Rosen, und sie halten viel, viel länger. Angehörige bestimmter Nationalitäten können Nelken nicht ausstehen, das muß man sich merken. Baumfarne kommen in beheizten Lastwagen aus Florida. Sie sind immer gut für Begräbnisgestecke. Kamelien, ehemals typische Blumen für Ansteckbuketts, werden nicht mehr viel verkauft, aber Larry macht auch bei weitem nicht mehr so viele Ansteckssträußchen wie Ende der sechziger Jahre, als er ins Berufsleben eintrat. Ehrlich gesagt waren diese Buketts schon damals aus der Mode, Überbleibsel aus den dreißiger und vierziger Jahren. Wie soll eine Frau ihren Mantel über einem Ansteckssträußchen zuknöpfen? Und was, wenn es nicht zu ihrer Aufmachung paßt? – tatsächlich lautet eine alte Floristenregel, daß es das Verhängnis von Ansteckbuketts ist, die falsche Farbe zu haben, was die Frauen immer wußten, genau wie sie wissen, daß es keine Möglichkeit gibt, so ein Sträußchen ohne ein Mindestmaß an Tamtam zu befestigen, ganz abgesehen von der dauerhaften Beschädigung ihrer Seidenblusen. Wenn ein Kunde unbedingt auf so einem Bukett besteht, versucht Larry, ihn zu einem Blumenarmband zu überreden, das er meisterlich zu fertigen versteht und das robust, reizvoll und bequem zu tragen ist.

Gern gibt er Ratschläge, wie man das Leben von Schnittblumen verlängern kann, warnt jedoch die Kunden vor unrealistischen Erwartungen. Blumen sind zart, Blumen sind pflegebedürftig. Es gibt Leute, die ihre Blumen in schmutzige Vasen stellen. Man kann wahrhaftig den grünen Schaumrand vom letzten Strauß sehen. Würden Sie etwa aus dieser Vase trinken? Bestimmt nicht. Sie sollen Ihre Blumen in ein desinfiziertes Glas stellen; das ist der ganze Zauber des weißen Pulvers in dem kleinen Tütchen – ein Desinfektionsmittel. Selbstverständlich haben Sie Ihre Blumen bereits mit einem Messer schräg angeschnitten, bevor Sie sie ins Wasser stellen. Erwarten Sie aber nicht, daß Narzissen länger als drei Tage halten, egal, was Sie mit ihnen und für sie tun.

Der Verkauf von Weihnachtssternen beginnt in einer Woche; Larry bezieht seine aus Carmen, Manitoba, nur eine Stunde entfernt. Dann kommt der Valentinstag, danach sind die Osterlilien dran – auch die kommen aus Carmen. Der Muttertag ist verrückt, der größte Tag des Jahres, und gleich danach kommen die Examensgratulationen, Glückwünsche zum Eintritt in den Ruhestand sowie eine Flut von Sommerhochzeiten. Es ist ein merkwürdiges Metier, in dem es auf und ab geht, aber Larry ist froh darüber, daß die großen Feiertage sich übers ganze Jahr erstrecken. Er hört ständig von Fototerminen, aber was ist mit Blumenterminen? Sie kommen und gehen; sie geben ihm Auftrieb, halten ihn lebendig und bei der Arbeit, und er begrüßt die tosende tägliche Geschäftigkeit in seinem Dasein.

Am Anfang, als Viv fort war, rief sie gelegentlich im Laden an, um zu hören, wie das Geschäft lief. Nach einer Weile meldete sie sich nicht mehr. Larry hat irgendwo gehört, daß sie die Sozialarbeit an den Nagel gehängt hat und in einer Ecke des Safeway-Supermarktes in North Kildonan Blumen verkauft. Er hat auch gehört, daß sie schwanger ist und die Arbeit ganz aufgegeben hat. Er hat sie seit einer Ewigkeit nicht gesehen, aber er denkt mindestens einmal am Tag an sie und fragt sich, was sie in diesem Moment wohl macht. Es ist ihm damals nicht bewußt geworden, aber sie müssen einander Lebewohl gesagt und es ernst gemeint haben, und vielleicht ergeht es einem so mit Freunden, die man von der Arbeit kennt.

Manchmal hält er im Laden eine gestielte Inkalilie in der Hand. In den meisten Fällen ist es die Flamingovariante, die ihm die liebste ist, rosenfarben mit lavendelblauer Strichelzeichnung, der empfindliche, ungleichmäßig geformte Kopf mit den zarten Blütenblättern, die, wenn sie sich öffnen, eine Ansammlung zierlicher Samenfäden in Rosa und Gold enthüllen. Diese Blume, eigentlich ein Kraut, hat als Samenkorn in Südamerika, in Kolumbien, begonnen. Ein Spanisch sprechender Mann, so stellt Larry ihn sich vor, hat den Samen dieser Blume geerntet, und andere haben ihn wieder in den Boden gesteckt, vorsichtig, und vermutlich haben sie mit den Händen die Erde festgeklopft. Sie haben damit ihr täglich Brot verdient, ihre Familien ernährt, sich bei Laune gehalten. Der südamerikanische Regen durchtränkt den kolumbianischen Boden, und die dortige Sonne fällt auf die ersten grünen Schößlinge, und alles wächst, alles gedeiht.

Und was dann? Larry vermutet, daß Spanisch sprechende Arbeitskräfte mit Hacken bewehrt kommen, um dem Unkraut zu Leibe zu rücken, aber sind es Männer oder Frauen, die diese Arbeit tun? Vielleicht beides, und vielleicht auch Kinder, in jenem Teil der Welt. Larry möchte wissen, was in ihren Köpfen vorgeht, wenn sie diese mühsame, zermürbende Arbeit verrichten, und ob sie, wenn sie die geschnittenen Blumen in isolierte Kisten packen, die Köpfe hintereinander gelegt, eine Ahnung haben, daß diese lebenden Wesen an Bord von gigantischen Jetflugzeugen gebracht und vorsichtig behandelt werden, behandelt als die Kostbarkeiten, die sie sind, und daß sie, über internationale Grenzen transportiert, sortiert, verkauft, begutachtet und wieder verkauft, und das ohne merkliches Welken oder Ausbleichen – außer für das Auge des Experten –, in den Händen eines jungen Kanadiers in einem gewöhnlichen Blumengeschäft in der Mitte des Kontinents zur Ruhe kommen, wo sie einen organischen Farbklecks in ein weißes, eisiges Land bringen (wo das Quecksilber über Nacht auf sechs Grad unter Null gefallen ist und wo der Windabkühlungsfaktor den ganzen Tag ständig gestiegen ist, so daß nichts Lebendes ein Recht hat zu existieren, es aber trotzdem tut, und hier ist es – dieses erstaunliche Ding, das er in Händen hält).

Larry denkt, daß das Köpfchen der Inkalilie in seiner Hand keine Erinnerung hat und keine Dankbarkeit empfindet für diejenigen, die sie in diese Gegenwart geliefert haben. *Sie arbeitet nicht, auch spinnt sie nicht.* Sie hat gekeimt, ist gewachsen, erblüht, das ist alles. Aber Larry, der sie neben einem rosigen Känguruhpfotenzweig, einem Hollandlederzweig und ein, zwei heimischen Palmlilienstengeln anordnet, schätzt sich glücklich. Er ist im Moment krank vor Sorge über die Kluft, die sich zwischen ihm und seiner Frau ausbreitet, über die Nachtängste, die sein einziges Kind plagen, über Geld, über zerbrochene oder vernachlässigte Freundschaften, darüber, ob seine Hecken den Winter überstehen werden, doch er ist trotz alledem im Planeten verankert. Er ist ein Teil des Getriebes, ein Teil des Wirkens der Welt, ein Zahn im großen sich drehenden Rad von Wunsch und Plan.

Es wird der Tag in seinem Leben kommen, da die Arbeit – die Hingabe an die Arbeit, der ständige Druck und Nutzen der Arbeit – alles sein wird, was zwischen ihm und dem Bankrott seiner Seele steht. »Wenigstens hast du deine Arbeit«, werden seine besorgten, gutherzigen Freunde murmeln, und wenn nicht, wenn ihnen dieser einzige verfügbare Trost nicht in den Sinn kommt, wird er zu sich selbst sagen: *Wenigstens habe ich meine Arbeit.*

Kapitel Fünf

Larrys Wörter

1983

Das Wort *Labyrinth* fand erst vor kurzem Eingang in den Wortschatz von Larry Weller, zweiunddreißig Jahre alt, heterosexuell, männlich (verheiratet, ein Kind), wohnhaft in Winnipeg, Manitoba, Kanada. Er befaßt sich nicht mit der Etymologie des Wortes *Labyrinth*; tatsächlich hat er zu diesem Zeitpunkt seines Lebens nicht das geringste Interesse an der Herkunft von Wörtern, doch was ein Labyrinth ist, kann er einem schlicht und einfach sagen. Ein Labyrinth ist ein verschlungener Weg. Mehr nicht. Es ist nicht unbedingt kompliziert oder klassisch, wie man denken könnte. Die Unterführung des Highway 2 ist eine Art Labyrinth, wie Larry freudig erklärt. Ebenso die Spirale beim Fuchs-und-Gans-Spiel, die er als Kind im West End von Winnipeg in den Schnee gestampft hat. Das sieht er heute. Auch ein moderner Golfplatz. Zum Beispiel der des St. George's Country Club im Stadtteil St. James, wo man von einem Loch zum anderen geschubst wird, jeder Schritt in Vorwärtsrichtung angelegt, so daß es einem nicht im Traum einfallen würde, das Ganze rückwärts anzugehen oder sich in irgendeiner Weise gegen den nummernbestimmten Ablauf aufzulehnen. Und auch ein Flughafen ist ein Labyrinth oder ein Geschäftsgebäude oder, sagen wir, ein städtisches Untergrundbahnnetz. Es scheint, daß wir, die wir im zwanzigsten Jahrhundert leben, uns mit Vorliebe auf eine vorbestimmte Förderbahn begeben und uns von ihr mitnehmen lassen.

Ein Irrgarten aber ist etwas anderes als ein Labyrinth, zumindest nach Ansicht einiger Leute. Ein Irrgarten ist mehr dazu angetan, diejenigen, die seine Pfade betreten, zu narren und irrezuführen. Ein Irrgarten ist ein Puzzle. Ein Irrgarten ist angelegt, um die Wandernden zu täuschen, die auf der Suche nach einem verheißenen Ziel sind. Es ist möglich, daß ein Labyrinth ein Irrgarten, ein Irrgarten ein Labyrinth ist, aber strenggenommen wecken die beiden Wörter verschiedene *Vorstellungen.* (Larry hat diese Definitionen und ihr Verhältnis zueinander vor drei Jahren einem Bibliotheksbuch mit dem Titel *Irrgärten und Labyrinthe. Ihre Geschichte und Entwicklung* entnommen.)

Wenn er Dorrie Shaw nicht geheiratet hätte, wenn er Hampton Court nicht besucht hätte, wäre sein Leben auf einen anderen Kurs geschwenkt, und das Wort *Labyrinth* wäre an ihm vorübergeschwommen wie einer dieser Flekken in seiner Augenflüssigkeit.

Er findet es paradox, daß sein Wortschatz sich erweitert, während sein Leben vor seinen eigenen Augen schrumpft. Es ist unheimlich. Es ist irre. Es ist *paradox* – dies ist das beschwingte neue Wort, das er in letzter Zeit laut äußert, nicht um anzugeben, sondern weil es ihm auf die Zunge »schnellt«. Es ist ein Wort, das er erst vor kurzem in sein Gehirn aufgenommen hat, letzte Woche, um genau zu sein. »Ist es nicht paradox«, sagte seine Schwester Midge am Telefon zu ihm, »daß ich meinen Mann an die Luft gesetzt habe, weil er schwul ist, und daß ich jetzt zu ihm gezogen bin, weil er schwul und krank ist und vielleicht stirbt?«

»Es ist was?« fragte Larry, beschämt über seinen bettelnden Ton, über sein armseliges Bedürfnis, zu wissen, was Wörter bedeuten. »Wie hast du es genannt?«

»Paradox. Verstehst du, soviel wie ironisch.«

»Ach ja. Stimmt.«

Am nächsten Tag kaufte er sich ein Taschenwörterbuch, das er nun bei Flowercity aufbewahrt. Es liegt griffbereit auf einem Bord unter der Theke. Ihm ist aufgefallen, daß es Leute gibt, die mit ihrem Wortschatz ein, zwei Stufen höher auf der Entwicklungstreppe stehen als er, und er hat in letzter Zeit die Idee, daß ihm Wörter in der Zukunft oder vielleicht sogar bei seinen gegenwärtigen Schwierigkeiten helfen können. Das hohle, blasse Echo, das er manchmal hört, kann mit Wörtern zum Schweigen gebracht werden. Das könnte die Lösung sein: Alles, was er braucht, sind ein paar neue Wörter, ob groß oder klein, spielt keine Rolle, solange ihre kompensierte Bedeutung in seinem Kopf, auf seiner Zunge zur Kenntnis genommen wird. Er könnte diese Allmacht der Wörter steigern, jeden Tag ein neues Wort hinzufügen. Wer weiß, was geschieht, wenn er geschliffener wird: in seiner Redeweise, in seiner Denkweise. Es gibt Männer und Frauen, die leben durch Schlauheit und Schweigen, aber zu denen möchte er nicht gehören, den Murrenden, Deutenden, Zurückhaltenden. Er möchte bereit sein, wenn die Zeit kommt, den Mund aufzumachen und die Wörter herausfließen zu lassen wie einen Lavastrom.

Es gibt Menschen, die meinen, daß sie durch Sprache direkt zu Klarheit gelangen, doch Larry Weller aus Winnipeg, Kanada, will sich urplötzlich, mit zweiunddreißig, an Wörter klammern, sogar an separate Wörter, die ganz für sich stehen, jedes mit einem kleinen Gehirn und einem Dampfkranz um seinen ausgehauchten Laut: kämpferisch, unbezähmbar, großmütig. Und, ja, ironisch. Man kann über die Vorstellung von Wörtern diskutieren, aber um bloß anzufangen, braucht man mehr Wörter: Hypothese, axiomatisch, Epilog.

Er war ein verträumter Junge und danach ein verträumter Heranwachsender, der sein Leben einfach geschehen ließ. Er brauchte Jahre, um hellwach zu werden, und in letzter Zeit hat er das Gefühl, daß er wieder eindöst, innerlich eingeht wie die krumpelig eingewickelte Ware auf dem Gestell vor dem Laden, die Plastikfläschchen mit Düngemitteln, Wurzelhilfe und Insektenvertilgern. Die Musik, die im Laden den ganzen Tag aus dem Radio strömt, hat mit ihrem Geplärre sein Hirn verflacht. Er ist in seinem Job an einen toten Punkt gelangt – Filialleiter in einem mittelmäßigen Blumengeschäft, wo er seit vierzehn Jahren arbeitet. Eine Impasse. (Dies ist auch eins von seinen neuen Wörtern, er hat es aus dem Fernsehen.) Neben dem toten Punkt in seiner Arbeit hat er eine Frau, die nicht mehr mit ihm in einem Bett schlafen will, jedenfalls nicht, bis er verspricht, das Haus zu verkaufen und in eine höhere Preisklasse aufzusteigen.

Höhere Preisklasse. Das braucht er nicht nachzuschlagen. Er hört es heutzutage die ganze Zeit, und nach und nach hat er mehr oder minder begriffen, was das bedeutet. Letztes Jahr haben er und Dorrie ihren alten Toyota in Zahlung gegeben und sind mit einem *nagelneuen* Toyota in eine höhere Preisklasse aufgestiegen. Kein Riesenschritt, nur ein subtiler Schub aufwärts. (Das Wort subtil kann er richtig aussprechen, aber nicht buchstabieren, doch buchstabieren muß er es ja nicht, oder?)

Die Floristenkette, bei der er arbeitet, hieß einmal Flowerfolks, bis *sie* aufstieg, bis sie Flowercity wurde mit einer vollkommen neuen Kundschaft und einer anderen Produktlinie: mehr Exoten, mehr Kunst- und Trockenblumen. Ryan, sein vierjähriger Sohn, ist auch »aufgestiegen«, er trottet in aufeinander abgestimmten Kleidungsstücken von OshKosh und Kids-Can-Grow in die Kinderkrippe.

Es ist ironisch, denkt Larry, *ironisch*, daß seine Frau Dorrie in einem bescheidenen Häuschen an der Borden Road aufgewachsen ist, ihre Mom und ihr Dad und sechs Kinder beengt in vier Zimmern, ohne Keller, die Garage voller Gerümpel, so daß sie, als sie und Larry das preisgünstige Haus in der Lipton Street kauften, in einem Palast angekommen zu sein glaubte. Nun, jetzt glaubt sie es nicht mehr. Sie hat die Wohnsiedlung Linden Woods im Auge, aber sie kann Larry nicht motivieren, dorthin umzuziehen. Er hat zuviel Arbeit investiert in den Heckenirrgarten an der Lipton Street, der jetzt langsam Gestalt annimmt.

Wer will schon ein Haus kaufen, meint Dorrie, mit einem Garten, der in Gestrüpp erstickt?

Eines Tages wird sie einen Bulldozer kommen lassen, der wird das ganze Zeug plattwalzen. Diese Gestrüppgeschichte treibt sie die Wände hoch. Sie hat diesen Ausdruck von Larrys englischer Mutter übernommen, und dieser Tage treibt sie so gut wie alles die Wände hoch.

Oder es treibt sie zum Wahnsinn. Zum Beispiel die Art und Weise, wie ihr Mann Larry redet. Die großen Wörter, die er hervorsprudelt. Er hatte ihr nicht nach einem Angeber ausgesehen, als sie sich 1976 kennenlernten, wie kommt es dann, daß er neuerdings von ausgefallenen Wörtern platzt?

Ist dieser Vorwurf berechtigt? Ja und nein. Ein großer Teil von Larrys jüngst erworbenem Wortschatz dreht sich um sein *Faible* für Irrgärten. Er hat seine Sammlung von neuen Wörtern einer Reihe von Bibliotheksbüchern entnommen, und sie haften an ihm wie Kletten. Dorrie behauptet, er versuche sie, Dorrie, herabzusetzen, wenn er diese Wörter benutzt. Sie sagt, immer habe er die Nase in einem Buch. Früher war er lustig, er hat sie zum Lachen gebracht, aber alles, worüber er jetzt noch reden kann, sind Dinge wie: Rasenlabyrinth, Juliuslaube, Knotenbeet, Jerusalem, Minotaurus, *jeu-de-lettres,* Verflechtungen, Mäander, Rondell, Trapez, Trémaux-Algorithmus, *pavimentum tessellatum,* Vierfuß, Wildnis, Einweglabyrinth, Verschlingung, Venusberg, Haus des Daidalos, Troja, Nadelöhr, Zickzack.

Und so weiter, und so fort. Er ist über sich selbst erstaunt, wenn er daran denkt, daß er in den letzten Jahren so viele Wörter in sich aufgenommen hat, Harpunen, die direkt aufs Gehirn zielen, und daß er sie wahrhaftig behält.

Eine von Larrys Stammkundinnen im Blumenladen ist Mrs. Fordwich, die neulich morgens hereingeschneit kam und Blumen für die alljährliche Spendensammlungsveranstaltung zugunsten der Kammermusik bestellte, und da es auf Weihnachten zuging, schlug Larry einen Korb mit

Christsternen vor. »Da stimme ich Ihnen nicht zu, Larry«, sagte sie langsam. »Ich meine, Christsterne in dieser Jahreszeit! Das ist ein bißchen banal, finden Sie nicht auch?«

Banal. Ihm ist, als habe er das Wort schon mal gehört, und nun entdeckt er, zusammen mit dem träge hingeworfenen Wort, einen Anflug von Zurückweisung in ihrer Stimme. Er starrt sie verletzt an. Aber was genau bedeutet banal?

Später holt er sein Wörterbuch unter der Theke hervor. Die Definition von banal lautet: bedeutungslos durch zu häufigen Gebrauch, abgedroschen, trivial. Larry sieht, daß seine Allgemeinbildung Löcher hat, die ihn ausschließen, ihn verkrüppeln lassen, wenn er nicht aufwacht – und was dann? Er wird sein Leben lang mit dieser blöden, *banalen*, knittrigen Visage rumlaufen: *He, würde es Ihnen etwas ausmachen, mir das noch einmal zu erläutern. Ich habe nicht ganz verstanden …*

Niemand hat Schuld daran, es ist genau, was man erwarten würde, bei Larrys Vergangenheit, seiner Herkunft, seiner *banalen* Weltsicht.

Nelken sind vermutlich auch banal, folgert er. Asparagus ist weiß Gott banal. Chrysanthemen? Ganz entschieden, diese geschmacklosen Blumentöpfe von Safeway mit der Schleife an der Seite. Und vielleicht, bloß mal gemutmaßt, ist er selbst ein bißchen banal.

Ein *Schabhobel* ist ein Schneidwerkzeug mit einer Klinge zwischen zwei Griffen, und er wird benutzt, um Holz oder andere Materialien zu glätten.

Larry hat das Wort Schabhobel nie gelesen oder gehört, bis er, Dorrie und ihr kleiner Sohn Ryan mit einigen anderen Nachbarn zu einem Weihnachtsumtrunk in Lucy Warkentens Wohnung eingeladen waren. Lucy wohnt neben Wellers im zweiten Stock eines alten Hauses und arbeitet als Buchbinderin; eine abgetrennte Ecke ihres Wohnzimmers ist ihr »Atelier«. Larry hegte stets freundschaftliche Gefühle für Lucy, die um die vierzig Jahre alt ist und allein lebt. Sie trägt lange Faltenröcke und mexikanische Pullover und jede Menge Holzschmuck. Geschmäcklerisch, nennt Dorrie sie, eine von diesen altmodischen, vertrockneten alten Jungfern.

Die Feier fand an einem späten, düsteren Sonntagnachmittag statt, und Lucy hatte überall im Zimmer brennende Kerzen aufgestellt. Unter einen weiß angemalten, mit Glitzer bestreuten Baumzweig hatte sie für die Kinder der Lees, die unten wohnten, und den vier Jahre alten Ryan Geschenkpäckchen gelegt: kleine Windmühlen zum Zusammenbauen, verzwickte Puzzles, japanische Stifte. Auf dem Couchtisch standen eine Schüssel mit würzigem Weinpunsch und Teller mit englischem Kuchen und Plätzchen. Als alle bedient waren, aßen, tranken und miteinander plauderten, zog Lucy Warkenten Larry ans Fenster und zeigte ihm, welchen Anblick sein Irrgarten von oben bot.

Sein Herz tat einen Sprung, als er sah, daß sich das Muster des Irrgartens sogar unter einer Schneeschicht deutlich abzeichnete. Die verschlungenen Pfade, die sich hin und her wanden und zu sich selbst zurückführten, waren von einer Ordentlichkeit und Präzision, die er sich so nicht vorgestellt hatte. »Zu beobachten, wie dieser Irrgarten Gestalt annahm«, sagte Lucy ernst zu Larry, wobei sie mit der flachen Hand das Ärmelbündchen seines Pullovers streifte, »hat mir mehr Freude gemacht, als Sie wissen können.«

»Ich denke, ich weiß es«, sagte er, und indem er dies sagte, löste er sich von einem Geheimnis, das er einmal für notwendig gehalten hatte.

Sie zeigte ihm ihre Arbeitsecke mit dem aufgereihten Werkzeug. *Filete*, marmorierte *Vorsatzblätter, Heftlade, Kordel, liegende Presse,* der Stapel *Pappdeckel*, seidene *Kapitalbänder*. An die Wand gepinnt war ein Rezept für *Eiweißleim*, eine Eiweißmischung, die Blattgold mit Papier verbindet. Ein paginiertes Buch werde *Kodex* genannt, erklärte sie Larry – das Wort komme aus dem Lateinischen und bedeute gespaltenes Holz.

Larry hatte diese Wörter noch nie gehört, jedenfalls nicht im Zusammenhang mit der Buchbindekunst, und er blinzelte Lucy durch den spätnachmittäglichen Kerzenschein an, sah sie plötzlich als einen Menschen, der jeden Tag innerhalb der Mauern einer fremden Sprache lebte, nur daß sie eigentlich gar nicht fremd war. Während die anderen im Zimmer plauderten, Käsehäppchen aßen und Wein tranken, zeigte Lucy Larry ihr aktuelles Projekt, ein altes Buch zwischen neue »Deckel« zu bringen und mit hellgrauem Ziegenleder zu überziehen. »Der Kniff«, sagte sie, »besteht darin, es so aussehen zu lassen, als wäre das Leder da angewachsen.« Das Buch hieß *Deep Furrows* und war vor gut sechzig Jahren von einem kanadischen Sozialisten namens Hopkins Moorhouse verfaßt worden.

»Taugt es was?« fragte Larry.

»Was?«

»Das Buch.«

Lucy zuckte die Achseln. »Todlangweilig. Aber ein Nachkomme von Moorhouse möchte es neu gebunden haben.« Dann sagte sie: »Ein guter Einband kann ein Buch über Jahrhunderte erhalten.«

Jahrhunderte! Larry dachte an seine vergänglichen Blumengebinde, für die er sich nie mehr als eine Woche Haltbarkeit erhoffte.

»Ein Kunstwerk!« erklärte Lucy, und er dachte zuerst, sie spräche von dem halb fertig gebundenen Buch in ihrer Hand. Doch sie hatte das Buch weggelegt und sah wieder aus dem Fenster, wies auf seinen verschneiten Irrgarten, der scharf konturiert im Schatten lag, ein seltsames, vielgliedriges Wesen, das unter dem kalten Mondlicht hockte, von niemandem etwas verlangte, nicht einmal die Gunst, beachtet zu werden.

Larrys erstes Wort als Kind war *pop* gewesen, und der Familienlegende nach sagte er es freudig immer und immer wieder, ein langes Gesprudel fröhlicher *Pops* mit schwungvoller Betonung des *p* am Ende. Larrys Leute, seine Mum, sein Dad, befanden schließlich, es sei nur ein Laut und kein richtiges Wort, aber Dot, Larrys Mutter, trug es trotzdem in Larrys Babyalbum ein, auf der Seite, die mit »Unser Kind lernt sprechen« überschrieben war.

Larrys Schwester Midge, zwei Jahre älter als er, soll als erstes Wort *dog* gesagt haben, Hund. Der Familienlegende nach sprach sie es klar und deutlich aus, und dann bellte sie ein leises Baby-Wauwau, um zu zeigen, daß sie Sprache mit Inhalt verband. Schon mit zwölf Monaten war sie ein neunmalkluges Kind.

Jahre später sagte Midge einmal zu Larry: »Vielleicht hast du gar nicht *pop* gesagt. Vielleicht hast du *poop* gesagt.«

»Vielleicht hast du *God* gesagt, wenn du *dog* sagen wolltest«, meinte Larry. »Wie die Kinder, die alles verdrehen, wie heißt das noch mal?«

»Legasthenie«, belehrte sie ihn streng.

»Stimmt«, sagte er. »Legasthenie, Legasthenie, Legasthenie.«

Manchmal sieht Larry seine Zukunft mit erschreckender Klarheit. Ein endloser Kampf, sich zu merken, was er schon weiß.

Als Larry ein Kind war, hat seine Mutter ununterbrochen Radio gehört – beim Kochen oder Bügeln oder bei der Hausarbeit –, und manchmal hat sie, aus Neugierde, auf der Skala dort angehalten, wo fremde Sprachen aus dem Kunststoffgitter des Lautsprechers quollen: Italienisch, Portugiesisch oder Polnisch, für Larry war es alles dasselbe, lauter Kreisch-, Spuck- und Stotterlaute.

»Laber-Palaver« nannte Larrys Vater dieses Geschwätz kopfschüttelnd, offenbar wider alle Vernunft überzeugt, daß die »Geräusche« nichts bedeuteten, daß sie nichts weiter seien als eine Form von ausgeklügeltem Unsinn. Alles floß zusammen, und es gab keine richtigen Wörter wie im Englischen. Diese Ausländer taten bloß so, als ob sie redeten, sie wollten alle zum Narren halten.

Larry weiß es besser. Alle Menschen auf der Welt laufen mit einem Vorrat an bedeutungsvollen Wörtern im Kopf herum, die dort gebündelt sind wie Feuerholz oder die langfaserigen Nervenstränge, die er vom Biologie-Unterricht in der High-School kennt. Zumindest verfügen diese Wörter über die transparente Klarheit, die auf Gegenstände wie Fußboden, Fenster, Stuhl, Ball verweist. Die gefährlicheren und berauschenderen Wörter kamen später, und zwar mühsam, aber schließlich hat sich jeder mit einigen ausgestattet. Busstrecke. Vermögensteuer. Gehaltsscheck. Fußgänger. Wörter waren überall; man konnte ihnen nicht entkommen, und mit der Gestalt der Wörter kam das Begreifen, wie eine verschluckte Kapsel. Das Wort selbst schien ein Wort in seinem Mund zu halten, ein einsilbiges Summen, schwer und vokalisch und bereit, sich anzukünden wie eine Sturmwarnung.

Was ihn selbst angeht, er hat noch nicht genug Wörter, das weiß er. Nicht annähernd genug.

Larrys Mum und Dad sind 1950 aus England nach Kanada gekommen, aber nach all den Jahren sagen sie für Eisenbahn immer noch *railway*, nicht *railroad.* Larrys Mutter nennt ihren Küchenherd nicht *stove*, sondern *cooker*, und Larrys Dad sagt für Benzin *petrol* statt *gasoline.* Larry würde es nicht im Traum einfallen, *railway* oder *cooker* oder *petrol* zu sagen, doch die Wörter, die aus dem Munde seiner Eltern kommen, wirken köstlich kantig und kraftvoll und schenken seinem Herzen jedesmal, wenn er sie hört, ein verqueres Glücksempfinden, so als hätten seine holpernden, stolpernden Eltern sich wenigstens ein provisorisches, primitives Obdach in einem fremden Land geschaffen. Dort können sie sich verstecken. Sie selbst sein, was immer das heißt.

»Mazel tov«, sagt Larrys Freund Bill Herschel bei Hochzeiten, Geburtstagen, Footballspielen, bei jedem geselligen Anlaß.

Larry, der direkt neben der Familie Herschel aufgewachsen ist, hat es auch sagen gelernt. Die Wendung liegt auf seiner Zunge wie ein weicher Karamelklumpen. *Mazel tov.* Sie schiebt sich vorbei an dem, was er zu denken oder zu fühlen imstande ist, so daß er den Mund aufmacht und ein redegewandter Erzeuger feiner Laute und brillanter Musik wird. Ein Zelebrant, ein glücklicher Junge; später, ein glücklicher Mann.

Das Wort *Sex*? Was bedeutete es? »Also«, sagte Larrys Mutter, sichtlich verlegen (es war vor langer Zeit), »es hat mit umarmen und küssen und im Bett liegen zu tun.« Dann sagte sie: »Es ist hauptsächlich für Männer.«

Jahre später, als er selbst ein Mann war, Mitte Vierzig, als sein Körper schlaffer wurde, sein Verstand aber wieder einmal auf einer skeptischen Bahn dahinfloß, lag Larry Weller in der warmen Umarmung einer Frau und sollte von ihr in die *tantrischen* Mysterien eingeweiht werden. Tantrisch? Sex, erklärte sie mit ihrer angenehm rauhen Stimme, könne tiefer und erschreckender sein, als er wisse. Man könne in das Wort *Sex* hineinsteigen und sich eine neue Haut wachsen lassen: rauh, behaart, urtümlich, nicht wiederzuerkennen. Man könne an den Rand des Wortes gehen und seinen eigenen Namen vergessen, man könne sich im eigenen Körper vergraben und den Weg hinaus in eine andere Existenz finden.

Was? fragte sich Larry auf seine schwerfällige, hartnäkkige und womöglich herrische Art, was *bedeutet* dies alles?

Verdammt, verflucht, Jesus, Herrgott, Pisse, Scheiße, bumsen, Furz, ficken, Schwanz, Möse, Eier, Arschloch, Scheißkerl.

Larry Weller kennt alle diese Wörter. Wie könnte er sonst leben in der Welt? Sie sind wie Münzen, die man in der Tasche mit sich herumträgt und ausgibt, wenn einem danach zumute ist. Niemand steckt einen ins Gefängnis, weil man den Mund aufmacht und etwas sagt. (Jedenfalls nicht hier.) Dorrie, Larrys Frau, sagt die ganze Zeit verfickt dies und verfickt das. Es hilft ihr, nicht verrückt zu werden, sagt sie. Larry sagt schon mal hier und da abgefuckt, aber er hütet sich, es in Gegenwart seines kleinen Sohnes zu sagen. Mit einem Elternteil mit schmutzigen Sprüchen hat ein Kind genug zu schaffen.

Manchmal wissen die Leute nicht mal, was sie sagen. Wörter können aus ihrer Bedeutung herausrutschen. Es gibt da eine schlanke und schöne junge Vietnamesin, die jeden Freitagnachmittag in Larrys Geschäft kommt, um sich die allwöchentliche Stunde der Preisreduzierung zunutze zu machen: Nachmittags zwischen vier und fünf gibt es alle Schnittblumen zum halben Preis. Sie deutet schüchtern auf das Gewünschte, sagen wir, drei Tulpen, ein paar Zweige Grün oder was auch immer – dann zählt sie sorgsam auf der Theke ihr Geld ab, nimmt die eingewickelten Blumen und sagt, sich höflich, anmutig verbeugend: »Okay, ich zisch jetzt los.«

Es gibt einen Katalog erhabener Wörter. Nation. Ehre. Leistung. Majestät. Integrität. Aufrichtigkeit. Gelehrtheit. Glanz und Gloria.

Larry kennt diese Wörter – wer nicht? –, benutzt sie aber fast nie. Dies sind die Wörter der Gesalbten, die den Weitblick haben. Wohingegen Larry auf kurze Sicht lebt, in seiner verdichteten, strukturierten, beschränkten Welt, dem vertrauten kleinen Tal, in das er hineingeboren wurde, unentwegt denkend, ohne zu wissen, daß er denkt. Er lebt unmittelbar neben den großen Wörtern, aber nicht mit ihnen. Sein Teil Wahrheit – welche Wahrheit? – wird (falls sie kommt) bescheiden verpackt und mit Bindfaden verschnürt daherkommen, das weiß er.

In Zukunft wird er jedoch lernen, seinen Wörtern einen Schluß zu geben, wird aber dann, achselzuckend den zweiten Gang einlegend, halb verlegen abrupt zum Stehen kommen, als wollte er sagen: Diese Wörter sind nicht wirklich ich, sie sind nur die Kleider, die ich trage.

Wie fast alle Männer wird Larry in seinem Leben ein-, zweimal zu einem Augenblick echter Beredsamkeit auflaufen, und diese Momente werden mit jener Zeremonie verbunden sein, die man Heiratsantrag nennt. »Willst du mich heiraten?« fragte er Dorrie Shaw 1978 mit belegter Stimme, und sein Mund fühlte sich an, als sei er voller Kieselsteine. Zu einer zweiten Frau, der er noch nicht begegnet ist, wird er einfach sagen: »Ich möchte für immer mit dir zusammenleben.«

Er hat diese Äußerungen tatsächlich gemacht, voller Zweifel und auch Hoffnung. Voller Verwunderung, daß er die Wörter kennt und daß so einfache Wörter genügen.

»Ich bin mit einem Irrgarten-Irren verheiratet«, hat Dorrie früher immer gesagt, als sie und Larry jungverheiratet waren. Sie sagte es zärtlich, wie es Ehefrauen tun, dabei aber den Kopf schüttelnd über die Marotten ihrer Männer, so wie Larrys Mutter sich über die Korkenzieher- und Flaschenöffnersammlung ihres Mannes ereifert, die unterdessen auf zweitausend Stück angewachsen ist und die sie abstauben und numerieren und systematisch ordnen muß, eine Sammlung, deren Sinn in Frage zu stellen ihr nie eingefallen wäre.

Dorrie hat ihrem Mann Larry zum ersten Hochzeitstag

ein Taschenbuch mit dem Titel *Keltische Irrgärten und Labyrinthe* geschenkt und als Widmung hineingeschrieben: »Zum Gedenken an Hampton Court«, um so an ihre Flitterwochen in England zu erinnern, wo Larry seinen ersten Irrgarten gesehen hat.

Irrgarten-Irrsinn ist es, sagt sie heute, was ihn befallen hat. Es ist eine Art Geisteskrankheit. Es macht sie verrückt, mitten in einem sich windenden Wald zu hocken. Irrgärten erinnern sie an einen Haufen Schlangen, und sie haßt Schlangen.

Es ist eine Passion, eine Obsession.

Das Wort *Obsession* fühlt sich zu sperrig und breit an für Larrys runde Mundhöhle, daher sagt er zu Freunden, Verwandten oder jedem, der fragt, er mache »in« Irrgärten. So eine Art Hobby. Er spielt es herunter. Er weiß nicht, warum, aber er möchte die Leute lieber nicht wissen lassen, wie weit er wirklich »in« der Sache ist, daß es wie ein gereifter Kristall ist, der in seinem Gehirn wächst und immer mehr Raum einnimmt.

Es sind nicht nur Irrgärten an sich, an die er denkt, sondern es ist die *Idee* von Irrgärten, und die Idee ist eine sanfte, beständig strahlende Glühlampe am Rande seines Blickfelds; sie ist immer da, und sie ist immer angeknipst. Er kann ihr seinen Blick nach Belieben zuwenden und sie anschauen, kann ihren Schein auf die schlängelnden, schlafenden Gänge aus Sträuchern rings um sein Haus richten, ihr serpentinisches (ser-pen-ti-ni-sches) Locken, ihre trügende Täuschung und Verheißung.

Larrys Heckenirrgarten ist aus drei verschiedenen Pflanzenarten komponiert. Die Fächermispel *(Cotoneaster horizontalis)*, die sich im Herbst rot färbt und sich der Trimmschere widerstandslos ergibt, bildet den äußeren Ring des Irrgartens. Der gewöhnliche Erbsenstrauch *(Caragana arborescens)*, fedrig grün und nicht so leicht zu trimmen – überhaupt nicht, um genau zu sein –, bildet die Wände des mittleren Rings. Und die Alpenbeere *(Ribes alpinum)* führt ins Herz des Irrgartens, wo Larry eines Tages einen kleinen Steinbrunnen installieren möchte. (Er hat bei einem Versandhaus in Florida schon einen Musterkatalog bestellt.)

Er hat die nackten Wurzeln seiner Hecken im Frühling in die Erde gesteckt, was nur halb soviel kostet, als wenn er bis zum Sommer gewartet und die Pflanzen einzeln in Töpfen gekauft hätte. Natürlich sieht er sich um und läßt seine Floristenverbindungen spielen, um einen günstigen Preis zu bekommen. (Immerhin hat er eine Hypothek, er hat ein kleines Kind, das jetzt mit Schwimm- und Gymnastikunterricht anfängt.)

Es liegt etwas Paradoxes – wieder dieses nützliche Wort – in seiner Auswahl der Sträucher. Einerseits möchte er, daß die Pflanzen schnell wachsen, damit seine Anlage bald verwirklicht wird, aber andererseits kann man für einen Irrgarten keine *richtig* schnellwachsenden Pflanzen nehmen, sonst hat man sein ganzes Leben damit zu tun, den neuen Wuchs in Form zu bringen und zurückzuschneiden. Er mußte sich mit diesem *Dilemma* abfinden, sich mit dieser Tatsache *arrangieren.* (Schmerz ist mit diesen neuen Wörtern verbunden, deuten sie doch auf so viel verlorene Zeit, vergeudete Zeit, die vielen Jahre des Nichtwissens.)

Warum fühlt sich Larry verpflichtet, die lateinischen Bezeichnungen für seine Sträucher zu lernen? Weil er – vage – spürt, daß sie seiner ganzen Zuwendung würdig sind. Sie haben etliche rauhe Manitoba-Winter überlebt, und sie sehen gut aus. Richtig gut. Bisher ist nicht einer verwelkt und abgestorben. Sie scheinen ihn wahrhaftig zu lieben. Sträucher, das fühlt er, sind scheue Exilanten im Pflanzenreich. Sie sind nicht ganz Baum, nicht ganz dieses oder jenes, dennoch ist ihnen von Experten aller Couleur, von Professoren, von Verfassern von Gartenbüchern, eine volle botanische Klassifizierung zuteil geworden. (Er betrachtet sie sogar im Winter mit einer Art Liebe, ihre Eleganz, ihr verzweigtes, wunderliches Erscheinungsbild.)

Er liebt den lateinischen Fluß der Wörter in seinem Mund – *Leguminosae* –, und er liebt sich selbst, weil er ein Mensch ist, dem es gelingt, sich diese kostbaren Wörter zu merken, weil er wachsam ist, Aufmerksamkeit schenkt, zumal er nicht immer in seinem Leben genug Aufmerksamkeit geschenkt hat. Das ist etwas vollkommen Neues. Seine Zappeligkeit wird von den kleinen lateinischen Seufzern und Stößen gedämpft. Er hofft zuversichtlich, daß die Wörter, die in seinem Kopf wohnen, schließlich den Weg in seinen Mund finden werden. Vielleicht wird er sogar lernen, sie unbefangen von der Zunge schnellen zu lassen, sie durch seine Poren auszuscheiden. Wenn man die Welt und ihre Wörter zusammenfaßt, erhält man eine Art kosmisches Sandwich, zwei dicke Scheiben Sinn, und dazwischen braucht man nichts. Manchmal jedoch wünscht er sich, er würde es nicht tun: würde sich nicht so angestrengt bemühen. Was hat er gedacht, bevor er sich bemühte? Was stand hinter seinen Augen – bevor er erfaßte, wie man die richtigen Wörter findet?

Es gibt etliche Wörter, die auch in Larrys Wörterbuch fehlen. Seine Schwester Midge zum Beispiel ist von ihrem Mann geschieden, lebt aber wieder mit ihm zusammen. Was ist das Wort für ihren jetzigen Status? Und für ihren Mann? Und für das, was zwischen ihnen vorgeht?

Wie kann er benennen, was er für seinen Sohn Ryan empfindet? Diese Mischung aus Schuldgefühl und Sehnen, diese schwellende, beschützerische, vielgliedrige Kraft, die zu groß ist, um sie in die Kategorie Liebe zu zwängen.

Wenn er auf dem Heimweg von der Arbeit an einer roten Ampel hält, fast im Dunkeln an einer Kreuzung sitzt – zehn Sekunden, zwanzig Sekunden –, wie nennt er die verzückte Anwandlung, die ihn überkommt, während er die lebenswichtige Beschreibung seines Standortes in der Welt an den Fingern aufzählt? *Hier bin ich, doch niemand weiß, wo ich mich im Augenblick befinde. Niemand weiß, daß meine Augen blinzeln, sich anpassen, hin und her schnellen, die Frage innerhalb der Frage innerhalb der Frage stellen…*

Und was ist das Wort für den Anfall von Panik, der Larry heimsucht, als er an einem Winterabend die hintere Tür seines Hauses aufschließt? Er tritt ein, die Hausschlüssel in einer Hand, eine Pizzaschachtel oder eine Tüte mit einem gebratenen Hühnchen vom Schnellimbiß in der anderen. In dem mit Linoleum ausgelegten winzigen Vorraum stampft er den Schnee von den Stiefeln, bückt sich, um sie auszuziehen, und fühlt, als er sich nach vorn beugt, daß die Luft gefährlich dünn geworden ist und er leicht auf der Stelle tot umfallen könnte.

Er summt Michael Jacksons »Billy Jean«, um die Stille zu verscheuchen, setzt das Summen ein wie ein Aerosol Spray. Die Stille verstärkt seinen sinkenden Glauben an seine Arrangements. Stille Luft, leere Räume. Es war, als hätten er und Dorrie sich nie in einem Leben mit Haus und Kindern eingerichtet, sondern seien mit Gewalt in diese Schwunglosigkeit gestoßen worden. Die Wände, der Küchenfußboden, die in einem engen Kreis angeordneten Haushaltsgeräte aus zweiter Hand, der winzige Ecktisch mit den ordentlich herangeschobenen Stühlen – diese Gegenstände weigern sich, ihn zu erkennen, obwohl er es doch war – oder etwa nicht? –, der die Szenerie ins Leben gerufen hat und der nun im Brodeln seiner Angst gefangen ist. Er sollte frohlocken über die Gesetztheit dieses Raumes, aber er tut es nicht. Er sollte ihn als eine einsame Höhle sehen, abgeschieden in der Ungeheuerlichkeit des Winters. Was ist das Wort für die langsame, luftlose, linderungslose Abwesenheit, die er fühlt? Es kommt zu ihm, dieses Wort, fliegt dahin wie von Radar geleitet, aber es ist noch nicht ganz da.

Dorrie wird in zehn Minuten von ihrer Arbeit als Verkäuferin bei Manitoba Motors zu Hause sein, vorher wird sie Ryan von der Kindertagesstätte abgeholt haben. Auf ihrem Mund wird nur noch eine Spur ihres fuchsienroten Lippenstiftes sein. Ihr rascher Kuß auf seine Wange löst einen winzig kleinen elektrischen Schock aus. Ein Schock dieser Kategorie tut nicht richtig weh, tut aber auch nicht gut. Gibt es ein Wort für eine so flüchtige, nutzlose Empfindung wie diese?

Larry kommt der Gedanke, daß die Sprache sich vielleicht noch nicht bis zu dem Punkt entwickelt hat, wo sie die Welt voll und ganz erfaßt.

Die Entdeckung dieser Lücke versetzt ihn plötzlich in Furcht. Vielleicht, denkt er, warten wir alle sehnsüchtig darauf, »etwas« zu hören, aber ohne zu wissen, was es ist.

Ein Mann ist zu Flowercity hereingekommen und hat einen riesigen Strauß als Geschenk für seine alte Tante bestellt, und auf der Karte wünscht er sich die Wörter: Fröhlicher Frühling!

Und heute *ist* Frühling, der 21. März, Äquinoktium. Die Sonne wird stärker, der Schnee schmilzt. Alles auf Erden kündet von der neuen Jahreszeit, doch Larry ist zu sehr in Trübsal versunken, um es zu bemerken. Zu Hause könnte es nicht schlechter stehen. Dorrie hat im letzten Monat kaum mit ihm gesprochen, sofern sie nicht darüber geklagt hat, daß es an der Nordwand der Küche zieht. Und über den Mangel an Schrankraum. Und daß sie dieses Loch von einem Haus haßt.

Solstitium, Äquinoktium. Er liebt den Klang dieser Wörter und erinnert sich, daß ein Lehrer damals auf der High-School sie einmal an die Tafel geschrieben und einen Schrägstrich durch *Äquinoktium* gemacht hat, Tagundnachtgleiche. Was für eine herrliche Logik. Das zweimal jährliche Wunder. Und hier ist es. Heute. Das Frühlingsäquinoktium. Wurde aber auch Zeit.

»Larry Weller?«

»Ja?«

»Larry. Hier spricht Lucy. Lucy Warkenten.«

»Lucy!«

Larrys Nachbarin Lucy Warkenten hat ihn noch nie in der Arbeit angerufen. Er und Bob Buxtead, sein jüngster Lehrling vom Red River College, stehen am Arbeitstisch und fertigen Tischschmuck für ein Lion's-Club-Bankett. Sie haben sich für ein Frühlingsthema entschieden, obwohl sich der Schnee hier und da noch hält und die Blütenblätter der Narzissen, die heute morgen aus Britisch-Kolumbien eingetroffen sind, am unteren Ende leicht krumpelig aussehen.

Lucy klingt besorgt, aber auch aufgeregt. »Ich hoffe, ich störe Sie nicht«, sagt sie rücksichtsvoll.

»Nein, überhaupt nicht.«

»Ich habe mich nur gewundert...«

»Ja?«

»Also, eben habe ich aus dem Fenster geschaut, erst vor ein paar Minuten, und da habe ich mich über Ihren Irrgarten gewundert, Larry. Ob Sie es sich vielleicht anders überlegt haben.«

»Was?«

»Ob Sie, nun ja, beschlossen haben, von vorn anzufangen oder so. Eine neue Anlage. Ein neues Konzept?«

»Nein«, sagte Larry verdattert. Er befingerte einen Stapel Palmlilien auf seinem Arbeitstisch, ihre scharfen grünen Kanten. »Nein, ich denke daran, vielleicht in der Südostecke einen neuen Schnittpunkt anzulegen, wenn das Wetter umschlägt, vielleicht ein bißchen kunstvoller, habe ich mir überlegt, aber vorerst...«

»Larry, da ist etwas.« Er hörte ihren langen Atemzug, bevor sie fortfuhr. »Larry, in Ihrem Garten ist ein Bulldozer. Oder – wie heißen die Dinger? – eine von diesen Maschinen. Seit ungefähr fünfzehn Minuten.«

»Ein was? Haben Sie Bulldozer gesagt?«

»Er hat – es tut mir so leid, Ihnen das sagen zu müssen«, wieder ein scharfer Atemzug, ein zitterndes Einatmen, »aber diese Maschine, sie hat schon den ganzen vorderen Bereich aufgegraben ...«

»Schon in Ordnung, Lucy. Ich bin gleich da.«

Der Verkehr war schlimm, sogar mitten an einem Montagnachmittag. Es vergingen zwanzig Minuten, bis Larry vor seinem Haus in der Lipton Street hielt.

Er sah seinen ruinierten Vorgarten, die aufgegrabenen Furchen aus Matsch und Schnee, die eingeebnete Erde und die hervorstehende hölzerne Eingangstreppe, die plötzlich auf groteske Weise dem Blick preisgegeben war. Ein gelber Schaufelbagger, kein Bulldozer, aber ebenso nützlich, stand stumm an der Hausseite, und direkt davor stand die wankende Bohnenstangengestalt von Lucy Warkenten in ihrem geblümten Parka, lila Rock und Stiefeln, die Arme seitlich ausgestreckt wie ein Schülerlotse in Aktion; der kalte Frühjahrswind peitschte ihr in das besorgte Gesicht. Ihre Haltung war abwehrend und verstört, als sei sie eine Verrückte, die signalisierend um Hilfe ruft.

Später erinnerte er sich, daß er vor Lucy und vor dem blassen Sonnenlicht, das den plattgemachten Garten färbte, die Augen schloß. Es war nicht Ungläubigkeit, die ihn befiel; im Gegenteil, er glaubte es sofort. Er begriff. Er wußte Bescheid. Was er fühlte, war das stete, harte Trommeln von Wörtern auf seinen Körper: *Wissen, Schmerz, Scham, Leere, Trauer* und, eigenartigerweise, wie Regen, der auf der anderen Seite der Stadt fällt, das sauerstoffgetränkte Wort *Erleichterung*. Ein Teil dessen, was er wußte, war vorüber. *Ende.*

Dann kam Lucy auf ihn zu, die Spätnachmittagssonne strich über ihr Gesicht, ihre Augen, ihre bewegten Lippen und Zähne. Es tut mir ja so leid, schien sie durch den Streifen leerer Luft zu sagen.

Und Larry, niedergeschmettert, erschlagen, machte endlich den Mund auf, nicht, um einen Redeschwall herauszulassen, sondern die zertrümmerten, zerbrochenen Silben und abgeschwächten Vokallaute der Sprache: das durchdringende Schreien und Heulen eines Mannes, für dessen Verletztheit es keine Wörter gibt.

Kapitel Sechs

Larrys Freunde

1984

Als Larry Weller sich aus der verkrampften Kriechspur seiner ersten Ehe herauswand, ließ er sich überreden, am sechzehnten Jahrestreffen seiner High-School teilzunehmen, das mit einem Empfang und einem Essen in der frisch herausgeputzten Turnhalle der Schule gefeiert werden sollte. Er ging mit seinem alten Klassenkameraden Bill Herschel und Bills Frau Heather hin. Bill und Heather waren mit Larry in derselben Abschlußklasse an der MacDonald Secondary School gewesen.

Heather – geborene Heather McPhail – war damals Klassensprecherin gewesen, Mitglied der Honor Society und eine Teenager-Schönheit, und Scharen gutaussehender Jungen hatten um das Privileg gewetteifert, sie auf Bälle begleiten zu dürfen. Sie hätte jeden dieser muskulösen, männlich riechenden Rüpel haben können, doch sie entschied sich für den mageren Bill Herschel, Mathegenie und Vorsitzender des Outdoor Club, dessen Kleidung nie richtig saß und der wegen seiner jüdischen Eltern für Heathers anglikanische Familie ein problematischer Schwiegersohn war. Und umgekehrt. Sie heirateten einen Tag, nachdem Bill seine Prüfung in Umweltforschung bestanden hatte – keines der beiden Elternpaare nahm an der Abschlußfeier teil –, und jetzt hatten sie zwei kleine Mädchen, Chantal, sechs, und Sophie, acht.

Am Abend des Jahrestreffens paßt eine Mrs. Carroll auf die Mädchen auf, eine Witwe, die neben den Herschels wohnt, eine Art Ehrengroßmutter der Herschel-Kinder, die sich auch bereit erklärt hat, Larrys sechsjährigen Sohn Ryan zu hüten. Larry hat eine Vereinbarung mit seiner Exfrau Dorrie getroffen, daß Ryan an den Wochenenden – Freitagabend bis Sonntagabend – bei ihm ist und sie ihn während der Woche hat. Larry hat Dorrie nichts von der Babysitter-Vereinbarung für heute abend gesagt, auch nicht, daß er vorhat, zum Jahrestreffen zu gehen. Sie war dieser Tage besonders nörglerisch. Sie will die Dinge auf eine bestimmte Art geregelt haben, ohne Abweichung, und sie würde sich garantiert mächtig aufregen, wenn sie wüßte, daß Ryan auf einer alten Klappcouch im Hobbykeller der Herschels übernachtet. Ein feuchter Keller wäre das letzte, was Ryan brauchte, bei seiner Schniefnase und seinem Husten. Außerdem waren die Herschel-Mädchen nach Dorries Meinung Primadonnen, genau wie ihre Mutter.

Letzteres ist nicht wahr. Heather McPhail Herschel ist die Sanftheit in Person – gütige Augen, welliges braunes Haar und ein Körper, dessen Üppigkeit an ein aufgegangenes Brot denken läßt –, und sie hat Larry Weller tausend Liebenswürdigkeiten erwiesen, seit seine Ehe mit Dorrie vor einem Jahr in die Brüche ging. »Hör mal«, sagte sie in den ersten schrecklichen Tagen, nachdem Larry ausgezogen war, »Bill und ich möchten alles tun, um dir darüber wegzuhelfen. Du weißt, du bist hier jederzeit willkommen, Tag und Nacht, und das gilt auch für Ryan. Du kannst anrufen, vorbeischauen, was du willst. Wir werden dich durchfüttern, mit Wein abfüllen, oder du kannst einfach rumhängen und reden. Du wirst es nötig haben, zu reden, Larry, und wir sind da, um zuzuhören. Du kannst auf uns zählen, das ist alles, was ich sagen will. Dazu hat man Freunde.«

Larry weiß Heathers Güte zu schätzen, und besonders schätzt er es, daß sie nicht schlecht über Dorrie reden mag, daß sie nicht sagt, er sei einer verkorksten Ehe glücklich entronnen, wie einige seiner Freunde es angedeutet, sogar unverblümt ausgesprochen haben. Damals auf der High-School hatte er Heather McPhail nicht in die Augen sehen können, und er kann es immer noch nicht richtig, obwohl sie mit seinem ältesten Freund verheiratet ist und er sie mindestens einmal die Woche sieht. Aus irgendeinem Grund kann er es nicht aus seinem Gedächtnis streichen, daß sie in ihrem früheren Leben Heather McPhail war, dieses schrecklich beliebte Schuljuwel und das zweitklügste und zweithübscheste Mädchen in der Klasse, das heißt, die zweite nach Megsy Hicks, der absoluten Queen der 1968er Abschlußklasse der MacDonald High-School.

Heather McPhail war weich und kurvig, Megsy Hicks dagegen war stramm und stangengerade. Megsy mit den gewagten sexy Pullovern und der Cher-Frisur, Megsy mit dem breiten, lebhaften, schimmernden Mund in einem Gesicht, das aus lauter rasch skizzierten Zügen und harter Strenge bestand – und zu ihrem beweglichen, biegsamen, muskulösen Frauenkörper paßte. Daß Megsy Hicks eine Brille trug und *trotzdem* beliebt war, rückte sie in eine ganz andere Wertekategorie. Larry hatte damals jede Nacht von ihr geträumt, aber in den vier High-School-Jahren kaum je mit ihr gesprochen, ihr nicht einmal zwischen den Unterrichtsstunden ein unverfängliches »Hi« zugeflüstert. Sie hatte glatt durch ihn hindurchgesehen, und er erwartete, daß man durch ihn hindurchsah. Er hatte es verdient. Er gehörte der Trotteltruppe an, war Vorsitzender von nichts, Mitglied keiner Vereinigung, unsportlich, mit gerade mal durchschnittlichen Noten, der verträumte Besitzer einer unverläßlichen Stimme und eines Gesichts, das sich nicht benehmen wollte; er war – so viel räumte er ein – ein unbedeutender Fleck im Jahrbuch von 1968, abgesehen davon, daß er ein Freund von Bill Herschel war, der unerklärlicherweise Heather McPhail als Freundin an Land gezogen hatte.

Nur in seinen Jungenträumen – das heißt in seinen Tagträumen, diesen weichgezeichneten Filmen, die er vor dem Einschlafen an seine Zimmerdecke projizierte – nahm Megsy Hicks seine Hand und wölbte sie über ihre, pulloverbedeckte feste Brust. Ihr Mund drückte feuchte Küsse auf seinen ganzen Körper, während ihre Finger an seiner Schlafanzughose nestelten. »Hierauf habe ich gewartet«, sagte sie immer wieder, als ob sie ohne ihre Brille nicht merkte, was für eine trübe Tasse er in Wirklichkeit war, als sei sie blind für die ungeheure Peinlichkeit, Larry Weller zu sein und dafür, was das heißen mochte. Ihre Stimme klang kribbelnd, kitzelnd in sein Ohr. »Noch mal«, sagte sie mit ihrer herrischen Volleyball-Captain-Stimme. »Faß mich hier an. Und hier.«

Er liebte sie. Niemand wußte davon, nicht mal Bill Herschel, der sein bester Freund war, seit sie sieben Jahre alt waren, und was er für Megsy empfand, war nicht einfach Verknalltheit und nicht, was seine Mutter als jugendliche Schwärmerei bezeichnet hätte, sondern die zärtlichste, loderndste Leidenschaft. Megsy, Megsy, süße Megsy. Ganz allein machte er die harte Schule der Liebe und der Unmöglichkeit der Liebe durch. Er wollte Megsy beschützen, und sie sehnte sich nach diesem Schutz – ungeachtet dessen, daß sie das Jahrbuch herausgab und die Abschiedsrede hielt. Er, Larry Weller, wollte für sie sorgen. Ihre seidigen dunklen Haare breiteten sich jede Nacht wie ein Fächer auf seinem Kopfkissen aus; ihre winzigen Ohrläppchen waren mit Silberknöpfen geschmückt, und er berührte sie liebevoll, fuhr dann an ihrem Körper hinunter, diesem langen, gelenkigen, tennisgestählten Körper, der sich um ihn herum bog wie ein großes C – *Ja, ja, schrie sie* –, der die aufgerauhten, einsamen Laken seines Bettes wärmte und sich an ihn drückte.

Eine solche Liebe verschwindet nicht so leicht, wie die Leute denken. Sie hängt im Kopf wie trüber Nebel, manchmal jahrelang. Er war nur aus dem einen Grund zum fünften Jahrestreffen gegangen, um einen Blick auf Megsy zu erhaschen, aber sie war nicht erschienen. Jemand, Heather vermutlich, erzählte, sie sei nach Toronto gezogen und habe Geld geheiratet, was zu ihr paßte. Sie war auch nicht auf dem zehnten Treffen gewesen, und Larry, der seine frisch angetraute Frau Dorrie mitgeschleppt hatte, verbrachte einen Abend in Benommenheit, arbeitete sich noch einmal durch den Filter seines Gedächtnisses, überlegte, warum sein Gesicht urplötzlich seine Muskulatur verlor, wenn er Megsy Hicks' Namen hörte, und sich in diese eigensinnige, das Fleisch betrügende, widersinnige Wabbeln verwandelte. Megsy Hicks, sagte man ihm, habe vorgehabt zu kommen, aber ihr Mann habe in letzter Minute nach Paris gemußt – Paris, ah-ha! –, und sie habe beschlossen, ihn zu begleiten.

Es hatte kein fünfzehntes Jahrestreffen gegeben. Irgendwie war es nicht zustande gekommen, aber jetzt sollte ein sechzehntes stattfinden, und Larry hatte sich überreden lassen hinzugehen. »Es wird Spaß machen, ein paar alte Freunde wiederzusehen«, sagte Heather zu ihm, womit sie meinte, es würde ihm guttun, sich wieder als Teil des Laufes der Welt zu fühlen. Er sei geschieden, na und? sagte sie. Das seien viele andere auch, die dort aufkreuzen würden.

Und warum sollte er sich überhaupt Gedanken machen? Er war dreiunddreißig Jahre alt, Vater, Steuerzahler, berufstätiger Staatsbürger, der Geschäftsführer von Flowercity, einem blühenden Blumengeschäft, das letzte Woche den ersten Preis der Provinz in der Kategorie Tischdekoration gewonnen hatte. Larrys lächerlicher, schwächlicher Körper war mit Anfang Zwanzig dicker geworden, und er hatte, wie es die meisten Menschen irgendwann tun, gelernt, seine Anwandlungen von Angst in eine weitläufige, selbsterdachte Sicherheitszone zu packen, wo er frei atmen konnte. Er hatte in seinem Leben Fehler gemacht, einen großen Fehler auf alle Fälle, seine Heirat mit Dorrie, aber er hatte Aussichten, er hatte eine Zukunft, wenngleich er sich nicht ganz sicher ist, wie weit er diesen neuen Larry wirklich zum Vorschein kommen lassen und sich zu erkennen geben möchte. Und das wichtigste, er hatte das, worauf es im Leben eines Menschen wirklich ankam: Er hatte Freunde.

Eine Menge Freunde, oder noch nicht genug? Er weiß es nicht recht. Er steht im Hintergrund seines voll ausgefüllten Lebens und sinnt über diese Frage nach.

Einer seiner Freunde ist ein Mann namens Gene Chandler. Gene ist ein sportlicher Typ, der gern mal ein Bier trinkt und gern lacht. Die zwei haben sich am Red River College kennengelernt, wo Larry die Kunst der Floristik erlernte und Gene den Grundkurs in Kommunikation absolvierte, der ihm später einen Job als Reporter bei *Free Press* einbrachte. Sie treffen sich noch hin und wieder zu einem Cappuccino im Capri oder gehen vielleicht zu einem Hockeyspiel – irgend jemand bei der Zeitung schenkt Gene immer Freikarten. Als Gene und Liz, seine Frau, hörten, daß Larrys Ehe in die Brüche gegangen war, luden sie ihn zu Meeresfrüchte-Lasagne zu sich nach Hause ein und bedrängten ihn, über seine Gefühle zu sprechen, und er gab sich die größte Mühe, um ihret-, wenn nicht um seinetwillen. Er habe einen Fehler gemacht. Er habe eine Frau geheiratet, mit der ihn nichts verband. Er und Dorrie konnten nicht miteinander reden, nicht so, wie es sich für Ehepaare gehörte. Und sie hatten anscheinend verschiedene Ziele. »Das ist schlimm«, sagte Liz, während sie grünen Salat austeilte. »Verschiedene Ziele haben, das kann hart sein.«

Zufällig hatte Gene Chandler einen Golfkumpel namens Big Bruce Sztuwark, und über Gene Chandler trat Larry in Kontakt mit Bruce Sztuwark, der auf seinem Grundstück am Fluß im Westen der Stadt einen Heckenirrgarten anlegen wollte und gehört hatte, daß Larry etwas von Irrgärten verstand. Big Bruce wiegt gut zweihundertfünfzig Pfund und verfügt über die unbeschwerte Ungehobeltheit eines Mannes, der Geld wie Heu hat. Er und Erleen, seine Frau, waren letztes Jahr in England gewesen, wo sie einen sagenhaften Irrgarten im klassischen Stil gesehen hatten, wunderschön, irgendwo in der Nähe von Wales, den Namen des Ortes hat er vergessen, aber er war hingerissen, und sie auch. Hey, sagte Bruce damals zu Erleen, wir sollten uns so einen für zu Hause zulegen. Stell dir bloß mal vor – ein richtiger Irrgarten in Winnipeg!

Während er sich mit Larry unterhielt, wiegte er seinen majestätischen Brustkorb rhythmisch vor und zurück. »Wir brauchen keinen Vertrag«, sagte er, als sie sich ein zweites Mal trafen, um die Anlage des Irrgartens zu besprechen. »Wir haben gemeinsame Freunde. Wir können uns gegenseitig vertrauen, was?«

Jetzt verbringt Larry seine Abende mit dem Zeichnen von Plänen, und während sein Bleistift Nr. H2 über das Zeichenpapier gleitet, fühlt er, wie er wieder zum Leben erwacht. Das Apartment, das er an der Westminster Avenue gemietet hat, ist eine Bruchbude, aber er mag die Gegend mit den heruntergekommenen Jahrhundertwende-Häusern, den kleinen Geschäften und Zweifamilienhäusern aus Ziegelsteinen. Gegenüber ist die Bäckerei Tall Grass, wo er warmes Brot und die besten Zimtbrötchen der Stadt kauft und wo die säuselnd sprechenden Angestellten ihn mit Namen kennen. *Hey, Larry, was darf's denn heute sein?* Ganz so, als ob sie ihn schon immer gekannt hätten. Ganz wie Freunde.

Eigentlich war es Bob Buxtead, nicht Larry, der die Tischdekorationstrophäe des Floristenverbandes der Provinz gewonnen hat. Larry hat die Anmeldegebühr bezahlt und moralische Unterstützung gewährt; er saß in der ersten Reihe und sah Bob zu, der mit den anderen Wettbewerbsteilnehmern in gleißendem Licht auf der Bühne des Kongreßzentrums stand. Jeder bekam dreizehn Blumen, eine Handvoll dunkler, glänzender Zweige und etwas Steckmasse zur Verarbeitung. Nach einer Stunde und fünfzehn Minuten wurde Bob nach einem dramatischen Trommelwirbel zum Sieger erklärt; die Juroren urteilten einstimmig, und nun geht er nächste Woche zu den Landesmeisterschaften nach Toronto.

Bob Buxtead hat vor zwei Jahren als Ferienvertretung im Laden angefangen, fast noch ein Kind, aber er war so gut, daß Larry beschloß, ihn auf Dauer zu behalten. Bob hat ein langes, strenges Altmännergesicht, ein kantiges Kinn, sorgsam rasiert, und er konzentriert sich mit Feuereifer auf das, was seine vierschrötigen Hände gerade tun. Er summt vor sich hin, um sich aufzumuntern, während er mit einer Arbeit beschäftigt ist, und sein Summen hört abrupt auf, wenn er nach einer Blume greift, einem Blatt, einem Stück Band, was immer er benötigt, und setzt dann wieder ein. Das Summen der Schöpfung. Manchmal ist er sonderbar. Einmal bemerkte er zu Larry, er sehe Blumen als eine Gattung der Poesie, und Larry wußte nicht, was er sagen oder wohin er sehen sollte.

Bob Buxtead hat eine blaue Teekanne und eine Schachtel mit diversen Kräutertees mit zur Arbeit gebracht, und er kredenzt Larry am Nachmittag eine Tasse Zitronengras- oder Himbeerblättertee statt des üblichen bitteren Kaffees, der den ganzen Tag in der Kanne steht. »Auf manche Leute wirkt Koffein beruhigend, nicht anregend«, erklärte er taktvoll. Sport interessiert ihn nicht – das gibt er zu –, und er scheint tatsächlich keinen Hang zu Männerspäßen zu haben, zu Neckereien oder den neuesten Witzen. Er kommt morgens pünktlich, arbeitet gewissenhaft an seinen Aufträgen, ißt mittags ein Lunchpaket und macht nur um drei Uhr Pause, um seinen Tee zu trinken. Es gibt Tage, an denen er und Larry bloß ein paar Dutzend Worte wechseln.

Dennoch, als Bob Buxtead verkündete, daß er seine Freundin, eine Krankenschwester am Winnipeg General Hospital heiraten werde, bat er Larry, sein Trauzeuge zu sein. »Einen besseren Freund kann ich mir nicht denken«, sagte er schlicht.

Wenn Freundschaft eine Frage der Harmonie ist, dann ist Larry weit entfernt von der idealen Tonhöhe. Aber vielleicht sind die zwei ja wirklich Freunde geworden. Die Atmosphäre bei Flowercity hat sich verändert, seit Bob Buxtead da ist. Es geht ruhiger zu, sogar an den Tagen mit Hochbetrieb, und, auf eine eigentümliche, verdrehte Art, die Larry nicht in Worte fassen kann, liebevoller.

Lucy Warkenten gehört zu Larrys guten Freunden, auch wenn sie sich erst seit wenigen Jahren kennen. Einundvierzig Jahre alt, unverheiratet, Buchbinderin von Beruf, hält sie die Balance zwischen einem zarten Gespür für Höflichkeit und dem Impuls, sich kopfüber in die Angelegenheiten ihrer Freunde zu stürzen, von denen sie Dutzende hat. Und doch, wenn sie und Larry am Dienstag jeder Woche ins Kino gehen (Eintrittskarten zum halben Preis für die Frühvorstellung), gelingt es ihr, ihm das Gefühl zu geben, ihr einziger Freund zu sein, und daß es eine Auszeichnung für sie ist, neben einem so liebenswerten Menschen zu sitzen. Nach dem Kino diskutieren sie bei ihrer Pizza über Themen wie soziale Aspekte, Zensur, Gärten, ägyptische Labyrinthe, Papierherstellung und ihren Platz in der Kultur, den Schaden, den Eltern ihren Kindern zufügen, die Nutzlosigkeit der Psychoanalyse und die Schwierigkeit, Gram und Depression zu bekämpfen, diese Zwillingsschatten. Alle diese Themen sind Larry neu, zumindest ist es neu für ihn, sie in Worte zu fassen, doch Lucy hat, so sieht er es, zum einen die Fähigkeit, ihm resonante Redewendungen in die Kehle zu pflanzen, und zum anderen den Impuls, dabei begeistert zu nicken und mit ihrer fließenden, flotten, seidigen Stimme zu sagen: »Genau!«

»Ah, du hast was mit einer Frau?« fragte Larrys Mutter vor ein paar Wochen in schüchternem Ton.

»Nicht, wie du denkst«, erklärte Larry.

Wenn er mit Lucy zusammen ist, schwinden Gedanken an Alter, Sex und Versagen und auch an seine Unwissenheit. Ein transparenter Vorhang kräuselt sich zwischen ihnen, und er sieht ihre Freundschaft als eine Art Verzauberung, der er verfallen ist, und er weiß sie wahrlich zu würdigen. Sie sprechen nie über seine Ehe und Scheidung, auch nicht über Lucys Alleinleben und die Wahrscheinlichkeit, daß sie immer allein leben wird.

Ein Pakt zwischen Exilanten?

Nun ja, vielleicht.

Larry betrachtet seine Leute nicht direkt als Freunde, aber in gewisser Weise sind sie es. Er sieht sie ein-, zweimal die Woche, wenn er nach der Arbeit hereinschaut oder mit Ryan zum Sonntagsessen kommt. Sie haben die Scheidung ganz gut verkraftet, haben sich nicht eingemischt und sind nicht allzu hart mit Dorrie ins Gericht gegangen. »Sie kann gut mit Geld umgehen«, sagte Larrys Dad, »das steht fest. Sie wird dich nicht für den Rest deines miesen Lebens mordsmäßig bluten lassen.« Larrys Mutter Dot ließ einmal deutlich durchblicken, daß sie nie viel von Dorrie gehalten habe. »So ein überspanntes *knickriges* kleines Ding.«

Nun, Larry hat erkannt, wie sie zu diesem Eindruck gekommen ist. Dorries quirliger kleiner Körper schien aus gebündeltem Draht zu bestehen. Es lag ihr im Blut, sich strikt an Zeitpläne und knappe Budgets zu halten. Eine unermüdliche Schnäppchenjägerin. Gnadenlos. (Wer hat das gesagt, gnadenlos? Ein Freund von Larry, aber er erinnert sich nicht, welcher.) Einmal hat sie mitten im Liebesakt Luft geholt und zu Larry gesagt: »Beeil dich, wenn du kannst, ich muß morgen zeitig zur Arbeit.«

Larrys Schwester Midge, die selbst einen Ehekrieg durchgemacht hat, nimmt kein Blatt vor den Mund, wenn sie über Dorrie spricht. »Sie ist ein absolutes Miststück. Ich muß schon sagen! Und hirnlos ist sie obendrein. Und sie hat dich mit einem Trick in die Ehe gelotst. Verdammt, warum hat sie nicht die Pille genommen wie alle anderen Frauen auf der Welt? Weil sie blöd ist, darum. Dumm wie Bohnenstroh. Ehrlich, Bruderherz, sei froh, daß du's hinter dir hast. Die wärst du los.«

Sein Sohn Ryan? Ist Ryan ein Freund? Es heißt, Väter und Söhne sind Kumpel. Aber Ryan ist ein kleiner Junge. Er weint noch, wenn er enttäuscht oder ängstlich ist, und diese Fähigkeit zum Weinen – und Larrys Fähigkeit zum Trösten, zumindest teilweise – bedeutet, daß sie keine richtigen Freunde sind. Sie gehen nicht im Gleichschritt.

Er liebt sein Kind. Aber er war es, der weggegangen ist und den kleinen Jungen verlassen hat. Das ist die wahre Ursache des Weinens. Das ist ein weiterer Grund, weshalb sie keine Freunde sind.

»Eine dreijährige Ehe, die nicht funktioniert, ist keine Tragödie«, sagte Larrys langjähriger Freund Jim Carmody bei einem Drink nach dem Blumenschmuckwettbewerb der Provinz. Jim ist Blumenberater bei Weddings Unlimited.

»Aber in Wirklichkeit waren es fünf Jahre«, sagte Larry.

»Ach, egal.«

»Ehrlich gesagt, ich hab mich gewundert, was du an ihr findest«, sagte Sally Wolsche Ullrich, eine Frau, die mit getrockneten Pflanzen und Blumen arbeitet und seit einigen Jahren mit Larry befreundet ist. »Freilich, kein Mensch durchschaut die Ehen anderer Leute, es ist, als wären diese Ehen vor uns abgeschirmt, lauter schrecklich, schrecklich private Abmachungen, wenn man es recht bedenkt. Aber trotzdem! Du und Dorrie, ihr seid scheint's immer in verschiedenen Gängen gefahren. Verstehst du, was ich meine?«

»Einigermaßen«, sagte Larry.

Ben Shaw, Dorries ältester Bruder, lief Larry vor kurzem zufällig auf der St. Vital Mall in die Arme und sagte: »Hör mal, mein Lieber. Es tut mir verdammt leid, wie das zwischen dir und Dor gelaufen ist. Sie ist weiß Gott nicht einfach – welche Frau ist das schon! Ha. Das Leben ist biestig, und dann ist man mit einem Biest verheiratet. Aber schau, dies oder sonst was Bescheuertes soll uns nicht daran hindern, Freunde zu bleiben, okay?«

Larry, der seinen Schwager nie als Freund betrachtet hat, sagte: »Klar, sicher, ganz deiner Meinung. Okay, Ben, okay.«

»Eine beschissene Zeit ist das«, sagte Michael Kelly, einer von Larrys Nachbarn in der Lipton Street. Michael, der als Bühnenschreiner arbeitet, hat gerade mit seinem Lebensgefährten Scott Allyson Schluß gemacht, nach zwölf Jahren. »Na ja, in jeder Beziehung gibt es Kontroversen, und Scott und ich haben die ganze Zeit durchgehalten, weil wir unsere Kontroversen bewältigen konnten. Andererseits muß man sich dauernd sagen, daß es das Leben kaputtmacht, wenn man mit jemand zusammenlebt, der nicht der *Richtige* ist. Da schleicht sich so was wie Gift ein, das kann einen am Ende umbringen. Ich hab deine Frau nicht besonders gut gekannt, aber wenn wir mal zusammen waren, nun ja, sie hatte wohl eine andere Wellenlänge. Fast, als wäre sie von einem anderen Planeten.«

»Ja«, sagte Larry nickend, »das ist wahr.«

»Du hast sie geliebt«, sagte Bill Herschel unmittelbar nach der Trennung. Sie saßen in Bills Auto, das bis zum Dach vollgepackt war mit Larrys Kleidern, und sie waren auf dem Weg zu dem vor kurzem gemieteten Apartment in der Westminster Avenue. Larry weinte. Er hatte seinen Sohn verloren, seine Frau, seinen Platz auf dem Planeten.

Viele Häuser in der Altstadt von Winnipeg mit den engen Straßen sind in Dreiergruppen errichtet worden. Schwesterhäuser wurden sie genannt, zweistöckige Bauten, deren billige, fast vollkommen identische Bauweise sich nur durch einen Giebel, ein Balkongeländer oder eine ausgefallene Verzierung unterschied. Das Haus der Herschels war mit Larrys Elternhaus »verschwistert« gewesen, und zwischen den beiden heranwachsenden Jungen hatte stets eine lässige, lockere Freundschaft bestanden, die sich bis in ihr Erwachsenenleben fortgesetzt hat. Ihre Freundschaft war bewährt und gefestigt und erforderte kein Wort der Interpretation, kein Bemühen um Bewahrung. Beide wären in Verlegenheit geraten, hätten sie ihre Bindung beschreiben sollen, eine Bindung, die mühelos Abwesenheiten, Konfessionen oder, wie an dem Tag, als Larry Dorrie verließ, Tränen verkraftete.

Das Weinen begann mit einem Nichts, einem bloßen Brennen in den Augen, als Bills Auto sich in Bewegung setzte, dann folgte ein unaufhaltsamer Strom von Tränen, und im nächsten Moment ertrank er, seine Kehle, seine Lungen liefen voll. Er machte sich zum Narren, heulte und schnappte nach Luft wie die Kinohelden, die sich in den großen Gefühlsszenen umklammert halten und laut schluchzen, wobei ihre mächtigen männlichen Schultern beben. Diese Szenen sind so konzipiert, daß die Zuschauer mitweinen, aber Larry neigt eher dazu, sich zu winden. Und jetzt saß er da und heulte sich die Augen aus, während der Wagen zur Broadway Avenue raste, und Bill saß da mit einer Hand am Lenkrad und der anderen auf Larrys Arm, und er sagte: »Du hast sie geliebt. Daran wirst du dich immer erinnern. Weil du sie am Anfang wirklich geliebt hast, wird sich die Sache auf lange Sicht gelohnt haben.«

Die letzten Attacken und Rückzüge dieser Ehe sieht Larry verschwommen, und er weiß, daß er seinen Freunden viel zu verdanken hat. Seine Traurigkeit wurde durch die kleinen Geschenke und lieben Worte dieser Freunde erstaunlich rasch eingedämmt. Seine Dankbarkeit wurde jedoch dadurch geschmälert, daß er seinem eigenen Elendszustand leicht mißtraute, der ihm mechanisch herbeigeführt und aufgebläht vorkam – wie eine Szene in einer Fernsehsendung. Er verfolgte seine Reaktionen skeptisch und war erschüttert über die Furcht vor Künstlichkeit, ganz so, wie er während der England-Flitterwochen erschüttert gewesen war über das Schwanken seiner Liebe zu Dorrie, entsetzt, daß die Liebe, eben erst gelobt und öffentlich geschworen, ständig kommen und gehen konnte.

Und nun, wenn er zurückblickt auf die Tage, die seinem Bruch mit Dorrie folgten, fragt er sich, ob sein Schmerz eine Art Bühnen-Make-up trug, das ihn verriet. Seine Verwirrtheit, ausgenommen sein Schmerz um Ryan, kam ihm aufgesetzt, nicht gewachsen vor. Bill besorgte ihm einen Anwalt, der die Dinge unverzüglich ins Rollen brachte. Andere Freunde liehen ihm Möbel, luden ihn zum Essen und zu Footballspielen ein, lobten ihn für seine sogenannte Gefaßtheit und machten ihm heitere, nicht spöttische Komplimente zu seinem neuen Bart, dem ersten ernstgemeinten Bart seines Lebens. Fast niemand fragte nach den Einzelheiten der Trennung, und Larry war dankbar dafür, denn er weiß, und das schon mit dreiunddreißig Jahren, daß Enthüllungen die Menschen auslaugen und daß Wiederholung die halb geprobten Akte verlängert, aus denen traurige Ehen bestehen.

Manchmal erwachte er nachts aus bizarren Träumen und flüsterte vor sich hin: »Vorsicht, Vorsicht.« Vorsicht vor Chaos, vor Stille, vor Wörtern, vor anderen Leuten, vor mir selbst, diesem Fremden, Larry Weller. Manchmal hatte er auch das Gefühl, er brauche Nachhilfestunden, um ein erwachsener Mann zu werden. Wie lernt man den Umgang mit dem Tageskalender, jeden Tag eine neue rote Zahl, die einen in den Tunnel einer stets zurückweichenden Zukunft stößt?

Es ist eine Überraschung für Larry, daß angesichts des

klaffenden Lochs im Zentrum seines Lebens vieles von seiner vertrauten Routine so weiterläuft wie bisher. Hier ist er, plötzlich solo, ein geschiedener Mann, der nicht in einem Haus wohnt, sondern in einem Einzimmerapartment, und der dennoch weiterhin acht Stunden täglich in demselben alten Blumengeschäft arbeitet, telefonische Bestellungen für Brautsträuße und Tischdekorationen entgegennimmt und am Wochenende die Rechnungen erstellt. Blumen, ihre zarten Blütenblätter, halten ihn davon ab, daran zu denken, daß er das Leben entbehrt, das er sich wünscht. Er nimmt nach wie vor das Sonntagsessen in der gepolsterten Frühstücksnische seiner Mutter ein, den unabänderlichen Braten mit Kartoffeln und Rosenkohl in der blau-weißen Servierschüssel. Scham überkommt ihn, und Einsamkeit, und es gibt Tage, an denen er sagen möchte: »Ich bin verliebt«, verliebt nämlich in seine neuen Lebensumstände. Samstags fahren er und Bill Herschel nach Birds Hill, um sich ein paar Stunden auf den Wanderpfaden zu tummeln. Dies haben sie getan, seit sie Jungen waren, haben sich dreckige Witze erzählt, die unterlegt waren mit unangefachten Funken von Sex, von Dingen, die sie wissen oder laut aussprechen mußten. Sie nahmen einen billigen Pfadfinderkompaß und eine Karte mit nach Birds Hill, und dort verirrten sie sich absichtlich, so daß sie heldenhaft entdeckt werden konnten. Es war ein Spiel; sie hatten es sich ausgedacht, die Dramatik, die Belohnung. Man suchte sich einen Bach und folgte seinem Lauf; er führte einen irgendwohin, darauf war Verlaß. Larry kam es manchmal so vor, als ob seine Körpersubstanz, sein Gefühl, wer er war, zwischen den Grenzen dieser Wochenendwanderungen verlorenging.

Jetzt nehmen sie ihre Kinder mit, Larrys Sohn Ryan und Bills zwei Mädchen. Bill hat sich ein Fernglas um den Hals gehängt, und Larry hat ein kleines, hübsches Spiralnotizbuch in seiner Gesäßtasche.

Dieses Notizbuch war ein Geschenk von Lucy Warkenten, die so glühend an die Macht der Bücher und ihrer aufgezeichneten Botschaften glaubt. »Du wirst vielleicht ab und zu deine Gefühle aufschreiben wollen«, vermutete sie kurz nach der Trennung. »Menschen, die unter Streß stehen, stellen manchmal fest, daß sie ihren Gefühlen Luft machen können, wenn sie sie zu Papier bringen.« Dies war nur einer der vielen hilfreichen Ratschläge, die Larry von seinen Freunden erhalten hat.

Bislang hat er nur zwei Wörter in das Notizbuch geschrieben, und sie stehen auf der ersten Seite. »Dorrie. Dorrie.«

Er hört oft von geschiedenen Eheleuten, die Freunde werden, und er fragt sich von Zeit zu Zeit, ob dies bei ihm und Dorrie auch einmal der Fall sein wird. Er bezweifelt es. Zuvor wäre eine Art außerordentliche Kernschmelze vonnöten. Oder eine ausgedehnte Regenpause, die zu beiläufigem Lachen oder einem improvisierten gemeinsamen Essen führt, oder zu irgendeinem Notfall oder einem alten Witz, den beide kennen, oder vielleicht zum Hervorkramen der Fotos von ihren England-Flitterwochen.

Er führt sein Leben fort, doch zugleich ist er tief betrübt, das ist ihm bewußt. Er sagt sich, daß eine Freundschaft mit Dorrie der Panik, die ihn ständig plagt, den Stachel nehmen könnte. Aber das wird nicht geschehen, davon ist er fest überzeugt.

Etwas ist mit Larry passiert, damals in der High-School; eine fieberhafte Mutlosigkeit hat ihn erfaßt. Sein anderes, früheres Ich, den tapferen kleinen Jungen, der am Rand des Spielplatzes stand und die Ellenbogen seines Wollpullovers umfaßte – den hatte er lieber gemocht. Dieses Fotografie-Ich, das sich vor der grünen, nicht eingestürzten Welt in Positur stellte.

Aber der halbwüchsige Larry Weller, der mittelmäßige

Schüler an der MacDonald Secondary School im Westen Winnipegs, einziger Sohn von Dot und Stu Weller, Bruder von Midge Weller – *dieser* Larry sah sich rückwärtsschlittern und war zu blödsinnig und schwach, um sich zur Wehr zu setzen, und zu süchtig nach dem Luxus der Träume, um aufzuwachen. Er war zu täglichen Demütigungen verdammt – er wußte nicht, wie er seine Füße unter seinem Pult im Studiensaal hinstellen sollte, in der Mensa schlürfte er versehentlich seine Suppe, und was alles noch schlimmer machte, er wußte genau, wie umfassend, wie dämlich, wie ordinär diese Entgleisungen eines Halbwüchsigen waren.

Er hatte die falsche Nase, die falschen Schultern. Einmal angefangen, wuchs die Wucht der Fehlschläge weiter an, und vor echter Verzweiflung rettete ihn nur die Gewißheit, daß die Qual der Scheu, des Jammers und der Verlegenheit in seinem Leben eines Tages ein Ende haben würde. Er wußte dies, ohne es zu glauben, so, wie man weiß, es aber nicht glauben kann, daß die Mitte der Erde aus geschmolzener Materie besteht. Vielleicht lief er deswegen mit dem Wunsch herum, jemandem die Nase einzuschlagen.

Und doch hatte Bill Herschel seinen Weg gefunden, warum sollte dies nicht auch Larry Weller gelingen? Bill hatte ein Mädchen, eine, mit der er ins Kino ging, eine, die er küßte und deren Pullover er vorn anfassen durfte. Er hatte einen Weg gefunden, seine frierenden Gliedmaßen zu wärmen. Und Samstag abends, wenn seine Mitschüler in einem Rockkonzert waren oder sich in irgend jemandes Bude versammelten, um zu rauchen, Bier zu trinken und zu knutschen, saß Larry zu Hause und las alte Ausgaben von *Popular Mechanics* oder sah mit seinen Eltern fern, entweder das Hockeyspiel oder den Samstagabendfilm. Die Wohnzimmervorhänge waren dicht zugezogen; die Heizung summte. Er fühlte, wie seine Einsamkeit zu einer Art Peinlichkeit wurde, und diese Peinlichkeit verzehrte sein Ich. Weder seine Mutter noch sein Vater schienen eine Ahnung von der Unfähigkeit ihres Sohnes zu haben, den Anschluß an die Welt zu finden, und eingeschlossen im Schneckenhaus ihrer sanften Ahnungslosigkeit war er, zumindest vorübergehend, geborgen. Geborgenheit war gut und schön, aber was er sich wirklich wünschte, war elektrisiert, verletzt, in die Wildnis geworfen, erlöst, belebt zu werden – und vor allem von dem betäubenden Lärm, dem Überschwang und der Unbeschwertheit von Freunden umringt zu sein, die seinen Namen riefen, nach seiner Gegenwart verlangten.

An diesen lange zurückliegenden Abenden kochte seine Mutter um zehn Uhr Tee und stellte drei Becher und einen Teller mit englischem Kuchen oder gebuttertem Toast auf den Tisch. Nein, sie hatten keine blasse Ahnung, und, wie Bill Herschel gern sagte, es erfordert tausend Ahnungen für einen Fingerzeig. Larry fühlte, daß er, solange er seine Leute in einem Zustand ahnungsloser Unschuld belassen konnte, diese Hölle der Beklommenheit, diese langsame Tortur, allein durchstehen würde. Danach wollte er in die Welt der Erwachsenen eintreten und seine Zeit rechtmäßig so verbringen, wie seine Eltern es taten, eingebettet in ihre gemütlichen Wochenendabende, ihre Liebhabereien und Fernsehsendungen. Dies war die Zukunft, der Ausweg. Diese kühle Gewißheit war fest in seiner Brust verankert.

Es scheint nun ein weiter Weg zurück zu sein bis zu jenen Samstagabenden, und Larry setzt alles daran, seine jugendlichen Ängste nicht wieder aufleben zu lassen. Heute abend, auf dem sechzehnten Jahrestreffen, als er zwischen Bill und Heather Herschel steht und den Schulgesang mitsingt – *Onward, onward, brave MacDonald* –, ist er gerührt und dankbar, daß er zu dieser Schar feiernder Männer und Frauen gehört, die sich für einen vergnüglichen Abend feingemacht haben, Kostüme, Anzüge und Krawatten, kurze, wippende Seidenkleider, und einander mit der Reife und Toleranz der Erwachsenen eine neue Achtung entgegenbringen. Larry blickt auf die singenden Gesichter und die robusten, schwingenden Schultern; seine Klassenkameraden wirken klein in der hohen, schattigen Turnhalle, durch deren offene Fenster Frühlingsduft hereinschwebt. Die alte Teenager-Traurigkeit scheint in diesem Moment, bei diesem Gewitter aus Liebe oder zumindest gutem Willen, äußerst unangebracht.

Der Gesang endet holprig – nicht wenige haben den Text vergessen –, und dann hören sie, noch stehend, vom Podium eine laut verlesene Liste der Verstorbenen, ihrer toten Mitschülerinnen und -schüler. Cameron Ford, Bruce Wilkinson, Shirley MacGuinty, Clara-Jane Barber, Anita Beckerston, Kenny Charles, Bugsy Lambert. Jemand, ein Mann, stöhnt, als Bugsys Name fällt, schreit auf, erschrokken, überrascht, und dann wird die tonlose Lesung der Namen fortgesetzt – Simon Lu, Charlotte Sawatski, Kay Armstrong. Die Toten, denkt Larry, müssen sich keine Namen merken, keine Hände schütteln, Küsse verteilen oder es bleiben lassen, oder sich bemühen, lustig oder lässig zu sein, aber wie konnten so viele in nur sechzehn Jahren gestorben sein – Verkehrsunfälle, Krebs? –, und warum läßt die Frau, die die Namen vorliest, nicht bei jedem ein kleines, gefühlvolles Timbre anklingen?

Durch einen Dunst aus Trauer, oder ist es eine Art Respekt vor jenen, die sich so klaglos von der Welt verabschiedet haben, registriert Larry nur allmählich, wer da die Namen der Toten herunterrasselt, als seien es Posten auf einer Einkaufsliste. Es ist Megsy Hicks.

Nur daß sie jetzt, laut Programm, Megsy Hicks Clarkson heißt. Groß, knochig, in einem glänzenden Kostüm. Ihre runden Brillengläser glitzern intelligent unter den Lampen, und in ihren langen, glatten Haaren blitzt es grau. Larry sieht, daß sie, so, wie sie einst über das Tragen einer Brille triumphierte, nun über der Demütigung vorzeitigen Ergrauens steht. Dies hat etwas Erhabenes. Er fühlt sein Inneres weich werden vor erinnerter Liebe und fragt sich mit einem Seitenblick auf das Schicksal, ob er mit ihr sprechen wird, bevor der Abend zu Ende ist.

Aber es gibt eine Sitzordnung beim Essen, und man hat ihm einen Tisch in der anderen Ecke der Turnhalle zugewiesen. Neben ihm sitzt Nancy Oleson, damals auf der High-School ein ausnehmend hübsches Mädchen, doch heute, mit Mitte Dreißig, dürr und geschlechtslos in ihrer blauen Stretchhose und der nicht mehr ganz frischen Baumwollbluse. Ihre Finger spielen zwanghaft mit ihren vollen, spraysteifen Haaren. Geschieden, teilt sie Larry mit. Der Kerl war ein Arschloch.

Bill und Heather sitzen auch an diesem Tisch, und Larry würde um Geld wetten, daß Heathers Hand auf Bills Knie liegt oder Bills Hand sich unter dem Tisch zwischen Heathers Schenkel geschoben hat. Sie spüren das Gewicht ihrer Weihe: Das auserwählte High-School-Pärchen, junge Liebe. Und ihre Gesichter sind entsprechend weich geworden, verklärt von Erinnerung, strahlend.

Die Hitze macht sich bemerkbar. Skip Hurst, ein ehemaliger Trottel wie Larry, erzählt eine lange, lustige Geschichte, wie er einmal in Thailand, wo er jetzt lebt, eine Reifenpanne hatte. Er ist mit einer Thailänderin verheiratet, einer Ärztin, und er läßt stolz ein Foto von ihr mit dem neugeborenen Baby auf dem Arm herumgehen. »Ich weiß nicht, warum ich den weiten Weg zu diesem Treffen auf mich genommen habe«, sagt er plötzlich fröhlich. Seine Haut ist stark behaart. »Ich habe die High-School von Anfang bis zum Schluß gehaßt.«

»Oh, ich auch.« Dies kam überraschend von Heather. Dann fügt sie hinzu: »Bis ich eines Tages Bill in der Mensa traf. Er hat seine Tüte Milch auf meinen Schuh fallen lassen. Die kleine spitze Ecke hat meinen großen Zeh erwischt. Hilfe!«

»Alles nur, damit du mich zur Kenntnis nehmen würdest«, sagt Bill.

»Ich war in dich verknallt«, sagt Nancy Oleson zu Skip. Sie ist beim vierten Glas Wein, nicht direkt betrunken, aber sie kommt in Fahrt. »Ich schätze, ich war in alles verknallt, was Hosen trug und sich bewegte.«

»In mich auch?« fragt Bill.

Sie läßt ein nettes, anzügliches Lachen hören. »Ich denke, es war Larry, den ich im Auge hatte. Ja du, Larry Weller. Du warst so süß und schüchtern, und einmal hast du mir in Erdkunde deine Buntstifte geliehen. In der Stunde von Mr. Bailey.«

»Das weiß ich noch«, sagt Larry. Es ist wahr, er erinnert sich.

»Verdammt, warum bist du nicht mal mit mir ausgegangen?«

Alle lachen. Entweder kennen sie die Antwort auf diese Frage, oder sie kennen sie nicht. Es kommt nicht drauf an.

Man serviert gemischten Salat, dann reichlich gefüllte Teller mit Hühnchen, Reis und harten Erbsen, zum Nachtisch eine süßliche, nach Arznei schmeckende Eiskomposition. Beim Kaffee senkt sich Vertraulichkeit wie eine Decke über den Tisch, und die Unterhaltung fließt ungezwungen, streift Reisen, Kinder, Ehe, Scheidung, Arbeit, Enttäuschungen. Am Rande dieser Gespräche schwingt die Erinnerung an eine alte Befangenheit mit, die nun gebannt ist, zumindest für diesen Abend, vielleicht sogar – wer kann das sagen? – für immer. Es ist, als ob sie wüßten, daß der Sinn ihres Lebens keine zu entdeckende Tatsache ist, sondern eine Wahl, die sie treffen, tatsächlich schon getroffen haben. Sechzehn Jahre sind vergangen, mit allen Lücken und Enthüllungen. Man hat die Geschichte verlegt wie Pflastersteine, aufgetürmt, abgetragen und mit Leichtigkeit abgetan. Lachen rieselt, und Larry ist selig. Wenn sie nur immer so weitermachen könnten, hier an diesem Tisch sitzend, mit der Decke aus Liebe. Freunde, Freunde. Ist es nicht das, wonach er sich sein Leben lang gesehnt hat? Inmitten einer Masse von Freunden zu sein?

Dann gewahrt er einen Schatten, spürt, daß jemand hinter ihm steht, und er dreht ein ganz klein wenig den Kopf. Es ist Megsy Hicks. Ihre Hände umgreifen wahrhaftig die abgerundete Rückenlehne seines Klappstuhls, so daß Larry gewissermaßen in ihrer Umarmung ist, doppelt selig an diesem Abend der Entrückung. Jetzt beugt sie sich, über ihn hinweg, hinunter zu dem warmen Rund des Tisches, ihr graumeliertes Haar schwingt dicht an Larrys Gesicht vorbei, so dicht, daß er das würzige Parfüm riechen kann.

»Schämt euch, Leute«, sagt oder vielmehr bellt sie mit ihrer monotonen Schülerversammlungsstimme. »So geht das aber nicht. Die anderen wollen auch was von euch haben. Bewegt euch ein bißchen. Los, hoch mit euch! Mischt euch unters Volk.«

Der Überfall kommt so brutal und unerwartet, daß einen Moment lang keiner spricht. Larry betrachtet die zitternde Oberfläche seines schwarzen Kaffees. Seine Kopfhaut erstarrt.

»Ich will hoffen«, sagt Heather bedachtsam, »daß du nicht mit uns schimpfst, Megsy.«

»Ich versuche bloß...«, knurrt Megsy energisch, selbstgerecht, und schüttelt ihre Haare.

»Fick dich ins Knie, Megsy Hicks«, sagt Nancy Oleson.

Die Worte kommen lässig, freundlich aus Nancys großem, drolligem Mund, aber sie genügen, um den schlimmen Traum fortzuwehen. Larry nimmt hinter sich eine Luftverdrängung wahr und das Geräusch des Seidenkostüms, als es außer Sicht schwirrt. Skip Hurst pfeift einen einzigen leisen Ton. Bill und Heather Herschel wenden sich einander zu und starren sich an, und die mutige, betrunkene Nancy Oleson schlägt sich die Hand vor den offenen Mund. Ihre Augen blicken wild und verdattert, als sie sich zu Larry Weller umdreht, diesem ehemaligen jugendlichen Nichts, und seinen Beifall sucht.

Es dauert einen Moment, zwei Minuten, doch dann fühlen alle, wie rund um den Tisch Lachen aufwallt, sich verdoppelt, verdreifacht. Wie eine Bombe wird es den Raum in die Luft sprengen, wenn es ausbricht.

Larrys Gehirn surrt, als hätte er soeben eine komplizierte Mathematikaufgabe gelöst. Und irgendwo, kaum außer Hörweite, spürt er, daß sein Leben sich leise räuspert, sich endlich anschickt zu sprechen.

Kapitel Sieben

Larrys Penis

1986

Larry sieht gern eine Frau mit Regentropfen im Haar.

Und er sieht gern eine Frau, die flott geht und dabei einen Apfel ißt, die Zähne gierig in die Schale schlägt. Dorrie, seine erste Frau, verzehrte Äpfel beherzt, sie hielt sie fest in der Hand und vertilgte sie mitsamt dem Kerngehäuse.

Seine Jetztfrau – sie sind erst seit einem Monat verheiratet – schneidet die Äpfel für ihr Lunchpaket in keilförmige Stücke, setzt sie dann wieder zusammen und steckt sie in einen kleinen Plastikbeutel. Sie füllt einen zweiten Beutel mit rohem Gemüse – Karotten, Sellerie, Blumenkohl –, das sie sorgfältig im Spülbecken gewaschen und schräg in dekorative Stücke geschnitten hat. Ein dritter Beutel enthält einen Würfel fettarmen Käse. Diese drei kleinen Stilleben werden jeden Tag frisch zubereitet und in Polyäthylenfolie verpackt, und Larrys Frau gibt ein vernehmliches, zufriedenes Miauen von sich, wenn sie diese Päckchen in ihrer Aktentasche verstaut, in Abstraktion verwandelte Materie, und die Abstraktion ist eine Tür zu einer unsichtbaren ordentlichen Welt. Dinge, die sie nicht sehen kann, wecken ein äußerst lebhaftes Interesse in ihr, aber sie ist auch penibel im Hinblick auf die unmittelbaren Einzelheiten ihres laufenden Lebens. Sie dreht sich um und bedenkt Larry mit einem trägen, losgelösten Lächeln. Als einziges Kind ältlicher Eltern hat sie gelernt, auf ihre äußere Erscheinung zu achten, sich selbst etwas Gutes zu tun, daher ihre pedantischen Lunchpakete, daher ihr sorgfältig gebügeltes Leinenkostüm und die schönen, teuren Schuhe.

Der Name von Larrys Frau ist Beth Prior, neunundzwanzig Jahre alt, und sie schreibt an ihrer Doktorarbeit über weibliche Heilige.

Güte ist es, die sie eigentlich erforscht, insbesondere weibliche Güte, dieser verblüffende Widerspruch. Warum haben die Frauen in jenen Jahrhunderten, als sie übersehen, übergangen, unterdrückt und gefoltert wurden, nicht aufgehört, sich zu Gefäßen der Tugend zu formen? Wie war es möglich, daß sie trotz ihrer Unwissenheit und Minderwertigkeit auch nur eine rudimentäre Kenntnis von Güte und Bosheit erlangten, über deren Sinn nachdachten und sich so rein, so beharrlich der moralischen Vollkommenheit verschrieben?

Lag es daran, fragt Beth, daß ihre kleinere, verletzlichere Körperstatur sie zu listigen Strategien trieb, so daß sie, mit heiliger Redlichkeit bewaffnet, imstande waren, bei den Männern um Schutz nachzusuchen? Oder, mutmaßt sie (Mutmaßungen sind ihre ureigene Methode, wie Larry immer deutlicher sieht), hat das Tragen einer Maske innigster Güte denselben Männern eine verschleierte heftige Leidenschaft signalisiert, was diese gütigen Frauen als Bettgefährtinnen begehrenswerter machte und damit ihren Wert auf dem Heiratsmarkt erhöhte?

Oder vielleicht – Beth läßt diesen Gedanken nicht außer acht – trachten Frauen einfach danach, gut zu sein um der Güte willen; vielleicht sind sie durch die Kartographie der Evolution zu wohltätigen Handlungen prädestiniert, damit ein von Männern beherrschtes Menschengeschlecht nicht implodiert. Denn laut Beth macht nichts Frauen widerstandsfähiger gegen Versuchungen als das Fehlen eines Penis nebst dem dazugehörigen Saft und der Saftsäcke. Penisbesitzer sind gewalttätiger – ihr Wille ist konzentrierter –, so viel ist unumstritten. (Hier blinzelt Larry, aber Beth eilt weiter.) Die Männer sind in dieser Hinsicht so sehr Sklaven ihrer Biologie wie die Frauen, und daher kann man ihnen keinen Vorwurf machen. »Meinst du nicht«, fragt Beth ihren frisch angetrauten Ehemann, »daß ein unkontrollierbarer Testosteronschwall die moralische Gewissenhaftigkeit hemmt, die notwendig ist, um zu vollkommener Güte zu gelangen?«

»Ich muß darüber nachdenken«, sagt Larry.

Bei diesem Gespräch liegen sie in einem gemieteten Haus in River Forest, Illinois, auf ihrem breiten weißen Bett. Die Wochenendsonne scheint durch die hauchdünnen Gardinen, prallt dann von den glatten Laken auf ihre nackten Körper.

> And so, good morrow to our waking souls,
> Which watch not one another out of fear.

> (Und morgens wachen uns're Seelen auf
> Und sehen sich nicht an aus lauter Furcht.)

An diesem Morgen hatte Beth Larry geweckt, indem sie ihm diese Zeilen ins Ohr murmelte. »Hier spricht John Donne, der geile alte Bock persönlich.«

»Einer von deinen Penisbesitzern?« fragt Larry, der nie von John Donne gehört hat.

»Allerdings!« sagt Beth. Sie nimmt Larrys Penis in beide Hände und betrachtet ihn neugierig, als suche sie seinen Herzschlag. »Er war der Dichter der Heiligen, war aber auch wild nach dem Liebesakt.«

Mit Poesie geweckt zu werden, das ist etwas Neues für den sechsunddreißig Jahre alten Larry Weller, und er hat Angst, daß Beth es leid werden wird, ihm die Welt der Literatur zu interpretieren. Dorrie, seine Exfrau in Winnipeg, bestreitet ihren Lebensunterhalt mit dem Verkauf von Autos. Geschwindigkeit, Temporegler, Sicherheit, das ist Dorries Poesie. Seine neue Frau – seine Jetztfrau, wie er sie in Gedanken nennt – ist eine Gelehrte, Lehrbeauftragte in der Abteilung für Frauenstudien am Rosary College, spezialisiert auf Heilige und, wie der Dichter, den sie gerade zitiert hat, ein begieriger, sinnlicher Mensch in Hochform. »Da kommt er«, sagt sie zu Larrys steif werdendem Penis. Ihre Stimme überschlägt sich vor kindlichem Staunen. »Oh, oh, ja, er kommt, kommt, kommt. Oh, oh, hallo, du!«

Ein Schlauch aus Fleisch, purpurfarben, geädert, umhüllt, ruht da. Schaft und Eichel. Ein Zinken. Eine gerundete Schnauze. Ein Zylinder, wie ein Won-tan in transparente Nudelhaut gehüllt. Ruht da, zeigt sich, als erstes am Morgen, als letztes am Abend. Bohrer, Stengel, Abflußrohr, Rüssel. Ein wackelndes Horn, zwischen die Beine gebunden, an einem Geflecht aus Nerven, Blut und sackigem Skrotum in den Leib genäht. Blitzableiter, Klapperschlange, Steißspalter. Ein Knubbel, eine Schwellung, rosigblau, blutgefüllt, wurmig-weiß, seine Spitze ein offenes, leckendes Loch. Eine Leitung, eine Latte, geriffelt, faserig. Schwanz, Pimmel, Bimmelglocke. Der Familienschmuck. Zart, stramm. Ein Ständer. Ein Preßlufthammer, eine Sonde, eine Stange. Eine Banane in der Tasche – wer hat das gesagt? – eine Berühmtheit, oder? Mae West? Die Kuh im Stall, und die Stalltür offen. Bengel, Schwengel. Phallus. Gießkanne. Gerät. Schwert, Stangenbrot, Kurbel und Hammer. Dein Heinrich, dein Johannes, dein Rudi, dein Karlchen. Dein Riemen, dein Peter, dein Trulli, dein einäugiges Monster im Rollkragenpulli. Mal feucht, mal trocken, mal juckend, mal schwellend, voll Verlangen, wachsend und wachsend, auf der Suche nach, auf der Suche wonach?

Larry Wellers Penis ist von durchschnittlicher Größe. Dies denkt Larry zumindest. Man glaubt allgemein, daß Männer bei der Benutzung öffentlicher Pissoirs die Penisgröße der Nebenmänner begutachten, aber Larry fand, daß so ein heimlicher Vergleich schwer zu bewerkstelligen sei. Männer vermeiden es eher, auf die Penisse anderer Männer zu starren, es sei denn, sie übermitteln eine direkte Aufforderung. Der Penis von Larry Weller ist beschnitten; es wurde gleich nach seiner Geburt gemacht. Der Arzt hatte mit seiner noch wunden und wehen Mutter über männliche Hygiene gesprochen und ihr ans Herz gelegt, über das Thema nachzudenken. Das Gespräch dauerte vielleicht anderthalb Minuten, aber Larry wird immer mit den Folgen der Entscheidung leben, damit, daß ein Stückchen von ihm fehlt, weggeworfen, zu Staub geworden.

Larry ist vor einem Jahr von Winnipeg nach Illinois gezogen. Mit seinem vollgeladenen Audi 100 – Dorrie, seine Exfrau, hat ihm bei einem ihrer Konkurrenten ein günstiges Angebot vermittelt – ist er ohne Unterbrechung durch den langgestreckten, welligen, bewaldeten Staat Minnesota gefahren. Die Autostraßen mit den verschneiten Böschungen führten um tausend kleine Städte herum, deren Wassertürme und Kornelevatoren unter frischen weißen Schneehauben schimmerten. Er hatte seinen Job als Geschäftsführer einer Flowercity-Filiale gekündigt. Niemand konnte es fassen, weder seine Freunde noch seine Familie. Er war siebzehn Jahre lang dort gewesen, seit er, ein halbes Kind noch, aus dem Floristenkursus am Red River College hervorgegangen war. Siebzehn Jahre am Arbeitsplatz, die siebziger, die achtziger Jahre, während andere in seinem Alter den Kontinent auf Motorrädern durchquerten, wie Tagediebe lebten, die Welt sahen. Um drei Uhr morgens erreichte er die Staatsgrenze Minnesota – Wisconsin. Die Brücke bei LaCrosse war in malvenfarbenes Licht getaucht, und als er hinüberfuhr, kam er sich vor wie ein gekrönter Monarch, angetrieben vom Schwirren der Reifen auf der vereisten Brücke. Ihm, Larry Weller, war der Auftrag zum Bau eines Irrgartens – Spielzeug eines reichen Mannes – in einer Chicagoer Vorstadt erteilt worden. Er sollte unter Eric Eisner arbeiten, dem bekannten Landschaftsarchitekten. Kein Wunder, daß er im Gefühl seines unvorhergesehenen Glanzes fuhr, ein einziges Auto – seins –, allein auf der Brücke, unter dem einmaligen, wolkengetrübten Mond. Artie Shaw erklang mit einem seiner herrlichen Oldies im Radio, »Begin the Beguine«. Sexy. Die Lieblingsmelodie von Larrys Dad. Ein dämliches Lied, aber auf seltsam sentimentale Weise anrührend. Vielleicht lag es an der Musik oder am Mondlicht, vielleicht auch an dem Gedanken, daß er seine Vergangenheit an die Gegenwart koppelte, jedenfalls fühlte er sich in diesem Augenblick durch und durch sexy, sogar auf der Haut am Hinterkopf und bis in die Fingerspitzen. Sein Penis hüpfte in der Hose. Sein Pipimax, sein Pony, sein Kastenteufel. Warum nur?

Warum nur gab er seinen idealen Job auf, wollte sein Vater wissen und vergaß dabei, daß er damals, als Larry am Anfang seiner Floristenlaufbahn stand, dagegen gewesen war. Es war Mädchenkram in seinen Augen, kleine Gestecke zusammenstellen, Sträuße binden.

Nun, da sein Vater in Rente ist und nur seinen künstlichen Darmausgang als Gefährten hat – so seine tägliche Klage –, betrauert er den Verlust seiner Arbeit und schwört, daß er die besten und erfülltesten Jahre seines Lebens in der Busfabrik in Winnipeg verbracht hat, wo er als Polstermeister beschäftigt – und, nicht zu vergessen, geachtet – gewesen war. Jetzt wandert er durchs Haus, sieht fern und ordnet regelmäßig seine Korkenzieher- und Flaschenöffnersammlung, allerdings mit von Mal zu Mal nachlassendem Enthusiasmus. Nicht arbeiten heißt einsam sein; es ist so verdammt still, wenn man nicht arbeitet.

Larrys Mutter ist früher immer zu Hause gewesen, eine regelrechte Einsiedlerin, doch seit einigen Jahren ist sie Mitglied der Winnipeg Agape Group, einer Wohlfahrtsorganisation, die in der nahe gelegenen anglikanischen Kirche eine Suppenküche unterhält. Dort rührt sie jeden Vormittag von halb neun bis zwölf in Bottichen mit Huhn in Rahmsoße oder ungarischem Gulasch. Sie steht Larrys Jobwechsel zwiespältig gegenüber, legt die nicht eben hilfreiche Unparteilichkeit der Vielbeschäftigten an den Tag. »Ich nehme an, es ist eine gute Gelegenheit«, sagte sie, als Larry ihr erzählte, daß er gebeten worden war, einen Irrgarten für einen Chicagoer Immobiliengiganten zu entwerfen, einen Millionär mit Grundbesitz in River Forest. »Aber es ist weit, weit fort von zu Hause, sogar in einem anderen Land.«

»Mach's«, sagte seine Schwester Midge. »Verdammt, sieh bloß zu, daß du hier wegkommst. Ich wünschte nur, ich wäre abgehauen, als ich die Chance hatte, und vielleicht tu ich's ja noch. Und hör mal, wenn du mich wegen eines Darlehens anpumpen willst, brauchst du bloß ein Wort zu sagen. Ich kann von meinem Gehalt leben, falls du das, was ich mache, leben nennst. Herrgott, ich hab diese Geschenkeklitsche satt, diese Enge, Himmel noch mal, und den ganzen Geschenkscheiß, den wir unseren dämlichen Kunden andrehen. Aber schau, mein Geld von dem armen alten Paul verschimmelt auf der Bank, du kannst dir ruhig einen Batzen davon nehmen. Als er noch lebte, war er so ein Geizkragen. Er hat jedes Fünfcentstück zweimal umgedreht, dieser Knicker. Aber weißt du was, er hätte dir bestimmt gern geholfen, er hatte eine Schwäche für dich. Du hast nie aufgehört, ihm die Hand zu geben, wie so viele, als es mit ihm zu Ende ging, weil sie Schiß hatten. Du hast ihn sogar einmal umarmt – in der letzten Woche in der Sterbeklinik. Ich war draußen im Flur, ich hab's gesehen, aber damals wollte ich nichts sagen, ich dachte, es wäre dir peinlich. Ist doch bloß Geld, um Himmels willen. Du könntest es als eine Art Stipendium oder so was betrachten.«

Larrys Exfrau Dorrie nahm die Neuigkeit ziemlich gelassen auf. Auch sie dachte an eine Veränderung in ihrem Leben, wollte womöglich den Autoverkauf an den Nagel hängen und zum Bekleidungseinzelhandel wechseln. Eine große Kette war an sie herangetreten, und sie überlegte noch. In ihrem Beruf konnte man von der Seite einsteigen, das war das Schöne am Verkäuferdasein. Und Ryan war jetzt acht, alt genug, um in ein Flugzeug nach Chicago gesetzt zu werden und die Ferien bei seinem Dad zu verbringen. Und schließlich gab es Telefon. Vor sieben Uhr morgens waren die Gebühren niedrig; sie konnten sich jeden Tag anrufen, wenn sie Lust hatten.

Flowercity, das demnächst von Flower Village, einem japanischen Mischkonzern, übernommen werden sollte, akzeptierte Larrys Kündigung kühl; man bedachte ihn mit einer geringen Abfindungssumme und einem Reversanstecker in Sterlingsilber, in den eine emaillierte Rose eingraviert war. »Willst du das Ding etwa tragen?« hatte Larrys Vater gefragt.

Big Bruce Sztuwark gab im West Kildonan Country Club ein Abschiedsbankett für Larry, und Larrys Freunde waren alle gekommen: Bob und Fiona Buxtead, Gene und Liz Chandler, Larrys Mum und Dad und seine Schwester Midge, Bill und Heather Herschel mit ihren zwei Kindern, Lucy Warkenten, Jim und Jenny Carmody, Sally Ullrich (geborene Sally Wolsche) und der arme sturzbetrunkene Chubby Ullrich, und so weiter, und so fort, auch Larrys Exfrau Dorrie und der kleine Ryan, piekfein in einem Blazer und mit seinem ersten richtigen Schlips. Fünfunddreißig Personen setzten sich zu Tisch, es gab Roastbeef mit Beilagen. Bruce als Gastgeber hielt mit seiner feucht-rülpsigen Stimme eine Rede, die hinterher von allen als Lobpreisung bezeichnet wurde. (»Man hätte meinen können, du wärst abgekratzt«, flüsterte Sally.) Larry Weller hörte sich gelobt für seine Loyalität, seine Standhaftigkeit, seine Ehrlichkeit. »Und ich möchte sagen«, schloß Big Bruce, »daß dieser Mann, der hier vor uns sitzt, ein Genie ist. Sie alle haben den Irrgarten gesehen, den er auf unserem Grundstück angelegt hat und von dem meine Frau Erleen und ich restlos begeistert sind. Sie haben die Fotos in der Zeitung und die Farbdoppelseite in *Maclean's* gesehen. Und, meine Freunde, dieser Mann hat das alles geschaffen. Meine Damen und Herren, lassen Sie uns anstoßen auf unseren großartigen Kumpel, einen wahren Künstler. Ein Hoch auf

Larry Weller, Irrgartenmachermeister und obendrein ein feiner Kerl!«

»Na so was«, sagte Sally, als der Abend zu Ende war. »Du warst doch glatt die Berühmtheit des Abends! Wetten, du hast eine Erektion gekriegt bei dem ganzen Brimborium. Wetten, du warst im siebten Orgasmushimmel.«

Sally Wolsche war Larrys erste. Seine erste, die er flachlegte, sein erster Fick, obwohl er nie in solchen Begriffen von ihr denkt – er war immer zu sehr von zärtlicher Dankbarkeit erfüllt, zu sehr verwirrt von seinem Glück. Daß sie ihn überhaupt ansah, dünkte ihn ein Akt der Güte; daß sie ihm einen Kursus in sexueller erster Hilfe gewährte, dünkte ihn ein Wunder. Für ihn ist Sally eine Zufallserscheinung, ein Zephyr, der unverhofft seinen Weg kreuzte und ihn – zielstrebig, ein wenig kichernd, als sie den Reißverschluß seiner Hose aufzog – vor Scham und Schande errettete. Da war er, ein Junge von achtzehn Jahren, ungeküßt, unberührt, ungefickt, peinlich durchschnittlich, schüchtern unerprobt. Er hatte kaum einmal mit einem Mädchen gesprochen. Wieso, wußte er nicht. Seine Haut war leidlich gut, was im Pubertätstrott ein Trumpf hätte sein sollen, doch sein Körper wollte nicht so wie er, dieser spindeldürre Rumpf, diese kümmerlichen Arme und Beine mit ihren Höhlungen, lang, schlaksig, so daß er oft nicht wußte, wohin mit ihnen.

Nach der High-School hatte er sich für das Floristendiplom eingeschrieben und war wegen seiner mittelmäßigen Noten für eine Probezeit angenommen worden. »Sie werden uns beweisen müssen, daß Sie mit dem Lehrplan Schritt halten können«, sagte seine Tutorin am ersten Kurstag zu ihm. Sie hatte weißglänzendes Haar, wie es sich für eine Floristiklehrerin schickt, und sie sah Larry mit einem strengen Lächeln durchbohrend an. Vierundzwanzig Frauen und zwei Männer waren eingeschrieben, allerdings sah Larry sie nicht in den Kategorien Männer und Frauen. Er fühlte sich noch als Junge, und Marty Ross mit seinem Stottern und der blauen Baseballkappe, die ihm am Hinterkopf klebte, war noch jungenhafter. Die Mädchen jedoch, die vierundzwanzig Mädchen mit den unfertigen Figuren und unterschiedlichen Gerüchen, mit ihren Haarmassen, ihren schlackernden Leibern in blauem Jeansstoff, ihren Loseblattnotizheften, die sie auf dem süßen, schattigen Schoß balancierten – diese Mädchen brachten einen quirligen, berauschend femininen Übermut in die Klasse. War es das Bewußtsein ihrer Überzahl, das die Schleusen öffnete? Was auch immer, nie war Larry solch ununterbrochenem Gewoge mädchenhaften Gekichers ausgesetzt gewesen. Alles brachte sie zum Lachen, ihre Lehrer, die Abbildungen in ihren Lehrbüchern, ihre eigene Ungeschicklichkeit, als sie sich mit den ersten Blumengestecken abmühten. Lautes Mädchenlachen durchschnitt die Luft des Klassenzimmers, lud die Atmosphäre mit einer perlenden weiblichen Macht auf und verblüffte die beiden männlichen Mitschüler, die sich plötzlich in der zugewiesenen Rolle als Klassenmaskottchen sahen, abstrus komisch, gepiesackt und geneckt und auf unbeholfene Art verehrt.

Unter all diesen Mädchen war Sally eindeutig die hübscheste. Mit neunzehn war sie ein Jahr älter als Larry, aber in sexueller Erfahrung war sie ihm meilenweit voraus. Sie kam auf der ersten Kennenlern-Party mit ihm ins Gespräch, einer Veranstaltung, die als »Gelegenheit, sich unter Ihresgleichen zu mischen«, angekündigt war. An dem Abend gab es Kaffee, Doughnuts und eine überschwengliche Begrüßung durch Mrs. Starr, die sie aufforderte, sich zu entspannen und »einen Sinn für Ihre gegenseitigen Belange als Neulinge in unserem Fach zu entwickeln«.

»Und wieso hast du dir den Floristenkurs ausgesucht?« fragte Sally, als sie sich im Allzweckraum, wo die Party stattfand, neben Larry plumpsen ließ.

Er faßte dies nicht als eine rein gesellige Erkundigung auf, und daher wurde er schweigsam und ernst, während er sich zu erinnern suchte, warum er sich eigentlich für den Kursus eingeschrieben hatte. Auch fragte er sich, ob er Sally erzählen sollte, daß es die Idee seiner Mutter gewesen war und daß sich sein Entschluß, wie fast alles in seinem Leben, wenn keine Alternativen zur Verfügung standen, wie von selbst ergeben hatte.

Sally ging es direkter an: »Liebst du Blumen oder was?«

Was sollte er ihr sagen? Seine Gedanken flitzten hin und her. Es war ihm nie in den Sinn gekommen, zu Blumen Stellung zu nehmen, sie zu mögen oder nicht zu mögen. Er hatte eigentlich gar nicht viel an Blumen gedacht, ihre Formen, ihre Verwendung. Vor ein paar Monaten hatte er den Schulabschluß gemacht, unrühmlich, mit mittelmäßigem Notendurchschnitt, und dann hatte er sich mit der Frage befassen müssen, womit er seinen Lebensunterhalt verdienen wollte. Das alles war schneller gegangen, als er gedacht hatte. Sein Vater wollte ihn überreden, eine Lehre in der Metallplattenverarbeitung in der Busfabrik zu machen. Seine Mutter aber hatte die fixe Idee von der Floristik.

»Nun«, sagte Sally, schlug die langen Beine übereinander und beschrieb träge mit dem Fuß einen Kreis in der Luft, »ich persönlich denke, Blumen haben Zukunft. Unsere Grundbedürfnisse sind befriedigt. Wir haben Häuser und Möbel und Autos und Lebensmittel. Was wir jetzt brauchen, ist etwas, was über diese Grundbedürfnisse hinausgeht. Wir brauchen etwas, was nicht lebensnotwendig ist, weißt du, und schön anzusehen. Ich habe viel darüber nachgedacht. Und noch etwas, ich glaube, daß die Menschen im Leben etwas brauchen, was vergänglich ist, und dann kauft man sich etwas Neues. Man weiß immer, es ist mehr und mehr davon zu haben, und das ist ein gutes Gefühl. Verstehst du, was ich meine?«

Sie trug weite braune Fransenhosen und eine ebenfalls

mit seidigen Fransen besetzte Weste. Larry starrte auf das Vorderteil der Weste, die über einem weißen Rippen-T-Shirt geschnürt war. »Wildlederimitat«, sagte Sally plötzlich, als sei dies etwas, was er wissen müsse. »Waschbar.« Dann sagte sie: »Ich hab den Wagen von meiner Mom. Soll ich dich nach der Party nach Hause bringen?«

»Laß uns durch den Assiniboine-Park fahren«, sagte sie, als sie am Steuer saß. »Mal gucken, ob da was los ist.«

Später, als ihr Auto im Mondlicht am Eingang zum englischen Rosengarten parkte, das Fenster einen Spalt offen, um die milde, rauchige Herbstluft hereinzulassen, sagte sie großmütig: »He, weißt du was? Du hast einen Mordsdussel. Zwei Jungs in der Klasse und ein Schwarm Mädchen.«

Schwarm. Er fragte sich, was das hieß.

»Ich meine, du kannst sie dir aussuchen. Brauchst bloß deinen kleinen Finger fordernd auszustrecken, und sie gehört dir. Und weißt du noch was? Marty Ross könntest du auch haben.«

»Marty?«

»Ich sehe, wie er dir Blicke zuwirft. Er macht dich an.«

»Wirklich?«

»Hast du nicht gewußt, daß er stockschwul ist?«

»Hm«, er zögerte, »ich war mir nicht hundertprozentig sicher.«

»Ich erkenn das immer sofort«, sagte Sally. »Ich guck mir den Arsch von 'nem Kerl an, und ich weiß auf der Stelle, in welche Richtung er schwenkt.«

Im dunklen Auto fühlte Larry, wie sein Gesicht heiß wurde und sein Penis in seiner Anzughose glühte wie eine Taschenlampe. Sally Wolsche hatte sich seinen Arsch angesehen. Sie hatte seinen Arsch *taxiert.* Er fragte sich, wie sein Arsch aussah. Er hatte viel Zeit mit Nachdenken über seinen Penis verbracht, sein Aussehen, seine relative Größe, wie er auf den Druck seiner Finger reagierte, immer wenn er an Megsy Hicks von der High-School dachte, wie er ihn mit plötzlichen Eruptionen hinterging, während er schlief, wie sein bester Freund Bill Herschel seinen eigenen Penis fröhlich als freundliche Hosenschlange bezeichnete, als drittes Bein, als Truthahnhals. Es war verblüffend: Wenn er sich im Spiegel betrachtete, wirkten sein Penis und seine Hoden schwer und düster, doch vom Fühlen her waren sie der leichteste, heißeste Teil von ihm – warum war das so?

Aber nie hatte er seinen Arsch für betrachtenswert gehalten. Zwei stramme Backen, in saubere weiße Unterhosen und blaue Kordhosen gepackt, vor der Welt verborgen, nicht aber, schien es, vor Sally Wolsche, die ihn begutachtet und beurteilt hatte und die sich nun aus ihrer Hose wand und Larrys Hand auf das faltige Dunkel zwischen ihren Beinen legte und ihm versicherte, daß sie die Pille nähme, seit sie fünfzehn war.

Natürlich war er damals beim ersten Mal viel zu schnell gekommen – du blöder Schwanz, sagte er zu sich selbst –, doch Sally hielt ihn nur in ihren glatten, behutsamen, mädchenhaften Armen und erklärte ihm in belehrendem Ton, das sei nicht schlimm, das passiere andauernd, das nächste Mal werde sie ihm zeigen, wie er es hinauszögern könne.

Das nächste Mal! Die Worte brannten hinter seinen Augen. Wann?

Sally überlegte. »Ich habe diese Woche wahnsinnig viel zu tun«, sagte sie. »Andere Verpflichtungen. Wie wär's mit jetzt gleich? Das heißt, wenn du es hinkriegst.«

Sie blickte auf seinen weißen Schoß, und dann beugte sie sich zu seinem Erstaunen vor und ließ ihre Zungenspitze gegen seinen schlaffen, noch nassen Penis schnellen, erweckte ihn sogleich zum Leben, so daß sein ganzer Körper zu selig war, um zu denken, und zu dicht am Schmelzpunkt, so daß er sich hinterher nicht mehr besinnen konnte, was er gefühlt hatte. Er wußte, daß ihr Tun zweckbestimmt war, die forsche Lösung eines Problems, das auf einem anderen Blatt stand als der Liebesakt. Dennoch liebte er sie, seine süße Sally, seine Liebste. (Sein Leben lang würde die graue Herbstluft ihn fortan sexuell erregen.)

Und er war dankbar, dankbar. Sein aufgeregtes Herz schlug wie ein flappender Fisch in einem Körper, der sich plötzlich umgestülpt anfühlte, ausgeleert, verloren in einem Zucken ekstatischen Wohlbehagens. Aus Neugierde, Langeweile oder in einem beispiellosen Akt der Nächstenliebe hatte Sally sich seines kümmerlichen, beschränkten Ichs angenommen und die Tür zu seinem Körper und zu dem größeren Geheimnis seiner Plazierung auf dem Planeten geöffnet. Er hatte die seidige Innenseite eines Frauenschenkels berührt und, mit ein wenig Ermutigung, seine Zunge in einen Frauenmund gesteckt. Sein Penis (seine Pistole, sein Zauberstab, seine Knolle und sein Knüppel) war in die Welt hinausgepurzelt, ganz so, wie er es sollte, und hatte ein aufnehmendes Gefäß gefunden, sein erster Ritt, seine erste volle Wunderlandbefriedigung. In einer einzigen Nacht war er vom ersten Kuß zur ersten Brustberührung gewandert und dann verleitet worden, »aufs Ganze« zu gehen, wie die Leute damals sagten und wie sie vielleicht noch heute sagen. Er umarmte sich selbst vor lauter Wonne. Alles in seinem Leben konnte jetzt neu angegangen, mit dem harten Wachsglanz der Gemessenheit und Gutgläubigkeit überzogen werden. Er konnte tun, was seine Mitmenschen taten, das, wozu sie geschaffen waren. Er war wie andere Menschen, er würde imstande sein, auf genau die gleiche Weise in der Welt zu leben wie die anderen.

Eine Woche später kam Sally mit einem Diamantring am Finger zum Unterricht. Sie und ein junger Mann namens Cubby Ullrich, Schüler im Heizkessel-Reparaturkurs, wollten im Frühling heiraten. »Ich nehme an, das ist wie eine lebenslängliche feste Beziehung«, sagte sie mit einem kleinen entschuldigenden Achselzucken und einem kaum merklichen Zwinkern zu Larry.

»Er ist nicht gerade eine Schönheit«, sagte Beth vom Penis ihres Ehemannes Larry. »Brüste, die sind schön. Und Lippen. Sogar Vaginas sind hübsch und kompakt, alles so adrett zusammengefaltet, ohne sich hervorzutun. Aber Penisse! Ich meine nicht bloß deinen, Larry, ich meine Penisse im allgemeinen. Ihre Farbe und Struktur – man kann nicht eine Sekunde vergessen, daß sie aus Adern und krumpeligem Fleisch bestehen. Und er ist immer da, hängt da so rum. Baumelnd. Oder steht raus wie ein Bratpfannenstiel. Hast du nie den Wunsch, mal Urlaub von ihm zu machen? Ein paar Tage freizunehmen?«

»Nein, nie«, versicherte Larry. »Wenn man ihn immer gehabt hat, dann kommt man gar nicht auf solche Gedanken.«

»Komisch, daß du dasselbe« – sie zögerte – »dasselbe System zum Pinkeln *und* zum Samenerguß benutzen mußt. Wie ein Schweizermesser, falls du verstehst, was ich meine. Es hat lauter völlig verschiedene Funktionen. Da muß ein kleines Gehirn drin sein, zumindest ein Krümelchen Hirngewebe, das sagt, aufgepaßt, es ist Einführungszeit. Oder aber, erreg dich nicht, dies ist bloß eine Pinkelpause.«

»Er erkennt das.«

»Wie schön.«

»Du hast doch gesagt, er ist häßlich.«

»Das Konzept ist schön.«

»Du bist schön, Beth.« Er meinte es ernst. Er sagte es noch einmal, überwältigt – »du bist schön« –, sprach es auf dem Kissenbezug mit Hohlsaumstich, unter der Lampe, die einen Hitzestrahl auf Beth' nackte Schulter warf. Er liebte ihre Tiefen und Geheimnisse, ihr plötzliches gedehntes Lächeln, den Anblick ihres lebhaften ovalen Gesichts, das sich ihm zuwandte, ihren Kopf mit dem scharfkonturierten

Haaransatz, der im Nacken in einer Spitze auslief. Er wollte seine Zähne in diese Spitze senken. Manchmal setzte sie sich auf seine Brust, und er griff mit den Daumen hinauf und streichelte die Stelle, wo ihr Haaransatz glatt und sauber an ihrem weißen Nacken anlag.

Als er ihr in seiner ersten Woche in Chicago auf dem Empfang bei den Barnes vorgestellt wurde, hatten es ihm die Grübchen an ihren Handgelenken angetan. Später lernte er auch die messerscharfen Kanten ihrer Schulterblätter lieben und ihren schattigen Hals, ihre Schultern mit der kühlen Knochenplatte, ihre knubbeligen Knie, den dunklen Haarkeil zwischen ihren Beinen, die reizende Art, wie sie sich schlaksig auf dem Bett ausstreckte. »Schön, schön.«

Andauernd sagte er ihr, sie sei schön.

»Du weißt, wie sich die heilige Brigid über Schönheit geäußert hat«, sagte sie eines Abends aus heiterem Himmel, als Larry ihren Körper mit seinem Blick fixierte, während sie sich einen Pullover über den Kopf zog.

»Brigid?«

»Sechstes Jahrhundert, Irin. Eine Art Kind vom Lande, Milchmädchentyp, aber sehr schön, auch ungeheuer fromm. Sie hat gebetet, häßlich zu werden, um ihre Freier abwehren zu können.«

»Warum?«

»Sie wollte Gott heiraten. Oder vielmehr Jesus. Und ihre Gebete wurden erhört. Ihr eines Auge wurde ungeheuer dick, und das andere verschwand, worauf ihr Vater sagte, gut, du darfst Nonne werden.«

»Eine einäugige Nonne.«

»Und dann die heilige Lucia. Drittes Jahrhundert, spätes drittes Jahrhundert, aber ich sehe lieber noch mal nach. Sie hatte es so satt, gesagt zu bekommen, sie sei schön, daß sie sich die Augen herausriß und ihrem Verehrer ins Gesicht warf.«

»Ich nehme an, damit hat sie's ihm gezeigt.«

»Was diese Frauen wollten, war spirituelle Reinheit. Sicher, sie waren vermutlich ein bißchen verrückt, und einige waren magersüchtig und wollten sterben. Der kürzeste Weg zum Himmel war eine schnelle Scheidung von Körper und Seele.«

»Also war Sex ohne Belang.«

»War sie schön?«

»Wer?«

»Dorrie, deine erste Frau?«

Larry blinzelte. Dies schien eine trickreiche Frage, so ganz ohne Einleitung.

»Na, war sie schön?«

»Schwer zu sagen.«

»Wieso, Larry?« Beth' Stimme wurde scharf, und ihre Augen blickten starr auf die Stelle seines Brustbeins. »Mir scheint, in fünf Jahren Ehe hättest du bemerken müssen, ob deine Frau schön war oder nicht.«

»Sie konnte attraktiv sein.«

»Dick oder dünn?«

»Mager.«

»Eine magere Autoverkäuferin. Warte, ich mache mir langsam ein Bild. Jede Menge klirrender Schmuck?« Sie äußerte dies in rüdem Ton, was sonst nicht ihre Art war.

»Jede Menge.«

»Massenhaft blauer Lidschatten?«

»Weiß ich nicht mehr.«

»O Gott, warum bin ich eifersüchtig auf sie? Würdest du mir das bitte erklären?«

»Du mußt nicht eifersüchtig sein. Es gibt keinen Grund.«

»Ich bin gemein. Ich bin miserabel.«

»Bist du nicht.«

»Es gibt aber einen Grund.«

»Inwiefern?«

»Weil du mir einmal erzählt hast, damals, als wir uns zum erstenmal begegnet sind, daß sie sexy war.«

»Hab ich das gesagt?«

»Du hast gesagt, Sex war das einzige, was in deiner Ehe mit Dorrie funktioniert hat.«

»Hm, aber nicht bis zum Schluß, die letzten Monate. Zum Schluß hat gar nichts mehr funktioniert.«

»Ach Larry, Liebster, ich hätte nicht davon anfangen sollen. Du machst plötzlich so ein tragisches Gesicht. Du machst ein Gesicht, als wolltest du gleich weinen.«

Larry hatte Dorrie Shaw 1975 auf einer Halloween-Party kennengelernt. Er war als Clown gekommen, sie als Marsmensch. In dem Marsmenschkostüm mit der grünen Stachelantenne und den spitzen Schuhen sah sie aus, als funkelte sie von Leben und unterdrücktem Lachen. Ihre Brüste waren klein und rund und, vermutete er, hart wie Tennisbälle. Beim Tanzen schwang sie wild die Hüften, ihre Füße bewegten sich zuckend und flink, aber den Oberkörper hielt sie steif, die Ellenbogen eng angewinkelt. Das wirkte unwahrscheinlich elegant. Und sexy.

Eine Woche später rief er sie in der Arbeit an – sie hatte durchblicken lassen, daß sie bei Manitoba Motors beschäftigt war – und lud sie ins Kino ein. »Ich bin der Clown«, half er ihr auf die Sprünge. »O ja«, sagte sie. »Du bist der, der in einem Blumenladen arbeitet.«

Ein paar Tage später lag er in ihrem Bett, nach einer himmlischen, wenig raffinierten, befriedigenden Bumserei. Dorrie hatte eine eigene Wohnung an der Lorraine Avenue, ein winziges Wohnzimmer, eine Küchenzeile und ein erstaunlich großes Schlafzimmer mit einem Doppelbett. Larry konnte sehen, daß sie sich Mühe gegeben hatte mit der Nachttischbeleuchtung, ein sanftes, rosa getöntes Licht.

Er war fünfundzwanzig, und seit dem ersten Mal mit Sally war er mit fünf verschiedenen Frauen ins Bett gegangen. Keine große Zahl, aber auch keine beschämende Null. Zu dieser Zeit seines Lebens begann er zu ahnen, daß auf der Welt mehr Sex getrieben wurde, als man ihn glauben gemacht hatte; von Dorries sexueller Vergangenheit wußte er allerdings fast nichts. Dorrie war verschwiegen, behutsam, reinlich und tüchtig. Die Widersprüche in ihrer Persönlichkeit machten ihn unachtsam; sie war zerstreut und besaß dennoch die Gabe, sich angespannt zu konzentrieren. Sie hielt die Augen fest zugepreßt, wenn sie sich liebten, sie umklammerte ihn mit ihrem ganzen Körper, und hinterher schlief sie unter dem vollen Gewicht der Glückseligkeit ein, mit dem Frieden der gut Gefickten – wie sie es ausgedrückt hätte.

Ficken war ihr einziges Wort für den Liebesakt, und sie war imstande, diese zwei geladenen, aufgeheizten Silben mit gelassener Unbeteiligtheit auszusprechen, genauso, wie sie andere Betätigungen wie einkaufen oder Auto fahren aussprach. Wie viele andere Männer hatte sie gehabt? Er war vor und während ihrer Ehe immer drauf und dran, ihr diese Frage zu stellen, doch wenn das Thema drohte, wurde er von einer scharfen Bewegung ihrerseits, einem ablehnenden Kopfschütteln ermahnt, sich zurückzuhalten. Sie bewahrte ihre Geheimnisse, und halb bewunderte er sie dafür, daß sie es ihm überließ, ihnen durch Mutmaßungen auf die Spur zu kommen.

Sie liebten sich im Auto ihres Vaters, auf dem Fußboden im Hinterzimmer des Blumengeschäfts, wo er arbeitete, im Gras im Birds-Hill-Park, in einem Badezimmer im ersten Stock von Bill und Heather Herschels Haus, wo sie zur Hauseinweihungsparty eingeladen waren, in elf verschiedenen eisigen Hotelzimmern während ihrer Flitterwochen in England, in einem Flugzeug auf dem Rückweg nach Kanada, wo sie unter einer Decke der Air Canada zappelten und sich bemühten, lautlos zu atmen. Wenn sie zusammen kamen, waren sie angespannt und still, als seien sie in einem Zeitalter geboren, das nichts von Liebesgeflüster wußte. Wenn ihre Körper sich vereinten, knipsten zärtliche Worte, Flüche, Klagen sich aus, ein abgedrehter Lichtschalter. Erst am Ende ihrer Ehe brüllte Dorrie ihm manchmal den Befehl ins Ohr, sich zu beeilen, er brauche zu lange, und hieran merkte er unter anderem, daß es aus war mit ihnen.

Larry mag sich nicht für geziert oder spröde halten, beileibe nicht, aber er hat sich nie daran gewöhnen können, daß Dorrie ficken sagte statt sich lieben.

Tauchen, stechen, stoßen, rammen, spalten, schrauben, bohren und hämmern. Pulsieren, schlagen, wummern, trommeln. Spießen, puffen, drehen, ballern. Heiße Fleischinjektion. Knallen, durchbrechen, durchdringen. Eindringen, eindringen ins Dunkel, den Körper, sich verlieren in Feuer, in Schweigen, in Liebe.

In seinen späten Teenagerjahren hat Larry angefangen, am frühen Abend nach dem Essen zu joggen. »Ha«, sagte Larrys Dad mit einem trägen Zwinkern, »ich würde meine Joggerei lieber zwischen elf und zwölf Uhr nachts erledigen.« Soweit Larry weiß, war dies das einzige Mal, daß sein Vater auf den Geschlechtsakt angespielt hatte.

Mr. Herschel nebenan dagegen machte dauernd sexuelle Anspielungen. Dieser extrovertierte, verschmitzte Nachbar, Organisator von Straßenfesten, Besitzer eines vollen Haarschopfs, blaßäugig, ein Krawattenhaltertyp, liebte grobe Scherze und hatte immer einen auf Lager. »In des Sommers schwüler Hitze«, rezitierte er, »ist der Pimmel nicht viel nütze. Herrschen draußen Eis und Schnee, kommt das Schwänzchen in die Höh'.«

Waren Penisse denn spaßig? Oder so eine ernste Angelegenheit, daß sie unter rauhem Gassenhumor versteckt werden mußten? War ein Penis ein Ereignis? War er Geschichte? War er heilig oder profan? Als Junge hat Larry es nicht gewußt. Und mit sechsunddreißig Jahren weiß er es immer noch nicht. Die Sache Sex hält diese Fragen in ihrem Maschenwerk wie Pailletten oder winzige Perlen.

Wie schmeckt ein Penis? Er wird es nie erfahren.

Er weiß nur, daß sein Penis für immer bei ihm ist und mehr oder weniger das tut, wofür ein Penis geschaffen ist. Es ist Larrys Aufgabe, ihn zu waschen und zu zupfen und mit Talkumpuder zu bestäuben und zu pflegen und zu benutzen, und er wird Zeuge sein, wie sein Penis mit seinem übrigen Körper alt wird. Sein Lebenspartner, dieser Fleischfortsatz, so kreatürlich, blind und ungeschickt, so freundlich und eigensinnig in seinen hündischen Stimmungen; aber in Zukunft – daran hat er keinen Zweifel – wird er bereit sein, ihn im Stich zu lassen.

»Sag mir nur eins«, bat Beth Prior ihren frisch angetrauten Ehemann. »Hast du sie geliebt? Darf ich dir diese Frage überhaupt stellen?«

»Du weißt, daß du jedes Recht hast, mich das zu fragen.«

»Und?«

»Ja.«

»Was soll das heißen, ›ja‹?« Ihre Fingernägel waren flach und sauber. Wie kleine Buntglasfenster sahen sie aus.

»Ich habe sie geliebt. Aber das war damals. Jetzt ist heute.«

»Und es ist nichts mehr da, schwörst du es?«

»Es ist lange her.«

»Ist das deine beste Antwort?«

»Ich glaube, ja.«

»Soll ich das Licht ausmachen?«

»Ja.«

»Bist du soweit?«

»Ja.«

Als bei Larrys Vater vor drei Jahren die Schmerzen im Darm begannen, schickte Dot, seine Frau, ihn zum Arzt. Es wurden einige Untersuchungen vorgenommen, doch die Ergebnisse waren nicht aufschlußreich. Nach mehreren Konsultationen entschied man sich für eine Computertomographie.

Das Gerät war ein Wunder, doch zugleich eine Enttäuschung. Eine große brummende Bierdose, hatte man Larrys Vater glauben gemacht. Er dachte, es würde ein Gefühl sein, wie wenn er in einen Science-fiction-Roman hineinrollte, aber so war es ganz und gar nicht. Es war – na ja – eigentlich ganz normal. Bloß daß in dem stillen Halbdunkel sein Körper in Querschnittscheiben zerschnipselt und fotografiert wurde. Eine Scheibe Bauchspeicheldrüse, eine Scheibe Leber, ein Schnitt durch den Dickdarm, wo der Krebs schließlich entdeckt wurde. Der geschlossene Körper des Menschen war schließlich lesbares Terrain, dessen Faltengebirge und Täler sich dem Blick offenbarten.

So denkt sich Larry sein Leben. Er ist 1950 geboren, und mit außerordentlich viel Glück ist es möglich, daß er hundert Jahre alt wird, es also bis in die Mitte des nächsten Jahrhunderts schafft – und daß sein Leben im Jahre 2050 endet. Diese Spanne von Jahren läßt ihn sich glücklich fühlen und dünkt ihn in ihrer abgerundeten Ausgewogenheit beinahe mystisch.

Doch wenn er sich dieser zugestandenen Frist und dem ihm zugeteilten Ich zuwendet, kann er sich nicht darauf konzentrieren. Die Aufeinanderfolge von Jahren zerstiebt in dem Moment, da er seinen Blick auf sie richtet. Sie verliert ihren Sinn und zerfällt in Computertomographiescheiben, wunderbar eingefärbt und kompliziert-detailliert: seine Arbeit, seine Freunde, seine Familie, sein Sohn, seine Liebe zu seinen zwei Frauen, seine Körperorgane – und die wenigen kleinen Wissenshappen, die er sich bislang aneignen konnte.

Sein Verstand arbeitet immerzu, und er fragt sich, ob andere Leute in demselben Zustand sich entfaltenden Denkens leben; es ist, als wohnte ein kleiner Mann in seinem

Kopf, eine tanzende Stabpuppe, die unmittelbar hinter seiner Stirn gestikuliert und umherschießt, ein gelenkiger Professor, der aufgeregt auf und ab springt, debattiert, in Frage stellt und nur schläft, wenn Larry schläft.

In den letzten paar Jahren hat er über das *Wie* von Irrgärten nachgedacht. Wie man sie entwirft und anlegt, über die Wahl der Sträucher, wie das Wachstum angeregt und kontrolliert wird. Jetzt, unter Leitung von Dr. Eric Eisner, denkt er über das *Warum* nach. Dr. Eisner – fünfundsechzig Jahre alt, kahlköpfig, schmaläugig, korpulent – hält nichts von der Theorie, daß das mittelalterliche Gartenlabyrinth eine heilige Wallfahrt im Mikrokosmos darstellte, einen Ort, wo ein Pilger sich seinen Weg zum geheimen Herzen des Labyrinths wand und dort Zuflucht und Erlösung fand. »Ist ja 'ne ganz nette Theorie«, sagt Dr. Eisner mit seinem Chicago-Akzent zu Larry, »aber ein bißchen zu gefällig.« Nein. Laut Dr. Eisner liegt dem Labyrinth ein sexuelles Prinzip zugrunde – und dies sagt ein Mann, der allein in einer Hochhauswohnung lebt und keinerlei sexuelle Regungen zu haben scheint. Ein Labyrinth, sagt Doktor Eisner, windet sich durch das Mysterium von Begehren und Enttäuschung. Es kehrt zu sich selbst zurück, delektiert sich an seinen Kniffen und Knicken. Es erregt sich an seiner eigenen unzugänglichen Konstruktion. Im Zentrum liegt, verborgen – doch am Ende mit einem Knall enthüllt –, sexuelle Erfüllung, der Himmel. »Oder dem Himmel so nahe«, schließt Dr. Eisner heiter, leutselig, »wie ihm ein Sterblicher nur kommen kann.«

Dort ist Larry jetzt. Am Schauplatz dieses Himmels. Vergiß die Vergangenheit, vergiß die Zukunft, die richtige Musik spielt hier und jetzt. Sie kracht auf seine Trommelfelle. Sie ist die Pille auf seiner Zunge, die Schwellung seines Penis, die Form von Frauenaugen, die ausgreifenden Äste der Bäume, der Wirbel, die Wonne, die Würze dieser Minute – die niemals wiederkehrt.

Beth Prior, Larrys Jetztfrau, bezeichnet sich gern als Feministin der dritten Welle, das heißt, sie ist begierig, die Geheimnisse der Männer ebenso zu verstehen wie die der Frauen.

Sie zitiert mit Vorliebe, was Toni Morrison über »das Andere« sagt, das den Amerikanern Furcht, Neid und Qualen einflößt. »Nur hatte es bei mir nie etwas mit Rasse zu tun«, sagt Beth. Die Männer seien »das Andere«. Wer waren sie wirklich? Was wollten sie?

»Erklär mir eins«, bittet sie Larry. (Es ist Sonntagnachmittag; sie liegen nackt bis auf eine Schicht Sonnencreme mit hohem Lichtschutzfaktor in der grellen Hitze auf der eingezäunten Sonnenterrasse ihres Stadthauses an der Harlem Avenue. Sie hat die Nase in ein Frottierstrandtuch gesteckt und trommelt mit den Fingern eine Melodie auf Larrys warmer Brust.) »Wenn halbwüchsige Jungs Erektionen und Tagträume haben und masturbieren, wo sie gehen und stehen, und dabei *leiden,* was *wollen* sie eigentlich? Ich meine, wollen sie bloß ihren Penis in irgendwas reinstecken?«

»Du meinst, in ein Astloch? Oder in eingelegte Leber?«

»Ich meine es ernst. Ich muß das wissen.«

»Nein, ich glaube nicht, daß das alles ist, ihn bloß in irgendwas reinzustecken.«

»Oder in irgendwas reinrammen.«

»Du meinst, wie jemandem die Nase einschlagen?«

»So ähnlich.«

»Früher wollte ich immer jemandem die Fresse einschlagen.«

»Du, Larry? Das kann ich nicht glauben.«

»Es ist schwer zu erklären.«

»Wen wolltest du schlagen?«

»Es war niemand Bestimmtes. Es war – einfach die ganze Welt.«

»Du sprichst von gewöhnlicher männlicher Wut und Aggression.«

»Vielleicht. Du mußt bedenken, ich bin bei einem wütenden Vater aufgewachsen.«

»Ein zorniger Zeuger. Ich sehe deinen Vater nicht so. Worauf war er wütend?«

»Auf die Regierung. Seinen Benzinverbrauch. Und, ich weiß nicht, er war wütend auf die Zeitung, wütend auf das Wetter. Wütend auf alles. Vielleicht habe ich es mir bei ihm eingefangen.«

»Wie einen Virus.«

»Oder es war vielleicht bloß – bloß der Wunsch, beachtet zu werden.«

»Und willst du immer noch jemandem die Nase einschlagen?«

»Manchmal. Nicht mehr so oft, aber manchmal. Wie sind wir auf dieses Thema gekommen?«

»Ich habe dich gefragt, warum Jungs ihren Penis in was reinstecken wollen.« Sie stützte sich auf die Ellenbogen und sah ihn von der Seite an, ernst und begierig, und lächelte ihm in die Augen. »Sag's mir.«

Die Faszination eines anderen Körpers, eines Frauenkörpers – das war es, jedenfalls zum größten Teil, hätte er ihr gern gesagt. Einen anderen Körper kennenlernen zu wollen und den eigenen zu kennen, das war nie genug. Doch wenn er Beth dies erklärte, riskierte er, daß sie das Gefühl hätte, sie sei bloß Teil einer großen femininen Flutwelle, die ihn überspült und sein Dasein erträglich macht.

Und noch etwas kann er Beth nie erzählen, nämlich daß das unerwartete Glück seiner zweiten Ehe eine neue Flut von Liebe zu seiner ersten Frau Dorrie in ihm erzeugt hat. In seiner und Dorries kurzen Ehe war das Gefühl zwischen ihnen nie mehr als eine stockende, stumpfe, verkümmerte Regung gewesen; beiden fehlte es an der Phantasie, etwas Größeres zum Leben zu erwecken, und zur Zeit der Trennung war er auf dem besten Wege gewesen, sie zu hassen. Doch jetzt, seit er Beth kennt, ist er sich einer rapiden und steten Gesundung seiner alten fehlerhaften Bindung bewußt. Im Dunst seines Unterbewußtseins verschmelzen seine Jetztfrau Beth und seine Einstfrau Dorrie: zwei Meeresgeschöpfe, Schwestern, nur Haut und Spalten und zärtlich tastende Hände. Die alten Verstimmungen und Ärgernisse seines Lebens mit Dorrie sind aus dem Blickfeld geschwunden und haben einen Strahlenkranz hinterlassen: ihre jungen, unsicheren Körper, ihr herzzerreißendes Schweigen, ihr wortloser Eintritt in den Zustand der Ekstase und der lange Schlaf danach, das glückliche, beneidenswerte Zusammenstückeln der kleinen Teile, wie es Kinder tun.

Manchmal hat Larry das Gefühl, daß Beth die alten Beschädigungen seiner ersten Ehe übernommen und sich angeeignet hat.

Doch wie ungerecht von einem Menschen, seinen Gram auf einen anderen abzuladen! Es war wie in der Geschichte, die Beth ihm neulich von der einäugigen heiligen Brigid erzählt hat, die die Zauberkraft besaß, ihre chronischen Kopfschmerzen auf einen geringeren Heiligen zu übertragen, der sie bereitwillig annahm und wegen seiner Mühen als Schutzheiliger der Kopfschmerzen bekannt wurde.

»Du hast meine Frage nicht beantwortet«, sagte Beth schläfrig und drehte sich von ihm fort. Sie langte hinter sich und schob ihre Hand zwischen seine Beine. »Von wegen Jungs und ihrem Penis. Was wollen Penisse?«

Larry wußte, es gab Geheimnisse, die in den Winkeln des Universums verborgen waren. Was war es zum Beispiel, was ein Fahrrad aufrecht hält, wenn es in Bewegung ist? Warum muß ein Mann der Welt verschiedene Versionen von sich zeigen, warum ist eine dieser Versionen das animalische Bedürfnis, jemand anderen zu berühren, sich an ihn zu schmiegen?

»Ich muß darüber nachdenken«, sagte Larry zu dem glatten, glänzenden Rücken seiner Frau. Er schloß die Augen vor der Sonne und vor Beth' ewig fragender Stimme, beschützte sie vor der knarrenden Bewegung seiner Gedanken, wohl wissend, daß er ihren Ansprüchen nicht genügte und daß er sie immer auf die eine oder andere Weise enttäuschen würde.

Kapitel Acht

Larrys Firma

1988

Irre T/Räume

Laurence J. Weller – Landschaftsgestaltung

Spezialität: Irrgärten

982 Lake Street, Suite 33, Oak Park, Il. 91045

Tel.: 312 999 2888

Fax: 312 999 8884

Mit achtunddreißig Jahren gehört Larry Weller einem schöngeistigen und exzentrischen Berufsstand an: Er ist Gestalter, und was er gestaltet und installiert, sind Gartenlabyrinthe. Er zieht es vor, sich Irrgarten-Installateur zu nennen; die Alliteration der Bezeichnung sagt ihm zu, ebenso die handwerkliche Klarheit und praktische Ausführung, wenngleich er jedesmal zuerst erklären muß, was ein Irrgarten-Installateur *ist,* die einschlägen Informationen, und was er *tut.* Larrys Spezialisierung auf Irrgärten blinkt am Rande seiner Welt, oft als einziger Farbfleck; es gibt weniger als ein Dutzend Irrgarten-Installateure auf der Welt; sie sind eine seltene Spezies.

Er gesteht jedem, der neugierig genug ist, um zu fragen, daß der nordamerikanische Markt für Irrgärten klein ist, geradezu minimal, da diejenigen, die es nach luxuriösem Gartenspielzeug gelüstet, sowohl reich als auch verschroben sein müssen. Als er sich auf formale Gartengestaltung verlegte, hat er rein zufällig den Nerv seiner Generation getroffen: die Erkenntnis, daß es am Ende dieses langen, bösen, skeptischen Jahrhunderts Zeit für Muße gibt, Zeit für den Zierat der Seele. Irrgartenliebhaber neigen zu einer ausschweifenden Phantasie, einem Gespür für Geschichte (ob verzerrt oder präzise), einer Liebe zu täuschenden Mysterien oder aber einem verzweifelten Drang zu den äußersten Grenzen ausgefallener Vorlieben. Solche Menschen sind rar, aber es gibt sie. Sie lassen sich, wie Laurence J. Weller entdeckt hat, durch Mundpropaganda oder gut plazierte umrandete Kleinanzeigen auf den hinteren Seiten von *Real Estate Gold* oder *Architectural Digest* ausfindig machen.

Larry, der in einer Arbeiterfamilie in Winnipeg, Kanada, aufgewachsen ist, fühlt sich immer noch unwohl in der Gesellschaft der Reichen, obgleich er jetzt auf sie angewiesen ist, um seinen Lebensunterhalt zu verdienen. Das war einer der Punkte, die er und seine Frau abwägen mußten, als er sich letztes Jahr selbständig gemacht hat. Er ist ein Meister der Winkelzüge und Ausweichmanöver geworden. (Ja, Mr. Barnes. Selbstverständlich, Mr. Barnes.) Er hüllt sich in den Mantel einer angelernten Schamlosigkeit, die Kunst des respektvollen Zuhörens beherrscht er perfekt; den Kopf auf eine Seite gelegt, eine Augenbraue aufmerksam hochgezogen, ist er bereit, einen neuen, erstaunlichen Widerspruch hinzunehmen – *unbedingt, Mr. Barnes.* Block und Bleistift in der Hand, muß er geduldig Dinge wie Irrgartenmathematik, Irrgartenästhetik und -traditionen, mögliche Irrgartenkonstruktionen erklären und schließlich, so leise wie möglich, auf die horrenden Kosten des Irrgartenunterhalts hinweisen. Wird dies nun sein Leben sein, fragt er sich, den Reichen die absonderlichen Wege aufzuzeigen, wie sie sich von ihrem Geld trennen können?

Er hat festgestellt, daß das Gewicht des Geldes die Körper der Wohlhabenden dichter, kühner, kantiger und somit bedrohlicher macht, selbst dann, wenn sie in Anzug, Kleid, Mantel – und in die Lautlosigkeit ihrer ungeheuren gepolsterten und luxuriös klimatisierten Büroräume gehüllt sind. Die Reichen sind untermauert von Ignoranz, hat er festgestellt. Sie wissen nichts vom Stallgeruch von Staub und Schäbigkeit. Es gab für sie nie eine Zeit, da die Menschen Wintertomaten in kleinen Pappschachteln kauften, vier Stück nebeneinander unter der Zellophanhülle, neunundzwanzig Cents, und daß sparsame Hausfrauen – wie zum Beispiel Larrys Mutter – jeden Abend nur eine halbe Tomate für den Salat verwendeten, so daß die Schachtel acht Tage reichte, etwas über eine Woche. Die Reichen – ausgenommen die Parvenüs – glauben, sie beißen in den Apfel des Lebens, nur weil sie sich gut genug auskennen, um präkolumbische Kunst und handgemachte Quilts zu schätzen. Sie haben keine Ahnung vom normalen Leben, sie haben eine Verabredung zum Mittagessen, sie atmen die abgestandene Luft der Privilegiertheit ihrer Familien.

Larry kann die weitverzweigte Sprache des Geldes noch nicht sprechen: das verwirrende Vokabular von *Vorteilseinräumung, Billigkeit* oder die laufenden Formulierungen, die aus den Mündern der Geldleute strömen und sich dann in einem dicken Geflecht von Leistungsansprüchen einhaken – was sie wünschen, was sie erwarten. »Das muß alles noch mal anders gemacht werden«, sagte Larrys neuester Kunde, Philip Jasper von der Jasper Foundation (Tabak, Sportkleidung, Kunststoffe, Krebsforschung). »Das Grün der Hecken ist zu grüngrün. Ich möchte ein Blaugrün. Dunkler, europäischer. Ein frommes Grün, falls Sie verstehen, was ich meine. Ozeanisch. Groß. Aber auch intim.«

»Vollständig anders gemacht. Sie meinen nicht *vollständig*…«

»Kosten? Machen Sie sich deswegen keine Sorgen. Wir reden hier von einem Erbe. Was ich hinterlasse. Ein bleibendes Monument. Aber auch von etwas, woran meine sehr, sehr lieben Freunde hier und heute ihre Freude haben sollen.«

»Wenn Sie ganz sicher sind…«

»Absolut. Dann ist alles klar, Mr. Weller? Großartig. Wenn Sie mich jetzt entschuldigen wollen, ich habe in genau drei Minuten eine Verabredung und ...«

»Ich könnte Ihnen ein paar Muster von Amurliguster zeigen. Er hat dunkelgrüne Blätter und gedeiht gut in festem Boden.«

»Das überlasse ich Ihnen, okay? Sie sind der Experte, Mr. Labyrinth. He! Wäre das kein Name für Sie? Mister Labyrinth!«

Larry kann jetzt neun fertiggestellte Projekte vorweisen, wenngleich er seinen ersten Irrgarten eigentlich nicht mitzählen kann, der ein unfertiges Experiment in seinem eigenen Garten in Winnipeg war. Aber er denkt noch oft an ihn, selbst nach so vielen Jahren. Die winklig angeordneten Sträucher hatten das kleine Haus in der Lipton Street komplett umgeben, das gemischte Grün von Zwergmispel, Erbsenstrauch und Bergjohannisbeere, allesamt kräftige Sträucher aus dem Norden, und sie hatten seine erste Frau zur Raserei getrieben. Sie wünschte sich einen Rasen, wie ihn andere Leute hatten, nicht einen Haufen sich schlängelnden Gestrüpps, das ihr unheimlich war.

Larry hatte den Gesamtplan für jenen ersten Versuch aus einem Irrgartenbuch aus der Bibliothek kopiert, ein Entwurf eines italienischen Architekten namens Serlio, der im sechzehnten Jahrhundert lebte. Natürlich mußte er das Zentrum des Planes vereinfachen, wo sein und Dorries Haus stand – zwei Schlafzimmer, Holzverkleidung und Betonfundament. Der Zeichnung zufolge hätten die Ecken der Hecken streng quadratisch sein müssen, aber Larry war damals mit dem Beschneiden nicht nachgekommen, und sein benzingetriebener Heckentrimmer aus zweiter Hand war ein unhandliches Gerät. »Ich komme mir vor, als würde ich in einem Laubhaufen leben«, sagte Dorrie. »Ich schäme mich vor den Leuten, daß ich hier wohne.«

An Sommerabenden nahm Larry gern nach dem Essen seinen kleinen Sohn Ryan an die Hand und führte ihn von der Irrgarten»öffnung« am Vordereingang seines Hauses zum »Ziel«, das neben dem Seiteneingang lag, ein kleines grasbewachsenes Viereck, wo er in Zukunft einen Brunnen zu installieren hoffte. (Wenn er die Zeit hatte. Wenn er genug Knete gespart hatte.) Ryan, schon gebadet und im Schlafanzug, watschelte neben Larry her, fuhr mit der freien Hand über die wachsenden Hecken, sang beim Gehen und merkte sich schon mit drei oder vier Jahren die Geheimnisse der verschiedenen Kehren. Die erste rechts abbiegen. Zweimal links, von da an immer rechts. Eine klassische Anlage.

Möglich, daß Larry diese Erinnerung verklärt hat. Der sanfte Kuß der Abendsonne, das wirre, harmlose Mückensirren in der Luft, die Hand seines kleinen Jungen in seiner, Dorrie, die, in Shorts und T-Shirt, von der Eingangstreppe aufsah, wo sie saß, die ausgebreitete Zeitung auf dem Schoß, der Duft von Gras und Laub, Farben und Frieden, gelegentlich ein vorbeifahrendes Auto. Wenn er heute zurückblickt, kann er kaum glauben, daß es eine solche Unschuld je gab. Und es ist ihm unbegreiflich, warum er sich nicht für den glücklichsten Mann der Welt gehalten hat.

Als Larry noch in Winnipeg in einem Blumengeschäft arbeitete, bekam er eines Tages einen Anruf von einem Mann namens Bruce Sztuwark, der draußen auf seinem Besitz in West Kildonan ein Gartenlabyrinth anlegen wollte. Er hatte vom Hörensagen von Larry erfahren, durch einen gemeinsamen Freund, und er hatte nur Gutes gehört. Ob Larry an einem Auftrag interessiert sei? Großartig!

Eingedenk dessen, wie schwierig es gewesen war, die Ecken seiner eigenen Hecken in Form zu halten, insbesondere die farnartige Caragana, entwarf Larry für Bruce und Erleen Sztuwark einen Irrgarten in überwiegend kreisförmigem Verlauf, und als Hauptbepflanzung nahm er

Heckenahorn *(Acer campestre)*, der nur mäßiges Beschneiden erfordert. Als Vorlage für den Irrgarten der Sztuwarks diente ihm der alte Plan – wieder aus einem Bibliotheksbuch – eines Mannes namens Androuet du Cerceau, des Architekten von Katharina von Medici, aber er fügte ein paar Windungen und täuschende Halbkreise hinzu, seine eigene Erfindung, so daß sich der Gesamtplan dem Blick wellenförmig erschloß. Es gab trügerische Schatten, das heißt, es würde sie geben, wenn die Anpflanzungen erst gewachsen waren, doch gab es keine weiten Blicke, keine Alleen – die für die meisten Landschaftsarchitekten bei Labyrinthanlagen unerläßlich sind; ganz gewiß hält Eric Eisner, der Patron der großen Landschaftskünstler Amerikas, die Allee für das *Wesen* des konventionellen Labyrinths.

Doch die reichen Sztuwarks waren nicht konventionell. Der Plan der lockeren, kreisförmigen Anlage sagte ihnen zu. Larry gab sich alle Mühe und nahm sich Zeit, ihnen zu erklären, daß jeder klassische Irrgarten im Herzen ein »Ziel« birgt. Es ist der Lohn, die Endstation, um die es bei dem verwirrenden, verzweigten Verlauf geht. Das Ziel kann eine kleine Erhebung sein oder ein Zierbaum oder ein zu einer kunstvollen Figur beschnittener Strauch, es kann auch eine bescheidene Statue sein oder ein Brunnen oder gar ein Spiegelteich. Im Zentrum des berühmten Irrgartens von Hampton Court stehen zwei Ruhebänke, jede im Schatten eines Baumes. Die Möglichkeiten sind grenzenlos, aber *etwas* gibt es immer, das die Geduld derer belohnt, die sich ihren Weg durch den Verlauf des Irrgartens gebahnt und den auserwählten Ort erreicht haben.

Bruce, Rechtsanwalt und Eigentümer eines lokalen Radiosenders, und seine mundfaule, mürrische Frau Erleen hörten sich aufmerksam an, was Larry ihnen zu sagen hatte, und verkündeten dann, das heißt, Bruce verkündete, daß sie sich bereits für ein »Ziel« entschieden hätten. Es sollte ein Grillplatz sein, geräumig genug für die großen Gartenfeste, die sie gern im Sommer gaben.

Nun, warum nicht, brachte Larry nach einer Minute hervor, nachdem er Luft geholt und die Lage erfaßt hatte.

Was immer der Kunde wünscht. Das gehörte zum Geschäft, und Larry Weller, Mr. Labyrinth persönlich, hat diese Lektion früh gelernt.

Auf den Irrgarten der Sztuwarks wurde ein Lokalreporter und Fotograf aufmerksam, Mark Mosley, der die Entstehung vom ersten Pflügen bis zum dritten Jahr des Wachstums verfolgte. Die ACE-Galerie in Winnipeg veranstaltete eine Ausstellung mit Mosleys Fotografien, die *Maclean's Magazine* zum Anlaß nahm für einen Leitartikel mit dem nicht ganz zutreffenden Titel KAHLE PRÄRIE IN MALERISCHEN ELISABETHANISCHEN GARTEN VERWANDELT. Man brachte auch ein Foto von Larry, auf dem er größer und schlanker aussah als in Wirklichkeit; er stand unter einem Baum und betrachtete eine Reihe Pflanzen. Und zweifellos war es der Bericht in *Maclean's*, der ihm seinen nächsten Kunden bescherte, den Saskatchewan Provincial Fair Bord, einen Ausschuß, der Jahrmärkte organisierte.

Der Saskatchewan-Irrgarten, der am Ende der Jahrmarktsaison abgebaut wurde, war ganz aus Heuballen konstruiert, die zwei Meter hoch übereinander gestapelt waren und einen gewundenen, nach Heu duftenden Tunnel bildeten, der mehr als hundertfünfzigtausend Touristen in sein Zentrum zog, das ein Rad aus Erde war, leicht vorwärts geneigt und mit Prärie-Wildblumen bepflanzt, pulsierende, wie Tortenstücke geformte Beete in blühenden Farben.

Larry stand dem Saskatchewan-Irrgarten mit gemischten Gefühlen gegenüber. Einerseits war die volksfesthafte Popularität beruhigend, auch wenn ein Besucher, ein älterer Farmer, sich dermaßen hoffnungslos verirrte, daß er Angstzustände bekam und die Nacht in einem Krankenhaus in

Regina verbringen mußte. Die Kinder liebten den Irrgarten. Hunde und Katzen liebten ihn. Radfahrer sahen in den engen Kurven eine Herausforderung, und für kurze Zeit erblühte in den frühen Abendstunden eine illegale neue Sportart, das Irrgarten-Radeln. Aber das tote Material des Irrgartens deprimierte Larry. Stroh war gelbbraun. Stroh war staubig und statisch. Und was er an Irrgärten liebte, waren das Grün und das Wachstum, das lebendige Pflanzengewebe, wenn es in neue Formen gelenkt worden war, so daß es eine Überraschung nach der anderen bot, die Sehweise des Menschen verwirrte – und einem Gelegenheit gab, das eigene Ich in der lebendigen Welt zu orten. (Als er Jahre später an dem großen Schneelabyrinth in Ulan Ude in Sibirien arbeitete, einer aus festen Eismauern konstruierten Anlage, dachte er liebevoll an das Saskatchewan-Projekt, seinen durchdringenden Duft, seine süße Wärme und verhaltene Umschließung.)

Als er an seinen ersten Irrgärten arbeitete, behielt Larry seine Ganztagsstellung als Geschäftsführer einer kleinen Filiale einer Blumenladenkette im West End von Winnipeg zunächst noch bei. Damals waren Irrgärten sozusagen sein Hobby; allerdings sprach er das Wort Hobby nie laut aus – die Männer und Frauen seiner Generation, die sogenannten Baby Boomer, benutzten selten diesen knorrigen altmodischen Ausdruck und sprachen lieber von ihren Passionen, Vorlieben oder Obsessionen oder zuweilen, zurückhaltender, ihren Freizeitaktivitäten.

Die Milchkännchensammlung seiner Mutter, die Keramikkuh, die sie auf ihrer Silberhochzeitsreise in die alte Heimat in London gekauft hatte, die Porzellanschäferin, deren steifer Rock seitlich schweifte und eine Tülle freigab – *das* war ein Hobby. Ebenso die Korkenzieher- und Flaschenöffnersammlung seines Vaters, ohne Zweifel eine der umfangreichsten im südlichen Teil der Provinz, zweitausend Stück insgesamt. Hobby-Menschen sammelten, arrangierten, zeigten und katalogisierten ihre Funde. Wohin sie auch gingen, stets waren sie »auf der Suche« nach etwas, und auf ihren Wochenendausflügen oder Fernreisen legten sie eine zielstrebige Konzentration und Munterkeit an den Tag.

»Mein Mann ist ein Irrgarten-Irrer«, sagte Dorrie, seine erste Frau. Oder: »Er hat einen Floh im Ohr.«

Der »Floh« biß ihn erstmals, als Larry und Dorrie auf ihrer England-Hochzeitsreise 1978 Hampton Court besuchten. Die Kombination von vollendeten Formen und geplantem Chaos ließ sein junges Herz in Wallung geraten, ebenso die Vorstellung, daß Sämlinge dazu gebracht werden konnten, sich zu dichten, belaubten, lebendigen Wänden auszuwachsen, die so dick waren, daß sie diejenigen narrten, die in ihre Mitte traten. Es überraschte ihn damals, und es überrascht ihn noch heute. Wenn er Gartenbeschreibungen studiert oder den Blick auf den Einfallsreichtum anderer richtet, spürt er einen milden Schneesturm in seinem Kopf – schwebende Flocken an einem blauen Himmel, die ihn aus seiner Einsamkeit holen und ihn davon überzeugen, daß er ein Mensch ist wie alle anderen.

Welch ein Wunder, denkt er, daß die lange, bittere, herzzerreißende Geschichte des Planeten solchen Dingen wie bloßem Spielzeug und reinen Rätseln eigenartige atmende Räume zugestand; er sieht sie überall. Spiele, geschnittene Steine, Symbole, Allegorien, Wortspiele und Anagramme, Maskeraden, die Fingerfertigkeit des Zauberkünstlers, das Zwinkern des Clowns, das komödiantische Achselzucken, der Purzelbaum, das Kryptogramm in all seinen Formen und insbesondere, jedenfalls für Laurence J. Weller, die narrende Eleganz und Kreisförmigkeit der labyrinthischen Konstruktion, eine Schnecke, ein Gekrakel, ein Gekritzel auf der Haut der Erde ohne einen anderen Zweck, als sich seinen schlängelnden Weg um sich selbst zu winden.

Noch etwas: Der Weg zum Ziel eines Irrgartens wird immer abgekürzt, wenn man sich vom Ziel abwendet, und wenn Larry an diese Verdrehtheit denkt, überläuft ihn jedesmal ein Wonneschauer. Er liebt auch das Geheimwissen, daß ein Irrgarten niemals richtig symmetrisch sein kann. Diese kleinen Wunderlichkeiten machen ihn ehrfurchtsvoll, achtungsvoll, gläubig.

Er plant, er konstruiert, er stellt Leute ein, er schließt Verträge mit Subunternehmern und bedauert – aber nur gelegentlich –, daß er sich die Hände nicht mehr schmutzig macht.

Er ist an dem Punkt angelangt, da sein Blick beim Betrachten eines Irrgartendiagramms sogleich den kürzesten Weg herausfindet. Er hat ein Gefühl für das Verworrene und für die Klarheit, die hindurchscheint, und »liest« Irrgartenentwürfe, wie andere Menschen Maschinenteile oder die faltige Topographie von Reliefkarten »lesen«. Dieser Irrgarten-Irrsinn, in den er zufällig hineingestolpert ist, stellt ihn in einen privilegierten Winkel der Welt, das weiß er – sein ehemaliger Vogelblick, seine einzige, einzige Gabe.

Der Barnes-Irrgarten in River Forest, Illinois (Buchsbaum, Stechpalme), ein Triumph in zeitgenössischem Irrgarten-Design – zumindest wurde das Wort »Triumph« in der Architekturkritik in der Chicagoer *Tribune* verwendet –, brachte Larry den beruflichen Durchbruch.

Auf ein relativ kleines Grundstück an der Augusta Avenue beschränkt – das jedoch mit der Rückseite an ein Waldreservat grenzte –, war er sowohl »klassisch in der Gesamtanlage als auch zeitgenössisch durch seine kleinen postmodernen Zugeständnisse«. (Larry hatte zunächst an einen Brunnen im Zentrum gedacht, sich dann aber überlegt, wie geräuschvoll so ein Brunnen sein konnte. Es war wichtig, daß diejenigen, die sich durch die von Sträuchern gesäumten Pfade wanden, durch Barrieren in ihrem Blickfeld eingeengt und auch von Stille umschlossen waren. In einem Irrgarten muß man sich doppelt verloren vorkommen, muß das Gefühl für die Außenwelt so vollständig ausgelöscht sein, daß nichts übrigbleibt als das Geräusch des eigenen Atems und das täuschende Empfinden vorsätzlichen Verlassenseins.)

Die halb blockierten Wege des Barnes-Irrgartens, die an Rüttelschwellen erinnerten, und eine Anzahl plötzlicher Hemmnisse – ein Eisentor mit einem magischen Auge, ein nahezu waagerechter Steingarten – führten geradewegs zu einem sich im Zickzack wiederholenden Muster *(Euonymus japonicus)* voller rhythmischer keltischer Echos. »Ein Triumph des integrierten Raumes«, schloß die Besprechung in der *Tribune.* »Dieser junge Designer hat verstanden, daß es bei der optischen Täuschung weniger um Trickbetrug geht als vielmehr um die Optik des Geistes.«

Es war im Haus von Rosie und Sumner Barnes, wo Larry Beth kennengelernt hat, seine zukünftige Frau. Er war eine Woche zuvor in die Gegend von Chicago gekommen, nachdem er sich endlich von seinem Floristenjob in Winnipeg verabschiedet hatte, ermutigt durch den Auftrag der Barnes und angespornt von der Hoffnung, daß weitere Aufträge folgen würden. »Oh«, hatte Beth gesagt und ein Glas Pfirsichbowle an die Lippen gehoben, »Sie sind der Mann, der die Leute in die Irre führt.«

Er war nicht an Ironie gewöhnt. Er mußte geblinzelt oder einen Schwall Luft ausgepustet haben.

»Beruflich, meine ich«, erklärte sie umsichtig, die Silben loslassend wie Quecksilbertropfen. »Sie führen die Leute auf den falschen Weg.«

»Oh.« Er hatte begriffen. Zu spät. Sie wandte sich bereits ab, um mit jemand anderem zu sprechen oder sich einen weiteren Toast mit Kaviar zu nehmen, dem ersten Kaviar, den Larry je gesehen hatte. Er betrachtete ihr linkes Ohr, sah, wie sauber es an ihrem kurzgeschnittenen dunklen Haar anlag. »Und Sie?« sagte er schnell. »Was machen Sie?«

»Ich bin erwerbslos«, sagte sie. Sie legte die Finger an einen stumpfen runden Anhänger aus Zinn, den sie an einer Lederschnur um den Hals trug. »Ich lebe auf Kosten der Steuerzahler.«

»O Gott, das tut mir leid. Daß ich gefragt habe, meine ich. Heutzutage, in diesen schweren Zeiten, sollte man die Leute nicht fragen, was sie machen...« Er geriet ins Trudeln.

Sie warf ihm einen mitfühlenden Blick zu, und er fragte sich, was dieses Mitgefühl ausgelöst hatte. »Ich bin Studentin«, klärte sie ihn auf. »Am Rosary College, gleich hier die Straße runter.«

Ihr Tonfall hatte sich geändert. Sie hatte sich seiner erbarmt. Ihr Name war Beth Prior, und sie stand kurz vor dem Abschluß ihrer Doktorarbeit über weibliche Heilige und die Natur weiblicher Güte. Ihre Eltern waren alte Freunde der Barnes. Sie war in dieser Straße aufgewachsen.

»Oh«, sagte er. »Sie wohnen also bei Ihren Eltern?« Er war aufdringlich, doch es war ihm wichtig, sich ein Bild zu machen.

»Nein«, sagte sie, und ihr Ton wurde wieder frostig. »An meinem fünfundzwanzigsten Geburtstag haben sie mich endgültig rausgeschmissen. Das heißt, sie haben ihr Haus verkauft und sind in eine Eigentumswohnung in Hawaii gezogen. Ich hab den Wink mit dem Zaunpfahl verstanden, könnte man sagen.«

»Ich habe zu Hause gewohnt, bis ich siebenundzwanzig war«, sagte er zu ihr. Warum? Um sie zu schonen? Um ihr zu zeigen, daß sie nicht die einzige war mit infantilen Bindungen?

»Wirklich?« Jetzt sah sie ihm in die Augen.

»Ja, wirklich.«

»In Winnipeg? Ich habe gehört, Sie sind aus Winnipeg in Kanada.«

»Waren Sie schon mal da?«

»Nein.«

Winnipeg war immer noch sein Hier und Heute, die schwarze Sphäre, die die Kugel seines Ichs umschloß, auch jetzt, da er sich in einem Wohnzimmer in einer Chicagoer Vorstadt mit dieser Frau unterhielt. Sie stand still wie ein Reh, einen Ausdruck falscher Unschuld im Gesicht. Jetzt machte sie den Mund auf.

»Warum?« fragte sie. »Warum haben Sie so lange zu Hause gewohnt?«

»So genau weiß ich das auch nicht. Warum sind Sie zu Hause geblieben, bis Sie fünfundzwanzig waren?«

»Ich war glücklich, vermute ich.«

»Ich auch«, sagte er. »Jedenfalls leidlich glücklich.«

»Komisch, daß Sie das sagen. So will ich meine Doktorarbeit nennen, falls sie jemals fertig wird.«

»Wie?«

»Was Sie gerade gesagt haben – ›leidlich glücklich‹.«

»Warum?«

»Weil, ach, ich weiß nicht. Ich vermute, weil ich glaube, daß deswegen so viele Menschen gut sind. Sie sind gut, ohne es recht zu wollen. Sie sind zu faul, um schlecht zu sein. Es ist, als sei es ihnen zu beschwerlich. Sie sind vielleicht nicht überglücklich oder auch nur mäßig zufrieden, aber sie haben genug Glück abbekommen, um nicht in den Abgrund zu stürzen.«

Er wußte nicht, von was für einem Abgrund sie sprach. Er war sich nicht sicher, was er von dem Abgrund halten sollte.

Ein Kaviarkügelchen klebte an ihrem kleinen Finger, und sie lutschte ihn zierlich ab. »Siebenundzwanzig Jahre alt, als Sie von zu Hause weggingen«, wiederholte Beth Prior. Sie schien darüber nachzugrübeln. Dies war eine ernste Angelegenheit und mußte aufgeklärt werden. »Und was hat Sie schließlich bewogen, auszuziehen?«

Sie und ihr kleiner silberner Ohrring warteten auf eine Antwort.

»Ich habe geheiratet.«

»Oh. Und Ihre Frau? Ist sie auch hier?« Eine winzige Hebung am Ende dieser Frage.

»Wir sind geschieden. Sie lebt in Winnipeg.«

»Oh.« Sie drehte den Zinnanhänger hin und her und senkte die Augenlider. »Kinder?« Sie hatte ein Lächeln, das aufblitzte, wenn etwas sie brennend interessierte.

»Einen kleinen Jungen, Ryan. Acht Jahre alt. Er lebt bei seiner Mutter.«

»Das ist sicher schwer für Sie. Ich meine, Sie müssen schrecklich einsam sein.«

»Das ist wahr«, sagte Larry und starrte auf ihren schönen mümmelnden Mund. »Das bin ich.« Ihm kam der Gedanke, daß Gespräche wie dieses in den Telefonzentralen überall in Nordamerika, auf dem ganzen geneigten, rotierenden Planeten aufflackerten. Geselliges Geplauder. Notwendige Informationen entlocken. Möglichkeiten abwägen. *Verheiratet oder nicht? Und Sie?* Einleitungen. Verständigungen. Vertrauensausbrüche und wagemutige Erklärungen. »Das bin ich«, hörte er sich zu Beth Prior sagen, »ich bin schrecklich einsam«, und ihre Blicke trafen sich. Ein Schuß ins Schwarze.

Könnte er eine Frau wie diese lieben? Eine forsche Frau mit kurzgeschnittenem Haar und einem ehrlichen Mund, die ihm direkt in die Augen sah? Ja, natürlich könnte er. Vor Verwunderung über diesen Gedanken schüttelte er den Kopf.

»Sie sehen aus, als wollten Sie etwas sagen«, meinte sie. (Später gestand sie, daß sie ihn auf den ersten Blick geliebt habe, sein glattes, zaghaftes Gesicht.)

Er nickte und sah sich dann in dem gedrängt vollen Zimmer um. Die Wandgemälde mit kleinen Lämpchen. Der Flügel in der Ecke. Das leise Geräusch der Gespräche. »Wollen wir gehen?« fragte er. Er wollte sein Gesicht an ihrem weißen Hals vergraben, dennoch schien sein Vorschlag, die

Party zu verlassen, aus einem schlechten alten Film zu stammen.

»Ja, warum nicht?« hauchte sie überrascht. »Nichts wie raus aus dieser Hölle.«

Später erinnerte er sich, wie sie das Wort Hölle ausgesprochen hatte – als sei dies ein realer Ort, voller Atem, Flammen und Wunder, vollgepackt mit exotischen Geschöpfen und seltsamen betörenden Blumen, ein Ort jedoch, der nicht eine einzige Minute zu ertragen war, wenn die unerforschte, unkartographierte Welt lockte.

Ihre Flitterwochen verbrachten sie (Larry und Beth) außerhalb von Memphis, Tennessee, wo Larry sich das Grundstück ansah, das John Q. Questly, der ehemalige Country-and-Western-Sänger, für sein monströses Heckenlabyrinth ausgewählt hatte. Es sollte eine Einweganlage werden, eine schlichte Spirale ohne alternative Pfade – eine Meermuschel, eine zusammengeringelte Schlange, der Weg der Geburt –, in deren Zentrum, nachdem die Pflanzen gesetzt waren, das Q-förmige Marmorgrabmal von Johnnys geliebter verstorbener Frau Queenie stehen sollte. Sein Schatz, seine Liebste.

Um das Auge zu erfreuen, während die Füße immer rundherum schritten, hatte Larry Brautspiere (einmal hatte er Prachtspiere verwendet) mit dunklen Stechpalmen gemischt, und er hatte die Oberkanten dieser Hecken zu Wülsten, Türmchen, Spornen geschnitten, eine fließende Fabel aus Formen und Farben und eine Aufforderung, die Hand auszustrecken und die Hecken zu berühren.

»Meine Queenie war ein wandelnder Engel Gottes«, erzählte Johnny bei einem vegetarischen Mittagessen auf seiner riesigen schattigen, mit Marmor gefliesten Veranda. Der Mann mit der kompakten Figur trank einen Schluck Eistee (er sagte »Aastee«) und wischte sich eine Träne fort. »In vierzig Ehejahren hat sie nie einen anderen Mann angeschaut. Nie hat sie sich beklagt, wenn ich unterwegs war, und ich war verdammt oft unterwegs. Wenn ich einen zuviel getrunken hatte, und ich kann nicht sagen, daß das nicht gelegentlich vorkam, hat sie weggesehen. Vergebung – sie war eine Frau, die wußte, was Vergebung heißt. Ich hab ihr manchmal das Leben ganz schön schwergemacht. Ja wirklich! Zum Hochzeitstag hab ich ihr einmal ein Kollier gekauft. Diamanten, ganz aus Diamanten. Wie es so schön heißt, Diamanten sind für die Ewigkeit, aber sie hat das verdammte Ding – Verzeihung – nur ein-, zweimal getragen, dann bekam sie Krebs und starb. Sie hat die Bibel von vorn bis hinten gekannt. Ein einfaches Leben, das gefiel ihr, nur wir zwei hier draußen – wir haben es gekauft, als die Kinder groß waren –, den Sonnenuntergang beobachten, bißchen Fernsehen nach dem Abendessen. Mehr brauche ich nicht, hat sie immer zu mir gesagt, bloß uns zwei und unsere Liebe. Und daß wir zusammenhalten. Ja, so war unser Leben.«

Seit Larry und Beth letztes Jahr das Haus an der Kenilworth Avenue in Oak Park gekauft haben, wird er mitten in der Nacht von Schlaflosigkeit geplagt. Drei Uhr morgens ist die schlimmste Zeit, wenn er hellwach zwischen den Laken liegt, die Augen juckend von Schlaflosigkeit, während seine Gedanken in ein Dutzend Richtungen schwärmen. Sich selbständig zu machen bedeutet Sorgen, so viel scheint unvermeidlich. Man muß unentwegt auf Draht sein, neue Aufträge an Land ziehen, Verträge mit Subunternehmern abschließen, und immer ist da das delikate Verhältnis zu den Kunden, denen man Entwürfe so präsentieren muß, daß sie als Vorschlag und nicht als aufgedrängt empfunden werden.

Um sich wieder in den Schlaf zu lullen und um Beth nicht zu stören – die tief, wie eine Heilige und ohne Beruhigungsmittel sieben Stunden durchschläft –, wandert er in

Gedanken durch die sieben geräumigen Zimmer seines Hauses, betrachtet die durch einen Mechanismus am Zuschlagen gehinderten offenen Türen, den quadratischen Eingangsbereich, das Buntglas in der Diele, das Eßzimmer mit der Balkendecke und den Wandlampen, das Wohnzimmer mit den Doppelpanoramafenstern und dem Geruch nach kalter Asche vom Kamingitter.

Und wenn dann der Schlaf immer noch nicht kommen will, blättert er in den Ordnern seiner diversen fertiggestellten Projekte: der winzige Irrgarten des Presbyterian Center in der Provinz New York, das Barnes-Projekt mit seinen vielen Verzweigungen und Neuerungen, der University of Maryland Governor's Garden, der Self-Realization-Fellowship-Irrgarten im Erholungsheim der Stiftung in Colorado, der Questly Curl, wie er genannt wurde, in Tennessee und der St.-Matthews-Irrgarten, mittelalterlich in der Anlage und high-tech in der Hortikultur, von dem zu erwarten steht, daß er den Northenden-Eden-Preis gewinnt. Und schließlich treiben und strömen Larrys Gedanken zu jenem ersten Unterfangen in Winnipeg, seinem Versuchsirrgarten, der sich rund um den kleinen Bungalow in der Lipton Street wand – es war ein Gelegenheitskauf –, wo er und seine erste Frau Dorrie während ihrer kurzen Ehe wohnten.

Von Anfang an gab der Irrgarten Anlaß zu Streitigkeiten. Dorrie wünschte sich Gras und Blumen, nicht die undurchdringliche Festung aus Gestrüpp, in deren Mitte sie gefangen war, und er konnte es ihr eigentlich nicht verdenken. Es sehe unheimlich aus. Es sehe dämlich aus. Es paßte ihr nicht, daß Larry Geld für Pflanzen ausgab, wenngleich er dank seiner Geschäftsverbindungen fast alles zu Großhandelspreisen erstand. An den Wochenenden war er unentwegt mit dem Pflanzen und Zurückschneiden seiner Sträucher beschäftigt, anstatt sich, wie versprochen, die Dachisolierung vorzunehmen. Mit dem Niveau der Nachbarschaft gehe es bergab, und das Haus sei sowieso eine

Bruchbude. Sie sollten es veräußern – sobald die Isolierung angebracht sei – und sich in die neue Wohnanlage in Linden Woods einkaufen, was mit Hilfe ihrer zunehmenden Aufträge bei Manitoba Motors zu schaffen sei.

Nur über meine Leiche, sagte Larry, oder so ähnlich; er verstand, was sie sagte, aber er lenkte nicht ein – nach der vielen Arbeit, die er hineingesteckt hatte, zumal der Irrgarten jetzt endlich Gestalt annahm.

Dorrie konnte von nichts anderem sprechen als von Linden Woods. Ein großes neues Haus mit einer Musterküche, ein Whirlpool neben dem Elternschlafzimmer, begehbare Kleiderschränke, das ganze Drum und Dran. Sie schwor, sie würde durchdrehen in Larrys irrsinnigem Haufen Gestrüpp, und eines Tages drehte sie wirklich durch, rief eine Abbruchfirma an, während Larry bei der Arbeit war, und ließ den Irrgarten umpflügen.

Die Hälfte war schon verschwunden, als er entdeckte, was vorging. Vernichtet, getilgt, der Vorgarten dem Erdboden gleichgemacht.

Sie hätte ebenso sein Herz entzweihacken können. So hat es ein Freund von Larry damals ausgedrückt.

Doch heute, nach all den Jahren, ist die stehengebliebene Hälfte des Irrgartens noch vorhanden; die gewundenen Wege sind am Ende offen, so daß man an jeder beliebigen Stelle eintreten kann. Strenggenommen ist es gar kein Irrgarten mehr, lediglich ein Grundmuster von Sträuchern, die den kleinen hinteren Teil des Gartens ausfüllen. Dorrie, die jetzt Vizepräsidentin der Verkaufsabteilung von Nu-Cloz ist, einer Sportbekleidungskette, läßt den Quasiirrgarten zu Beginn jeden Sommers und dann noch einmal im Herbst in Form schneiden.

Sie und Ryan sind schließlich doch nicht nach Linden Woods gezogen, obwohl sie es sich durchaus leisten könnten. Zum einen wurde die alte Nachbarschaft aufgewertet durch den Zuzug junger Familien, die die Häuser renovierten. Lucy Warkenten, Dorries beste Freundin, wohnt nebenan, und sie weiß nicht, was sie ohne Lucy anfangen würde. Und außerdem lebt Larrys Mum nur ein paar Straßen weiter; obwohl Dorrie und Larry geschieden sind, möchte sie die Verbindung aufrechterhalten. Sie ruft oft an oder kommt vorbei. Tatsächlich fast jeden Tag. Außerdem fände Dorrie es schade, Ryan aus seiner Schule zu nehmen, wo er seine Freunde hat und so gut mitkommt. Beständigkeit ist ihr wichtig, und seit Larry sie im Frühjahr 1983 verlassen hat, verspürt sie das Bedürfnis, sich an alles zu klammern, was ihr vertraut ist.

Larry ist erst vor einem Monat in Winnipeg gewesen, im Juli, zur Beerdigung seines Vaters, und natürlich hat er das alte Haus in der Lipton Street besucht wie jedesmal, wenn er in der Stadt ist, und wie immer war er erstaunt, wie vollkommen Dorries Leben ohne ihn zu verlaufen schien. Er und Dorrie verstehen sich heute besser, und als er sie besuchte, war er beeindruckt von dem Küchenanbau mit den Glaswänden, den sie hatte errichten lassen; Sonnenzimmer sagt sie dazu. Es ist klein, nur wenige Quadratmeter, aber das dunkle kleine Haus hat jetzt viel mehr Licht und vermittelt ein neues, verspieltes Raumgefühl.

Er weiß nicht, warum Dorrie den Halbirrgarten intakt hält. Sie haben kein einziges Mal darüber gesprochen; er hält es für prekär, es zu erwähnen, und sei es nur am Rande. Der Garten wächst, ein gestutztes, abgehacktes, veränderliches Etwas; er gedeiht; er ist eine Kuriosität. Wenn Larry in schlaflosen Nächten neben seiner lieben schlafenden Beth im Bett liegt, denkt er oft daran, daß es seinem ersten Irrgarten an den umschlossenen Geheimnissen der wahren Form gemangelt haben mochte, daß aber dessen fortdauernde Existenz, bislang zumindest, das am wenigsten erforschte Geheimnis seines Lebens bleibt, ein kreisrundes, exquisites Puzzle der Pein und des Trostes.

Kapitel Neun

Soweit Larry

1990

Als er vierzig wurde, öffneten sich Panikschleusen in Larry Weller, und er mußte sich betrübt eingestehen, daß daran nichts Bemerkenswertes war.

Ein vierzigster Geburtstag ist gepaart mit Ängsten, mit Todesfurcht, das ist zu erwarten, das ist ganz normal, zumindest unter Larrys Bekannten, auch kennt er es von den Werbespots im Fernsehen, die auf die über Vierzigjährigen anders zugeschnitten scheinen, ihnen mit ernstem Bedauern vermitteln, daß »Sie da draußen« über die Gefahren von Herzkrankheiten oder Hämorrhoiden oder Depressionsauslösern aufgeklärt werden müssen. Vierzig, das sind die Wohlhabenden und Kränkelnden – Larry empfindet zuweilen brennende Scham, weil er »gut abgeschnitten« hat –, und die ungleichgewichtigen Vierzig markieren es allzu deutlich auf der psychologischen Straßenkarte; man zuckt die Achseln, wenn es soweit ist, zuckt die Achseln, leidet im wechselnden Morgenlicht und wartet, daß das Hirn in Schwung kommt. Vierzig provoziert eine geistige Flohplage, doch selbst die läßt sich zuverlässig, dumpf, voraussagen, insbesondere, wenn man weiß, daß ein breiterer Melancholiestrom vor einem liegt. Es ist öde, das »Vierzigjahrebeben«. Vierzigjährige sind bewegungsunfähig durch den Müll des Zweifels, aber sie sind gewarnt worden, oder etwa nicht? Doch, sie wurden gewarnt. »Vierzig ist das Ende der Veranstaltung«, sagt der lakonische Eric Eisner, Larrys Mentor, »und wenn man beim Käsegang des Lebens angelangt ist, hat man den Appetit verloren. Was uns alten Jahrgängen bleibt, ist der freie Fall ins Altersgrau und das Schwinden der Phantasie.«

»Ich bin ein vierzig Jahre alter Mann«, sagt sich Larry mindestens einmal am Tag, während er seine Kaffeetasse an den Mund führt oder seinen Wagen anläßt oder hinaufsieht in den Blätterbaldachin über der Straße, in der er wohnt. Und der Gedanke – *vierzig Jahre alt* – schwebt und schwebt umher und bildet einen Teil der Atmosphäre. Larry begreift endlich die ziemlich überraschende, harte Ödnis des Erwachsenseins, und vielleicht ist er aus diesem Grunde ein Mensch geworden, der sich allzu leicht von Spielereien und Oberflächlichkeiten trösten läßt. Und nun, da er vier Lebensjahrzehnte gefeiert hat, ist er plötzlich ein trauriger Mann, ohne die traurige Geschichte, die diesen Zustand untermauert. Was er braucht, ist eine gehörige Ohrfeige, doch zugleich scheint es ihm, daß ein einziger falscher Schritt ihn aus der Bahn werfen würde und daß er dann nicht Geld, Freundschaft oder Vorsätze verlöre, sondern sein eigenes Ich.

Er kann nicht klagen, oder er sollte zumindest nicht klagen. Nach einem langsamen Start in der Welt und einem so reibungslosen Leben, das zu *puschen* er nie gelernt hat, ist er in Chicago gelandet, ein gefragter und renommierter Landschaftsarchitekt, der sich auf Gartenlabyrinthe spezialisiert hat. Er ist ein Mann, der in seinem Leben eine erkleckliche Anzahl harter Schnitte vollzogen hat, und es erstaunt ihn immer wieder, wie sehr er sich angepaßt hat, wieviel ihm – andererseits – ermöglicht wurde. Man kann zuviel Glück haben; dann wirkt es wie ein Durcheinander, wie Plunder. Mit vierzig sieht er seine frühere Schüchternheit ins Gegenteil verkehrt. Seine erste Ehe war ein Mißerfolg, von Anfang an zum Scheitern verurteilt – das hat er überlebt –, und er hat die Liebe mitsamt ihrem Prickeln und Pläsier bei seiner zweiten Frau Beth gefunden, die nach ihrer Promotion eine Anstellung in der Religionsfakultät der University of Illinois in Chicago hat, eine gescheite, nachdenkliche, sanftmütige, geschmeidige junge Frau, deren Arbeit über weibliche Heilige die Leute oft zu der Annahme verleitet, daß sie selbst so etwas wie eine Heilige sei, und tatsächlich besitzt sie gewisse heilig wirkende Tugenden, deren bemerkenswerteste die Fähigkeit ist, ihren Geist so stark zu konzentrieren, daß ihre Gedanken messerscharf sind.

Zusammen haben sie und Larry ein unter Denkmalschutz stehendes Haus an der Kenilworth Avenue in Oak Park gekauft, das zwischen anderen gediegenen alten Häusern an einem mit sattem Grün gesäumten belebten Boulevard steht. Er hätte gern eine Wagenladung voll Kinder, aber er versteht Beth' Vorbehalte gegenüber Karriere in Kombination mit Mutterschaft, und er hat ja einen zwölfjährigen Sohn in Kanada aus seiner ersten Ehe, und überdies, woher wollte er, ein Mann von vierzig Jahren, die Energie für eine weitere Vaterschaft nehmen? Oder die Zeit? Er und Beth sind immerzu beschäftigt, entweder mit Arbeit oder mit Reisen oder mit ihren wachsenden gesellschaftlichen Verpflichtungen; sie gehen zu Dinnerpartys, Empfängen, Vorträgen oder zwanglosen Veranstaltungen, die in keine Kategorie passen, aber ihre Anwesenheit erfordern.

Ihr Terminkalender ist voll. Es überrascht ihn immer noch, daß er, der als so schüchternes, unbeholfenes Kind aufgewachsen ist, eine Anzahl Abendanzüge besitzt, in die er einige Male im Jahr mehr oder weniger selbstbewußt hineinschlüpft. Sein Vater, der nun seit zwei Jahren tot ist, würde Stielaugen machen, wenn er seinen einzigen Sohn in einem Pinguinanzug sähe, wie er seinen Aufzug zweifellos genannt hätte – seinen Sohn, auf großem Fuß lebend. Ein richtiger feiner Pinkel. Unterwegs zu einer Cocktailparty, zu einer Ausstellung von Architekturzeichnungen. Wie ist es dazu gekommen? War dies das Leben, auf das Larry Weller sich festgelegt hat – Larry, Sohn des verstorbenen Stu Weller, Polstermeister in einer Busfabrik in Winnipeg?

Tatsache ist: Er kann nie ganz glauben, daß er das ist, der da im Smoking herumläuft, der Vetter jenes Phantoms, das in seinen Träumen lauert, des Typs, der das Tun beobachtet, leidend, ängstlich und gierig in seinen geborgten Schlabberkleidern, der aber nie wirklich die Bühne betritt und sein Gesicht zeigt.

Die Selbständigkeit – seine Firma, Irre T/Räume – schenkt Larry jene Freiheit, von der andere nur träumen, und doch empfindet er sich mit vierzig beharrlich als Bewohner einer flachen, bodenlosen, dachlosen Welt, wo alle Informationen einlaufen. Am Rande seines Blickfelds flakkert immerzu etwas Neues, das er in sich aufnehmen muß, doch ist dieses Flackern stets begleitet von seiner Auffassung von sich selbst als einem Mann, der, einerlei, was er geleistet hat, dazu verdammt ist, gewöhnlich zu sein und langsam, schmerzlich, jedes ordentliche vorgeschriebene Stadium des Lebens zu durchlaufen.

Der Beweis ist da. Mag die Ursache genetisch oder zufällig sein, er weiß, daß er verurteilt ist, innerhalb der abgenutzten Klammern der Vorhersagbarkeit zu leben, ein wandelndes, kopfkratzendes Klischee: zuerst das verträumte Kind, dann der unglückliche Heranwachsende, gleich darauf der verwirrte junge Ehemann, und jetzt, allzu plötzlich, ein gesetzter vierzigjähriger Freiberufler, weiß, männlich, der sich an der Zahl Vierzig reibt und nachts wach liegt und sich fragt, ob er im Begriff ist, in eine Phase geballter Autorität und erregender Lauterkeit einzutreten – natürlich ein Deckmantel für die wabbelnde Proteinmasse seiner augenblicklichen Inkarnation. Noch hat es keiner gemerkt, aber Larry ist sicher, daß man ihn, wenn es den Leuten auffällt, beschreiben wird als einen, der an der »Midlife crisis« leidet oder an der »männlichen Menopause«, diesen aufgeputschten Übeln des banalen und trivialen männlichen Zeitgenossen. Er geht richtig mit der Zeit, steigt in die Schuhe der Erwartung, als seien sie für ihn gemacht – von Angst gepeinigt mit vierzig, aha. Stimmt. Auch von Selbstzweifeln geplagt. Auch entmännlicht, oder auf dem besten Wege dazu. Die uralte Geschichte. Was ist daran so neu?

Und wohin geht er, da er nun in feinen Kreisen verkehrt, gebügelt und geschniegelt bis hinunter zu seinen seit vierzig Jahren wachsenden Zehennägeln? Glanzlos. Strukturlos. Harmlos. Impotent. Gewöhnlich. Jeden Augenblick wird man ihn beiseite nehmen und ihm empfehlen, »jemanden aufzusuchen«, und behaupten, daß dic blauc Flamme, die seine Verwirrung anheizt, »statistisch im Rahmen« liegt für Männer seines Alters, daß Männer, genau wie Frauen, periodische Zyklen haben und daß ein starker Schwall Septemberluft seinen Kummer zu Staub verwehen wird. Er solle sich am Riemen reißen und daran denken, wieviel Glück er gehabt habe. Und hat er schon mal ernsthaft die seelische Seite seiner Natur erforscht?

Wer ist dieser Mann? Gib mir eine Chance.

»Ich verstehe, was du durchmachst«, sagte Beth vor ein paar Monaten zu ihm, nachdem sie fast, aber doch nicht ganz, miteinander geschlafen hatten. Ein hauchdünner Mondstrahl fiel durch eine Ritze im Vorhang und teilte ihr breites Bett mit dem (von Appalachen) handgefertigten Quilt in zwei Hälften. Sie hatte ihre Hand auf Larrys schlaffem Penis und streichelte ihn, wie man ein kleines Waldgeschöpf streicheln würde. »Ich mache mir Vorwürfe, weil ich dir die Überraschungsparty aufgehalst habe. Wer will schon in die Welt hinausposaunen, daß er vierzig geworden ist. Wir sollten mit vierzig in eine Höhle gehen und mit den Fledermäusen meditieren. Hinter das Geheimnis ihrer Schallortung kommen. Herausfinden, wie es sich auf der stillen Seite der Ekstase lebt, verstehst du, einfach lernen, uns in unserer Umgebung wohl zu fühlen, uns anzupassen. Mit vierzig Jahren wissen wir, daß wir schon die Hälfte von dem hinter uns haben, was uns zugestanden ist, das heißt, wenn wir Glück haben. Du blickst in den Tunnel und siehst immer nur dasselbe, und das ist beängstigend. Ich kann das verstehen.«

Halt, halt, halt.

Larrys Frau Beth ist noch keine vierzig; sie wird noch sieben Jahre keine vierzig sein, und ein Teil von Larry verübelt ihr die rasche, zutreffende Diagnose seines Zustands. Sie bejaht die christliche Vorstellung, daß jeder Schimmer von gewöhnlichem Glück von Finsternis umgeben und bedroht ist. Sie ist seltsam zerknirscht deswegen, als trüge sie zumindest einen Teil Verantwortung. Gleich wird sie die Geschichte von einem obskuren keltischen Heiligen erzählen, der einen unaussprechlichen Namen hat und die Macht, sexuelles Unvermögen zu heilen. Ja, da kommt es. Ihr Einatmen an seinem Schlafanzugärmel verkündet ihre Strategie. Larry wappnet sich und denkt: Sie will nett sein, sie will mir helfen, mir beistehen und so weiter, eine beinahe heilige Frau mit einem statistisch durchschnittlichen Mann.

»Also«, sagt Beth und verfällt in ihren Erzählton mit den gedehnten Vokalen und Pausen, »sein Name war Sankt Guignolé, ungefähr sechstes Jahrhundert.« (Diese Ungenauigkeit, dieses *ungefähr,* ist simuliert; Larry erkennt es als eine List, um die tröstende, positive Botschaft zu entschärfen, die sie gleich vermitteln wird.) »Also«, fährt sie fort, »eine uralte Statue von Sankt Guignolé steht in Frankreich, in Brest, glaube ich« – erneut diese berechnende Ungenauigkeit, dieses bedachtsam eingeworfene *glaube ich* –, »und Tausende von Besuchern beider Geschlechter haben im Laufe der Jahre Pilgerreisen gemacht, um an Sankt Guignolés stehendem Penis herumzuschaben und die sägemehlfeinen Schnipsel mit nach Hause zu nehmen, die sie in ihrer Brühe mitkochen und zum Abendessen trinken.«

»Weiter«, sagt Larry, wohl wissend, daß sie sowieso fortfahren wird.

»Also, so viele Besucher schaben daran herum, daß das Dingsbums-Bumsdings von Sankt Guignolé...«

»Sein Dingsbums-Bumsdings?«

»Sein Schwanz, wenn dir das lieber ist.«

»Ach der.« Er liebt die verworfene, scharfe Art, wie sie das Wort *Schwanz* ausspricht, ganz so, als würde er in ihrem Mund herumschwänzeln, wenn sie es bloß sagt.

»Also, sein hölzerner Schwanz, sein Glied, mußte alle zwanzig Jahre oder so ersetzt werden. Ein neuer mußte geschnitzt und angeklebt werden. Die Priester waren am Ende so aufgebracht, daß sie ihn eingegipst haben, und dann mußten sie feststellen, daß die Pilger an der Gipsumhüllung schabten und *die* mit nach Hause nahmen.«

»Na und?« fragte Larry seine Frau. »Schlägst du etwa vor, daß wir eine Pilgerfahrt nach ...?«

»Der springende Punkt ist, daß diese, diese Sache – was immer dich beunruhigt –, eine uralte und universelle Geschichte ist. Potenz, Fruchtbarkeit. Es ist nur die alte Todesangst in Verkleidung.«

»Ah«, sagte er, nur halb im Scherz. »Das ist es also.«

»Der springende Punkt ist, daß du ein vollkommen normaler und typischer Mensch bist.«

»Standardausgabe. Großartig.«

»Sag mal, was willst du eigentlich?«

Wenn er das nur wüßte.

Ihr privates Wort für Larry Zustand war »Es«. Hält »Es« dich wieder wach? Quält »Es« dich wieder? Erzähl mir von »Es«.

Aber mit Beth über »Es« zu sprechen macht es nur noch schlimmer; sie ist zu edel, zu hilfreich und gut, zu sehr darauf aus, rasch eine intellektuelle Therapie anzuwenden, zu hartnäckig entschlossen, seine Angstgefühle einzudämmen, indem sie »Es« in einen gesellschaftlich anerkannten Zusammenhang stellt, etwas, was Männer in Larrys Alter erleben, etwas, was sie »durchmachen«. Beth glaubt, »Es« ist wie ein Roman mit seinem Auf und Ab von Handlungssträngen, und jedermanns Leben ist nur dies: eine Geschichte vom Schicksal eines Kindes. Was Larry durchmacht, ist eine natürliche Phase. Ein Kapitel. Ein vorübergehender Zustand, diese Explosion von Traurigkeit. Es wäre ihr lieb, wenn er sich ihr übersprudelnd anvertrauen würde – zumindest empfindet Larry es so –, so daß sie seine Gedanken umleiten kann. »Es« verweht im Nu, wird sie sagen. Sie hat etwas Ähnliches tatsächlich erst gestern gesagt, wobei sie die Lippen zu einer vollen Blume schürzte und an seine Wange blies.

Er will nicht, daß »Es« verweht, das ist der Haken.

Wenn er mitten in der Nacht aufwacht, drei Uhr, vier Uhr, gewahrt er sogleich die Anwesenheit von »Es« im Zimmer, so nahe, daß er den Arm ausstrecken und es in die Hand nehmen und über die Zuversicht und Beharrlichkeit eines »Es« staunen könnte, das ihn auserwählt hat und nun entschlossen an ihm haftet. »Es« hat die Größe und Härte einer Walnuß, eine holzige, faserige Schale mit ein paar Wülsten, und geballte Hohlheit im Inneren.

Er versucht, sich ein Bild von seinem Leben zu machen – seinem Leben soweit –, und in seinem Kopf entsteht ein Gitternetz, ordentlich in Quadrate unterteilt, aber seltsam zusammenhanglos, als sei seine Struktur einem Traum entsprossen. Er hat einen toten Vater und eine lebende Mutter. Und eine Schwester, Midge, in Toronto, die er nur selten sieht, die sich aber, wenn sie ahnte, daß er verzweifelt ist, eine Woche freinehmen und ins nächste Flugzeug springen würde, um ihm wunderbar lindernde Umschläge in Form von guter Laune zu verabreichen. Bill Herschel, sein ältester Freund, ist mit der wichtigen Aufgabe beschäftigt, die Artenvielfalt auf dem Planeten zu retten; Larrys Selbstzweifel, die sich in einem weinerlichen kleinen Wimmern äußern, würden nicht einmal dann wahrgenommen, wenn sie direkt neben der gefährdeten Flora und Fauna des mittleren Westens plaziert wären. Nein, er wird ganz bestimmt nicht mit Bill über »Es« reden.

Wie stark belastet die äußere Welt Larry Weller? Kriege, Naturkatastrophen, Rassendiskriminierung, Dritte-Welt-Armut, die Unterdrückung der Frauen? Ist es das, was ihn in seinem und Beth' Schlafzimmer im Dunkeln aufwachen läßt? Er wünschte, es wäre wahr; er wäre gern ein Mann, der mit Giganten ringt. Diesen Mann würde er bewundern.

Bislang scheinen seine Ängste lediglich im Einklang mit einer betrübten Welt zu pulsieren. Womit er sich herumschlägt, ist die Frage, wo er *soweit* im Leben steht.

Es ist ein harmloses Spiel, ein Zahlenspiel, schlichte Arithmetik: Zahlen, eingetragen in das imaginäre quadratisch unterteilte Gitternetz. Er muß sich auf die Zahlen konzentrieren, aber er muß sie auch von der Seite betrachten, mit schielend einander angenäherten Augen. Zuviel Wahrheit, dieselbe Wahrheit, wird billig. (Er hofft, diese Übung fällt nicht in dieselbe Kategorie wie »Inventur« – oder, schlimmer noch, »Gewissensprüfung«.)

Also. Er hat noch ein Elternteil, eine Schwester, zwei Ehefrauen, ein Kind.

Er hat ein Diplom in Floristik (1969) von einer Fachschule in Manitoba und ein neueres, viel bedeutsameres Diplom (ehrenhalber, Lasalle University) in Landschaftsarchitektur.

Er hat in zwei Städten gelebt, Winnipeg und Chicago. Das bedeutet in zwei Ländern.

Er hat nicht ein einziges Mal versäumt, den Unterhalt zu zahlen. Seine Zuversicht läßt ihn sich selbst treu sein, seinem in Abständen aufflackernden Ich mit seinen blinkenden, provisorischen Scheinwerfern.

Er war Besitzer von zwei Toyotas, von einem alten gelbbraunen Corolla, den er gegen einen halbwegs neuen Camry eingetauscht hat. Nach dem Camry kam der dunkelsilberne Audi, und jetzt hat er den zweitürigen Honda Accord. Diese Autos sind die Kleider, die er über seine Körperbekleidung zieht. Soweit seine fahrbaren Untersätze.

Häuser. Drei. Das Haus, in dem er aufgewachsen ist, ein Bungalow mit einem Maschendrahtzaun um den winzigen rechteckigen Garten; sein Jugendzimmer (Astlochfichte) ging von der Küche ab. Dann das Haus in der Lipton Street, ein Gelegenheitskauf, wo er und Dorrie in den fünf Jahren ihrer Ehe wohnten und wo Dorrie und Ryan noch heute wohnen. Und jetzt das Haus in Oak Park, stabil, zweistöckig, Zierleisten aus Eukalyptusholz in Flur und Treppenhaus, große Hypothek, und viel dran zu machen – besonders im Garten, den er bisher nicht angerührt hat –, nicht direkt verwahrlost, aber beinahe. Er denkt daran, ihn verwildern zu lassen, Blumen, Gräser, fürchtet aber, daß der Nachbarschaftsverband ihm Schwierigkeiten macht. Zwischen den drei eigenen Häusern hatte er etliche Apartments und Stadtwohnungen gemietet, die meisten nicht erwähnenswert, die meisten vergessen – diese kümmerlichen, deprimierenden Zwischendurchadressen: 566 Calonia, 312 MacNair, 22 Ciscoe Bay, 2236 Harlem Avenue.

Gesundheit. Im Laufe der Jahre hat er hier und da ein bißchen Dope geraucht, aber jetzt tut er das nicht mehr. Er hat vor, wieder mit Laufen anzufangen. Den Koffeinkonsum einzuschränken. Ein Leberfleck auf dem Rücken – wird er größer? Der Fettwulst direkt unter seinem Gürtel. Und zur Zeit die Schlaflosigkeit mitten in der Nacht. Und diese andere Sache. Ist er jemals das gewesen, was man gemeinhin als sexy Mann bezeichnet? Himmel. Er bezweifelt es, es kann unmöglich wahr sein, und einerlei, welcher Beweis vorgebracht wird, er wird es weiterhin bezweifeln. Man könnte die erste anführen – die süße, entgegenkommende, großmütige Sally, und die fünf, die danach kamen, jene Rettungsschiffe mit ihren Strumpfhosen, ihren Jeans und Miniröcken, und dann Dorrie, eine glühende, intime, bittere, intensive Geschichte, und dann, nach der Trennung, zwei oder drei andere – wie nachlässig, es nicht genau zu wissen! – und dann Beth, ein sicherer Hafen, ein Segen, Beständigkeit. Dies war seine Geschichte, aber nichts davon, so schien es, spiegelte *ihn* wider. War er ein sexy Mann?

Nicht zu beantwortende Frage. Wer ist er, wer ist dieses schattenhafte, vergängliche Ich?

Hobbys. Wer kann an Hobbys denken, wenn der Körper zerfällt und die eigene Geschichte ein Chaos ist.

Religion. Sofern er je an Gott glaubte, hat sich jenes Wesen längst in die Schatten von Hecken zurückgezogen. Neulich saß er im Flugzeug neben einem jungen Mann, der in einer knisternd neuen Bibel las; er hatte einen direkten Draht zu Gott, während Larry sich mit dem neuesten Westernroman von Larry McMurtry begnügte. Einmal hatte er den Sänger Curtis Mayfield mit einem bestimmten Stück im Radio gehört – er weiß nicht mehr, welches Lied es war –, und da war ein Rieseln über seine Haut gegangen, und er hatte sich gefragt, ob es dies war, was die Leute mit spirituellem Erleben meinten. Geschlechtsverkehr, die sexuellen Spasmen – ist das ein Teil der Religion? Sein Vater witzelte immer, die Kirche sei für Sünder da. Und die wollten einem nur die Dollars aus der Tasche ziehen. Seine Mutter geht allerdings seit einigen Jahren zum Sonntagsgottesdienst, doch hat sie nie, weder am Telefon noch in einem Brief, Gott oder Jesus erwähnt, die beiden Hauptdarsteller. Eine Zeitlang sah es so aus, als ob ihre Traurigkeit ihr Leben lang währen würde, ganz so, wie Möbel und Porzellan Bestand haben, aber nein, dann begann sie zu zerbröckeln. Seine Mutter wurde fromm und friedlich. Er fragt sich, ob sie betet. Beten, dachte er, das müsse so sein, als würde man mit Feen sprechen, und doch hat er es ab und zu selbst getan – *Mach, daß das aufhört, mach, daß das weggeht, laß mich nur noch einmal einen Ständer haben, bevor ich sterbe, laß mich schlafen, Herr Jesus.*

Einmal hörte Larry eine Frau sagen: »Ich glaube an Silber. Sterlingsilber.« Sein Vater glaubte an einen aufgeräumten Keller. Seine Mutter Dot glaubt anscheinend an Schuld und Erlösung und seine Schwester an Darmspülungen. Was für ein Schatten des Unstofflichen streift Larry und unterweist ihn im Glauben?

Wenn Larry einen ihm bislang unbekannten Irrgarten betritt, insbesondere einen Heckenirrgarten, dann gerät er tatsächlich in einen Zustand, den er als spirituelle Erregung versteht. Das festgelegte Design des Irrgartens, seine Verschlingungen, die beunruhigend und heiter zugleich sind, die Verschiebungen von Licht und Schatten, das pulsierende pflanzliche Wachstum, das angeregt, aber auch in Schach gehalten wird – dies alles schlägt sich auf Larrys Gleichgewichtssinn nieder und verleiht ihm Schwingen.

Zu seinem vierzigsten Geburtstag (17. August) hat seine Mutter ihm einen Scheck über zwanzig Dollar geschickt, zusammen mit einer von diesen maskulinen Geburtstagskarten, auf denen eine schön bunte Zusammenstellung aus Sessel, Pfeife, Highball-Glas und irischem Setter zu sehen ist. Er fragt sich, wie sie sich sein Leben vorstellt, seins und Beth'. »Feiere schön«, schrieb sie in ihrer nahezu unleserlichen Handschrift. Und: »Glaub mir, mit vierzig fängt das Leben erst richtig an.«

Von Beth bekam er einen schönen Nachdruck eines Buches aus dem achtzehnten Jahrhundert, *New Principles of Gardening* von Batty Langley, 1728, das eine Anzahl außergewöhnlicher Irrgartenentwürfe enthält.

Lucy Warkenten, eine alte Freundin aus Winnipeg, schickte ihm einen Satz raffiniert marmorierter Postkarten, die sie selbst gemacht hat. Mit einer Kalligraphiefeder hat sie ein einziges Wort geschrieben: »Vorwärts!«

Bill Herschel hat eine erstaunlich ernste Botschaft gefaxt: »Laß uns geloben, den nächsten zusammen zu feiern.« (Damals in Winnipeg, als sie noch Jungen waren, haben sie sich gegenseitig zum Geburtstag Juxgläser, die einem das Kinn volltropften, wenn man daraus zu trinken versuchte, oder Plastikhundehaufen geschenkt.)

Larrys Schwester Midge und Ian Stoker, ihr neuester Lebensgefährte, haben eine witzige Karte geschickt, auf der das vollendete vierte Jahrzehnt gepriesen und mit dem Wort »vierte« gespielt wird. Vier-T. Tastsinn. Talent. Technik. Testosteron.

Haha.

Larrys Sohn Ryan hat wie immer eine Krawatte geschickt, und Larry weiß, daß seine Exfrau Dorrie sie ausgesucht, bezahlt, eingepackt und zur Post gebracht hat. Diese Krawatten sind im Laufe der Jahre die Preisskala hinaufgewandert. Die Krawatte zum vierzigsten Geburtstag ist aus Italien, dunkelblaue changierende Seide, wunderschön, mit einem durchgängigen Muster, und bei sorgfältigem Hinsehen erkennt Larry, daß es auf dem alten Shandwick-Irrgarten basiert. Wo hat sie sie gefunden, und war es ihr aufgefallen?

Die größte Überraschung ist eine Geburtstagskarte von Dorrie selbst. Seit ihrer Scheidung waren nur wenige Karten, Geschenke oder gar Briefe zwischen ihnen hin und her gegangen – Dorrie war nie eine große Briefschreiberin –, und kurz nachdem er sie verlassen hatte, hatte es eine sechsmonatige Sendepause zornigen Schweigens gegeben. Heute sehen sie und Larry sich gelegentlich, wenn Larry in Winnipeg ist, und sie beraten sich oft am Telefon über ihren Sohn Ryan. Seine Noten in der Schule. Seine Erdnußallergie und eine Einlieferung in die Notaufnahme voriges Jahr. Kieferorthopädie – ja oder nein? Dreimal jährlich Reisevorkehrungen für Ryans Flug nach Chicago. Ryans Leidenschaft für Sport – gab sie Anlaß zur Sorge? Nein, meint Dorrie. Ja, sagt Larry, der selbst nur ein oberflächliches Interesse an Sport hat.

Sie stehen nach all den Jahren auf durchaus freundschaftlichem Fuße, doch in Wahrheit sind sie sich eigentlich fremd. Als Larry Dorries Geburtstagskarte betrachtete – ein Kranz aus dunklem Grünzeug mit der erhabenen Zahl 40 in der Mitte –, stellte er mit Schrecken fest, daß er vergessen hatte, wie ihre Handschrift aussah, wie klein und fein und mädchenhaft sie wirkte, wie gestochen. »Auf daß Du älter und weiser werdest«, hatte sie, offenbar mit einem Füllhalter, geschrieben, und dann: »In Zuneigung, Dorrie.«

Zuneigung. Ein Wort wie ein Pfefferminz nach dem Essen. In Zuneigung, das schlug ihm aufs Herz. Nicht Liebe, nein, nicht Liebe. Nun ja, wer erwartet Liebe von einer Exehefrau?

Und dann, gestern erst, hatte ihn der Gedanke erschüttert, daß Dorrie, seine Dorrie, in wenigen Wochen selbst vierzig würde: am 24. September. Unmöglich. Dorries feste, straffe Haut, jetzt erschlafft und faltig und sich allmählich verfärbend. Nein. Niemals. Ihre kleinen, spitzen, festen Brüste, nun absackend und von blauen Adern durchzogen. Er kann es sich nicht vorstellen. Wacht sie mitten in der Nacht auf, sitzt sie steif auf der Bettkante, starrt aus dem Fenster auf die fleckige Mondsichel und fragt sich, in welchem Moment ihr Leben zu zerrinnen begann?

Er blinzelte das Bild fort, hielt trotz Erschöpfung die Augenlider offen, und langsam trat Traurigkeit in seine Augen. Älterwerden hieß, Zeuge der steten Abnahme grenzenloser Möglichkeiten zu sein. Das war alles.

Die ausgezehrte alte Laura Latimer Moorhouse von den Mortimers in Milwaukee hatte eine Verabredung mit Larry in seinem Büro in der Lake Street. Er nahm ihr den Mantel ab – ein erlesener Pelz – und bot ihr einen von seinen Rattansesseln an, und sie ließ sich hineinfallen, schwer atmend und den Knauf ihres Stockes umklammernd.

Uralt, dachte Larry. Und um ihre Gesundheit ist es schlecht bestellt. Ihr Gesicht war flaumig wie Manchestercord. Ihre Haut war gelb.

»Sitzen Sie bequem?« fragte Larry.

Sie nickte lebhaft, aber die toupierten blonden Haare bewegten sich nicht.

Sie wollte auf dem Gelände des Milwaukee Memorial Children's Hospital einen Irrgarten anlegen lassen. Das Design bliebe ganz ihm überlassen. Sie habe Hervorragendes über seine Arbeit gehört, und sie habe sich bereits mit der Krankenhausverwaltung beraten. Die Kosten würde sie selbstverständlich allein tragen. Sie sei bereit, einen schönen Batzen Geld für den Irrgarten und den laufenden Unterhalt auszugeben, da ihre Zeit auf Erden fast abgelaufen und sie zu der Erkenntnis gelangt sei, daß sie ein dummes, gedankenloses und selbstsüchtiges Leben geführt habe.

»Ich bin überzeugt, Sie …«, meinte Larry einwenden zu müssen.

»Dumm, gedankenlos und selbstsüchtig«, wiederholte sie. Ihr Mund krumpelte sich zusammen.

»Aber wir alle …«, begann Larry.

»Nein. Die meisten Menschen führen ein vernünftiges, durchdachtes Leben. Das ist eine Tatsache. Es ist mir aufgefallen. Von gefühllosen Verbrechern abgesehen, gelingt es den meisten Menschen, sinnvolle Verbindungen einzugehen. Sie sorgen füreinander. Ich hatte nie Gelegenheit, eine ernsthafte Verbindung einzugehen. Meine beiden Ehemänner – was kann ich sagen? –, sie waren regelrechte Drecksäcke. Und nein, Mr. Weller, ich hatte keine Kinder. Schwierigkeiten mit den weiblichen Gefilden, sozusagen, und vielleicht ganz gut so. Ich bin mein Leben lang fett gewesen. Ein fettes Mädchen, eine fette Frau. Meine Mutter hätte mich mehr geliebt, wenn ich nicht fett gewesen wäre, davon bin ich hundertprozentig überzeugt. Sie hat mir einen Hüfthalter gegeben, als ich acht Jahre alt war, und mich gezwungen, ihn zu tragen. Was ist das für eine Mutter, die so etwas tut! Sie können sich ein Bild machen. Meine Haut unter dem Hüfthalter war mit Ekzemen übersät, vermutlich von dem Gummi. Ich war fett bis vor einem Jahr, als bei mir Krebs diagnostiziert wurde, Magen, Leber, überall – deswegen bin ich zum erstenmal im Leben dünn und redselig. Was Sie vor sich sehen, ist nur die halbe Person, die ich war, tatsächlich nur ein Drittel der alten Laura Moorhouse. Schwer zu glauben, nicht? Dreihundert Pfund, das ist *sie* gewesen, und jetzt wiegt sie neunundneunzig. Sie können mich ruhig pervers nennen, aber ich bin stolz darauf, eine Frau von neunundneunzig Pfund zu sein. Ich quelle über vor Stolz. Eine Sünde, aber auch ein Trost. Warum ein Irrgarten, Mr. Weller? Ich wußte, daß Sie das fragen würden. Weil ich Irrgärten immer geliebt habe. Es hört sich vielleicht schrullig an, aber ich habe mein Leben lang das Gefühl gehabt, daß ich selbst ein Irrgarten bin, mein Körper, mein Ich. In meinem Zentrum war etwas versteckt, aber niemand konnte es finden, es war so tief verborgen, und ich meine nicht nur unter Fettzellen. Warum ein Kinderkrankenhaus? Eine gute Frage. Nicht, weil ich Kinder liebe. Tatsächlich mag ich sie nicht besonders. Es ist, weil ich mich danach sehne, ein Kind zu *sein*, ja, ein krankes Kind, ein sehr krankes Kind. Ich will meine Mutter, meinen Daddy. Ich will, daß sie an meinem Bett stehen, einer auf jeder Seite, und ihre Hände auf meine Stirn legen, um zu sehen, ob ich Fieber habe, daß sie mich trösten, abwechselnd, erst der eine, dann der andere. Sie lieben mich so sehr. Sie müssen mir verzeihen. Ich bemühe mich, Ihnen nicht hysterisch zu kommen, Mr. Weller, und gewöhnlich tu ich es auch nicht. Aber es geschieht nicht oft, daß ich so offen rede. Eigentlich nie. Es könnten die Medikamente sein, die meine Zunge gelöst haben. Ich habe noch niemandem von meinem Verlangen erzählt, daß mir jemand die Hand auf die Stirn legt. Und sie dort läßt. Und fest drückt. Das ist doch wirklich nicht viel verlangt, oder? Ich habe nie über diese Sehnsucht gesprochen, ihr nie Ausdruck gegeben. Wie konnte ich? Ich meine, so etwas ergibt sich nicht in einem gewöhnlichen Gespräch, nicht wahr? Aber wie oft führt man schon ein richtiges Gespräch von Mensch zu Mensch, so wie wir zwei jetzt, hier in Ihrem kleinen Büro. Nur diese weißen Wände. Diese grünen Pflanzen. Nichts, was einen stört. Niemand legt mir den Finger an die Lippen und sagt halt, halt, genug, du bringst mich in Verlegenheit. Also, ich kann nicht behaupten, daß ich so etwas schon mal erlebt habe. Nein, nicht ein einziges Mal.«

Vor zwei Jahren, als Stu Weller dem Tode nahe war, flog Larry nach Winnipeg, um an seiner Seite zu sein. *An seines Vaters Seite,* diese Phrase, gewürzt mit Entschlossenheit. Was er wirklich empfand, als er im Krankenhaus ankam, war jenes hilflose Unbehagen, das die Gesunden in Gegenwart von Schwerkranken befällt.

Der Mund seines Vaters wirkte groß und aufgeworfen unter dem eingefallenen Fleisch seiner Nase. Die dicke Oberhaut eines Männerkörpers war noch vorhanden unter dem Krankenhauslaken, doch drinnen war stinkende Fäulnis. Larry hätte schwören können, daß sein Vater zurückschreckte, als er ins Zimmer trat und sein unverschämt gesundes Gesicht präsentierte. *Ach, du bist es.*

»Er ermüdet leicht«, sagte Larrys Mutter. Das bedeutete, mit seiner Entschlossenheit war nichts los. Das begriff Larry sogleich. Keine Umarmung. Keine Gebete. Keine Bekenntnisse. Auch kein Segen. Nun ja, es war ungehörig, Sterbende auszuquetschen, sie zu bitten, ihre Geheimnisse zu verraten, wenn sie nur noch ein Häufchen Elend waren – und bald nicht einmal mehr das.

Larry dachte, allein, krank und ohne Besuch zu sein, wäre immer noch besser als diese Parade von Besuchern, von Nachbarn, Freunden und Verwandten, die ins St.-Bonifaz-Hospital kamen und alle ein allerletztes bißchen Genugtuung von Stu Weller wollten, dem Schwerkranken, der an Krebs starb, nach Scheiße stank, die Gase seiner letzten Stunden einsog, tatsächlich schon außer Reichweite war.

»Alles, was ich mir wünschte«, sagte Larrys Schwester Midge, die von Toronto hergeflogen war, wo sie ein Kostümgeschäft besaß, »war ein einziges Gespräch mit dem alten Knaben.« Sie schluchzte kalte Tränen. »Haben wir nie gehabt, weißt du, nicht ein einziges Mal.«

Larry suchte in seiner Tasche und brachte ein Kleenex zum Vorschein. »Er hat nie viel Worte gemacht.«

»Außer um zu jammern. Außer um Mum anzumeckern, weil sie die ganze Zeit außer Haus bei ihrer Agape-Gruppe war. Bei dir war es was anderes. Er hat dich immer zu den Footballspielen mitgenommen, als du klein warst.«

»Hey, das ist wahr.« Larry war überrascht. Er hatte diese Ausflüge vergessen. »Das ist verdammt lange her.«

»Und, war's die Vater-und-Sohn-Geschichte? Habt ihr euch so richtig unterhalten, wenn ihr da auf der Tribüne gesessen habt, ihr zwei?«

»Glaube ich nicht. Vielleicht: ›Klasse Spiel.‹ Oder: ›Mies geblockt.‹ Das war so ziemlich alles.«

»Sieht ihm ähnlich.«

»Einmal hat er mich gefragt, ob ich Dorrie liebe. Bevor wir geheiratet haben.«

»Echt? Er hat es so gesagt? Ob du sie liebst?«

»Ich konnte es nicht glauben. Daß das Wort ›lieben‹ aus seinem Mund kam.«

»Und was hast du ihm gesagt?«

»Was soll das heißen, was ich gesagt habe?«

»Von wegen, ob du Dorrie liebst. Hast du ja oder nein gesagt?«

»Ich weiß es nicht mehr.«

»Tja, kann ich mir denken.« Sie warf ihm einen Blick zu. »Hast es der dämlichen Dorrie überlassen, schwanger zu werden …«

»Das ist Schnee von gestern, Midge. Herrgott.«

»Schöner Schnee. Ha. Hat dir immerhin einen klasse Knaben eingebracht, die Aktion.«

»Stimmt.«

»Auch wenn du ihn kaum siehst.«

»Ich weiß, ich weiß.«

»Jedenfalls, ich hoffe, daß ihr miteinander redet, wenn ihr euch seht. Richtig redet, meine ich. Ich für mein Teil finde es unmöglich, daß ein Vater nicht ein einziges Gespräch mit seiner einzigen Tochter geführt hat. Auch als Paul Aids hatte, als er im Hospiz im Sterben lag, hat unser lieber Vater Stu kein einziges Mal, er hat nicht, er ist einfach – o Gott, warum mußte ich davon anfangen?«

»So war er eben. Das heißt nicht, daß er keine tiefen Gefühle hatte für …«

»Ich könnte ihn umbringen. Niemandem dürfte erlaubt werden, so wortkarg zu sein. Leute, die nicht mit ihren Kindern reden, gehören ins Gefängnis.«

»Es ist eine Sache der Generationen.« Es war peinigend, dieses Gespräch mit seiner Schwester, aber er wollte es fortsetzen. »Kommunikation war in der Generation unserer Eltern nicht so wichtig …«

»Meinst du, er und Mum haben jemals ein Gespräch geführt? Wetten, daß nicht. Wetten, sie haben einfach so in ihrem dumpfen Schweigen gelebt. Die ganzen Jahre, essen, schlafen, sich um Haus und Garten kümmern, und nie passierte was zwischen ihnen. Paul und ich haben wenigstens – aber *die* zwei!«

»Wir können nicht wissen …«

»Wie meinst du das, wir können nicht wissen? Was soll das heißen? Glaubst du ehrlich, sie haben in ihrem ganzen Eheleben ein einziges richtiges Gespräch geführt?«

»Es ist möglich«, sagte Larry. »Aber beweisen könnte ich es nicht.«

Neuerdings ist Larry fast immer traurig. Sogar wenn er Verträge unterschreibt oder ißt oder laut lacht oder mit Beth zu schlafen versucht, fühlt er unterschwellig, daß ihm etwas fehlt. Er würde am liebsten in sein altes Leben zurückschleichen, doch die geräuschvolle Fülle der letzten Jahre braucht einen Platz. Und er ist es leid, ist seinen Namen leid, ist es leid, ein Mann zu sein, ist das geisterhafte Ich leid, an das er gekettet ist und das er mit sich herumschleppen muß. Wenn er einen Anruf entgegennimmt, kann er die Scham nicht aus seiner schrecklich zuversichtlichen Stimme heraushalten, die allzu offenkundig konstruiert ist, um eine echte Stimme zu sein; es ist eine Stimme, der man ausweicht, wenn man nur einen Funken Verstand hat. Seine Geziertheit, seine kleinen Eigenheiten gehen ihm auf die Nerven, seine Gewohnheit, einen Finger auf seinen Krawattenknoten zu legen, wenn er im Streß ist, oder sich unnötig zu räuspern, bevor er spricht. Hier bin ich: ein seriöser, liebenswerter Mann, und wühle in meinem Lebenslauf. Ein Mann – das werden Sie gewiß entdecken – in einer Persönlichkeitskrise. *Ach das!*

Aber es ist öde da unten in der Tiefe, und er spürt, daß sogar seine geduldige Beth genug davon hat. Wann hat sie ihn zuletzt gefragt, wie »Es« läuft? Vielleicht wird sie zukünftig zurückblicken und sich ärgern, daß sie so viel Energie auf ihre Bettgespräche verwendet hat, als sie ihn aufmunterte, um ihn aus seiner Trübsal zu locken, ihm Geschichten aus ihrem unendlichen Fundus erzählte, bemüht, ihn aufzumöbeln und seine Psyche wieder ins Lot zu bringen. So was Fades. Außerdem bereitet sie eine Vorlesung über die jungfräulichen Heiligen Cäcilia, Margareta, Agathe, Mahya und Dorothea vor; Jungfräulichkeit ist Stärke, will sie beweisen; daß ein Teil des Körpers in Reserve gehalten wird, darf nicht als Passivität gesehen werden, sondern als die Maske einer potenten Macht, hinter der sich das Ich verbirgt. Sie hat alles ausgearbeitet.

Was macht man mit einer privaten Enttäuschung, fragt sich Larry. Wie bringt man das in Ordnung? Er kann es nicht erklären, nicht einmal sich selbst, aber er hat die Dinge vergessen, auf die er sich einst vertrauensvoll einließ, die Sorglosigkeit oder Lethargie der Liebe, die in gewöhnlicher Zufriedenheit ertrinkt. Es hat ein Abfall vom Glauben stattgefunden, aber er vermutet, daß es nur vorübergehend ist. Früher oder später wird eine Wiederherstellung erfolgen, das fühlt er – aber wann wird das sein?

Doch sogar mitten in seiner gegenwärtigen Verwirrung weiß er mit Sicherheit, daß er die wichtigen Gespräche seines Lebens immer mit Frauen führen wird.

Zärtlich, lächelnd erinnert er sich an Vivian Bondurant. Viv mit den klaren braunen Augen und den tüchtigen Händen. Sie haben damals in den Siebzigern jahrelang zusammem bei Flowerfolks gearbeitet, und sie haben sich den ganzen Tag unterhalten. Ihre Gespräche waren unstrukturiert, locker, und sie ließen längere Unterbrechungen und unsicheres Schweigen zu. Sie hatte ihm, einem ungesprächigen Jungen, der direkt von der Schule kam, beigebracht, den Mund aufzumachen. Er hat sie seit Jahren nicht gesehen. Sie wäre jetzt – was? – siebenundvierzig. Fast fünfzig. Herrgott.

Er und Dorrie hatten nicht miteinander reden können. Keiner hatte ihnen gesagt, wie es bei Verheirateten war, wieviel Raum sie brauchten, um das leise, beständige Grollen ihrer Gedanken herauszulassen. Er und Dorrie hatten Verbraucherinformationen ausgetauscht; daran erinnert er sich jedenfalls. Sie haben über Banalitäten gestritten, über verletzte Gefühle, über Geld und Schwiegereltern, ganz so, als hätten sie diese Zwietrachtthemen in der Kolumne der Kummerkastentante Ann Landers gelernt. Meistens, besonders gegen Ende, schwiegen sie – allerdings ist Larry halbwegs zu dem Glauben gelangt, daß ihr Schweigen einen gehaltvollen eigenen Reichtum besaß.

Mit Beth ist es von vornherein anders gewesen. Wenn sie im dunklen Schlafzimmer liegen, einer in den Armen des anderen, reden sie eine Stunde oder länger, bevor sie einschlafen, und Larry klingen vor Wonne die Ohren. So ein Wohlbehagen, so ein unerwartetes Glück. Eines Abends Anfang Oktober, während der Wind an der Nordseite des Hauses rüttelt, erzählt Larry Beth von Laura Latimer Moorhouses Besuch. Beth verschiebt ihre weißen Gliedmaßen und murmelt ihm ins Ohr: *Nein! Wie furchtbar! Und was dann?* Jetzt fragt sie sich laut, was aus einer Welt werden soll, die ihre Verbindung mit dem Sakralen verloren hat. Wir sehnen uns nach Ekstase, verlangen danach, außerhalb des eigenen Ichs zu stehen, dieses Ich zu überschreiten, aber wie gelangen wir dahin?

Ihr Ton ist nur gelinde nachdenklich. Während ihre Gedanken Gestalt annehmen, muß sie nur die Worte hervorstoßen, leicht wie Luft, muß sie an die Einfassung der Bettdecke hauchen, an Larrys Brust. Larry stellt sich vor, wie die Schwingungen ihrer Stimme in die Tapete eintreten, wie sie die modernisierte Trockenmauer, die alten Latten und Ziegel durchdringen, in den schwarzen Raum wandern und zu Flecken im glasigen Humus der Erde werden.

Und dann erinnert er sich, wie so oft, wie er in seinem Jungenbett lag und durch die Gipswand seine Eltern im Zimmer nebenan sprechen hörte. Ihre Nachtgeräusche, ihre Bettgespräche. Das hölzerne Raspeln, wenn sie sich räusperten oder die Nase putzten. Manchmal ging es endlos. Die Worte waren unhörbar, eine leise, summende, widerhallende Melodie, deren Inhalt, zumindest für ihren Sohn Larry, nicht zu erraten war. Zuerst seine Mutter, dann sein Vater, hin und her wie ein Weberschiffchen. Eine Pause entstand, dann fingen die murmelnden Schwingungen wieder an. Schließlich schlief er beim Rhythmus dieser fremden Stimmen ein: Stu und Dot Weller, seine schweigsamen Eltern, die in den Schallwellen ihrer gedämpften Worte erwachten und liebenswert wurden durch das, was sie in der langen Dunkelheit zu sagen beschlossen.

Larry ist in diesen Novembertagen mit dem Latimer-Projekt beschäftigt, und er ist froh, daß er zu tun hat, denn er spürt, daß sein verrückter Beruf das einzige ist, was ihn davor bewahrt, zu verschwinden; die Arbeit lindert auch die Verzweiflung am Ende des Jahrtausends, die gegenwärtig die Welt umtreibt und eine Variante von »davon geht die Welt nicht unter« singt. Er hat ein paar Entwürfe gezeichnet, denkt beim Arbeiten, daß das Glück zwischen Hand und Auge lauert und zwischen dem konkreten Entwurf und den Abstraktionen, die in seinem Kopf erblühen. Ein kleiner, vernachlässigter Raum, aber kritisch. Letzte Woche ist er nach Milwaukee gefahren und hat der Krankenhausverwaltung seine Vorschläge unterbreitet.

Sein kurzer Vortrag wurde mit Beifall aufgenommen, und der Verwaltungschef drückte sein Bedauern darüber aus, daß die wunderbare Laura die Verwirklichung ihres Traumes nicht mehr erleben konnte, nicht einmal in Gestalt von Plänen, aber dennoch, ähem, sei ein würdiges Projekt wunschgemäß auf den Weg gebracht worden, und die notwendige Finanzierung sei gesichert. Larry erhielt grünes Licht. Er sollte unverzüglich anfangen.

Der Winter würde mit der Planung und dem Abschluß von Verträgen mit Subunternehmen ausgefüllt sein, und um den April herum werden die ersten Hecken gepflanzt sein. Er hat sich für eine Kombination von Berberitze – wegen des orangeroten Herbstlaubs – und Kornelkirsche entschieden, die sich gut in Form schneiden läßt. Gutes Wetter im Juni und Juli würde das Wachstum im ersten Jahr verdoppeln, und im August, im August!, und dann schleicht sich nebenbei der verblüffende Gedanke ein – im August wird er einundvierzig! Nicht mehr vierzig, mit den schwerfälligen, jämmerlichen runden Schultern und dem Stachel der Reue, sondern einundvierzig! Ein passables Alter, ein mildes, gesichertes, weises und gutmütiges männliches Alter.

Die Zahl Einundvierzig verdoppelt sich in Larrys Kopf wie ein mit Süße gefüllter Ballon, und er schüttelt sie unwirsch ab, als sei sie eine Torheit, der er nicht einen Zentimeter nachgeben will.

Für das Zentrum des Irrgartens in Milwaukee hat er

einen Spiegelteich entworfen, der mit kunstvoll geschnittenen Sträuchern umgeben und als Wunschbrunnen gedacht ist, wo Kinder ihre Pennymünzen hineinwerfen und dabei ihre geheimsten Wünsche flüstern können. Gesund werden. Leben. Erwachsen werden. Sein wie alle anderen. Ist es nicht das, was wir uns am Ende alle wünschen?

Der Irrgarten hat einen einzigen Eingang, aber vier Ausgänge, einen in jeder Ecke. Warum vier? Die meisten Irrgärten haben nur einen Ausgang, oder vielleicht zwei, aber Larry hat zum erstenmal in seinem Leben, und aus Gründen, die er so genau der Krankenhausverwaltung nicht dargelegt hat, einen Irrgarten entworfen, in dem es nicht die geringste Möglichkeit gibt, sich ernsthaft zu verlieren.

Was ihn selbst angeht, so ist er überzeugt, daß er mit vierzig nur vorgegeben hat, verloren zu sein, ein Mann am Rande des Nichts. Er hat den Zustand geprobt, ihn anprobiert, ob er die richtige Größe hat, als könnte er mit dieser geheuchelten Verzweiflung die echte besänftigen – die kommen wird, die gewiß kommen wird. Der Pfeil ist schon im Flug, so viel weiß er.

Im Augenblick jedoch ist er in Sicherheit. Eine ausgeglichene Strömung ist wunderbarerweise wiedergekehrt, und er ist wieder Larry Weller, Ehemann, Vater, Eigenheimbesitzer, Smokingträger. Ein prima Kerl, der zu tun hat. So weit, so gut.

Kapitel Zehn

Larrys Kind

1991

Dreimal im Jahr fährt Larry zum O'Hare-International-Flughafen, um seinen Sohn abzuholen; Ryan ist jetzt zwölf, fast dreizehn, und er fliegt allein von Winnipeg nach Chicago, seit er acht war – zu den Osterferien, für einen Monat im Sommer, für ein paar Tage zu Weihnachten.

Winnipeg liegt am dunklen, kurvigen Ende der Welt, einer Welt mit Schnee, Eis und einer sozialen Gesundheitsfürsorge – das meinen Larrys Chicagoer Freunde, aber Larry weiß es besser. Es ist ein Ort wie viele andere. Eine mittelgroße Stadt, geschäftig, aufstrebend, an der Vereinigung zweier Flüsse gelegen, des breiten Red und des gewundenen, weiblich anmutenden Assiniboine. Winnipeg ist der Ort, wo Ryan vor fast dreizehn Jahren geboren wurde – an einem sonnigen Tag Ende August, um drei Uhr dreißig am Nachmittag, im Grace Hospital, eine leichte Geburt – und Winnipeg ist der einzige Ort, wo er bislang gelebt hat.

Die Chicagobesuche des Jungen sind anstrengend für alle Beteiligten. Beth, Larrys zweite Frau, eine kontaktfreudige, anmutige Person Mitte Dreißig, die am Rosary College Vorlesungen über Frauenforschung hält, ist erstaunlich unbeholfen im Umgang mit Kindern. Freiwillig kinderlos, ist sie zudem das einzige Kind ältlicher Eltern. Zu Ryan verhält sie sich mal à la Beatrix Potter, verhätschelt ihn zärtlich, achtet darauf, was er ißt, ob er zuviel fernsieht oder genug Schlaf bekommt, dann schaltet sie sprunghaft um zu überdrehter Vertraulichkeit. Sie grinst ihn an, obwohl sie eigentlich nicht zum Grinsen neigt, und hält die Fiktion aufrecht, daß man jederzeit zum Gespött werden oder auf einer Bananenschale ausrutschen kann. Die falschen Worte purzeln aus ihrem hübschen Mund, die falschen Vorschläge, und sogar ihr Körper, der unbeschwerte, schlanke, zuckende

Körper, den Larry anbetet, neigt dazu, nach vorn zu rucken und dann zusammenzuklappen, wenn Ryan zugegen ist. Wie umarmt man einen zwölfjährigen Jungen? Vielleicht umarmt man ihn gar nicht. Es ist vermutlich besser, hat Beth beschlossen, das Umarmen Larry zu überlassen, der schließlich Ryans leiblicher Vater ist. Diesen Sommer hat sie ihren Stiefsohn mit ihrem breitesten Grinsen *(Hi, Partner)* und einem heftigen Händeschütteln empfangen, eine Geste, geprägt von der Entschlossenheit, es hinter sich zu bringen. Sie hat bemerkt, daß die Hände des Jungen immer klebrig sind, und sie hat dies Larry gegenüber erwähnt. Haben Kinder immer so klebrige Hände oder bloß Ryan? Überfunktion der Schweißdrüsen oder mangelnde Hygiene? Und er ist so *still.*

»Er ist eigentlich nicht still«, sagt Larry. »Er weiß bloß nicht, was wir von ihm erwarten.«

»Und was erwarten wir?« Sie haben dieses Thema schon durchgesprochen, trotzdem fragt sie. Ihre Stimme nimmt in solchen Fällen das tiefe Trillern einer Folksängerin an.

»Unmögliches.«

»Nämlich ...?« Ihre bleiche Stiefmutter-Verzweiflung.

»Daß er sich eben benimmt wie ein Kind. Unser Kind. Ein Familienmitglied, einer von uns.«

»Alles klar, okay, alles *klar.* Du meinst, er soll sich zu uns verhalten, ohne daran zu denken, wie er sich zu uns verhalten soll.«

»Ja, und, hm, die andere Sache.«

»Welche andere Sache?«

»Daß er als kleines Kind mehr oder weniger im Stich gelassen wurde. Vergiß nicht, ich war es, der zur Tür hinausging – jedenfalls muß es aus seiner Sicht so gewirkt haben ...«

»*Und* dann ist da noch die Tatsache, daß du dir ein neues Frauchen genommen hast.«

Er starrte sie an. Das Wort Frauchen klang unecht; er

fragte sich, worauf sie hinauswollte, in was für eine Stimmung sie hineinglitt. »All das«, sagte er schließlich.

»Kein Wunder, daß er still ist.« Beth' Stimme lief in einen mitfühlenden Seufzer aus. »Er muß ständig denken, denken, denken. Daran, wie übel ihm mitgespielt wurde. Das arme Kind.«

»Er hat wenigstens ein *bißchen* Beständigkeit. Dorrie ...«

»Wann, sagtest du, fliegt er wieder nach Winnipeg?«

»Am zweiundzwanzigsten.«

»Das sind ja noch mehr als zehn Tage!«

»Ich weiß.«

Als Landschaftsarchitekt mit Projekten in ganz Nordamerika ist Larry ziemlich viel auf Reisen, und er sieht oft Scheidungskinder im Flugzeug. Sie sind leicht zu erkennen. Die Flugbegleiterin setzt sie auf Fensterplätze und versorgt sie vor dem Start mit Malkreiden oder Puzzles, sie beugt sich vor und spricht ruhig mit ihnen, als wolle sie den Gefühlsaufruhr wettmachen, den sie in ihrem kurzen Leben schon erlitten haben. Diese Kinder sind überweigend reinlich und unauffällig gekleidet, die Haare sind gebürstet, und ihre Gesichter tragen die starre, brüchige Miene von Menschen, die ans Reisen gewöhnt sind, sich aber dabei nicht wohl fühlen. Und doch gelingt es ihnen, trotz ihrer Jugend und Ängstlichkeit, trotz der Brutalitäten, die sie zweifellos ertragen haben, eine ernsthafte Umgänglichkeit auszustrahlen. Sie haben diese Reise schon zuvor gemacht. Viele, viele Male. Mom ist in Texas. Dad ist in Toronto. Oder umgekehrt. Nein, sie werden nie luftkrank (dies wird in stolzem, dennoch scheuem, bekennendem Ton geäußert). Sie sind zweimal in Disneyland gewesen. Sie haben die Baseballmannschaft Toronto Bluejays spielen sehen. Sie sind ziemlich gut in Mathe, vor allem, seit Moms Freund mit ihnen Dividieren übt. Und Dads Freundin, die ...

Es zerreißt Larry das Herz. Es bringt ihn fast um!

Der O'Hare-International-Flughafen mit seinen farbkodierten Terminals, den riesigen Hallen, den Hunderten von Gates ist ein gigantisches Puzzle – eine enorme Sortiermaschine für die Durchblickenden und eine Wirrnis für Fremde. Reisende strömen blinzelnd aus den Ausgängen, ihr Gepäck wunderbarerweise in der Hand; sie können es kaum glauben, daß sie es geschafft haben, in die milde Frische der verwurzelten Welt zu gelangen. Behinderten Passagieren und kleinen Kindern wird von ihren jeweiligen Fluggesellschaften ein Begleitdienst versprochen, doch Larry, der begierig darauf wartet, daß Ryan auftaucht, fürchtet jedesmal, daß diese Vereinbarungen nicht eingehalten werden. Es ist einmal passiert, vor zwei Jahren, als Ryan zehn war. Nach dem Aussteigen war der Junge plötzlich auf sich allein gestellt.

Er hatte für ein Kind in seinem Alter erstaunlich ruhig reagiert und sich in den breiten Verbindungsgängen von einem Punkt zum nächsten durchgefragt. Seine Haare waren für die Sommerferien ganz kurz geschnitten, und als Larry ihn endlich erblickte, hätte er fast geweint: das kanadisch-blasse Gesicht seines Sohnes, die zarte Kontur seines Schädels vor der Welt entblößt und der knochige kleine Körper des Jungen in Shorts und T-Shirt zwergenhaft neben seinem großen Leinenrucksack. Waren das Tränen in Ryans Augen? Das sengende Strahlen in seinem erkennenden Blick konnte alles bedeuten.

Für Larry ist es immer dasselbe, wenn er Ryan am Flughafen abholt. Die Sorge, ihn in der Menschenmenge zu verpassen, dann die überflutende Erleichterung, wenn er ihn tatsächlich sieht, dann der Versuch, seinen Blick auf sich zu ziehen – ja, da ist er, verwirrt, aber verträumt von weitem winkend. Wohlbehalten. Sie gehen aufeinander zu, und einen Moment später umarmen sie sich linkisch; Larry bückt sich, um seine Arme um den Brustkorb des Jungen zu legen, Ryan ist sich nicht klar über seine Rolle in dieser

Umarmung, in der ihre zwei ungleichen Körper versuchen, zusammenzukommen, versuchen, den anderen Menschen ringsum etwas Wichtiges zu beweisen. Ein, zwei Sekunden lang ein regelrechter Zusammenprall, das ist alles, was sie zustande bringen – o Gott, diese Falschheit –, dann ein rauhes Klopf-klopf auf die Schulter. *Hi, da bist du ja, mein Junge.* Ja, hm …

So macht man das, nicht wahr? So machen es die anderen Leute.

Larrys erster Blick auf Ryan wird unvermeidlich getrübt durch das darübergeblendete Bild von Dorrie, der Mutter des Jungen. Der Name schimmert in der Luft, verzerrt wie durch Hitzeflirren. Das Gesicht seiner Exfrau und auch Dorries Körper drehen und krümmen sich, kämpfen mit dem, was die Welt ihr aufgeladen hat, was *sie* sich aufgeladen hat. Sie, Dorrie, ist es, die diesem Kind den brutalen Haarschnitt verpassen ließ. Sie ist es, sechzehnhundert Kilometer entfernt in Winnipeg, die ihm in aller Herrgottsfrühe seinen Rucksack aufgeschnallt hat, einen Rucksack, vollgestopft mit Sockenpaaren, die zu bombenfesten Knäueln gerollt sind. Sie hat die zusammengelegte Unterwäsche überprüft und nochmals überprüft, die Hemden und Hosen, eine warme Jacke, falls das Wetter umschlägt, eine nagelneue Zahnbürste in einem hygienischen Behälter – sie hat dies alles bewerkstelligt; jedes Fünkchen Mühe kam von ihr. Und diese Metallbänder auf den Zähnen des armen Kindes. Es war Dorrie, die sich erkundigt, die herumgefragt hat und einen tüchtigen Kieferorthopäden fand, der nicht darauf aus war, sie auszurauben; sie ist diejenige, die in dem orange-beigen Wartezimmer sitzt und in uralten Illustrierten und in biblischen Geschichten aus einer rassistischen südafrikanischen Propagandazeitschrift blättert, eigens für Kinder in den Vereinigten Staaten publiziert und unbesehen in die Wartezimmer gelegt, während Ryan die allmonatliche Tortur des Einligierens über sich ergehen läßt. Hinterher wird sie ihm eine Tüte Eis kaufen. Und vielleicht ein Video ausleihen, das sie sich beim Abendessen ansehen, nur sie beide, ganz entspannt bei einer aufgewärmten Lasagne, Ryans Leibgericht, das zudem Zähne und Gaumen schont. Ruhe. Frieden. Ein Abend wie tausend andere.

»Und wie geht's deiner Mom?« fragt Larry immer auf der Fahrt zum Haus in Oak Park. Es ist die erste richtige Frage.

»Gut«, sagt Ryan.

Im Sommer 1987 ist Ryan eine Woche länger in Chicago geblieben. »Ich hoffe, das geht in Ordnung«, sagte Dorrie aus Winnipeg am Telefon zu Larry. »Ich habe Gelegenheit, nach London zu fliegen, mit einem Billigflug, ein einmaliges Wochenangebot.«

»Hey, das ist großartig.« Seine aufgedrehte Stimme.

»Hat Beth auch bestimmt nichts dagegen?« Sie spricht den Namen von Larrys neuer Frau mit berechnetem Feingefühl aus. *Beth*, sagt sie und füllt das Wort mit ausgeblasener Luft.

»Beth freut sich, wenn Ryan bei uns ist.«

Das war nicht ganz wahr, aber es war auch nicht unwahr. Ryan machte Beth nervös, unsicher, das war alles.

»Ist es so etwas wie eine Geschäftsreise?« fragte Larry seine Exfrau am Telefon. Dorrie besaß Verkaufstalent – und sie hatte sich zur Vizepräsidentin eines expandierenden großen Sportbekleidungsherstellers hochgearbeitet. Es konnte sein, daß sie daran dachten, auf den internationalen Markt zu gehen.

»Mehr ein Urlaub«, sagte Dorrie. Dann fügte sie verbindlich hinzu: »Ich bin seit unserer Hochzeitsreise nicht mehr überm großen Teich gewesen. Stell dir vor! 1978.«

»Richtig«, sagte Larry. Er fragte sich, ob sie allein reisen würde, hütete sich aber, danach zu fragen.

»Ich wohne bei einem Freund«, sagte sie dann. »Und ich denke mir, du solltest die Adresse haben. Nur für den Fall, weißt du, daß was passiert. Daß Ryans Allergie ausbricht oder so was. Erdnüsse. Er darf in keiner Weise mit Erdnüssen in Berührung kommen.«

»Ich weiß«, sagte Larry.

»Du mußt ganz besonders auf Erdnußöl achten. Das ist überall drin.«

»Ich weiß.«

»Er mußte schon zweimal in die Notaufnahme …«

»Ich weiß.«

»… und ich möchte, daß du mich erreichen kannst.«

»Das ist eine glänzende Idee«, sagte Larry, der unvermeidlich von aufgeblasenen Komplimenten schwillt, wenn er mit seiner Exfrau spricht. »Ich hol schnell einen Stift.«

»Die Adresse ist 7, Wellfleet Road. Hampstead. Das ist nördlich von London, oder vielleicht gehört es noch dazu, ich weiß es nicht genau. Bei David Ellingwood.« Sie buchstabierte Ellingwood sorgsam und rasselte eine Telefonnummer herunter.

David Ellingwood. Larry schrieb es auf. Aufdringliche Herzschläge füllten seine Brust, und seine Finger brannten an den Pulspunkten. David Ellingwood. Soweit er wußte, hatte Dorrie seit der Scheidung keine ernste Beziehung gehabt.

»Er hat einen Anrufbeantworter. Falls wir ausgegangen sind oder so.«

Falls sie ausgegangen sind. Dorrie und dieser Mann namens David Ellingwood. Ausgegangen! Das Telefon schwitzte in seiner Hand.

Er und Dorrie hatten sich 1983 getrennt, und im Jahr darauf waren sie geschieden. Gescheiterte Ehe; die beiden waren gescheitert, und es ließ sich nicht beheben. Darüber herrschte volle Übereinstimmung. Jetzt war er mit seiner schönen Beth verheiratet; sie war genau zur rechten Zeit in sein Liebessehnen geschlittert. Was war also los mit ihm, warum juckte und brannte seine Kopfhaut so bei der Vermutung einer Romanze in Dorries Leben, und warum hämmerte sein Herz wie ein Kochlöffel auf eine Bratpfanne? David Ellingwood, das ist doch ein anständiger Name. Vielleicht auch ein anständig *aussehender* Mann. Dorrie hatte sich gut gehalten; warum sollte sie nicht die Aufmerksamkeit eines gutaussehenden Mannes auf sich ziehen? Eines gutaussehenden *Engländers*, dem so viel an ihr lag, daß er sie für einen Urlaub zu sich nach England einlud. Vielleicht hatte er ihr sogar ein Flugticket geschickt, weil er so begierig war, in ihrer Nähe zu sein. So scharf auf... was? Wie lange ging das schon?

»Deine Mom hat gestern abend angerufen«, sagte Larry am Morgen nach Dorries Anruf zu Ryan, »und sie hat gesagt, du kannst noch eine Woche länger bei uns bleiben.«

»Warum?« fragte Ryan. Er wirkte betroffen. Er biß sich auf die Lippe.

»Sie macht Urlaub mit Mr. Ellingwood.«

»Mit wem?«

»Mit David.« Larry ließ das Wort, sich selbst zum Trotz, harmlos in der Luft schweben.

»Ach der.«

»Also kennst du diesen David?«

»Das ist der, der mir Schachspielen beigebracht hat, aber dann ist er weggezogen.«

»Du kannst Schach spielen?« fragte Larry, der von Kind an mit seinem Freund Bill Herschel Schach gespielt hat, aber nie auf den Gedanken gekommen war, es einem Jungen in Ryans Alter beizubringen.

»Erst hat er es Mom beigebracht und dann mir.«

Larry versuchte sich auszumalen, wie Dorrie über ein Schachbrett gebeugt saß; es war unvorstellbar. Nicht seine Dorrie, die nicht mal ihre Scrabble-Steine ordentlich aufreihen konnte.

»Du meinst, deine Mutter spielt jetzt Schach?«

»Sie ist richtig gut. Manchmal schlägt sie *ihn* sogar.«

»Wen?« Er wollte, daß Ryan den Namen laut aussprach. Er wollte, daß der Name wie ein vergifteter Pfeil in sein Herz drang.

»David.«

»Oh.«

Larry und Beth waren erst wenige Monate verheiratet, als Ryan zum erstenmal allein nach Chicago flog. Die ersten Tage waren für alle drei entsetzlich. Ryan starrte Beth beharrlich an, mit der gespannten Aufmerksamkeit eines Einzelkindes, sein Mund war schlaff, und die glattgekämmten Haare standen ihm vor Bangnis zu Berge. Sein Kopf drehte sich steif auf dem Hals. Larry sah ihm an, daß er von Stiefmüttern gehört hatte und mißtrauisch war.

Auch Beth war bange zumute. Dies war eine neue Rolle für sie, und sie hatte nicht damit gerechnet, sie jemals in ihrem Leben spielen zu müssen. »Nenn mich einfach Beth«, sagte sie, als deutlich wurde, daß Ryan beabsichtigte, sie gar nichts zu nennen. »Wir werden gute Freunde sein, ich weiß es einfach.« In ihrer Befangenheit schien sie immerzu nach passenden Gänsefüßchenwörtern zu suchen. »Stark«, sagte sie von Ryans Batman-Drachen. Oder »wow« zu seinem T-Shirt mit der Aufschrift »Rettet die gefährdeten Arten«. Oder »super«, wenn Ryan unvermutet mit der Antwort auf eine Radioquizfrage über Baseball-Statistik aufwartete.

Larry ging mit Ryan ins Field Museum, was teils ein Erfolg war, und ins Art Institute, was keiner war. Er nahm ihn mit in den Chicagoer Botanischen Garten in Glencoe, um ihm die kunstvoll zu Tierfiguren geschnittenen Bäume zu zeigen. (»Das soll eine Giraffe sein«, erklärte er Ryan und zeigte auf eine Laubfigur, und Ryan stellte die verwirrende Frage: »Warum ist es dann keine?«) Ein andermal ging er mit ihm ins Wrigley Field Stadion, um die Cubs spielen zu sehen.

Beth war bei diesen Ausflügen entschuldigt. Sie schrieb einen Aufsatz über eine obskure Nonne aus dem Mittelalter, die die Sitzflächen der Stühle küßte, auf denen Leute gesessen hatten, und das Wasser trank, in dem sie ihre Füße wuschen; religiöse Inbrunst steht Seite an Seite mit Wahnsinn, hat Beth festgestellt, aber sie brachte die Ereignisse akkurat in ihren historischen Zusammenhang. Es ist allzu leicht, sich über exaltierte Frömmigkeit lustig zu machen. Oder überhaupt jede Art von Exaltiertheit.

Beth und Larry ist aufgefallen, daß Ryan selten laut lacht. So ernst war er zu Hause mit seinen Freunden aus der Nachbarschaft bestimmt nicht. War es Heimweh, oder war er gelinde deprimiert? Er fing auch keine Gespräche an und antwortete einsilbig auf Larrys Fragen, ja, nein, ah-hm. Wie fand er den *Superman*-Film? Der war okay. (Er hat lauter Cracker-Krümel rund um den Mund, wenn er spricht.) War der nicht spannend! Ja, prima. Und dieser Oktopus? Geht so.

Ist es möglich, ein so dusseliges, unzugängliches Kind zu lieben? Was bedeutet es, sein Kind zu lieben?

Natürlich liebt Larry seinen Jungen. Er faßt zusammen, was offensichtlich ist. Ryan ist still, ordentlich, benimmt sich gut, geht auf Vorschläge ein, kommt in der Schule gut mit, hört aufmerksam zu und zeigt Courage – wie einmal in der Untergrundbahn, als ein verrückter bewaffneter, halbnackter Typ durch den Gang ihres Wagens stürmte und verlangte, daß alle auf die Knie fielen und ihn zum Herrn des Universums erklärten. »Herr des Universums, Herr des Universums«, hatte Ryan psalmodiert, mit einem Feixen in seinem jungen Gesicht.

Während der Besuche pumpt Larry seine Vaterliebe jeden Tag frisch auf, erzeugt sie künstlich, indem er die Gründe der Liebe im Dialog und Dunst seines Kopfes bewegt – ja, ich liebe diesen Jungen; natürlich liebe ich ihn.

Was ist das für ein Vater, der in der Liebe zu seinem Kind versagt? Auf diese Weise und mittels List und Tücke appelliert er an einen hartnäckig vitalen Nerv, der sich neben seinem Herzen oder seinen Lungen oder seiner Milz befindet, irgendwo da drinnen, schiebt dann die Wörter für Liebe in seinen leeren Schädel, so daß sie beharrlich summend den verfügbaren Raum einnehmen.

Und gelegentlich – wenigstens einmal im Verlauf jedes Besuchs – bricht sich ein helles Lodern aufrichtiger Liebe Bahn und wird für ein paar Augenblicke ein rückhaltloser Strom: das Wahre. Einmal war es so, als Larry sich bei North Beach in eine enge Parklücke quetschte und Ryan, der neben ihm saß, flüsterte: »Hey, super geparkt!« Oder wenn er Ryans sauberen gebeugten Nacken sieht, wenn er sich in die Comicseiten der *Tribune* vertieft. (Oh, die Kraft eines gebeugten Jungennackens!) Oder der Tag, an dem Ryan aus dem Unterwasserabenteuerfilm im Aquarium kam, die Augen so klar, rein und leuchtend vor Verwunderung, so offen für die Macht des Unbegreiflichen, daß Larry wußte, es würde alles gut werden zwischen ihnen – einerlei, was in der Zukunft geschähe, einerlei, wie sehr sie sich gegenseitig enttäuschen würden. In Augenblicken wie diesem explodiert die Liebe mit ihrem ganzen Feuerwerkskörperwahnsinn in Larrys Herz. Dieses sein Kind, dieser Lohn seiner ersten leidenschaftlichen Liebe. Fleisch von seinem Fleisch. Sein lieber Sohn.

Mit sechs hatte Ryan Untergewicht. Er war ein heikler Esser. Er hatte Allergien. Er fürchtete sich vor der Dunkelheit und näßte gelegentlich das Bett. Ständig bekam er entweder Schnupfen oder erholte sich von Ohrenschmerzen. Er heulte leicht und konnte es nicht ertragen, gescholten zu werden. Er mochte den Menschen nicht in die Augen sehen, nicht mal seinem Vater, vor allem nicht seinem Vater – dem Vater, der seine Frau und sein Kind verlassen hatte, der an einem späten Nachmittag mit mehreren gepackten Koffern aus dem Haus in der Lipton Street in Winnipeg aus- und in einem lausigen Apartment in der Westminster Avenue eingezogen war.

Natürlich gab Larry sich die Schuld an den diversen Makeln seines Sohnes. Kinder aus zerbrochenen Ehen zerbrechen, so einfach ist das.

In den ersten Tagen nach der Trennung, als Larry noch in Winnipeg lebte, rief er seinen Sohn jeden Abend an, aber was kann man zu einem Jungen in diesem Alter sagen? Die Welt eines Kindes ist nicht das Gespräch; sie ist ein haltlos schaukelndes Hin und Her zwischen dem, was erlaubt ist, und dem, was nicht erlaubt ist. Man muß unmittelbar bei dem Kind sein, um zu fühlen, was es fühlt, und zu verfolgen, wovor es sich in jedem Moment fürchtet und was es zu ertragen imstande ist.

Der fünfjährige Ryan sagte etwas Merkwürdiges zu Larry. »Ich habe Stimmen im Kopf«, sagte er, »und sie sprechen die ganze Zeit.«

Dies beunruhigte Larry anfangs, bis er dahinterkam, was die Stimmen waren. Sie waren nichts weiter als die geheimen Gedanken seines Sohnes. Der Beginn der Selbstbewußtheit. Der Anfang jenes langen, ungeschnittenen, inneren, endlos wiederholten Zwiegesprächs, das ihm fürs Leben bleiben würde.

»Ich halte nichts davon, kleine Kinder in die Krippe zu geben«, sagte Dorrie, als Ryan geboren war, doch ein paar Monate später tat sie genau dies. Das Geld war knapp, wenngleich sie mit dem, was Larry damals verdiente, hätten auskommen können. Manitoba Motors, wo sie vor Ryans Geburt gearbeitet hatte, bot ihr eine Stelle im Verkauf an. Frauen im Ausstellungsraum – das war etwas Neues, und Dorrie entdeckte, daß sie es fabelhaft verstand, das Vertrauen der Kunden zu gewinnen; sie hatte die Gabe, ihre Klienten sich wie Sieger fühlen zu lassen. »Ich nenne sie immer Klienten, nie Kunden«, sagte sie gern, »und ich liebe es, sie nach einem Vertragsabschluß glücklich zu sehen.«

Larry, bei einer Mutter aufgewachsen, die ständig zu Hause blieb, war besorgt wegen der Kinderkrippe, doch mit zwei, drei Jahren machte Ryan den Eindruck eines leidlich zufriedenen Kindes. Abends, nach seinem Bad, wenn Larry ihm eine Geschichte vorgelesen hatte, rannte er gern im Schlafanzug im warmen Haus herum. Sein übermütiges Quieken und sein tapferes, zuversichtliches Watscheln täuschten ein Glück vor, gegen das Larry sich auflehnte. Das kann nicht dauern, sagte er sich, war aber außerstande, die Ursache seines Unbehagens zu definieren.

Larry war bei seiner Frau im Krankenhaus, als Ryan geboren wurde. Er hatte mit ihr den Geburtsvorbereitungskursus besucht, und als es soweit war, verbrachte er sieben volle Stunden damit, die Wehenabstände zu messen und ihr beim Atmen zu helfen, und dann sah er den kleinen, heißen, drängenden Kopf seines Sohnes aus dem nicht wiederzuerkennenden naß tropfenden roten Oval zwischen Dorries Beinen auftauchen. Nach dem Kopf kamen die Schultern, und dann, mit einem nassen Vorstoß, zeigte sich der winzige, wie eingewickelt aussehende muskulöse Körper mit den zwei dunklen Sternen in der Mitte – den Hoden seines Sohnes; ein Junge. Wer wollte glauben, daß dieses Doppelkennzeichen vom ersten Augenblick des Lebens an so hervorstechen konnte. (Der Penis dagegen war winzig und faltig, eine Rosenknospe noch, eine Geste.)

Der Arzt drückte Larry eine kleine silbrige Schere in die Hand und zeigte ihm genau, wo er die Nabelschnur durchtrennen mußte. Larry erinnert sich bis heute, wie präzise das fleischige Gewebe dem Druck, den er ausübte, nachgab. Glück stieg in seiner Kehle auf wie ein Lied. Die wenigen nassen Haarsträhnen seines Sohnes waren, so dachte er, ein Zeichen von Vollkommenheit.

Da wußte er mit einemmal, was es heißt, Vater zu sein. Dieses wilde Verlangen, zu beschützen. Ausschau zu halten nach Gefahr.

Dorrie Shaw wurde schwanger. Das war 1978. Sie und Larry waren über ein Jahr miteinander gegangen – »miteinander gehen«, so nannten sie das –, und in dieser Zeit hatte sie die Pille abgesetzt und ein Pessar benutzt. Ihre Mutter hatte vor ein paar Monaten einen leichten Schlaganfall gehabt, und Dorrie fürchtete die Nebenwirkungen der Pille. Das taten damals alle.

Zu dieser Zeit hatte sie ihre eigene Wohnung und wünschte sich, daß Larry bei ihr einzog – er wohnte noch zu Hause, das sei ja wohl ein bißchen irre, sagte sie, für jemanden in seinem Alter. Sie sprachen von Zeit zu Zeit vom Heiraten, doch auf unbestimmte, abstrakte Weise, als säßen sie behaglich in einem Fünfziger-Jahre-Film, den sie zu ihrer Unterhaltung eingeschaltet hatten. »Es hat keine Eile«, sagte Larry zu Dorrie. Er hatte Angst, gab sich jedoch alle Mühe, seine Stimme fest und lässig klingen zu lassen.

»Ich will ganz sicher sein«, vertraute Dorrie Larry an. »Ich will nicht so eine Ehe wie meine Eltern, das ewige Gebrüll und Durcheinander und das ganze Haus voll Kinder.«

Und dann dies: Sie war schwanger. Zwei ausgebliebene Perioden, dann drei. Sie zogen eine Abtreibung nicht einmal in Erwägung, dafür waren sie sich zu nahe gekommen – oder aber nicht nahe genug. Keiner von ihnen kannte die richtigen Worte für eine richtig ernste Diskussion oder die richtige Haltung. Und die unvollkommene Vorstellung, wie man es aufnehmen würde – ihre, seine Familie –, machte sie stumm, schicksalsergeben.

Schon als Ryan noch ein winziges Baby war, machte Dorrie sich Gedanken, was sie ihm sagen sollten, wenn er größer wurde. »Wenn er fragt, warum er fünf Monate nach unserem Hochzeitstag Geburtstag hat? Kinder stellen solche Fragen, weißt du. Kinder merken so was.«

»Vorher muß er zählen lernen.«

»Heute lernen sie früh zählen. Diese *Sesamstraße*!«

»Er wäre nicht das erste Kind, das ein …«

»Sag es nicht. Ich hasse das Wort.«

»Bastard?«

»Du hast es gesagt. Ich hasse das Wort, und du hast es ausgesprochen.«

»Das sagt doch kein Mensch mehr. So was kümmert niemanden mehr.«

»Und was ist mit deiner Schwester Midge? Sie denkt, ich habe es absichtlich getan, dich in die Falle gelockt, ihren süßen kleinen Bruder, eine Nadel in mein Pessar gebohrt oder so was. Dabei bin ich es, die in die Falle geraten ist.«

»Was kümmert es dich, was Midge denkt?«

»Was ist mit deinen Eltern? Wieso erzählen sie überall, daß Ryan eine Frühgeburt ist, das niedliche winzige Dingelchen? Acht Pfund. Ha-ha! Erklär mir das.«

»Weil sie nicht wissen, was sie sonst sagen sollen.«

»Hm, wir müssen uns überlegen, was wir ihm sagen, du und ich. Der Tag wird kommen.«

»Wir werden ihm erzählen«, sagte Larry, »daß wir einfach zwei verrückte Kinder waren.«

»Eher dämlich«, sagte Dorrie. Sie zog ein Gesicht. Eine Leidensmiene.

Er weiß es vermutlich seit Jahren, denkt Larry. Ryan kam im Sommer 1991 nach Chicago, war seit dem Frühjahr wenigstens fünf Zentimeter gewachsen. Ein Junge, der bald dreizehn wird, muß es wissen. Vermutlich ist er auf ein altes Hochzeitsfoto gestoßen oder auf etwas Amtlicheres, eine Urkunde mit Datum, oder vielleicht hat ihm jemand etwas gesagt, eine Andeutung fallenlassen oder sogar die ganze

Geschichte aufgetischt. Und es gab immer die Möglichkeit, daß er es sich einfach ausgerechnet hat, indem er eine Art langsame Logik in seine Adern tropfen ließ, so daß sich das ganze Bild zusammenfügte.

Aber wie soll ein Junge diese Erkenntnis in sich aufnehmen? Was, wenn Ryan glaubt, daß er der einzige Grund ist, weshalb seine Eltern geheiratet haben, daß er Schuld hat an dem ganzen Fiasko?

Natürlich muß er das denken, verdammt, wie könnte er etwas anderes denken? Da war er, ein kleines Stück Protein am falschen Platz zur falschen Zeit – seine Zellen vervielfältigten sich von Tag zu Tag –, und setzte einen Elendsstrom in Gang, der im Desaster seiner Eltern endete. Wie erträgt es ein Junge von zwölf Jahren, wenn er in der Welt herumwandert und das giftige Geheimnis an die Brust hält, das an der Quelle seines Lebens liegt? Was soll er tun? Er kann keiner Selbsthilfegruppe für Zu-früh-Geborene beitreten oder sich ein Zwölfpunkteprogramm schicken lassen, das dahin führt, daß er seinen Eltern ihre dumme Unachtsamkeit verzeiht.

Es beunruhigt Larry neuerdings, es zehrt an ihm. Sollte man nicht versuchen, zu dem Kind in einem Menschen zu sprechen, solange er noch ein Kind *war*? Larry hat sich den Juli freigenommen, und mit Ryans Hilfe ist er dem vernachlässigten Garten des alten Hauses in Oak Park, das er und Beth gekauft haben, zu Leibe gerückt, hat einen neuen Zaun errichtet, vor dem Steinfundament einen Spalierbaum – Judasbaum – und neben der Garage eine Reihe junge Hartriegelsträucher gepflanzt.

»Was ist ein Spalierbaum?« fragte Ryan.

Ein Spalierbaum, erklärte Larry, ist ein Gewächs, das an einem Gitter – Spalier – oder an Drähten hochgezogen wird. Es möchte dreidimensional wachsen, das ist sein Trieb, aber man kann es flach auf eine zweidimensionale Ebene zwingen, so daß es sich hübsch an einem Zaun oder auf einer glatten Mauer ausbreitet. »Das hört sich gemein an«, sagte Ryan, einem Gedanken Ausdruck gebend, der so spontan und natürlich und so exakt das war, was Larry im selben Alter gesagt hätte, daß die Worte einen Augenblick unwiderlegbar in der Luft hingen. Larry erwog, das Thema anzuschneiden, ob Pflanzen »fühlen« oder nicht, und entschied sich dagegen. Der Tag war zu mild und der Augenblick zu fragil. Er schüttelte den Kopf und sah seinen Sohn mit sanften Augen an. »Vielleicht *ist* es ein bißchen gemein«, sagte Larry schließlich und wurde mit einem scheuen, überglücklichen Lächeln belohnt.

Ryan zeigt ein erstaunliches Interesse an der Arbeit. Er ist mit Larry zur Gärtnerei gegangen, er hat gute Vorschläge gemacht, wie man dem Zaun an der Ostseite des Gartens einen verwitterten Anstrich geben kann – erst eine Schicht graue Farbe, danach eine Schicht Weiß und dann mit Sandpapier aufrauhen –, um ihn aussehen zu lassen, als sei er dort »seit Anbeginn der Welt«. Larry hatte reichlich Gelegenheit, Ryans angestrengte Konzentration und seine behende, jungenhafte Artigkeit zu beobachten – und beides verdrehterweise als Schmerzsignal zu interpretieren.

Die Zeit ist gekommen, beschließt er, um mit seinem einzigen Sohn zu reden und den Jungen vom Druck seiner im geheimen aufgestauten Vermutungen zu befreien. Dies wird eines der wichtigsten Gespräche in seinem Leben werden, denkt er, und möglicherweise auch im Leben seines Sohnes; es erregt ihn ein wenig, sich vorzustellen, wie die Wahrheit herausströmt und in ihrem Kielwasser einen reinen Raum hinterläßt, wenngleich er weiß, daß er nach Worten ringen muß, wenn der Augenblick kommt. Aber er wird es schaffen. Wo Unklarheit und Heimlichkeit sich versteckt haben, wird er Offenheit und Erklärung pflanzen.

Doch zuerst wird er sich mit seiner Exfrau Dorrie beraten müssen.

Er ruft an einem Abend um elf Uhr in Winnipeg an – nachdem Ryan sich auf der Sonnenterrasse schlafen gelegt hat und nachdem Beth, erschöpft vom Sommerkursus, den sie am Rosary College hält, nach oben ins Bett gegangen ist. (Warum machen Ryans Besuche ein Doppelleben mit Auf-Zehenspitzen-Schleichen und heimlichen Gesprächen notwendig? So ist es immer.)

Als Dorrie sich am Telefon meldet, hört sie sich müde an. Sie hat am Küchentisch gesessen, erzählt sie Larry, und einen Verkaufsbericht für eine Frühstückskonferenz am Morgen durchgesehen. Sie möchte Ende der Woche nach Trois Pistols in Quebec, wo sie sich für einen Schnellkursus in Französisch angemeldet hat. Es hat in Winnipeg den ganzen Abend geregnet, nach wochenlanger Trockenheit. Zur Abendbrotzeit hat es geblitzt, und der Wind hat sich gedreht. Und wie kommt Ryan zurecht?

»Ich habe vor, ein ernstes Gespräch mit ihm zu führen«, sagt Larry und krümmt sich bei der melodramatischen Färbung seiner Stimme.

»Worüber?« Sie ist augenblicklich hellwach.

»Ich meine, es gibt Dinge, die er wissen sollte.«

»Er weiß über Sex Bescheid, Larry, falls es das ist, wovon du sprichst. Er weiß es seit Jahren. Ich habe ihm ein Buch gekauft, und wir haben uns lange unterhalten. Da war er vielleicht neun.«

»Das ist großartig, Dorrie.« Seine falsche Schmeichelei.

»Nicht großartig.« Sie will ihn zurechtweisen. Immer das gleiche! »Bloß notwendig.«

»Das meine ich ja.«

»Aber wenn du trotzdem mit ihm reden möchtest ...«

»Möchte ich – das heißt, ich finde, wir sollten ihm von uns erzählen.«

»Was von uns?«

»Von unserer Heirat, von seiner Geburt. Es geht mir nicht aus dem Kopf, daß er sich darüber Gedanken macht. Daß er zwei und zwei zusammenzählen wird, falls er es nicht schon getan hat.«

»Oh.«

»Ich wollte bloß hören, wie du darüber denkst.«

Kurzes Schweigen, dann: »Ich, oh ...«

Sie weint, das spürt er. »Dorrie? Bist du noch da?«

»Nein«, sagt sie. »Nein, ich will nicht, daß du ihm *davon* erzählst.«

»Aber er hat es sich vermutlich längst ausgerechnet.«

»Dann ist es nicht nötig, daß ...«

»Ich denke, er wird einsam sein, das ist alles. Ganz allein davon zu wissen, in einem Fragezeichen zu leben, falls du verstehst, was ich meine.«

»Ich verstehe, was du meinst.«

»Und, denkst du nicht...?«

»Er weiß es. Ich weiß, daß er es weiß. Es gab Andeutungen. Fragen.«

»Was für Fragen?«

»Warum wir geschieden sind.«

»Was hast du darauf geantwortet?«

»Ich habe gesagt, ich war damals zu dusselig für die Ehe.«

»War ich auch. Herrgott. Ein regelrechter Schussel.«

»Nein, Larry. Dusselig waren wir beide, aber ich war außerdem dämlich und auch ...«

»Du bist zu streng mit dir.«

»... und auch verrückt. Aber dann bin ich vernünftig geworden. Ich habe es erkannt, nachdem du weg warst, nach all den Jahren, ich habe erkannt, wie ich aufhören kann, Gutscheine auszuschneiden, und wie ich vernünftig werden und bleiben kann. Ich habe zum Beispiel erkannt, daß man nicht jedes einzelne Teilchen von allem wissen muß. Es muß nicht noch der allerletzte Fetzen an die Öffentlichkeit gezerrt werden. Und ich will nicht, daß Ryan denkt – daß er denkt, wir hätten, verstehst du, heiraten müssen, daß wir gezwungen waren, zu ...«

Larry fällt plötzlich ein, daß er immer gestottert hat, wenn er weinte.

»Wir haben uns geliebt, Dorrie. Das ist der wahre Grund, weshalb wir geheiratet haben.«

»Wirklich?«

Er kann nicht beurteilen, ob ihr Ton bitter ist oder flehend. »Ja, wir haben uns geliebt«, sagt er, seiner Stimme Festigkeit verleihend. »Ich mag ja eine Menge vergessen haben, aber daran erinnere ich mich ganz bestimmt.«

Sie stößt ihre Worte jetzt unter Schniefen hervor. »Er wird klarkommen, Larry. Er kann allein damit fertig werden. Man muß es ihm nicht direkt sagen.«

»Du warst es doch, die sich Gedanken gemacht hat, wie man es ihm erklären kann.«

»Da war ich jünger, ich war noch nicht ganz bei mir.«

»Aber meinst du nicht, es würde helfen, wenn ...?«

»Diese eine Sache kann er verkraften. Nur diese eine. Bitte, Larry. Verlaß dich hier auf mich.«

Er läßt einen Augenblick schweigend verstreichen, dann sagt er: »Wenn du sicher bist ...«

»Ich bin sicher.«

»Er entwickelt sich zu einem großartigen Jungen.«

»Ja, nicht wahr?«

»Das ist dir zu verdanken.«

»Dir auch.«

»Ich will dich nicht länger aufhalten.«

»Mach's gut, Larry.« Tränen in ihrer Stimme; er kann sie hören.

»Nacht.«

Larry fühlt es in dem Moment, als er den Hörer auflegt: schuldbewußte Erleichterung. Und dann ohne Vorwarnung einen mächtigen Elektroschock des Glücks, so heftig, daß sein Körper von einem Ende zum anderen aufgeschlitzt zu werden scheint. Für ein, zwei Minuten sind alle seine Sinne mit diesem Zustand simpler Verzückung verkabelt. Dorries Stimme, ihre ersterbende Resonanz. Seine zärtliche weißgliedrige Frau, die oben schläft. Und sein Kind, dessen

Name aus einem Grund, an den er sich nicht erinnern kann, Ryan ist. Er wird diesen mysteriöserweise gegebenen Namen für immer behalten.

Und was sonst noch? fragt sich Larry. Sein eigenes Glück, seine gefährliche Geschichte, seine Fehler und Versprechungen, sein dunkles, stilles, geräumiges Haus und die Geheimnisse und Kompromisse, die – durchaus heiter – unter seinem Dach liegen.

Kapitel Elf

Larry auf der Suche nach dem Schönen und Guten

1992

Mit zweiundvierzig Jahren macht Larry Weller, Landschaftsarchitekt mit einem Büro in einer Chicagoer Vorstadt, den Eindruck, in seinem Leben Seelenfrieden und Gelassenheit gefunden zu haben. Er ist nicht daran interessiert, das Firmament der Macht zu stürmen. Er hat es in der Welt wahrlich schon weiter gebracht, als er je erwarten konnte. Alles an ihm weist auf einen Mann mit einem ansehnlichen Vermögen hin. Seine Visitenkarte mit dem hübsch enigmatischen Logo. Sein gefülltes Visa-Konto. Seine Steuerbescheide, die geprüft, gelocht und säuberlich abgeheftet an einer Stelle aufbewahrt werden, wo nur Larry oder seine Frau sie finden kann. Seine Kleidung, seine Jeans, die Pullover, die breiten und schmalen Ledergürtel, seine Sportschuhe und frischen Socken – dies alles umhüllt, schmückt und erfreut unaufdringlich Larry Wellers mittelalte Knochen und entsprechende Psyche, eine lässige Ausstattung von guter, aber nicht protziger Qualität. Seine körperliche Verfassung, sein Durchschnittsgesicht, das aussieht wie dicht gewebtes Leinen, sein ansehnlicher, ein wenig in die Breite gegangener Rumpf und seine Gliedmaßen – dies alles ermöglicht ihm zudem, wenn er will, eine Position seltener Ruhe einzunehmen und beizubehalten, und seine Frau Beth (seine zweite Frau, um genau zu sein) hat Larrys Leistung in Sachen Haltung mit einem gewissen Stolz registriert: daß er eine Stunde oder länger sitzen kann, ohne zu zucken oder sich zu kratzen, seine Gliedmaßen so versammelnd, daß er eine gefällige, gewinnende Statue wird – bei einem Gartengrillfest zum Beispiel oder einem öffentlichen Vortrag, was, spielt keine Rolle –, ohne die Beine auf diese störende Weise übereinanderzuschlagen und wieder zu lösen, wie es nervösere, befangenere und beflissenere Männer tun, und daß Larry imstande ist, sich auf einer Versammlung mit genau dem richtigen Neigungsgrad vorzubeugen, den Kopf gewinkelt, den Oberkörper ausbalanciert und aufmerksam, begierig, noch die letzte verbale Brise einzufangen; er ist, so scheint es zumindest, unendlich dankbar für das, was ihm geboten wird, diese zerstreuten Knospen vorstädtischer Ansichten, oder ein obskurer und beiderseits schmeichelnder Scherz, oder vielleicht eine Anekdote, die quer durch die soziologische Wasserscheide hierhin und dorthin wandert, die Larry Weller aber, wie es seine entspannten Körperbotschaften signalisieren, begierig aufnimmt und beklatscht.

Niemand hat ihn diese Dinge gelehrt; es ist einfach geschehen. Man könnte es Larrys Glück nennen, das Ergebnis von ein paar vereinigten Verhaltensneuronen, die in sein Rückenmark eingenäht sind, einmalig wie seine Blutgruppe oder Fingerabdrücke. Die kuriosen Veredelungen seines Körpers – seine Ruhe, sein unbewußtes Entgegenkommen – sind immer da, beharrlich präsent, zusammen mit der unter der Haut liegenden geduldigen Frage – sind sie in seine Gene gestanzt, oder hat *er* sie *selbst* eingestanzt?

Auch seine Stimme strahlt mildes, geprobtes Wohlwollen aus. Leise Töne und respektvolle Pausen dominieren, und diese werden generell und generös Larrys kanadischer Herkunft zugeschrieben, denn unter seinen und Beth' guten Freunden ist wohlbekannt, daß er in der kanadischen Stadt Winnipeg geboren und aufgewachsen ist. Wo allerdings diese Stadt liegt, das ist weniger bekannt: irgendwo *da oben,* irgendwo nördlich, ein repräsentativer Teil jenes höflichen weißen, ruhigen Königreichs mit seiner alternden wabbelwangigen Queen und den verschneiten Bergketten und den Menschen, die Ahornsirup ernten und Tee trinken und Forellen fischen und freundlich nicken – ganz so, wie Larry Weller in Oak Parks seinen Nachbarn über den Hof zunickt und sein Glas kalifornischen Chablis trinkt und den Blick fest auf den Bogen aus Ahornzweigen richtet, wenn er nach seiner Meinung zu den Plänen von George Bush oder zu den exorbitanten Kosten von National Public Radio gefragt wird. Was die Politik eines umfassenden Gesundheitsfürsorgeplans angeht, ist Larry auffällig schweigsam. Dieses Thema wird am besten vermieden. Ah, aber (Themawechsel) die kanadische Wildnis, die berühmte Eisenbahnfahrt quer durch den westlichen Kontinent – das ist doch jedermanns Traum, oder nicht? Würde Larry da zustimmen? Ja. Nachdrücklich. »O ja, unbedingt. Beth und ich hoffen, eines Tages ...«

Ist Larry kühl? Nein, unmöglich. Seine Gene sind munter und lebhaft, doch seine gesellschaftlichen Verhältnisse lassen den Verdacht von Kühle zu. Neulich hat er ein Quiz über Popkultur ausgefüllt und sah sich in die Kategorie »junger Konservativer« eingestuft.

Ein angenehmer Mensch in angenehmen Verhältnissen, doch Larry selbst würde sagen, wenn man ihn fragte – nur *hat* bisher niemand gefragt –, daß er in ein Leben katapultiert wurde, dessen Umrisse zu denen, die er einst kannte, gewaltig im Widerspruch stehen. Seine Kindheit in Winnipeg war unsagbar ereignislos – obgleich sich vielleicht niemandes Kindheit mit solchen Worten beschreiben läßt. Er war als zweites Kind eines Fabrikarbeiters und einer häuslichen Mutter aufgewachsen, von Eltern, deren Hauptfreizeitbeschäftigung am Sonntagmorgen der Besuch von Garagenflohmärkten in der unmittelbaren Nachbarschaft oder gelegentlich eines Footballspiels in der Winnipeg Arena war. Als Kind hatte Larry staatliche Schulen besucht, und tatsächlich hatte er, wie seine Eltern, von der Existenz anderer Schulen nichts gewußt. Seine Noten waren höchstens durchschnittlich – und manchmal schlechter. Nachdem er sich durch die MacDonald Secondary School geschleppt hatte, besuchte er ein Jahr lang eine Fachoberschule – bei seinen Problemen mit Mathe und seinen vermasselten Prüfungen gab niemand den Rat, daß er an der Uni studieren sollte. Am Red River College bestand er das Floristendiplom, und danach begann ein langsamer, spiralförmiger Aufschwung: aufwärts bis zum Geschäftsführer einer Floristikfiliale in Winnipeg – und schließlich südwärts nach Chicago, wo er ein Jahr bei dem großen Eric Eisner Landschaftsarchitektur studierte und sich dann in den schmal parzellierten, schattengesprenkelten grünen Gefilden des vornehmen, fortschrittlichen Oak Park wiederfand – zu seiner Überraschung als Landschaftsarchitekt (ehrenhalber), Spezialität Irrgärten. (Genaugenommen hat er in diesem Jahr nur einen einzigen Irrgarten gestaltet, für das Kindermuseum in Muncie, Indiana, aber er wird bombardiert mit Anfragen von Kunden, vor allem von Kunden aus dem amerikanischen Süden und Südwesten, die hinter ihren Häusern zwischen Swimmingpool und Tennisplatz ein kunstvolles elisabethanisches Knotenbeet quetschen wollen, ein historisch angehauchtes grünes Quadrat; ein New Yorker andererseits verlangte auf seinem Dach in Manhattan eine Wiesenimitation.)

Er ist, mit zweiundvierzig – noch eine Überraschung! – mehr oder weniger solvent. Er hat es weit gebracht in der Welt, er mit Beth.

Doch unaufhörlich – tatsächlich jede Minute an jedem Tag – macht er sich auf Bloßstellung und Untergang gefaßt. Er hat keinen Universitätsabschluß, auf den er sich berufen oder mit dem er prahlen kann, er hat nie Charles Dickens oder Ralph Waldo Emerson gelesen, er säße ganz schön in der Klemme, würde er gebeten, den Staat Nebraska auf einer Landkarte auszumachen, ihm fällt so gut wie nichts ein zum Thema amerikanischer Senat, zu dessen Beitrag zur Regierungsstabilität oder zu seinem drohend tönenden elitären Denken. Wie kommt es dann, daß eine solche Aura der Zuversicht von ihm ausgeht, wenn er zugleich nur wenige Millimeter von öffentlicher Demütigung entfernt ist?

Leben andere Menschen derart nahe an der Flamme der Vernichtung? (Dort, an der Rückseite seiner Netzhaut versteckt, ist eine spottende Zeile in einer fließenden Schrift, seiner eigenen Handschrift höchstwahrscheinlich, die fragt: Wie bin ich hierher geraten? Wie ist es dazu gekommen?)

Er hat eine Hypothek, eine beträchtliche, auf einem Siebenzimmerhaus an der Kenilworth Avenue in Oak Park. Drei Schlafzimmer! Als ob ein kinderloses Ehepaar wie er und Beth drei Schlafzimmer brauchte! Die Straße, in der er und Beth wohnen, zeigt gediegene Häuserfronten aus Stein und Stuck, aber Larry weiß, wie rasch sich die Rückseiten dieser Bauten, wie Drehorte, in Unkraut, Mülltonnen und übelriechenden Gassen verlieren. (Das Wort *alley* wird in Kanada nicht für Gasse verwendet; diese Sträßchen werden vielmehr *lanes* genannt – ein schönes Wort, findet Larry, und es beschwört das falsche Bild von Kopfsteinpflaster herauf, begrenzt von Reihen zu Skulpturen geschnittener immergrüner Pflanzen, Miniaturalleen, die heiter, belaubt, unbekannt und unbenannt sind – und die unvermeidlich zu einer abgelegenen moosbedeckten Kirche führen, mit Paaren, die Arm in Arm zu Liebesschwüren schlendern. Ja. Für immer ja. Er ist ein Romantiker, ist es immer gewesen, obgleich er erst seit kurzem imstande ist, die Anzeichen zu erkennen und zu benennen.)

Und wie steht es sonst um Larry Weller? Er ist im mittleren Alter, Ehemann einer studierten Frau – »Was sieht sie in mir?« will die fragende Schrift hinter seinen Augen wissen –, die ein paar Jahre jünger ist als er, eine Frau, deren Spezialität Frauenforschung ist (Unterfach: Religion), ein Forschungsgebiet, das Larry milde verblüfft; er würde Umfang und Zweck der Frauenforschung gern genauer verstehen, doch es scheint, als habe er mit der Frage zu lange gewartet. Als er Beth kennenlernte, schrieb sie noch an ihrer Doktorarbeit über weibliche Heilige; sie stand ihrem gewählten Fachgebiet damals unbefangener gegenüber; sie zog unentwegt eine Augenbraue höher als die andere und schien so zu verkünden, daß das, was sie mit ihren heiligen Frauen »machte«, Teil eines Riesenspaßes und nicht ernst zu nehmen sei. In letzter Zeit hat sie sich verändert, sie ist begehrlicher und leidenschaftlicher geworden, und auf alle Fälle liegt ihr jetzt mehr daran, veröffentlicht zu werden. Wenn ihre linke Augenbraue sich jetzt himmelwärts hebt, ist es wohl eher, um Enttäuschung auszudrücken: Niemanden kümmert es, niemand achtet darauf, akademischer Erfolg ist ein Roulettespiel oder aber ein tückischer Dolchstich in den Rücken.

Sein Leben hat sich verändert seit seiner schiffbrüchigen ersten Ehe. Heute verbringen er und Beth lange, ruhige amerikanische Lampenlichtabende in ihrem gemütlichen Aufenthaltsraum auf der Rückseite des Hauses, rösten ihre Fußknöchel vor einem neu eingebauten Gaskamin; eine Art bange Langeweile sucht sie gelegentlich heim, wenn sie lesen, aus geblümten Bechern koffeinfreien Kaffee trinken und hin und wieder Masterpiece Theatre einschalten oder sich ein Leihvideo ansehen, und er weiß jetzt, daß Männer und Frauen aus Langeweile ihr Glück anstupsen, um den Schwung der frühen Liebe wiederzubeleben. Wenn er von seinem Buch aufsieht (frisch aus der Presse vielleicht, ein Werk über architektonische Gärten), wird Larry meistens überschwemmt von der goldenen Unwirklichkeit und Redlichkeit der Szene, in der er und seine Frau agieren, der Regale mit Zeitschriftenstapeln, die sie umgeben, der Hände seiner Frau, schmal wie Messer, die über die Manuskriptseiten auf ihrem Schoß gleiten. Und jener anderen Szene, die direkt in diese gestöpselt ist, wie er und Beth am späteren Abend die Treppe zu ihrem großen quadratischen Schlafzimmer hinaufsteigen, die Laken wirr zerknüllt auf dem breiten Bett, die Wände schräg, das einzige Geräusch ihr mühsames Atmen und die zärtlichen, doch gelegentlich selbstsüchtigen Anstrengungen, und später das feuchte Gleiten ihrer Haut auf seiner, wenn sie schwerfällig zur Ruhe kommt, während sie dumpf seinen Namen stöhnt, *o Larry, mein Larry.* (»Wie ist das gekommen?« flüstert eine Stimme in seinem Kopf. »Womit habe ich solche Anerkennung verdient?«)

Oft gehen sie natürlich abends aus. Er und Beth besuchen regelmäßig die Konzerte des Chicago Symphony Orchestra, weil Beth' Eltern, Belford und Ruth Prior – »Bells« war im Sicherheitsdienst, bevor er sich in Hawaii zur Ruhe setzte, Ruth war Anwältin für Steuerrecht –, Beth und Larry jedes Jahr zu Weihnachten ein Abonnement schicken. Selbstverständlich gehen Beth und Larry hin, trotz der enormen Parkplatzprobleme mitten im Geschäftsviertel und trotz der Bedenken, das Auto unbewacht stehen zu lassen, und trotz der Tatsache, daß Beth sich bei Musik seltsamerweise langweilt und oft in der zweiten Hälfte des Abends einnickt.

Was hat Larry Weller, gebürtig aus Winnipeg, Kanada, von der Konzertreihe? Ehrlich gesagt, er findet die symphonischen Klänge großenteils unverständlich, ist er doch aufgewachsen, ohne jemals einen Abend mit klassischer Musik erlebt zu haben, obwohl es in jener Stadt eine Fülle von Möglichkeiten gab, wenn er es nur gewußt hätte. Andererseits sind ihm die verschiedenen Tempi der Symphoniesätze auf seltsame, unheimliche Art vertraut. Sie krachen auf seine Ohren, laut und leise, wellenschlagend und glatt, gleitend und anhaltend. Diese musikalischen Variationen sind ein Widerhall seines eigenen Lebens: bald glücklich, bald traurig, sinkend, steigend, schnell und langsam, auf und ab. Wird es immer so sein, fragt er sich, und ist das alles?

Im Januar des vergangenen Jahres hat Larrys Frau endlich ihr Buch über frühzeitliche weibliche Heilige veröffentlicht: *Leidlich glücklich* von Dr. Beth Prior, das auf ihrer Doktorarbeit mit demselben Titel fußt; University of Illinois Press. $ 29,95, illustriert.

Das hübsch gestaltete Buch im Großformat ist in den Regalen aller guten Buchhandlungen zu finden, jedenfalls in Chicago und Umgebung; es präsentiert sich mit dem schönen, glatten grün-blauen Einband mit dem überwältigenden Bildnis der heiligen Agatha (drittes Jahrhundert), die einen großen Teller vor sich hält, auf dessen glänzender Fläche ihre Brüste, mit den Warzen nach oben, arrangiert sind, die man ihr zur Strafe für fanatische Frömmigkeit gewaltsam vom Leib getrennt hat. Die sahnige Weichheit dieser Brusthügel erinnert Larry an die Schalen mit gebackener Eiercreme, die seine Mutter für ihn und seine Schwester Midge gemacht hat, als sie Kinder waren. »Ist gut für was weh tut«, pflegte seine Mutter geheimnisvoll zu singen, wenn sie die Glasschälchen auf den Küchentisch stellte, und ihr Tonfall war zugleich rechtfertigend und stolz. Eine Prise goldgelbes Muskat war obendrauf gestreut, und er und Midge verputzten die kräuselige Kruste wie der Blitz, schaufelten sie auf die Zunge und grinsten sich an, als hätten sie ihre Mutter irgendwie an der Nase herumgeführt.

Die Besprechungen von Beth Priors Buch waren unausgewogen, wie es bei solchen akademischen Studien häufig der Fall ist, aber im allgemeinen positiv. »Dr. Prior besitzt genug Verstand, sich nicht über die Exzesse frühchristlicher Eiferinnen lustig zu machen, sondern sie im Zusammenhang mit der Machtlosigkeit der Frauen in den frühen westlichen Gesellschaften zu sehen.« (*Northwestern Art & Letters*, Bd. XVI, Mai 1992, S. 24f.)

Aufgrund der *Northwestern*-Besprechung sowie einer wohlwollenden Erwähnung in der Aprilnummer von *Women's Book Review* (»wissenschaftlich, menschlich, innovativ«) hat sich Beth um ein Guggenheim-Stipendium beworben, überzeugt, daß sie – wer immer *sie* sind – nicht im Traum daran denken werden, ihre Bewerbung abzulehnen. Immerhin spricht ihr jugendliches Alter für sie, sie hat einen (fast) nagelneuen Dr. phil.; sie ist auf vielen Gebieten belesen, sie ist zielstrebig und scharfblickend, und überdies ist die feministisch-dekonstruktive Geschichtsaufarbeitung im Augenblick ein heißes Thema. Es kann nicht schiefgehen.

Der Gedanke, ein solches Stipendium zu erhalten, war erregend für sie – so viel war ihrem Mann Larry klar, der beobachtete, mit welcher Verbissenheit sie die Formulare ausfüllte; fieberhaft drückte sie ihren Stift in die vorgegebenen Felder und quälte sich mit der Frage, wen sie von ihren Kolleginnen und Kollegen um ein Empfehlungsschreiben ersuchen könnte: Dr. Rosemary Stanley von U. I. C. (Unemployment Insurance Commission)? – nein, zu konservativ. Felix Zuegler, der das Vorwort zu *Leidlich glücklich* geschrieben hatte? – er war vermutlich zu eng mit dem Projekt verbunden, um als objektiv zu gelten. Alle, die ihr einfielen, waren entweder zu wichtig oder nicht wichtig genug. Eine ganze schlaflose Nacht kostete sie die Sache wegen der Referenzen, doch am Morgen erklärte sie Larry, sie glaube nicht, daß diese Empfehlungen großes Gewicht haben würden neben ihrem Lebenslauf, diesem Dokument, das fünfzehn eng beschriebene Seiten umfaßte (und bald von einer großen Produktionsgesellschaft verfilmt werden würde, wie Larry gern sagt).

Es hat ihn ein wenig beunruhigt, zu sehen, wie fest seine Frau mit dem Stipendium rechnete – ihr fiebernder Intellekt war einmal auf etwas anderes gerichtet –, und er fragte sich, was er tun könne, um den Schlag abzufedern, sollte er kommen. Es sei wichtig, einen alternativen Plan zu haben, sagte er sich; er würde sich darüber Gedanken machen müssen; er würde auf Nebengleisen denken, sich vielleicht selbst um ein Stipendium bewerben müssen, auch wenn er nur geringe Chancen hatte.

»Ich bin an der Reihe«, sagte Beth munter, als ob die Vergabe von Preisen mit zeitlicher Gerechtigkeit einherginge. Ein Guggenheim-Stipendium, erklärte sie Larry, ist fast eine Garantie für eine feste Anstellung, eine Lebensstellung, und Beth ist nach der Promotion lange genug von einem Posten zum anderen gehüpft. Es bringt auch genug Geld für ein Jahr Reisen und Recherchen und vielleicht die Aussicht auf ein weiteres Buch, diesmal eine zeitgenössische Studie zur feministischen Perspektive der Verkündigung, jenes historischen oder mythischen Augenblicks, als der Engel Gabriel der Heiligen Jungfrau verkündete, daß sie auserwählt war, die Mutter des Messias zu sein. »Der größte Mißbrauch, der je mit einer Frau getrieben wurde«, erklärte Beth Prior, fünfunddreißig Jahre alt, geliebte und verblüffende zweite Ehefrau von Larry Weller.

»Du könntest dein Büro jederzeit für ein paar Monate schließen«, sagte sie, »und mich die halbe Tour begleiten. Du wolltest doch immer die europäischen Irrgärten sehen. Und hör mal, Larry, ich finde, wir sollten das Haus sofort bei einer guten Agentur zur Vermietung registrieren lassen. Man muß mit solchen Dingen früh anfangen, man muß vorausplanen.«

Als der Brief von der Guggenheim-Stiftung kam, mit der Mitteilung, daß ihr leider kein Stipendium gewährt worden sei – »eine beispiellose Flut von Bewerbungen ist dieses Jahr eingegangen« –, verstummte sie; ihre Gesichtsknochen wurden scharf und starr wie Stein, lösten sich dann in tränenreicher Formlosigkeit auf. Sie weinte und wütete, schlug mit den Händen auf den eichenen Couchtisch, so daß er wackelte. Sie rekapitulierte ihre Qualifikationen. Sie schimpfte auf die Bewerbungsprozedur, dann auf die Ignoranz der Jury, die, vermutete sie, ausschließlich aus Männern bestand, weißen Männern europäischer Abstammung mit dem beschränkten und testosteronbegrenzten männlichen Vorurteil; die Guggenheim-Bagage sei berüchtigt dafür, männliche Kandidaten zu bevorzugen; sie hätte wissen müssen, daß sie beiseite geschubst würde. Reingelegt, beschissen.

Tags darauf kam ein zweiter Umschlag von der Stiftung, diesmal für Larry. Seinem Antrag sei stattgegeben worden, hieß es in dem Schreiben, und man gratuliere herzlich.

»Du hast mir nicht erzählt, daß du dich beworben hast«, sagte Beth steif. »Du hast es kein einziges Mal erwähnt.«

»Ich dachte nicht, daß ich große Chancen hätte.«

»Du hast eigentlich nie etwas veröffentlicht.«

»Und ich habe gewiß keinen Dr. phil.«

»Verdammt, verdammt, verdammt, verdammt.«

»Schau, Beth…«

»Es ist nicht fair. Sogar du kannst sehen, daß es nicht fair ist.«

»Nein«, sagte Larry. Es peinigte ihn, auf ihre zitternden Hände zu sehen. »Es ist nicht fair, du hast recht. Aber wir können es uns teilen. Wer hat gesagt, zwei können so billig reisen wie einer?«

»Das ist lachhaft. Und ich wünschte, du würdest aufhören zu versuchen, mich aufzuheitern. Das macht mich verrückt. Ich finde es…« Sie brach ab.

»Was?«

»Demütigend.«

»Wieso demütigend?«

»Weil du das hinter meinem Rücken getan hast.«

»So habe ich das nicht gesehen.«

»Ein Vertrauensbruch. Darauf läuft es hinaus.«

»Es tut mir leid. Du weißt, ich würde nie…«

»Nein, das weiß ich nicht. Und ich bin nicht sicher, daß es dir leid tut.«

»Es ist nicht so, daß ich gelogen habe.«

»Du mußt zugeben, Larry, was du getan hast, hat nichts

mehr mit völliger Offenheit deinerseits zu tun. Und auf völliger Offenheit gründet sich unsere ganze ...«

»Ich dachte bloß...«

»Was dachtest du? Das würde mich interessieren.«

»Du schienst es so schrecklich weit bringen zu wollen.«

»Es war nicht nur das Bringen, Larry. Gott! Es war – ich weiß nicht – das Haben.«

»Aber irgendwie haben wir es beide.«

»Du kapierst es einfach nicht, oder?«

Vielleicht. Das sah er jetzt. Es gab so vieles, was er nicht »kapierte«. Und er war sich auch nicht sicher, daß er an das Funktionieren völliger Offenheit glaubte. Er dachte an Dorrie. Er dachte an seine Mutter und seinen Vater. Das klaffende Schweigen. Das fehlende Verbindungskabel.

»Schau«, sagte er. »Wenn wir uns ranhalten, können wir in einem Monat in England sein.« Dies kam, merkte er, in dem erprobten schmalzigen, ablenkenden Ton eines gutmütigen Onkels heraus. »Oder wie wär's, wenn wir gleich die Koffer packen und morgen abreisen?«

»Morgen ist unmöglich. Wie könnten wir ...?«

»Dann nächste Woche.«

»Ich weiß nicht.«

»Aber wir fahren natürlich.«

»Jedenfalls«, sie machte eine Pause, »ist es gut, daß ich das Haus habe registrieren lassen. Du wolltest, daß ich damit warte, weißt du noch? Ich hatte dir gesagt, wir sollten es gleich tun.«

»Wir werden es wunderbar haben.«

Er sagte dies laut in die Luft, sprach es mit falsch klingender männlicher Stimme, die, so schien es ihm, frei schwebte über einem Sumpf aus Unaufrichtigkeit – aber wessen, seiner oder Beth'? Das Gleichgewicht zwischen ihm und seiner Frau hatte sich leicht verschoben, so viel war klar. Er hatte sie in gewisser Weise hintergangen. Und es würde lange Zeit dauern, bis sie ihm verzieh.

»Verdammt, verdammt, verdammt«, murmelte sie in ihre messerschmalen Hände. Verfluchte ihn.

Sie landeten in Shannon, mieteten einen hellblauen Ford Fiesta und machten sich auf, die ursprüngliche Stätte des Hollywood Stone zu besichtigen, des ersten datierbaren Labyrinths auf den Britischen Inseln, 550 n. Chr. Regen strömte senkrecht vom schwärzlichen Himmel und versilberte die Seiten ihres rumpelnden kleinen Autos. »Ich fühle mich feucht bis mitten in meine amerikanischen Blutkörperchen«, sagte Beth bibbernd auf dem Beifahrersitz. Zwanzig Minuten später kam die Sonne strahlend zu ihrer Rettung, und rings um sie glitzerte die grüne kultivierte irische Landschaft. »Wie erstklassiger Broccoli«, bemerkte Beth und wies winkend auf die Hecken.

Wichtig, erklärte Larry, sei die Lage des Hollywood Stone. Er war vor einigen Jahren am Ausgangspunkt eines vielfach gewundenen, über zwanzig Kilometer langen Pilgerpfades durch das Wicklow-Gebirge entdeckt worden, dem Beginn eines Wanderweges nach Glendalough, einer frühkeltischen Klostergemeinschaft.

Das christliche Labyrinth, das in den Steinbrocken eingeschnitzt war, verkündete zwei Botschaften. Die eine unterrichtete den Wanderer, daß die Straße zum keltischen Heiligtum gewunden und beschwerlich war, ganz so, wie die heutigen Straßenverkehrszeichen mit einer Zickzacklinie vor einer Haarnadelkurve warnen. Eine tiefgründigere Interpretation des Labyrinths bezog sich auf die Beschwernisse des Lebens und seine qualvolle Seelenreise.

Daß diese Doppelbotschaft in einem einzigen symbolischen Zeichen vereinigt sein konnte, erschien Beth als etwas Wunderbares. »Es ist wie eine naive Form von Perspektive«, staunte sie. »Ohne bestimmte Regeln und ohne Skrupel wegen der Verwirrung zwischen dem Elementaren und dem Spirituellen.«

Ihr Gesicht war gerötet vor Glück, wie immer, wenn sie sich in der Nähe von Heiligkeit befand. Als bekennende Agnostikerin, die glaubte, daß das Heilige von der Psychologie übernommen worden ist, ließ sie sich dennoch anrühren von der Vision von Gottes Gnade, die sie als einen Sturm aus Sonnenlicht sah, die gewaltigste Kraft in der Geschichte.

Der Hollywood Stone selbst befand sich leider nicht mehr an seinem ursprünglichen Platz am Rande der St. Kevins Road, sondern war in das National Museum in Dublin geschafft worden, wo Larry und Beth ihn später an diesem Tag sahen.

»Es ist eine Affenschande«, murmelte Beth vor der Glasvitrine, »etwas Heiliges von dort zu entfernen, wohin es gehört. Ein Zeichen für Pilger. Eine Aufmunterung für den Weg, der vor ihnen liegt.«

»Oder vielleicht eine Abschreckung.«

»Das auch.« Sie war den ganzen Tag in einer liebenswürdigen, nachdenklichen Stimmung gewesen, obwohl sie und Larry angeschlagen waren infolge der Zeitverschiebung.

»Seine Oberfläche wäre im Nu abgerubbelt«, meinte Larry. »Von Touristen wie wir. Oder von Regen und Wind.«

»Du hast recht«, sagte Beth seufzend, und ihre gute Laune schwand dahin. »Wir müssen die notwendigen Kompromisse machen, nicht?«

In England war das Wetter ausnehmend schön. Es war Ende Juni. Lobelien blühten überall in London, über Hauseingängen, in öffentlichen Parks und auf Plätzen, und Beth war ergriffen von dem Gedanken, daß diese einst neblige alte Stadt mit ihren Schichten von Geschichte und Verschmutzung eine so zarte, duftende Blume nähren konnte – und in solcher Fülle. Der scharf-süße Duft wehte durch das Fenster ihres Hotels in Pembridge Gardens in Notting Hill. Sie atmeten das betäubende, schwere Aroma ein und sprachen wieder und wieder davon, was für ein Glück sie hatten, in dieser friedlichen grünen Stadt voller Blumen zu sein, so weit fort vom versengten Flachland von Illinois, wo (wie sie gestern in den Abendnachrichten gesehen hatten) eine Dürre die diesjährige Maisernte gefährdete.

Jeden Morgen, gleich nach dem Frühstück, fährt Beth mit der Untergrundbahn zur National Gallery oder zum Victoria and Albert Museum. Sie hat sich vorgenommen, sich jede Darstellung der Verkündigung anzusehen, die sie finden kann, und Notizen dazu zu machen. Die Komposition dieser heiligen Begegnung ist fast immer gleich. Maria sitzt ruhig auf der rechten Seite des Gemäldes, vor sich ein aufgeschlagenes Buch. Zur Linken steht oder vielmehr kauert der Engel Gabriel mit seinem femininen, übertrieben honigsüßen Antlitz und wallenden Gewand, mit riesigen, auffällig bunt gemalten, zurückgefalteten Flügeln, und hält eine stark phallisch geformte Lilie in den Armen. Zwischen den beiden Gestalten ist die verschwommene Vorstellung des Künstlers von einer zivilisierten Gesellschaft zu sehen, ein Turm oder zwei oder auch ein steinerner Bogengang, der in einen ummauerten Garten führt, jenes Symbol der Jungfräulichkeit, und immer zeigt irgendwo in der blauen Luft ein Vogel mit spitzem Schnabel auf Maria und verkündet die turbulente Botschaft: Sie, unter allen Frauen, ist auserwählt.

Beth schreibt diese Details in ihr Spiralheft und tippt sie später in ihren Laptop ein. Sie achtet auf Abwandlungen, jubelt, wenn sie auftauchen. Solche Anomalien verkörpern für sie Brüche in der traditionellen Schilderungsweise und Anzeichen für interpretatorisches Vorrecht – ein Vorrecht, das sie auch sich selbt einzuräumen beabsichtigt, sobald sie mit ihrem neuen Buch beginnt. Ein Buch, verfaßt unter der *Ägide* eines Guggenheim-Stipendiums; *Ägide,* so sieht sie es mehr und mehr.

Larry, unterwegs zu den wunderbaren und schönen Irrgärten Europas, begann mit Hampton Court, um es hinter sich zu bringen. Er war an einem milden, heiteren Dienstagmorgen einer der ersten am Tor, und er spazierte in genau zwanzig Minuten durch die Gänge des Irrgartens, indem er sich die klassische Formel aufsagte, rechts, links, links und so weiter, und die Kehren automatisch nahm. Vögel zwitscherten droben im Morgenlicht; die glänzenden Eibenheckenreihen waren noch feucht und strahlten eine Aura von teurer, streng-steifer Polsterung aus.

In den letzten Jahren hat er mehrere amerikanische Kopien des Trapezes von Hampton Court gesehen: in Deerfield in Pennsylvania, wo Tausende fünfzehn Zentimeter hohe Buchsbaumschößlinge langsam zur Reife herangewachsen sind und einen herrlichen Kontrast zur Azaleenbegrenzung bilden. Dann gibt es den Irrgarten in Williamsburg, ausgeführt in Stechpalme mit zu geometrischen Figuren geschnittenen Sträuchern und Hainbuchenflechtwerk; eine kleinere Version von Hampton Court, ein Juwel.

Er hatte erwartet, daß die Wanderung durch Hampton Court einen bedeutsamen Schlüssel in seinem Bewußtsein herumdrehen, ihn mit der Blüte erinnerten Glücks erfüllen oder aber mit seinem Versagen plagen würde. Dies war schließlich der Ort, wohin er und Dorrie, seine erste Frau, vor vierzehn Jahren am letzten Tag ihrer Hochzeitsreise gekommen waren und wo ihm zwischen den irreführenden Eibengängen etwas widerfahren war, was er wohl als transformatives Erlebnis bezeichnen mußte. Er hat nie definieren können, was mit ihm geschehen war in der Stunde, die er verloren und benebelt und getrennt von den anderen gewandert ist, doch er erinnert sich, ein Stimmungshoch gefühlt zu haben, das auf irgendeine Weise mit der Verformbarkeit des Ich zusammenhing. Er könne über sich hinausgehen, schienen die verwirrenden Hecken zu verkünden; er könne ein anderer werden als Larry Weller, frischgebackener Ehemann von Dorrie Shaw, unbesonnener Bürger einer ehemaligen Kolonie, ein Mann mit begrenzter Phantasie und wenig Möglichkeiten.

Aber als er heute forsch um die Ecken der Hecken bog und die trickreichen Sackgassen-Schatten bewunderte, blieb er ehern unbewegt. Sechzehn Knoten, sechzehn Verzweigungen; es schien ein bißchen zu adrett. Ihm fiel auf, daß der alte Pflanzenbestand ausgedünnt werden mußte. Er spürte die zunehmende Kraft der Sonne und wünschte, er hätte einen Hut aufgesetzt. Eine Gruppe Schulkinder war angekommen, und der Lehrer, der versuchte, sie in Schach zu halten, brüllte mit harter Befehlsstimme. Larry bemerkte die grundlegende Monotonie des uralten Irrgartens – falls man eine Anlage von 1690 uralt nennen konnte –, und ihm fiel auf, daß der zweistämmige Baum im Zentrum irgendwie nicht maßgerecht und ziemlich affektiert und albern wirkte, so, als würde der Irrgartenwanderer verspottet anstatt belohnt. Wichtige Gestaltungsmöglichkeiten waren übersehen worden, stellte er fest, doch meinte er die innovative »Insel« bewundern zu müssen, die innerhalb der Umgrenzungshecke lag, etwas, was man seinerzeit noch nicht recht zu würdigen gewußt hatte. Er blieb stehen, um tief einzuatmen, um eine Woge starken Empfindens einzulassen, aber es kam keine. Zwei Schulmädchen standen kichernd am Ende einer Strauchwand und warfen ihm neugierige, kokette Blicke zu.

Er nahm den ersten Bus zurück nach London.

Der Irrgarten von Leeds Castle, auf zwei Inseln inmitten eines Sees angelegt, war etwas anderes. Beth, die ihr Verkündigungsprojekt bald über hatte – zu viele ausdruckslose Jungfrauengesichter, zuviel männliche Anmaßung seitens der Maler, die sie unsterblich gemacht hatten –, leistete Larry einen Tag lang in Maidstone in Kent Gesellschaft. Der Irrgarten, erst vor vier Jahren entworfen und ausgeführt, war verblüffend durch seine Verworrenheit und schwungvolle Struktur, und bei Larry, der sich einen Weg durch die ausgeklügelten Gänge bahnte, stellte sich ein wenig von seinem früheren Gespür für die Verbindung eines Irrgartens mit der elementaren menschlichen Mühsal ein. »Ein Irrgarten«, sagte er zu Beth, etwas zitierend, was er vor langer Zeit gelesen hatte, dessen Quelle ihm aber entfallen war, »ist eine Art Maschine mit Menschen als bewegliche Teile.«

»Aber«, fragte Beth, »du willst doch bestimmt kein Maschinenteil sein?« Ihre alte Wißbegierde hatte sich wunderbarerweise wiederbelebt, nachdem sie wochenlang keinen Schlaf gefunden und finster brütend in der British Library Notizen gekritzelt hatte. Erst gestern hatte sie zu Larry gesagt, wie froh sie sei, eine Frau zu sein, die beschlossen hat, nicht mit dem Rudel zu rennen. Heute glühte ihr Gesicht von der Nachmittagshitze, und das teure kürbisfarbene ärmellose Sommerkleid, das sie in einer Londoner Boutique gekauft hatte, betonte ihre schmalen, kantigen Schultern – so daß Larry schon an ihr Hotelzimmer in London dachte, das weiße Doppelbett und die kühlen, nicht zerknüllten Laken.

Beth wiederholte ihre Frage. »Denkst du ernsthaft, die Menschen wollten Maschinenteile sein?« Ihr Gesicht nimmt mehr und mehr das gespannte Aussehen von jemandem an, der »interessiert« zu sagen versucht.

»Ja«, sagte Larry, erstaunt über die Schnelligkeit seiner Erwiderung. »Ich jedenfalls.« Er winkte mit einer Hand zu dem Gedränge von Urlaubern ringsum. Kinder. Untergehakte Liebespaare. Familien. Pfadfindergruppen, schneidig in ihren Uniformen, aber erfrischend ungebärdig. Da waren große Touristengruppen von zaghaften Japanern, die eilig hin und her flatterten wie Stare, und von kichernden Deutschen mit Fotoapparaten am Bauch und Wasserflaschen im Rucksack. Amerikaner streiften in Gruppen zu dritt oder zu viert umher. »Nobel, nobel«, meinte einer von den älteren Amerikanern.

»Ein Irrgarten ist so konzipiert, daß wir Teil der Kunst werden«, sagte Larry zu Beth.

»Dann denkst du also, dies ist eine Kunst, ja?« Sie gestikulierte ausladend. Ihr Ton war nur halb spöttisch.

Er wich der Frage aus; das Wort Kunst machte ihn kribbelig. »Das A und O bei Irrgärten ist«, sagte er, »daß sie nur dann einen kompletten Sinn ergeben, wenn man von oben auf sie herabsieht.«

Beth verstand. »Wie Gott in seinem Himmel, meinst du. Vertraut mit der einzig wahren Weltkarte.«

»So ähnlich.«

»Und was für ein Gott will uns verwirren und im Zustand der Verwirrung belassen?«

»Haben wir das nicht immer gehabt? Chaos vom ersten Schöpfungstag an? Aber Irrgärten sind eigentlich Zufluchtsstätten vor der Verwirrung. Ein ordentlicher Pfad für die Beharrlichen. Prozession ohne Gedränge.«

»Das hast du irgendwo gelesen.«

»Vermutlich.«

»Wenigstens bieten sie einen Ausweg.«

»Einen Ausgang jedenfalls.«

»Erlösung oder Tod? Wieder eine Verwirrung. Ein Irrgarten ohne Zielpunkt ist schlechterdings untauglich.«

»Manche Leute würden sagen, Verwirrung ist amüsant.« Immer öfter läßt er neuerdings seine Gedanken in Worte fließen, dieselben Gedanken, die er einst scheu in seinem Kopf verschlossen hielt.

»Würdest du das sagen, Larry? Daß Verwirrung *Spaß* macht?«

»Nicht direkt Spaß, aber ein bißchen Urlaub. Und Urlaub brauchen wir weiß Gott alle.«

»Du versuchst doch nicht zufällig, mir etwas zu sagen, Larry?«

»Du arbeitest«, er suchte nach Worten, »schrecklich hart.«

»Zu ehrgeizig, meinst du.«

»Das nicht gerade. Zu…«

»Verzweifelt?« ergänzte sie.

»Das meine ich nicht.«

Sie waren unterdessen bei der unterirdischen Grotte angekommen. Rings um sie waren mit Seemuscheln verzierte Wände. Grinsende Statuen und Wasserkaskaden. Ein Vergnügungspark, wo das Vergnügen grotesk verzerrt war, mit einem Hinweis auf etwas Größeres, Primitiveres.

»Ich denke nur«, fuhr Larry fort, »daß wir hin und wieder kleine Rastplätze brauchen, wohin wir uns verkriechen können. Unser ängstliches animalisches Ich drängt uns vorwärts. Wir graben uns Höhlengänge und versuchen dann, wieder ins Freie zu finden.«

»Wer hat gesagt, das Leben bestehe hauptsächlich aus Höhlengängen?«

»Ich weiß nicht«, sagte Larry. »Hat das jemand gesagt?«

»Auden, glaube ich.«

Larry ahnt nur vage, wer Auden ist – seine entsetzliche Unwissenheit! Ein Dichter? Er nickte unverbindlich.

»Oder vielleicht war es Camus.«

Sie waren in einen unterirdischen Gang gelangt, fast dreißig Meter unter den Irrgartenhecken. Eine überflutete Höhle lag vor ihnen und ebenso das Ziel des Irrgartens, der Thron der Nymphe. So weit waren sie gekommen, als Teil einer Welle von anderen Irrgartenwanderern, und ihnen war bewußt, daß sie gleich wieder in die sonnenhelle Welt aufsteigen würden, wo Mühsal und Wirrnis endeten, wenigstens vorübergehend.

Beth drehte sich plötzlich um, griff mit beiden Händen nach Larrys Hand und hielt sie fest. »Ich bin froh, daß wir im selben Höhlengang leben«, sagte sie in eindringlichem Flüsterton.

»Ich auch.« Seine feuchte Stimme. Er konnte sich schlucken hören. Sein verräterischer Speichel. Seine gewaltige Glut, die in ihren eigenen Säften erlosch.

»Und uns ein Guggenheim-Stipendium teilen.« Ihr Ton war neckisch geworden. Sie warf Larry rasch einen Blick zu, um zu sehen, was er für ein Gesicht machte.

Er sah ihr lächelnd in die Augen und dann auf den Scheitel ihrer krausen schwarzen Haare, und er fühlte, daß ihm fürs erste verziehen war.

Sie ließen sich häuslich nieder, mieteten im Stadtteil Wandsworth eine kleine Wohnung und verköstigten sich selbst. Ein gewisser Frieden stellte sich mit diesem Entschluß ein; denn sie hatten beide einen Hang zur Häuslichkeit.

Trotzdem hatten sie immer das Gefühl, auf Reisen zu sein. Ringsum konnten sie ähnliche Männer und Frauen sehen; die modernen Bewohner der Welt waren Wanderer, Pilger, und das Labyrinth war ihre natürliche Wohnstatt. An jedem Wochenende gingen Larry und Beth irrgärtnern, wie sie es nannten; sie begannen mit dem größten Heckenirrgarten der Welt von Longleat House in Wiltshire, 115 x 55 m, gestaltet aus Eiben und sechs Holzbrücken. Der 1978 entworfene und gebaute Irrgarten enthielt spiralenförmige Knotenpunkte und eine Art psychologische Täuschung, die den Drang des Besuchers, Zeit und Energie zu konservieren, unmittelbar ansprach und manipulierte. »Eine Schönheit«, sagte Larry, als der Tag zu Ende ging. »Meine Füße bringen mich um«, sagte Beth, »und mein Hirn braucht eine Atempause.« (Ihre Verkündigungsarbeit machte wieder Fortschritte.)

Sie besuchten an mehreren sonnigen oder regnerischen Wochenenden das Pflasterlabyrinth von Kentwell Hall, den symbolischen Heckenirrgarten von Blenheim Palace, eine Eibenkonstruktion in Hever Castle in Kent mit strukturierten Stützpfeilern, den seriös klingenden Environmental-Irrgarten in Wales (Rhododendron, Birke und Eiche), eine massive Zinnenhecke in Knightshayes Court mit Nischen für Skulpturen und das Rasenlabyrinth von Saffron Walden. »Ich habe das Gefühl, daß ich schon einmal hier war«, sagte Larry, als er und Beth auf die malerische Hauptstraße kamen. »Nicht in dem Irrgarten, sondern in der Stadt.«

»Wozu soll das gut sein?« meinte Beth zu dem Rasenlabyrinth, das aus einer Reihe von Kreisen bestand, die im Mittelalter in die Erde gestochen worden waren. Die Gestaltung von Saffron Walden war christlich und traditionell, aber man nahm an, las Larry aus seinem Reiseführer vor, daß das Labyrinth jungen Männern und Mädchen zur liederlichen Kurzweil diente. »Phantastisch«, flüsterte Beth. »Man kann sie sich vorstellen, wie sie im Kreis einander jagten, über ihre Unterröcke stolperten, Küsse raubten.«

»Der Rasen tritt sich ab«, erklärte Larry, »weswegen die kreidehaltige Erde zum Pfad und die Rasenwölbung zur Trennwand wird.«

»Du hörst dich belehrend an, Larry. Du hörst dich an wie *ich.*«

Der fußförmige Bicton-Irrgarten in Devon war das Werk von Randoll Coate und Adrian Fisher, dem Genie in Sachen zeitgenössische Irrgartenarchitektur, und Larry und Beth wanderten durch alle Zehen des Fußes und kamen außer Atem und voll Entzücken zum Karussell in der Ferse, wo sie zum Ziel des Irrgartens gedreht wurden. »Also darum geht es bei Irrgärten«, sagte Beth. »Du hast mir immer erzählt, es ginge um Liebe oder Sex oder Tod oder Gott. Aber in Wirklichkeit machen sie einfach Spaß.«

»Ich hab dir gesagt, daß sie Spaß machen. Du hast es vergessen.«

Ihm schien, daß es oft so war wie jetzt. Beth hatte so eine Art, ihr gemeinsames Leben zu rekonstruieren, ihre Gespräche, ihre diversen Ankünfte und Abreisen und Ehegeschichtenkapitel zusammenzufügen. Das beunruhigte ihn, aber nur gelegentlich. Fast immer denkt er, was für ein Glück es für ihn ist, mit einer phantasiebegabten Frau verheiratet zu sein. Eine Flagge beharrlicher Unwahrheit flattert in seinem Kopf, aber er zieht es vor, sie zu ignorieren.

Im August reisten Larry und Beth nach Frankreich, wo ihnen Larrys Sohn Ryan, der jetzt dreizehn war, für zwei Wochen Gesellschaft leistete. Er traf, so schien es Larry, mit einer neuen Schlaksigkeit auf dem Roissy-Flughafen ein. (Es gehörte zu Larrys geheimen Kümmernissen, daß er selbst nie als *schlaksig* beschrieben wurde, da er sich vom schmächtigen Jüngling übergangslos zum vollfleischigen Erwachsenen gemausert hatte.)

Ihr erster Aufenthalt galt dem Jardin des Plantes in Paris, um den vor kurzem restaurierten Irrgarten aus dem achtzehnten Jahrhundert zu sehen, mit dem Gartenhaus und der Glocke im Zentrum. Dann fuhren sie (in einem gemieteten Renault 19) nach Chartres, um das Pflasterlabyrinth in der Kathedrale zu besichtigen. »Dieses Fußbodenmuster«, sagte Larry zu seinem Sohn, lauter und lehrerhafter, als er beabsichtigt hatte, »ist zufällig das älteste noch vorhandene mittelalterliche christliche Labyrinth der Welt.«

»Du solltest dir auch die Fenster ansehen«, sagte Beth. Sie war eine unbeholfene Stiefmutter und wußte nie recht, welchen Ton sie anschlagen sollte.

Dieses Geschenk an seinen Sohn, diese Sehenswürdigkeit, dieses Segment heiliger Stille, kam Larry wie ein seltenes Privileg vor. Wie oft sind wir imstande, den Schatz der Überraschung offen zu verschenken? Doch Ryan war damit beschäftigt, auf ein Liebespaar zu starren, das sich hinter einer Statue des heiligen Joseph küßte. »Die saugen sich gegenseitig die Mandeln raus«, murmelte er vor sich hin oder vielleicht zu seinem Vater und der Frau seines Vaters hinüber, die ein paar Schritte entfernt standen.

»Dieses Labyrinth ist aus dem dreizehnten Jahrhundert«, fuhr Larry fort. Es schien ihm wichtig, dem Jungen das flächige Wunder begreiflich zu machen, das er betrachtete, ihm zu erklären, daß dies nicht nur ein Himmel-und-Hölle-Spiel war, obwohl freilich – und er konnte nicht widerstehen, es näher zu erklären – das Himmel-und-Hölle-Spiel auf der Kathedralenarchitektur fußt. »Das geht bis zu den frühen zwölfhunderter Jahren zurück.«

»Das *treizième siècle*«, sagte Ryan so nonchalant, als würde er einen Kaugummi zu einem Ballon aufblasen.

Larrys Exfrau hatte darauf bestanden, daß Ryan vom sechsten Lebensjahr an den Konversationskurs für Französisch an seiner Schule besuchte. Jetzt, mit dreizehn, sprach er es erstaunlich fließend, er konnte für seinen Vater und seine Stiefmutter dolmetschen, nach dem Preis von Postkarten fragen, Tischreservierungen in Hotels vornehmen und einmal sogar einem Polizisten einen Strafzettel für Falschparken ausreden, in Aix-en-Provence, wohin sie gefahren waren, um den dreihundert Jahre alten prachtvollen Irrgarten von Châteauneuf-le-Rouge zu besichtigen. Beth hat rudimentäre Kenntnisse von französischer Grammatik, und Larry weiß noch ein paar Redewendungen von der High-School, aber keiner von beiden konnte die Sprache verstehen, wie sie auf der Straße gesprochen wurde, geschweige denn so salopp und ungehemmt hervorsprudeln wie Ryan.

Im Schloß Villandry (eine Enttäuschung), in Madame Arthauds Irrgarten in Rennes, im Schloß von Bailleul, wo erst 1989 ein moderner Irrgarten gepflanzt worden war, in der Commanderie von Neuilly-en-Oise (Rondell, Hainbuchenhecken) – bei jedem dieser Aufenthalte auf der historischen Irrgartentour übernahm der dreizehnjährige Ryan die Führung, fragte nach dem Weg, übersetzte Broschüren, und wenn sie eine Führung mitmachten, gab er achselzuckend, halb verlegen, eine Zusammenfassung des heruntergerasselten Vortrags.

Die Ferien, die er zuvor mit Larry und Beth verbracht

hatte, waren immer mühsam gewesen. Wenn er in den Osterferien oder zu Weihnachten im Haus in Oak Park zu Besuch war, zeigte er einen Hang zu Schweigsamkeit oder, laut Beth, Widerspenstigkeit, war anscheinend außerstande, ihnen natürlich, ungezwungen gegenüberzutreten; jetzt aber, hier in diesem fremden Land, wurde er ganz von selbst rasch Teil einer ironischen Dreierbeziehung im umgekehrten Verhältnis, in welchem zwei hilflose Erwachsene der Führung eines klugen Knaben durch das verwirrende Sechseck Frankreich folgten.

Beth war zum erstenmal in Gegenwart des Jungen entspannt. Sie erzählten sich sogar Witze.

»Was ist ein Mann, der einen anderen Mann liebt?« wollte Ryan wissen.

»Äh, ich weiß nicht«, erwiderte Beth.

»Ein Christ.«

War das komisch? Beth war unsicher, doch dann lachte sie aus vollem Halse. »Von wem hast du das?«

»Von Pierre.«

»Wer ist Pierre?«

»Der Freund von meiner Mum.«

»Ich dachte, das wäre David«, sagte Larry vorsichtig.

Ryan machte ein ratloses Gesicht. »Das war vorher. Pierre ist ihr Chef. Mehr Chef als Freund.«

»Aber er erzählt gute Witze?« hakte Larry nach. Er sollte diese Sache lieber nicht weiter verfolgen. Vorsicht.

»Ja.«

»Kennst du noch mehr?«

»*Oui, mon père, mais en français.*«

Mon père; die Worte trafen Larry ins Herz. Die Kameradschaftlichkeit, leichter als Luft, der Faustschlag ins Auge. Das war mehr, als er verdiente, viel mehr. Mit jäher Liebe beobachtete er seinen Sohn, wie dieser ihn beobachtete – einen erwachsenen Mann, der strauchelte, in Irrtümer und Fehler verfiel, sich verlor, sich zum Narren machte, aber endlich bereit war, sich retten zu lassen. Es mußte etwas Gutes dabei herauskommen.

Beth liebte Madrid. Den Sonnenschein, das fröhliche Durcheinander – und ganz besonders das gute Dutzend Verkündigungen, die sie im Prado vorfand. Die von Fra Angelico war verblüffend, so schlicht, schwungvoll und direkt, so durchströmt von zärtlicher Frömmigkeit, daß Beth einen Augenblick ratlos davor stand, überflutet von Zweifeln an der Richtigkeit ihres Vorhabens und seinem spöttischen Ansatz. Der El Greco war ein wirbelnder Triumph; Maria posierte atypisch zur Linken statt zur Rechten, als hätte der Künstler mit gezücktem Pinsel auf die Welt gedeutet und gesagt: Ihr könnt mich mal. (Beth kritzelte all diese Gedanken flink in ihr Spiralheft.) Der Mateu, fünfzehntes Jahrhundert, war schlicht und einfach wahnwitzig und auf seine Art nahezu so zauberhaft sie der Sopetran. Der Picardo, frühes fünfzehntes Jahrhundert, war ein Juwel und hielt nicht nur ein einziges Buch als Lektüre für die Heilige Jungfrau bereit, sondern ein ganzes Bücherregal. (»Als ob sie in Nazareth Bücherregale gehabt hätten«, murmelte Beth.) Dieric Bouts, der holländische Maler, stellte Maria von Demut überwältigt dar, die Augen auf beste Heiligenmanier geschlossen. Auf dem Moraley, sechzehntes Jahrhundert, gab Maria vor, den Engel nicht zu hören, dessen rechter Hand sich ein Spruchband entwand, das unmittelbar auf Marias Ohr zielte.

Beth' Lieblingsbild aber war ein Gemälde von Robert Campin aus dem fünfzehnten Jahrhundert, auf dem Gabriel draußen vor Marias Kammer steht, im Begriff einzutreten. Maria liest ausnahmsweise wirklich, die noch nicht heiligen Augen auf die Seite gerichtet, versunken, gefaßt, glücklich, ohne die leiseste Ahnung, was gleich über sie hereinbrechen wird.

In Barcelona wandern Larry und Beth einen ganzen Vormittag durch das Laberint d'Horta, wo sie die einzigen Touristen sind. Die alten Gartenanlagen sind romantisch, ja sentimental. Sogar die kitschige Nachahmung einer Landarbeiterhütte ist vorhanden, daneben ein falscher Friedhof. »Die ganze Ausstattung der romantischen Phantasie«, bemerkte Beth beifällig. »Armut und Tod, verschönt und verniedlicht.«

Das Labyrinth selbst war geschlossen. Ein kleiner, stämmiger Mann, den Larry und Beth für den Obergärtner hielten, in seiner flotten Montur, bei der das Grün von Hose und Hemd nicht recht zusammenpaßte, eilte auf sie zu und gestikulierte mit fahrigen Händen zu den Arbeitern im Labyrinth, die mit Scheren und Geräten zugange waren.

Larry machte eine bittende Bewegung, indem er sich leicht verneigte, die Handflächen demütig aneinandergelegt, worauf der Gärtner spontan lächelte, die Achseln zuckte und sie durch den Zypressenbogen winkte. Er hielt die Finger beider Hände in die Höhe. »Ich glaube, er meint zehn Minuten«, meinte Beth warnend.

Die dunkelgrünen Zypressenwände ragten rings um sie über zwei Meter in die Höhe und führten relativ mühelos zum Ziel, einem Rondell, umgeben von acht Laubbögen, und im Zentrum Eros selbst, weiß schimmernd im gesprenkelten spanischen Sonnenlicht, im Begriff, einen Liebespfeil abzuschießen.

»Ich bin froh, daß du so beharrlich warst«, sagte Beth hinterher. »Ich bin froh, daß du diese Geste mit deinen Händen gemacht hast. Die habe ich noch nie bei dir gesehen.«

In den kommenden Wochen wollten sie zum Spiegellabyrinth in Luzern. Die reichlich rätselhaften skandinavischen Irrgärten standen ihnen noch bevor; Finnland allein hatte über hundert steingesäumte Labyrinthe. Im Frühjahr des folgenden Jahres wollten sie in Japans narrenden zeitgenössischen Holzirrgärten sein. Es gab so viele Wunder zu sehen, und so vielen davon war es bestimmt, in Larrys Erinnerung zu verschwimmen und zu verblassen.

Aber er würde sich immer daran erinnern, wie sie durch das Laberint d'Horta von Barcelona gewandert waren, wo man ihm und Beth so freundlich Einlaß gewährt hatte, wie still der Morgen war, wie der reine, redliche Zypressenduft sie willkommen hieß, wie wohltönend der Springbrunnen und das Geräusch der von Hand bedienten Schneidegeräte rundum waren, wie die Besen der Arbeiter die Kieswege in Ordnung brachten und wie Beth die Hand ausgestreckt und die glatte Marmorhaut von Eros gestreichelt und sich dann mit größter Verwunderung im Blick ihm, Larry, zugewandt hatte.

Kapitel Zwölf

Larrys Klamotten

1993/94

Die Unschuld ist ein schlüpfriges Wesen. Es scheint unmöglich, sie zu besitzen und gleichzeitig zu *wissen*, daß man sie besitzt. Doch Larry Weller fühlt sich als unschuldiger Mensch, noch dazu einer, dem Ironie nicht liegt. Deshalb, mutmaßt er, vertrauen ihm die Leute, engagieren ihn, bezahlen ihn und gedenken seiner mit Dankesworten und lieben Grüßen, die von entfernten Freunden oder ehemaligen Kunden überbracht werden. Wäre sein Leben eine Bühne, so wären die Kulissen weiträumig, luftig und licht. Sein knittrig-konfuser Gesichtsausdruck macht die Hälfte seines Charmes aus – er weiß das, redet jedoch sich und anderen ein, daß er es nicht weiß. Das schlimmste, was sich über ihn sagen läßt, ist, daß beide Ehen des Vierundvierzigjährigen gescheitert sind. Ist er also ein Mann, der außerstande ist, die Liebe einer Frau zu bewahren?

Die Folge von Ereignissen, die zum Ende seiner zweiten Ehe führten, begann an dem Märzmorgen (1993), als Beth einen Anruf der Universität von Essex in England erhielt und aufgefordert wurde, sich als Dekanin der Fakultät für Frauenforschung zu bewerben. Larry erinnert sich, daß sie lauthals gelacht hat über diese Idee. Unmöglich, bedeutete ihr Johlen. Sie und Larry besaßen ein Haus in der Chicagoer Vorstadt Oak Park, ein Haus mit sieben geräumigen Zimmern und einem Garten, der mit seinen frisch gepflanzten Sträuchern, Zierobstbäumen und winterharten Beeten gerade anfing, »ein Gesicht zu bekommen«. Larry hatte sein Büro gleich um die Ecke in der Lake Street, und Beth, die halbtags am Rosary College unterrichtete, bemühte sich wie verrückt, schwanger zu werden.

Trotzdem packte sie ihre Koffer und überquerte den Atlantik, um sich anzusehen, was geboten wurde.

»Es ist überwältigend hier«, sagte sie am Telefon, als sie mitten in der Nacht anrief und Larry aus tiefstem Schlaf weckte. (Sie hat die internationalen Zeitunterschiede nie richtig ausrechnen können.)

»Die Bezahlung ist nicht schlecht. Gott, sie ist tatsächlich unglaublich. Und die Vergünstigungen! Von mir würde nicht erwartet, daß ich unterrichte, es sei denn, ich wollte es unbedingt, und darüber denke ich gerade nach. Drei Schreibkräfte. Drei! Und fünf Lehrkräfte, dazu vier, die in zwei Fakultäten unterrichten. Sie denken, meine Arbeit auf dem Gebiet der Religionsforschung wird der Fakultät den nötigen Ausgleich bringen. Alle hier haben mein Buch gelesen, ich meine, das ganze Komitee, und sie stellen *intelligente* Fragen. Ich hatte ganz vergessen, daß es auf der Welt Lebewesen gibt, die sich klar ausdrücken können. Die Preise auf dem Wohnungsmarkt hier sind gepfeffert, aber – na, was denkst du, Larry?«

»Hier ist es mitten in der Nacht. Kann ich morgen zurückrufen?«

»Morgen bin ich in London. Sie wollen, daß ich mit der früheren Dekanin rede, sie hat sich zur Ruhe gesetzt, ein richtiger Schatz, wohnt in Hampstead und schreibt ein Buch über Fabrikarbeiterinnen um die Jahrhundertwende und die Entbehrungen, unter denen sie zu leiden hatten …«

»Dann ruf mich Sonntag an.« Er wußte, daß sie gleich einen hysterischen Redestrom loslassen würde. Das Bild von ihren glühenden braunen Augen wurde direkt in seinen Sehnerv gesendet.

»Ich liebe dich.«

»Ich liebe dich auch, aber …«

»Aber was?«

»Aber laß uns nichts überstürzen, Beth.«

Bis Sonntag hatte sie die Stellung angenommen. (»So etwas bietet sich nicht alle Tage.«)

Sie würden pendeln. Das taten viele Leute heutzutage, Larry wußte es nur zu gut, allerdings hatte er nie von einer Übersee-Ehe gehört, und da hatte er seine Zweifel. Sie könnten es ein Jahr versuchen und dann ausführlich über alles diskutieren. Wenn Larry seine Englandbesuche mit Beth' fruchtbaren Tagen abstimmen könnte, wären sie Sieger auf der ganzen Linie. Sie hätten Geld auf der Bank, etwas Kleines unterwegs und glänzende Aussichten. Sie könnten zum Beispiel sieben Monate in England und fünf in den Staaten verbringen; sie könnten es hinkriegen.

Oktober. Larry packte Kleidung für eine Woche in ein Bordcase. Seine Klamotten. Seine Montur. (Sein Jugendfreund Bill Herschel sagte immer Montur, ein Ausdruck, den er alten Motorradfilmen oder vielleicht einem Harold-Robbins-Taschenbuch entlehnt hatte – und selbst nach so vielen Jahren legt Larry nie ein Hemd oder eine Hose zusammen, ohne daß ihm Bill mit dem lässig-coolen Wort in den Sinn kommt: Montur.)

»Geschäft oder Vergnügen?« fragte der Einwanderungsbeamte in Heathrow. »Zuchtpflichten«, fiel Larry als Antwort ein, er murmelte jedoch statt dessen: »Vergnügen.« Vergnügen nach zwei enthaltsamen Monaten, Vergnügen, nachdem er durch sein und Beth' halbwegs möbliertes Haus geschlichen war – die langen, wolkendurchzogenen Abende – und seine Mahlzeiten im Schnellimbiß Calypso an der Mario Street eingenommen hatte. Vergnügen.

Er war entsetzt, als er die Wohnung sah, die Beth gemietet hatte. Daß sie klein war, hatte er erwartet, da sie sich darauf geeinigt hatten, zu sparen. Aber das hier war spartanisch. Eine Wohnung im dritten Stock ohne Fahrstuhl. Eine Schrankküche. Das Schlafzimmer war winzig, weiß und fensterlos, und es enthielt nur ein schmales weißes Bett. Ein Nonnenbett. »Es gibt ja noch die Klappcouch im Wohnzimmer«, bot Beth ihm an, entschuldigend, fahrig.

Sie hatte sich auch eine Nonnengarderobe zugelegt. Ein strenges schwarzes Kostüm. Ein schickes schwarzes Wollkleid. Ein wallendes schwarzseidenes, tunikaartiges Gewand, das sie über einer schwarzen Strumpfhose trug. Ein langärmeliges weißes Viyella-Nachthemd. Ihre neue Montur.

»Hoffentlich hast du einen Anzug mitgebracht«, sagte sie. »Wir sind beim Vizekanzler und seiner Frau zum Essen eingeladen, sie brennen darauf, dich kennenzulernen.«

»Nein«, sagte er. »Ich habe keinen Anzug mitgebracht.«

»Ach herrje, dann müssen wir losgehen und einen kaufen.«

Sie entschieden sich rasch für einen gediegenen dunkelgrauen Zweireiher, lächerlich teuer. Der Wollstoff war schwer und außerordentlich dicht gewebt. Die Jacke und auch die Hose lagen enger an seinem Körper an, als er es gewohnt war, so daß er sich unangenehm eingezwängt fühlte, wenn er sich bewegte. Er mußte zweimal ins Geschäft zurückkehren, um die notwendigen Änderungen vornehmen zu lassen, und diese wurden von einem Foxterrier von jungen Mann ausgeführt, der durch die Nase seufzte, wenn er bei Larry Maß nahm. Larry sah in den Spiegel und dachte: ein Beerdigungsanzug. Ein Totengewand.

»Umwerfend«, sagte Beth. »Und du kannst ihn vielseitig verwenden.«

Tatsächlich trug er ihn nie wieder. Er nahm ihn auf einem Kleiderbügel mit nach Amerika, in einer schwarzen Plastikhülle, die auf beiden Seiten diagonal mit den Worten »Gentlemen's Own Choice« beschriftet war.

November. Eine Woche nachdem er den Preis des Staates Illinois für überragende Kreativität gewonnen hatte und sich die Midwest-Pride-in-Accomplishment-Medaille anstecken durfte, packte Larry Weller abermals seine Klamotten – seine verwaschenen Jeans, ideal für einen Mann, der sich verwaschen und abgetragen fühlte – und bestieg eine 727 nach Boston, wo er sich mit dem Bürgermeister dieser Stadt treffen mußte, um über ein Millionen-Dollar-Landschaftsprojekt zu sprechen, das nicht in Gang kommen wollte.

Als er Beth anrief, um es ihr zu erzählen, zeigte sie Verständnis. Vielleicht sei es ganz gut so. Ein verkappter Segen. Sie sei aufgefordert worden, sich einer Pilgergruppe anzuschließen, die von Guildford nach Norwich wanderte, um den berühmten Julian-Schrein zu besuchen.

»Wer ist dieser Julian?« fragte Larry.

»Es ist eine Sie, und sie ist so etwas wie eine Heilige, bloß nicht heiliggesprochen. Vierzehntes Jahrhundert, ich habe dir schon von ihr erzählt.«

»Uns bleibt ja noch der Dezember. Du hast doch vor, Weihnachten nach Hause zu kommen?«

»Du klingst gereizt, Larry, oder die Verbindung ist schlecht.«

»Ich bin nicht gereizt. Ich bin einsam.«

»Es ist nicht mehr lange hin bis Dezember. Wir können einen ganzen Monat jeden Tag zusammen schlafen. Und jede Nacht. Ei und Sperma in froher, fortgesetzter Vereinigung.«

Ihm mißfiel ihr einschmeichelnder Ton. Ihm mißfiel ihr Bedürfnis, auf einer Pilgerreise Seelenreife zu erlangen. »Richtig«, sagte er.

»Aber du kommst zurecht. Ich meine, du ernährst dich vernünftig. Du kümmerst dich um deine Wäsche und so weiter.«

Und so weiter und so fort.

Dorrie, seine erste Frau, hatte die Wäsche allein besorgt. Sie hatten nie eine entsprechende Abmachung getroffen; sie tat es einfach.

Das waren einfachere Zeiten damals, Ende der siebziger Jahre. Die Menschen fügten sich leichter und mit weniger Groll in die traditionellen Rollen. Dorrie trug seine schmutzige Unterwäsche in den finsteren Keller ihres kleinen Hauses in Winnipeg, der voller Spinnweben war, und warf sie zur Weißwäsche. (Heute hat er schwarze, rote und leuchtendblaue Unterhosen, doch damals wäre es ihm nie in den Sinn gekommen, etwas anderes als Weiß an seinen Unterleib zu lassen.)

Dorrie schlang die gewaschenen Jockeyunterhosen über die Leine, die Larry zwischen die Wasserrohre gespannt hatte – Wäscheklammern waren nicht nötig, die Schwerkraft genügte –, und dort trockneten sie steif in der Wärme des Heizkessels. Sie pflückte sie nach ein, zwei Tagen rasch von der Leine und warf sie in den Plastikwäschekorb, den sie unter dem Arm trug. Nahezu verwundert beobachtete er sie dabei: Es war wie ernten, so geschwind und unentbehrlich. Später sortierte sie die Unterwäsche auf ihrem mit Quasten besetzten Bettüberwurf – ihr Häufchen mit Nylonhöschen und BHs und seine Jockeyhosen –, strich sie geschwind mit der flachen Hand glatt und faltete sie zu adretten Dreiecken. Er fand dieses Tun fast unerträglich intim, obwohl ihre Bewegungen flink, sparsam, behende und emotionslos waren.

Er hatte diese Kleidungsstücke unüberlegt mit in die Ehe gebracht, und sie, Dorrie Shaw-Weller, Tochter eines Polizisten, war es, die sich darum kümmerte, die sie wusch, zusammenfaltete und ins Dunkel einer Kommodenschublade räumte. Die Ehe war voller Mysterien, und dies war eines davon.

Zum ersten Weihnachtsfest nach ihrer Heirat stürzte Dorrie sich in Unkosten und kaufte ihm in einem exklusiven Kaufhaus am nördlichen Ende von Winnipeg ein kostspieliges italienisches Hemd. Es war blau. Indigo, verbesserte Dorrie. Das Hemd war anders als alle, die er je getragen hatte, lockerer geschnitten, Ärmel, Passe, der kragenlose Hals – dies alles kündete von einer Art Theatralik, die ihm peinlich war. Wo sollte er so ein Hemd tragen? Und würde er den Rest seines Lebens über neue Formen von Befangenheit stolpern?

Er stopfte das Hemd ganz hinten in den Kleiderschrank und hoffte, es würde in Vergessenheit geraten.

»Jesses!« sagte seine Schwester Midge, als er sich erstmals darin zeigte – bei einem Familienessen, Thanksgiving –, »was für ein exorbitant schönes Hemd.«

Und er zog es immer öfter an, jedesmal durch eine vorausgegangene Impfung vor Schock geschützt. »Herrlicher Stoff«, sagte seine Mutter. »Wetten, er bügelt sich traumhaft.«

»Sieht aus, als hättest du vergessen, deinen Schlafanzug auszuziehen«, sagte sein Vater.

»Woher hast du das?« fragte Beth ein paar Jahre später. »Es ist – mein Gott, ist das schön.«

Beth wäscht und bügelt das blaue Hemd nicht, wie Dorrie es früher tat. Sie gibt es weg, um es fachmännisch besorgen zu lassen. »So ein Hemd muß gepflegt werden«, sagt sie und meint damit, Larry sei unfähig, es selbst zu tun, und sie ebenso, aber andererseits weiß sie Qualität zu schätzen. Sie streicht mit den Händen über die Nähte, befühlt die bestickte Patte, die die Knöpfe verdeckt. Sein besonderes Hemd, sein Nicht-Larry-Hemd.

Meine beiden Frauen haben dieses Hemd berührt, denkt Larry.

Dieser Gedanke ist geheim und von durchtriebenem Humor überdeckt, als habe sich der Mann, der er ist, nie ganz von dem Jungen gelöst, der er war.

Larry und Beth verbrachten eine sündhaft teure Woche in Paris. Es war Februar. Das Zimmer im Hotel Auber war klein und keineswegs warm. Wenn sie nicht an der Seine spazierengingen, wenn sie nicht die Corot-Ausstellung besuchten, wenn sie nicht abgespannt waren vom Einkaufsbummel im günstig gelegenen Bon Marché – wo Beth Larry überredete, sich einen Seidenpyjama zu kaufen –, wenn sie nichts von alledem taten, lagen sie ausgezogen auf dem großen, flachen Bett und bemühten sich angestrengt im Zeugungsakt. Der Silbenfluß zwischen ihnen wurde knapper und roher, als hätten sie beschlossen, durch simples Grunzen und Schreien ihre gesamten Energien diesem zweckgebundenen Akt zu weihen. Beth war kalt und angespannt vor Unruhe, ihre biologische Uhr tickte hinter ihren geschlossenen Augen. Larrys Augen dagegen waren weit offen. »Ist das eine gute Idee?« fragte er die gewölbte Zimmerdecke, die Nachttischlampe, die Flasche Mineralwasser auf der Kommode, die unvollständig eingefangenen Stimmen der einkaufenden, schlendernden Menschen unten auf der Straße. »Sollten wir das wirklich tun?«

»Ich glaube, das war's!« sagte Beth jedesmal. Oder: »Ich habe dieses kleine Schwirren richtig gespürt. Den Spermapfeil, der direkt ins Ziel traf.«

Der Seidenpyjama von Bon Marché war in einem dunklen Kastanienbraun gehalten und gab ihm das Gefühl, Mitwirkender in einem Pornofilm zu sein. »Made in Bangkok«, stand auf dem Etikett. Der Stoff schmiegte sich kühl an seine Brust; die Hose allerdings trug er selten.

Das Zimmermädchen faltete diesen Pyjama jeden Tag hübsch zusammen und legte ihn unter das Kopfkissen, versteckte ihn dort gleich einem Geheimnis, das sie und Larry gemeinsam bewahrten. Er warf ihn morgens von Mal zu Mal unachtsamer auf den Fußboden und stellte sich vor, wie diese unsichtbare Frau sich bückte, um ihn aufzuheben, dann den Stoff glattstrich, dann Ärmel und geknöpftes Vorderteil perfekt ausrichtete.

Hatte das Pläsier, das ihm diese Phantasievorstellung bereitete, einen perversen Anstrich? Er kannte die Antwort. (Diese ungesitteten Splitter von ihm sind schwer anzuschauen, weshalb er meistens wegsieht.)

Er schlief schlecht in Paris und gab zuerst der Zeitverschiebung die Schuld, dann der Schlüpfrigkeit der neuen Pyjamajacke, aber auch einem gewissen schwebenden Bedauern, so partiell, verschleiert und farblos, daß es ihm unmöglich war, den Blick auf dessen Zentrum zu richten. Eines Nachts knipste er das Licht an, um vier Uhr früh, während in der Ferne Motorräder quietschten – sollten nicht Kirchenglocken zu hören sein? –, und starrte auf die wie betäubt schlafende Beth an seiner Seite. Was tun? Er tastete in der Nachttischschublade nach der Hotelbibel, gedachte es mit ein, zwei Seiten zu versuchen und zu sehen, ob der eng gedruckte, schwerfällige Text ihn in Schlaf lullen würde.

Aber es war keine Bibel da. Er fand lediglich ein dünnes geklammertes Heft, das sich als das Telefonbuch von Hancock Mills (Stadt, Dorf, Kommune?), New York, herausstellte. Er blätterte die zwanzig, dreißig Seiten durch. Eine einzige Telefonnummer war eingekreist: Jas Wolford, 27 Cuttler Ridge Rd, 377 8999.

Die vorn im Buch aufgelistete Vorwahlnummer war 518. Die Welt um Larry schrumpfte oder zog sich vielmehr zusammen zu 518, einem mythischen bewaldeten Reich im Osten der Vereinigten Staaten, und verkleinerte sich dann noch weiter: auf Jas Wolford, wer immer er oder sie (Jasmine?) sein mochte. Jemand, der neben einem Telefon saß, so viel war sicher, jemand wie er selbst, der wartete und sich wunderte. Und hoffte, jede Minute angerufen zu werden.

Er wurde allmählich verrückt, da er Trost suchte in den Ingredienzen der Schwermut, ja, darum bettelte. Es war Zeit, heimzukehren.

Als Larry ein Junge war, kaufte seine Mutter ihm die Jockeyunterhosen, jedes Jahr ein halbes Dutzend auf ihrer jährlichen Einkaufsfahrt nach Fargo, North Dakota. Fruit of the Loom – jenes majestätische Markenzeichen, so voller Poesie und Verheißung, aber eigentlich nicht anders als jede beliebige Unterwäsche.

Sie kaufte ihm tatsächlich seine gesamte Kleidung – auf Schnäppchenjagd im Tiefgeschoß von Eaton oder auch bei Bay, seine Schulhosen, seine Hemden und Pullover. Diese Kleidungsstücke waren ihm nie ganz recht. Einmal, als er ungefähr zwölf war, kaufte sie ihm ein rot-schwarz kariertes Wollhemd, von dem er »die Krätze« bekam, worauf sie es mühevoll mit Rayontaft fütterte. Demütigend. Seine High-School-Cordhosen waren in einem abscheulichen Braun gehalten. Seine Jeans waren am Gesäß zu weit und von einem zu knalligen Blau, keines von den anerkannten Fabrikaten, beileibe nicht. Er haßte diese Kleidungsstücke, aber er liebte seine unermüdliche Mutter, und es wäre ihm nicht im Traum eingefallen, seine Enttäuschung zu zeigen. In erster Linie wollte er sie nicht wissen lassen, daß ihm an solchen Dingen lag. Sie war der Meinung, Männern habe es egal zu sein, was sie anzogen. Männer hätten andere Sorgen. Sie lebten außerhalb des Geheimwissens der Frauen über Farbe und Qualität, Webart, Wirkung und Waschanleitungen und die kleine intuitive Kenntnis, ob ein Knopfloch gut oder schlecht ausgeführt war.

Sie verstand nichts von Schuhen. Oder Socken. Oder von feinen Kragenspitzen und davon, wie eine Hose fallen mußte.

Als Larry neunzehn war, überredete sie ihn jedoch, für einen Schulabschluß ein Harris-Tweed-Sakko zu kaufen. Ihr Gesicht war eine Maske, die zwinkernd Zustimmung bekundete.

Das schwere englische Tuch sagte ihr zu, und ihr gefiel, daß man den Schmutz nicht sehen würde.

Er liebte dieses Sakko. Er trug es über Jahre, lebte geradezu geborgen in seiner rauhen Umarmung, und zum erstenmal in seinem Leben war er imstande, auf der Welt zu wandeln im Bewußtsein, wie ein normaler Mensch auszusehen. Die rechte Montur zur rechten Zeit. Sie war seine Rettung.

Zur Trauung mit Dorrie 1978 trug er jene komische Kostümierung der jungen Romanze, einen marineblauen Anzug. Die Revers waren ulkig, die Hose war ausgestellt, der Stoff glänzend. Seine Krawatte lag auf seinem Brustkasten, weiß und rot, aber gottlob ungemustert. Auf dem Foto, das in einem Flur direkt vor dem Trausaal aufgenommen wurde, lächelt er beduselt und scheint keine Ahnung zu haben, wie schlecht er angezogen ist. (Dorrie trägt ein Wollkostüm in gebrochenem Weiß und rosa Rosen ums Handgelenk, und ihr ist anzusehen, daß sie weiß, sie sieht gut aus.)

Zur Vermählung mit Beth – im Ballsaal des Oak Park Arms, 1986 – trug er einen Smoking. Er hat das gute Stück tatsächlich gekauft, nicht gemietet. (Der kluge Verkäufer bei Fields wies ihn darauf hin, daß der Besitz eines Smokings genausoviel koste wie die Gebühr für sechsmal mieten, und dies erwies sich als ein guter Rat.) Man muß so viele Teile anziehen, Hose, Hosenträger, Kummerbund, Hemd und Manschettenknöpfe, die teuflische Fliege, das fürstliche satinbesetzte Jackett – und zu seinem Erstaunen hat er jede dieser kuriosen Erfindungen gemeistert. Er pfeift vor sich hin, wenn er sich für einen offiziellen Abend ankleidet, als würde er der gestreiften Tapete und dem mannshohen Spiegel versichern, daß er doch ein ganz normaler Mensch ist, und zwar einer, der sich von bedeutenden Klamotten nicht im geringsten einschüchtern läßt.

Wie jedermann, so hat auch Larry von Männern gehört, die gerne Frauenkleider anziehen. Transvestiten. Er ist neugierig, wie es wohl wäre, so etwas zu tun, besonders, wie sich der weiche Druck von feinmaschigem Nylon auf seinen Waden und Schenkeln anfühlen würde.

Vor Jahren, als sein Vater sich im letzten Krebsstadium

befand, traf Larry ihn im Krankenhaus in einem glänzenden rosafarbenen gesteppten Damenmorgenrock an. »Der gehört deiner Mutter«, hatte sein Vater entschuldigend gegrunzt. »Sie meinte, der würde mich besser wärmen.« Larry erinnert sich, wie Wut auf seine Mutter in ihm aufflammte. Er wäre am liebsten ins nächste Einkaufszentrum gelaufen und hätte seinem Vater einen Herrenmorgenrock gekauft, in einer dunklen, ruhigen Farbe und einem schlichten Muster, adrett gegürtet und unauffällig. »Warum Geld verschwenden?« sagte sein Vater. »Ich mach's nicht mehr lange. Ich bin sowieso an die Blicke gewöhnt, die man mir zuwirft, als wäre ich eine Schießbudenfigur.«

Jetzt war es April 1994, ein kalter, regnerischer Abend, und Beth war vor kurzem nach England zurückgekehrt, nachdem sie eine sexuell strapaziöse Osterwoche in Oak Park verbracht hatte. Larry stand nackt in seinem und Beth' großen quadratischen Schlafzimmer, das eine Aura von abgestandener Erotik hatte. Es war spät, und er wollte gerade ins Bett gehen, als ihm der Saum von einem von Beth' fließenden Nachthemden ins Auge sprang, das im Schrank hing, eisblau mit unregelmäßig verteilten weißen Blumen, tiefem runden Ausschnitt und kurzen Ärmeln. Er zog es über den Kopf und betrachtete sich im Spiegel.

Sein Mund zuckte. Er gestattete sich ein lüsternes Zwinkern, bevor er es wieder auszog. Was genau hatte er empfunden, als der seidige Stoff um seine Knie wallte? Nicht viel. Scham vielleicht. Auch eine Art Befriedigung.

Es war ein Rekord, der verregnetste Frühling, den Chicago je hatte. Larry und sein alter Freund Eric Eisner platschten an einem Morgen Mitte Mai Seite an Seite über die Woodlawn Avenue; sie kamen von einem Treffen mit einem wohlhabenden Philanthropen, der ihnen einen Gemeinschaftsauftrag für die Restaurierung des alten Gartens erteilt hatte, der das Humanities Institute umgab.

Die Straßen von Chicago tun sich im Regen selbst leid. Sie weinen rußige Tränen, sie quieksen und winden sich. Dr. Eisner, ein Mann in den Siebzigern, trug den gleichen Regenschirm wie Larry, den obligatorischen großen schwarzen Herrenschirm. Auch ihre Regenmäntel waren identisch. Larry war etwas erschrocken, als er dies feststellte, die gleiche Montur, getragen von einem Mann in den Vierzigern und einem in den Siebzigern. Beige, natürlich. Schulterklappen. Verdeckte Knöpfe. Dieses kleine abgerundete Dingsbums als regenabstoßende Verstärkung im Rücken.

Unter den Mänteln schauten ein paar Zentimeter dunkle Hosenbeine hervor, vier an der Zahl, um genau zu sein. Die gleichen schwarzen Socken und blankpolierten Schuhe patschten auf das regennasse Pflaster, links, rechts, links, rechts. Es war erschreckend, diese groteske Bilderverdoppelung, und Larry hatte plötzlich das Gefühl, als sei das Blut aus ihm gewichen, als sei er ein abgerissenes, fadenscheiniges menschliches Kleidungsstück, das sich in einem facettierten Spiegel verfangen hat.

Rasch atmete er einen Schwall wohltuender Luft ein. In einer Woche wäre er in England, wo, laut Beth, die Sonne Tag für Tag geschienen hatte, ein Wunder von einem englischen Frühling, ein Rekord für dieses Jahrhundert. Die britischen Brisen seien lau und mild, und sie habe sich eine neue geblümte »Kutte« gekauft. »Die tut's auch als Umstandskleid«, hatte sie gesagt. »Für den Fall, daß wir beim nächsten Mal Glück haben.«

Er besitzt nur vier Paar Schuhe, und er liebt diese Schuhe. (Andere Männer haben einen Schrank voll Schuhe, zehn oder zwölf Paar, aber Larry hat bei vier die Grenze gezogen.)

Seine Abendschuhe, schimmernde Slipper, zählen eigentlich nicht. Sie sind glänzend schwarz, sie sind frivol à la Fred Astaire, sie werden nie aufgetragen, aber sie umhüllen stets seine Füße, wenn er sie braucht, befördern ihn auf leichte Weise zu Abenden, die mit Sternchen im Kalender eingetragen sind, aber in der Erinnerung rasch verblassen.

Die schwarzen Schnürschuhe. Dies sind die Halbschuhe, die er anhatte, als er einen Blick nach unten warf und feststellte, daß Eric Eisner, ein dreißig Jahre älterer Mann, die gleichen trug: Machart, Fabrikat, unsichtbare Sohlen, zu ordentlichen Schleifen gebundene Schnürsenkel – alles identisch. Wenn einem nur ein einziges Paar Schuhe gestattet wäre, würde man vermutlich diese wählen – sie sind neutral, sie sind *Schuh*-Schuhe, sie künden von der Präsenz eines Mannes, der in seiner ganzen erwachsenen Nüchternheit, Vernunft, Besonnenheit und durch Leder bereicherten Männlichkeit daherkommt.

Seine Troddelslipper. Er nennt sie seine Wochenendschuhe, weil es ihm peinlich ist, den Namen des italienischen Herstellers zu erwähnen oder auch nur zu denken. Er hat diese weichen Slipper jahrelang an trägen Chicagoer Samstagen getragen – sie passen ideal zu der kupferroten Stimmung von Wochenendvormittagen. Sie sind aus braunem Kalbsleder, dunkel wie Mahagoni, dreihundert Prozent teurer als alle anderen Schuhe in seiner Garderobe. Der Herstellername ist diskret ins Oberleder geprägt, aber Larry schert sich nicht darum, wirklich nicht. (Ein ehemaliger Premierminister von Kanada besaß Dutzende Paare von diesen Prachtstücken, bevor er öffentlich bloßgestellt wurde und rapide in Schande vesank.) Im September trug Larry diese Troddelslipper auf dem Weg nach England. (Sie sind die ideale Flugbekleidung, weil das teure nachgiebige Leder geduldig alles mitmacht.) Er trug ebendiese Schuhe – in einem Restaurant in Southampton, italienisches Essen, der Raum erfüllt von guten Gerüchen und lauten Gesprächen –, als Beth, seine Frau, die nervös-lebendig und schön aussah, sich über ihren Teller mit gebratener Polenta und Dover-Seezunge beugte und verkündete, sie wolle nicht mehr verheiratet sein. Es habe nichts mit einem anderen Mann zu tun. Es gebe keinen anderen auf der Bildfläche. Hier stehe sie nun mal zu dieser Zeit ihres Lebens. Der Traum von einem Kind sei verflogen. Der Gedanke an ein Zusammenleben sei verflogen. Oak Park, Illinois, sei ein Punkt auf einem anderen Planeten mit anderen Schwerkraftgesetzen, und diese verstehe sie nicht mehr. Der Verlust des Sex werde sie schmerzen – er, Larry, sei immer der allerzärtlichste Liebhaber gewesen, wirklich, sie meine es ernst –, doch Entsagung habe ihre eigene Erregung, sogar eine erotische Erregung, sie sei eine Art faszinierendes Leiden, doch erwarte sie nicht, daß er es verstehe. Sie verstünde es selbst kaum. Aber er dürfe sich keine Sorgen machen, sie sei glücklich, ja, glücklich. Er möge es töricht finden, ihr kleines weißes Zimmer, das schmale Bett, aber sie habe ihre Wahl getroffen.

Seine Laufschuhe, Nike, sind zehn Jahre alt.

Es war schon komisch, daß in der zweiten Hälfte des zwanzigsten Jahrhunderts plötzlich alle Welt diese großen, klotzigen, profilierten, vielfarbigen Schuhe kaufte. Es war, als hätten diese Menschen über Nacht entdeckt, daß ihre Fußbekleidung nicht schwarz oder braun sein und nicht dem entsprechen mußte, was als elegant und zurückhaltend geschmackvoll galt. Der herkömmliche Schuh wurde herausgefordert und erlitt beim ersten Geplänkel eine Niederlage. Schuhe konnten ihre profilierte Präsenz herausposaunen, ihre Trittfläche, ihre dynamische Polsterung; sie konnten alle möglichen wilden Behauptungen aufstellen, ganze Völkerscharen zu sportlicher Brillanz und fabelhafter Fitneß anspornen. Larrys Laufschuhe sind rot und weiß mit kleinen gelben Insignien auf der Kappe. Jede Ferse hat ein eingebautes Luftkissen für zusätzlichen Komfort und verstärkte Federung, wenn der Träger auf hartem Pflaster läuft.

Der dünnste Strang in Larry Wellers Leben sind seine Haare.

Es gibt Männer (nicht Larry) mit schütterem Haar, die sich trotzig-lässig einen Rattenschwanz oder ein fedriges Büschel am Hinterkopf wachsen lassen und offenbar dämlicherweise nicht merken, wie kärglich und kümmerlich sie damit aussehen. Hey, aber es sind echte Haare, scheinen sie zu sagen, ich kann immer noch Haare aus meinem Schädel wachsen lassen, auch wenn's bloß dieses Büschel ist, diese Geste, als ob ich Haare hätte.

Andere Männer, Eric Eisner zum Beispiel, klemmen sich eine Perücke auf ihre kahle Platte, und da sitzt sie, starr und dicht in Form einer Artischocke. Diese Männer merken nicht, wie komisch das wirkt, vor allem von hinten, und so glauben sie beharrlich, daß sie ganz gut aussehen.

Larry, dessen vierundvierzigster Geburtstag bevorsteht, täuscht Gleichgültigkeit vor, wenn es um seine Haare geht, dabei gibt es nicht einen Augenblick, da er sich nicht auf die eine oder andere Weise seiner haarigen Auswüchse bewußt ist, seiner langen, spärlichen Beinhaare, der krauseren, dichteren Behaarung auf seiner Brust, seiner üppigen Schamhaare, für die er unendlich dankbar ist, seines Unterarmgestrüpps, der dunklen Kringel an seinem Handgelenk, die an seiner Hemdmanschette scheuern, der dünnen, bescheidenen Sprenkel auf seinen Handrücken, der rauhen Stoppeln in seinem Gesicht und, das wichtigste von allem, seiner Kopfsträhnen, die stetig, gleichmäßig dünner werden.

Er hält sich in Sachen Haare für einen glücklichen Mann. Er war lange Zeit mit einem üppigen Haarwuchs gesegnet, und dieser behaarte Teil von ihm hat ihm große Freude bereitet, was er allerdings nur zögernd eingestehen würde. Seine Frau Beth, von der er geschieden ist, würde ohne Zweifel eine Reihe von Theorien psychologischer und mythischer Natur über Männerhaare und ihre Bedeutung für das Selbstbild eines Mannes bereithalten, aber Larry ist nicht an diesen Theorien interessiert, heutzutage nicht mehr.

Seine Körperbehaarung kam früh, mit dreizehn, vierzehn Jahren. Sie wuchs rasch, verborgen, ein Trost, bedeckte die bewährten Bereiche und überzeugte ihn, daß er Ressourcen hatte, die er sich eines Tages würde zunutze machen können.

Von 1970 bis 1978 hatte er wie alle anderen männlichen Nordamerikaner den Kopf voll schulterlanger Haare. Er hielt sie mit täglicher Wäsche sauber – tägliches Haarewaschen war eine Erfindung der siebziger oder vielleicht späten sechziger Jahre, und anscheinend ist niemand daran gestorben. Seinen Angehörigen allerdings waren seine langen Haare verhaßt. Vor allem sein Vater murrte über Haare in den Badezimmerabflüssen, und daß er von hinten nicht erkennen könne, ob sein Sohn ein Junge oder ein Mädchen sei. Larry wunderte sich selbst über das Vergnügen, das er empfand, wenn er schnell den Kopf drehte und den seidigen Kuß seiner Haarpracht auf seinem Gesicht fühlte.

Nach dem Bruch mit seiner ersten Frau ließ er sich einen Bart wachsen. Es begann mit einem trägen Traurigkeitsgefühl – zu traurig, um viel herumzugehen oder zu reden, zu traurig, um sich zu rasieren. Seine Freunde, die zögerten, Mitgefühl oder Ratschläge anzubieten, erhielten statt dessen Gelegenheit zu Bemerkungen über Larrys Bart, daß er sich gut mache, daß es überraschenderweise rot schimmerte zwischen dem Braun, daß manche Männer einen Bart tragen können und andere nicht. »Jesus Christus in Person«, bemerkte sein Vater. Am Ende machte die Heuschnupfensaison Larry fertig; Kreuzkrautpollen flogen in seinen Bart und trieben ihn nachts zum Wahnsinn. Eines morgens im September stand er um fünf Uhr auf und rasierte sich den Bart ab. »Hallo, du«, sagte er zu dem jungen Kinn im Spiegel und zog ein Gesicht.

In den letzten Wochen, im Spätsommer, hat er sich einen Schnurrbart wachsen lassen. Es ist nur ein Versuch, um zu sehen, ob er es kann, um zu sehen, welche Form er wohl annehmen wird. Es ist auch ein Geschenk, das er sich gemacht hat. Geld wurde keins investiert. Nur diese selbsterzeugten Haare, die aus ihren verborgenen Schäften schießen und sich bemerkbar machen.

Sein bekleidetes Ich. Die Summe von tausend Mißverständnissen.

Beth, Beth, du solltest mich jetzt sehen.

Anfangs fuhr seine Hand oft an seine Oberlippe, und er fand Zuversicht in der Rauheit, die er dort fühlte. Seine Stimmungen waren über Kreuz und zeitverzerrt. Er war befangen wie als Junge, aber zu seiner Überraschung machte niemand eine Bemerkung über die armseligen frühen Tage des Schnurrbarts, das merkwürdig farblose Gewächs zwischen Nase und Mund, das auf seltsame Weise wie eine nicht verbundene Wunde aussah. Vielleicht sind Haare kein Thema von gesellschaftlichem Interesse mehr, vielleicht sind sie nicht mehr von *Bedeutung*. Heutzutage machen die Leute mit ihren Haaren, was sie wollen. Alles geht; dieses blühende Klischee. Tatsache ist, nichts geht ganz.

Als die Stoppeln seines Schnurrbarts länger werden, sind es weiche kleine Malpinsel. Er schneidet ihn jetzt einmal in der Woche, mit so etwas wie Liebe, wie das Trimmen von Sträuchern, wie eine Gesichtsskulptur. Er ist sich jedoch nicht sicher, ob ihm gefällt, was er sieht. Sein Mund ist zu einem Grinsen verformt, und nun, da sein Haus zum Verkauf angeboten wird, fragt er sich, ob sein Schnurrbart ihn als Verkäufer verschlagen und unverläßlich wirken läßt. Würden Sie ein Gebrauchthaus kaufen von einem Mann mit einem …?

Doch unter dem Schnurrbart ist der alte Larry und auch Larrys Gefühl, im Abenteuer seines eigenen Lebens herumzureisen: die Geschichte von Larry Weller. Niemand anders kennt sie, aber er, und allein darauf kommt es an. Und unter seinen Kleidern ist Larrys alter Körper, der Körper, mit dem er geboren wurde, der Körper mit Wertsteigerung, der ihn vierundvierzig Jahre lang beherbergt hat, seine dicker werdenden Fleischwände, seine pochenden Blut- und Strombahnen. Er hält ihn vorläufig kühl und geheim. *(O Beth, meine Liebste.)* Er hält sich darin lebendig, seine Haut, seinen Schädel, sein herausgeputztes Gesicht mit präzise geprägten Schatten – tut, was alle ihm sagen, nämlich auf sich aufpassen, verzeiht sich endlos, wenn er dort am Rande seines Bewußtseins steht, entschuldigt sich mit Echos und Erklärungen – *wir hatten ein paar gute Jahre zusammen, das kann nicht jeder sagen* – und klammert sich an die aufgereihten Fäden, die er unterwegs gesammelt hat, die ihn entweder lebendig begraben oder ihm eine Chance geben werden, zu Atem zu kommen.

Kapitel Dreizehn

Männer namens Larry

1995

Larry könnte jemand anders sein, ist es aber nicht. Er ist Larry Weller, ein gewöhnlicher Mann, dem ein gewöhnliches Maß an Glück und Unglück beschieden war.

Laurence John Weller, fünfundvierzig, ist ein Mann, der Zuflucht sucht unter dem rollenden Rhythmus eines Kosenamens – welcher, nicht überraschend, Larry lautet. Außer bei seltenen Anlässen – seiner Taufe, seinen beiden Eheschließungen, seinen diversen Diplomen und Preisen für Landschaftsgestaltung – war er immer als Larry bekannt und wird es vermutlich immer bleiben.

Die Welt, denkt er manchmal, ist aufgeteilt zwischen Spitz- oder Kosenamenträgern und solchen, die ihr Leben lang an ihre förmliche Namensgebung gebunden bleiben, die unauflösbaren Williams, die Andrews, die beschwingt intakten Marys und Marthas. Von Spitznamenträgern wird erwartet, daß sie mit den Händen in den Taschen durch die Welt wandern; sie lassen sich nichts vormachen, fordern Beachtung – oder besondere Vorrechte. As Hollyard, Larrys Nachbar in Oak Park, kommt einem in den Sinn: »Nennen Sie mich As, wie das As im Ärmel.« Oder Larrys ehemaliger Kunde, der irische Showbusineß-Baron »Bacon« Malone.

Es gibt freilich Namen, die sich gegen Variationen sperren. Larry denkt an seinen Freund und Mentor Eric Eisner; was kann man aus dem Namen Eric machen? Oder Garth. (Garth McCord, der bekannte Industrielle und Landerschließer aus Toronto, hat sich kürzlich – tatsächlich erst letzte Woche – wegen eines großen Landschaftsprojekts mit Larry Weller aus Chicago in Verbindung gesetzt, und Larry denkt ernsthaft daran, den Auftrag anzunehmen, auch wenn das bedeutet, für den größten Teil eines Jahres nach Toronto zu ziehen.)

Larrys verstorbener Vater hatte auch einen Kosenamen: Stu für Stuart; seine ältliche Mutter ist Dot (Dorothy), und seine einzige Schwester Marjorie heißt seit dem Tag ihrer Geburt Ende der vierziger Jahre Midge (manchmal auch Pigeon oder Widge). Das sagt etwas; eine ganze Familie, die der Verkleinerungsform anheimgefallen ist. Es läßt vermuten, daß die Wellers keine richtig erwachsenen Menschen sind, sondern eher wie eine Kurzfassung dessen, was eine Familie mit markanteren Namen sein könnte.

Larry ist in Winnipeg (kurz 'peg) aufgewachsen, nebenan wohnte die Familie Herschel: Hersh und Gert und ihre Kinder Bill und Toots. Es war, als sei es den Herschels ebenso wie den Wellers mißlungen, sich die volle Würde zu verdienen, die Menschen namens Jonathan oder Ann-Marie, Clark oder Susanna für sich beanspruchen. Dem könnte man entgegenhalten, daß Kose- oder Spitznamenträger eine größere Anpassungsfähigkeit besitzen; sie wenden der Welt ihre sommersprossige Sonnenseite zu und ihre Bereitschaft »voranzugehen«. Sie sind die Jungs und Mädels des Planeten, sie sind zweckdienlich freundlich, sie lassen allein durch die Nonchalance ihrer Namen wissen, daß sie schon auf ein Fitzelchen ihrer DNA verzichtet haben, ihrer Panik und ihres Stolzes. Sie stehen da, als hätten sie keine Geheimnisse. Als wüßten sie nicht, wie man groß wird und seinem Haferschleim entwächst, diesen geschenkten Spezialschüsseln mit ihren auf der Randinnenseite eingeritzten Namen.

Larry genannt zu werden bedeutet, daß ein Teil von Larry immer der Junge sein wird, der an einem Sommertag im Haus herumhängt und im stehenden Augustlicht wartet, daß etwas passiert. Aus Langeweile schreibt dieses Kind seinen Namen in Druckschrift auf ein Blatt Papier, wieder und wieder, Larry Weller, Larry Weller, bis er sich in Unsinnigkeit auflöst. Das kratzige Kritzeln eines Bleistifts.

Zufällig hatten beide Exfrauen von Larry Kosenamen.

Der Name seiner zweiten Frau war Beth, kurz für Elizabeth; sie hätte ebensogut eine Liz sein können, aber dann wäre sie eine andere Person mit anderen Voraussetzungen gewesen. Seine erste Frau Dorrie war von ihren Eltern Dora getauft worden, ein Name, der nach Dorries Meinung nach Altjüngferlichkeit, Schweißfüßigkeit und Großraumbüroehrgeiz roch. Tatsächlich behält Dorrie den Namen Dorrie bei, obwohl sie kürzlich zur Geschäftsführerin von SkyBlue Greetings ernannt wurde, der kanadischen Filiale einer internationalen Grußkartenfirma. Sie hat mit dem Verkauf von Autos (Manitoba Motors) angefangen, wechselte dann zu Sportbekleidung (Nu-Cloz), arbeitete sich hoch zur Verkaufsmanagerin, und seit letztem Dezember ist sie nun bei Schreibwaren; sie ist all die Jahre die Leiter hinaufgeklettert, doch wie Larry beobachtet hat, ist die Ware, mit der sie handelt, zunehmend kleiner, leichtgewichtiger und kurzlebiger geworden.

Vor kurzem hat Larry sie zufällig in einer Nachrichtensendung im Fernsehen gesehen: Ms. Dorrie Shaw-Weller, wie sie sich jetzt nennt, gab eine öffentliche Entschuldigung ab für eine geschmacklose Vatertagskarte, die ihre Firma hergestellt hatte. Die anstößige Karte wurde auf dem Bildschirm eingeblendet, das flache Comic-Gesicht eines Mädchens, und über ihrem Kopf eine Sprechblase mit den Worten: »Danke, Dad, daß du mich nicht bei der Geburt ertränkt hast.«

»Wir prüfen unsere neuen Entwürfe sorgfältig«, sagte Dorrie Shaw-Weller ins Mikrofon. Ihre Stimme war ergreifend ernst. Ihre grauen Augen kündeten von persönlicher Betrübnis, ließen jedoch deutlich die Bereitschaft erkennen, der Aufgebrachtheit der Zuschauer ehrlich zu begegnen. »Wir von SkyBlue Greetings sind stolz auf unseren Ruf, feinfühlig zu sein gegenüber Frauen und Minderheiten, und wir bedauern zutiefst, daß diese Karte bei unserer Testgruppe irgendwie durchgerutscht ist. Wir haben sie selbstverständlich bereits aus den Geschäften zurückgerufen.«

Selbstverständlich, selbstverständlich.

Larry war überrascht und sogar beeindruckt. Hatte Dorrie diese Erklärung selbst verfaßt und dann auswendig gelernt? Ihre Stimme, die mit den Jahren geschäftsmäßig kühl hätte werden können, war statt dessen voll warmer Töne. Hier sprach eine einfühlsame Person, eine Person, der die Herren und Damen Verbraucher da draußen vertrauen konnten. Larry erinnerte sich, daß sie vor ein paar Jahren in Vancouver einen dreiwöchigen Management-Kurs besucht hatte; es ist möglich, daß sie ein paar werbewirksame Tips aufgeschnappt hat.

»Haben Sie vielen Dank, Dorrie Shaw-Weller«, schloß der blinzelnde Fernsehmoderator, »daß Sie einverstanden waren, in unsere Sendung zu kommen und unseren Zuschauern eine Erklärung anzubieten.«

»Ich danke *Ihnen,* daß Sie mir die Gelegenheit dazu gegeben haben«, sagte Dorrie auf ihre überzeugende Art. Sie hob die Hände gerade in die Höhe, als würde sie einen Behälter mit frischer Luft umrahmen, dann breitete sie sie leicht aus wie zu einer zuckenden Umarmung, eine Geste, die besagte, *schauen Sie, wir alle machen Fehler, also bitte, bitte, verzeihen Sie mir, Sie verständnisvollen Menschen da draußen.*

Viele Menschen sind nach jemandem genannt, nicht aber der dieses Anspruchs leichtfertig beraubte Larry Weller. Seinen Eltern hatte der Name Larry einfach sehr gut gefallen, das ist alles, aber sie waren wenigstens so vernünftig, einzusehen, daß er von dem förmlicheren Laurence umschlossen daherkommen mußte – das war 1950. Larry war der Name, den sie ihm übergestülpt hatten. Er war frisch, forsch. »Ich dachte eben, er hört sich wie ein richtiger Jungenname an«, erklärte seine Mutter ihm einmal. »Wie Jack. Das ist auch ein Name, der mir gefällt. Er ist männlich, weißt du. Er hat nichts Affiges, aber zugleich ist es nicht so ein großkotziger Name.«

»Bist du sicher«, fragte ihn Beth, seine zweite Frau, »daß du nicht nach St. Laurence genannt bist?« Beth hatte ihre Doktorarbeit über die frühen heiligen Frauen der Kirche geschrieben und konnte Larry die tapferen Taten von St. Lorenz und seinen Feuertod schildern; der Präfekt von Rom hatte die Schätze der Kirche zu sehen verlangt, worauf Lorenz die Armen und Gebrechlichen zusammenrief, die von den Almosen der Gläubigen lebten. »Dies«, verkündete Lorenz und wies auf die zerlumpte Schar, »sind die Schätze der Kirche.« Zur Strafe für seine Aufsässigkeit wurde er auf einer Art Holzkohlengrill geröstet; Larry hat den Holzschnitt aus dem neunzehnten Jahrhundert in Beth' *Leben der Heiligen in Bildern* gesehen. »Ich bin genug gebraten«, soll der respektlose Lorenz gerufen haben. »Ihr könnt mich jetzt essen.«

So gern Larry mit diesem Helden der Legende verbunden wäre, hat er doch starke Zweifel, daß seine Eltern den frühen Lorenz im Sinn hatten. Zum einen waren sie nicht katholisch und hatten keinen blassen Schimmer von Heiligen. Nein, er war lediglich ein weiterer Bürger der Larry-Nation, dieses Volks von Grillern, freiwilligen Feuerwehrmännern und Muscle-shirt-Trägern. Männer namens Larry haben unerschrocken zu sein, während anderen Männern Verfehlungen gestattet sind.

Sein zweiter Vorname, John, wurde ebenfalls willkürlich gewählt. »Ich wollte, daß du einen zweiten Vornamen hast«, sagte Dot, seine Mutter, die keinen hatte und sich sehr über diese Leerstelle in ihrem Leben grämte, »und John hat so einen schönen, fürstlichen Klang.«

Da war er also, Laurence John. Larry. Seine Chance, der Welt andere Seiten von sich zu zeigen, war durch diese Tatsache beschnitten.

Die meisten Männer verbringen ihr ganzes Leben mit ihrem Familiennamen. Ein Name legt sich mit seinem entsprechenden Gewicht auf ihre Brust wie eine Röntgenschürze, und da bleibt er. Larrys zweiter Frau, einer glühenden Feministin, wäre es nicht im Traum eingefallen, ihren Namen gegen Weller einzutauschen, und Dorrie, die 1978 automatisch eine Weller geworden war, hat jetzt ihren Mädchennamen Shaw wieder angenommen und ihn durch einen Bindestrich mit Weller verknüpft. Dies hörte sich für Larry anfangs fremd an, aber jetzt ist er daran gewöhnt.

Der Name Weller selbst hat möglicherweise einen doppelten Ursprung, wie Larry entdeckte, als er in einem Buch von Beth nachschlug. Mehreren Quellen zufolge, die bis ins zwölfte Jahrhundert zurückreichen, bedeutet Weller »Salzkocher«. In einer späteren Version, und dies ist diejenige, die Larry bevorzugt, ist ein Weller jemand, der an einem Fluß oder einer Quelle lebt, so etwas wie ein professioneller Wasserwächter.

Wie so viele Menschen, hat Larry seinen ersten Vornamen nie recht gemocht; das Larryhafte ist ihm immer wie eine Gefangenschaft vorgekommen und wie ein listiges Zwinkern, das auf seinen sichtbarsten Sinn hindeutet: Gewöhnlichkeit. Sein zweiter Vorname, John, ist ein Nichts von einem Namen, der Raum beansprucht. Den Namen Weller aber hat er lieben gelernt: einer, der mit dem Anblick und Geräusch von fließendem Wasser lebt, ein Wassermann, ein Quellgeist, ein Hüter all dessen, was klar, rein, erhaltend und ewig gegenwärtig ist.

Es gibt Männer, Sportler zumeist, die immer mit ihrem Nachnamen gerufen werden. Niemand kann sich erklären, wie es dazu kommt, daß jemand wie Bill Jones etwa Jones oder Jonesy genannt wird und niemals Bill; es ist ein bißchen wie bei den Häusern, wo die Leute die ganze Zeit entweder die Hintertür oder den Vordereingang benutzen, und niemand weiß, warum.

Larry wird fast nie Weller gerufen, und wenn, dann findet er es zum Lachen. Der Name zerspringt an seinem Ohr in Grammatiksplitter: well, weller, am wellsten. Wenn seine Schwester Midge ihn an einem Sonntagabend anruft, nennt sie ihn manchmal zärtlich Larifari. Bill Herschel pflegte ihn Square-Lare zu nennen, aber das hielt nur für kurze Zeit an, und jetzt nennt er ihn Lorenzo. Wary Larry – zaghafter Larry – nannte Beth ihn manchmal, wenn es ihm schwerfiel, Entscheidungen zu treffen. Doch meistens heißt er einfach Larry.

Larry, Larry. Es ist ein Wort, dem eine Haut von makelloser Transparenz gewachsen ist. Er sieht oder hört es nicht mehr. Es ist absurd. So absurd wie die zwecklosen Blumen und Bäume, die Wellenbewegung des Meeres, die Steine und Sterne, die sich durch leere Luft angaffen. Nutzlos, alles miteinander. Ein ungeordneter Überfluß.

Niemand wird heute mehr Larry getauft. Der Name hat sich überlebt. Denkt man an jemanden namens Larry, beschwört man automatisch einen Kerl herauf, der in einem Hobbyraum der sechziger Jahre ein Bier trinkt. Er trägt eine Polyesterhose. Er sieht sich das Baseballspiel im Fernsehen an und rülpst leise. Dann greift er unter sein T-Shirt und kratzt sich an den Bauchhaaren, und es ist ihm egal, wer ihn dabei sieht. Er weiß, er ist am Ende der Larry-Reihe, also was soll's. (Es war Beth, die dieses Profil von einem »charakteristischen« Larry-Typ erstellt hat. Das war vor Jahren, kurz nachdem sie sich kennengelernt hatten. »Ich kann's nicht glauben, daß ich einen Mann namens Larry küsse«, sagte sie, ihre Stimme erfüllt von ehrlichem Staunen, ihr Mund straff wie ein Papierfalz.)

Aber es gibt noch eine Menge übriggebliebene Larrys. Vielleicht nicht so viele wie Mikes oder Tonys oder Gregs, aber genügend, daß niemand blinzelt, wenn einer sagt, sein Name sei Larry. Keiner fragt, wie man das buchstabiert.

Es gibt den Larry in der Larry King Show im Radio, der respektlos, aber sehr gescheit ist und manchmal erstaunliche Zurückhaltung zeigt. Es gibt Larry Holmes, den Boxer. Es gab Larry Olivier, den großen Schauspieler, aber der war eigentlich ein Laurence; Larry nannte man ihn nur, wenn man zu seinem engsten Kreis gehörte, und wer tat das schon.

Larry Weller aus Chicago, der bald die Zelte abbrechen und nach Toronto ziehen wird – er hat beschlossen, auf Dauer dorthin umzusiedeln –, kennt nur drei Larrys, jedenfalls persönlich. Larry Liddle von Windows Incorporated kommt mit seinen Arbeitern an jedem ersten Samstag im April zum Haus der Wellers, um die Winterfenster abzumontieren und die Fliegenfenster einzusetzen. Im Herbst kommt er abermals und macht das Ganze umgekehrt. Er ist ein rotgesichtiger, sehniger Mann mit ausgeprägten Muskeln und einem Kopf voll dichter, einheitlich grauer Locken. Jedesmal, wenn Larry ihm einen Scheck überreicht, starrt er eine Minute darauf, dann stößt er einen leisen, anerkennenden Pfiff aus. »Hey, auch ein Larry, wer hätte das gedacht!« Er scheint dieses zufällige Zusammentreffen erheiternd zu finden, etwas, was man feiern muß, dabei weiß Larry Weller, daß Larry Liddle kommenden Herbst vergessen haben wird, daß sie einen gemeinsamen Namen haben, und daß sie das ganze Ritual des Erkennens, Erstaunens und kameradschaftlichen Empfindens erneut durchlaufen werden.

Nur daß es keinen Herbst mehr geben wird. Dies hat er Larry Liddle letzte Woche eröffnet, als er kam, um die Winterfenster abzumontieren. Das Haus ist verkauft; er und seine Frau werden demnächst geschieden, und er selbst zieht nach Toronto, um ein Designerbüro zu eröffnen. »Das ist oben in Kanada, nicht?« sagte Larry Liddle. »Ja«, sagte Larry Weller und fügte entschuldigend hinzu: »Dort komme ich ursprünglich her.« »Aha«, sagte Larry Liddle. »Aha, aha, aha.« Er starrte auf den Scheck, anscheinend erschrokken über den Gedanken an Larrys Fortzug und um Worte verlegen. Schließlich sagte er: »Das macht einen Larry-Genossen weniger in dieser Gegend«, was nur zu wahr war.

Larry K. Wellington ist ein Chicagoer Architekt, der weithin bekannt ist für den freitragenden rosa Büroturm, der sich wie ein Stapel Napfkuchen über dem Wacker Drive erhebt, und auch für ein Dutzend grandioser Sommerhäuser in den Dünen von Michigan. Larry Weller und Larry Wellington werden immerzu verwechselt. Es hat etliche falsche Zuschreibungen in Zeitschriften gegeben, und manchmal rufen Kunden die falsche Nummer an und müssen umdirigiert werden. Die beiden Larrys sind sich nur ein einziges Mal begegnet, bei einem Benefizessen für die verfallenden Gärten beim Washington Boulevard. Larry Weller konnte Larry K. Wellington von dem Moment an nicht ausstehen, als Larry K. Wellington ihn durch seine lange, schmale Nase ansprach: »Sie sind also der Gartenmaestro, ha.« Der Knoten seiner Seidenkrawatte stach gefährlich in die Augen. Wie ein kleines Tier. Wie eine Granate, die gleich losgeht. Sein Händedruck war überlang, feucht und forschend, und sein Kinn sah naß aus, als hätte er seinen Rotwein verschüttet und könne sich nicht aufraffen, ihn abzuwischen. »So«, sagte Larry K. Wellington in anzüglich-vertraulichem Ton, »wie es scheint, bleibt derselbe Spitzname lebenslänglich an uns kleben. Wissen Sie, wie sie mich in der Schule gerufen haben? Scary Larry, Grusel-Larry. Ich hatte so was an mir. Damals schon. Diesen Erfolgsblick. Es hat die anderen neidisch gemacht, klar. Sie konnten sehen, daß ich es zu was bringen würde und sie nicht. So eine beschissene Welt. Am Ende ist alles Beschiß.«

Larry Weller fand es empörend, daß dieser Mensch in den Straßen von Chicago frei herumlaufen durfte. Und daß sein Name ausgerechnet Larry war.

Gott sei Dank gibt es Larry Fine, der dem Wellerschen Haus gegenüber in der Kenilworth Avenue wohnt. Larry Fine ist Psychologe oder, wie er sich zu sagen beeilt, Verhaltensforscher, und er lehrt an der Universität von Chicago. Dieser Larry hat sehr, sehr dicke, mit filzigen Haaren bedeckte Handgelenke, aber er ist meilenweit entfernt vom traditionellen Heldentypus. Er bäckt, er trägt Schürzen, er näht sich seine Vorhänge selbst. Zu Weihnachten hat er Larry ein Hemd aus grünem Leinen geschneidert. Er gibt allem, was er besitzt, einen Namen. Sein Küchenherd heißt Eleanor. Sein Auto heißt Jacqueline. Seinen Computer nennt er Gertrude, Tochter einer vorangegangenen Gertrude. Larry Fine ist wohl ein bißchen in Larry Weller verliebt. Das wissen sie beide, doch es spielt keine Rolle und hält sie nicht davon ab, zusammen auf Larry Wellers abgeschirmter Veranda ein Bier zu genießen – besonders an den einsamen Abenden, seit Beth sich abgesetzt hat – und sich über Sport, Sex, Theologie, Aids-Forschung, den Sinn von Irrgärten und die Bedeutung von Namen zu unterhalten.

»Eines Tages werden wir auf dieses Jahrhundert zurückblicken«, sagt Larry Fine, »und feststellen, daß es zu den großen Veränderungen in Amerika gehörte, daß wir selbst bestimmen, wie wir heißen. Wir lassen uns unsere Namen nicht mehr von anderen Leuten aufzwingen. Man kann seinen eigenen Namen besitzen wie den eigenen Atem. Man kann ihn abkürzen oder aufmotzen, und er gehört einem trotzdem. Hast du die Anzeigen für den Lois-Club gesehen? Alle Frauen in Chicago, die Lois heißen, treffen sich einmal im Monat. Ich weiß nicht, ob sie sich die Augen ausheulen oder Lois-Gesänge anstimmen, aber sie holen alles aus ihrem willkürlich zugewiesenen Namen heraus. Andererseits solltest du mal einen Blick auf die Entwicklung der Taufzeremonie werfen. Unsere Rituale sagen uns alles, und das patriarchalische Handauflegen ist weg vom Fenster, das gibt es nicht mehr, dieses ›Ich taufe dich auf den

Namen Elvis Presley‹, oder wie auch immer, und den soll man dann ewig behalten. Man setzt heute ganz andere Schwerpunkte. Wir können uns unseren Namen selbst geben, wenn wir wollen. Ein paar Sonderlinge haben das schon immer getan, aber das waren Typen vom Showbusineß oder Leute auf der Flucht. Jetzt ist es so selbstverständlich wie mein Bauchnabel. Hast du gewußt, daß die Leute an der Westküste, an der Grenze, am häufigsten vor Gericht gehen, um ihren Namen zu ändern? Sie wollen jemand anders sein, und deswegen müssen sie den alten Namen ein für allemal loswerden. Bei mir ist es anders. Eine Zeitlang, vor zehn Jahren vielleicht, wäre ich gern ein Abraham oder Ezra gewesen, jemand mit einem leicht biblischen Einschlag, aber dann habe ich beschlossen, bei dem Namen Larry zu bleiben. Herrgott, ich wollte ihm eine neue Gestalt aufzwingen. Ich wollte ihm ein Geschlecht geben, ein Gefüge, sogar ein paar Gehirnzellen. Es ist ein blöder Name, geben wir's zu, aber er gehört zu uns, und wir können ihn lieben lernen.«

»Verkauf die Möbel einfach«, faxte Beth von der Universität von Sussex, wo ihr zweites Jahr als Dekanin der Frauenforschungsfakultät beginnt. »Oder behalte, was du willst.«

Und jetzt ist alles weg, jedes Möbelstück, ausgenommen sein und Beth' breites Schlittenbett, auf das sich das Paar, das das Haus gekauft hat, regelrecht stürzte; sie waren bereit zu bezahlen, was Larry bezahlt hatte, oder auch mehr. Ihr Name ist Halfhead (Halbkopf), Wilford und Stacey Halfhead, und seit er den Vertrag unterschrieben hat, fragt sich Larry, wie das wohl ist, mit einem Namen wie Halfhead zu leben. Würde man sich jedesmal, wenn man sich irgendwo vorstellt, mit frischer Entschlußkraft aufpumpen müssen? Jedesmal, wenn man telefoniert? »Hallo, hier spricht Halfhead.« Wilford Halfhead macht in Computern, wie anscheinend jeder heutzutage, und sie, Stacey, die mutige oder aber verrückte Frau, die den Namen Halfhead angenommen hat, webt Decken. Larry vermutet, daß dieses Bett mitsamt seinem vergehenden erotischen Fluidum bald mit einer von Staceys heiteren Wollkreationen bedeckt sein wird.

Er konnte sich nicht von dem Refektoriumstisch aus Kiefernholz mit den zehn Stühlen trennen, deshalb hat er sie mit einem Möbelwagen nach Toronto verfrachten lassen. Er und Beth haben auf einer Versteigerung in der Stadt zuviel dafür bezahlt – die Investition würden sie nie zurückbekommen. Aber das ist es nur zum Teil. Da ist noch mehr. Hier auf diesem Tisch hat er oft seine Zeichnungen ausgebreitet, zuletzt den Entwurf für den Malone-Irrgarten in County Mayo; hier hat Beth, als sie nicht mehr genug Platz auf dem Schreibtisch hatte, die Rezensionen ihrer Dissertation zusammengeklebt. Abends saßen sie sich an den Schmalseiten des Tisches gegenüber, redeten miteinander bei gegrilltem Fisch oder Nudeln, je nachdem, wer an diesem Abend mit Kochen an der Reihe war. Reden, reden. Er hatte eine redselige Frau geheiratet; und jetzt, in seiner letzten Woche in Oak Park, tatsächlich am letzten Abend, fühlt er die tiefe Stille des Hauses.

Der Fernsehapparat und der Videorekorder sind verkauft; es schien wenig sinnvoll, veraltete Elektronikgeräte nach Kanada zu transportieren. Zwei Sofas gingen über eine Anzeige der *Tribune* schnell weg; das eine war eben erst neu bezogen worden, wenige Wochen bevor Beth den Posten in England annahm und feststellte, daß sie nicht mehr verheiratet sein wollte, jedenfalls nicht mit Larry Weller. Der Couchtisch mit der Steinplatte ging an Larry Fine gegenüber. Ein Antiquitätenhändler kam letzten Samstag von La Grange herübergefahren – seine Visitenkarte identifizierte ihn als The Lone Granger – und schnappte sich zwei Ohrensessel und Beth' Eichenschreibtisch und beschloß dann in letzter Minute, auch die Teppiche zu kaufen. Larrys Schritte hallen auf den glänzenden Bodendielen. Ohne Möbel, ohne die Inseln aus Lampenlicht, die er und Beth geschaffen hatten, gibt es nur geradlinigen Raum und kalte Luft. Was er am letzten Abend im Haus in Oak Park fühlt, ist das sich rapide ausdehnende Vakuum der Liebe. Nein, es ist eher wie eine Liebe, die durch verzweifelte Traurigkeit ersetzt wurde; er hat morgen eine lange Fahrt vor sich, aber er weiß, daß er heute nacht nicht schlafen wird. Wie war er von seiner ersten Ehe genesen? Vielleicht war er gar nicht genesen, vielleicht summierte sich alles Scheitern.

Larry Weller sieht in den Film von seinem eigenen Leben hinein, aber von niemandem sonst. Dies ist schmerzlich zuzugeben, aber wahr. Seine Exehefrauen haben etwas Neues angefangen, und sie brauchen ihn wirklich nicht, nicht mal sein Geld. Seine Mutter ist in einem anglikanischen Pflegeheim in Winnipeg untergebracht, wo sie von ständig wechselnden Schwestern mit niedlichen Gesichtern gebadet und für ihre großartige Verfassung und glühende Frömmigkeit gelobt wird.

Larrys sechzehn Jahre alter Sohn aus erster Ehe ist auch in Winnipeg. Ryan wohnt mit seiner Mutter in demselben Haus, in dem er immer gewohnt hat, 234 Lipton Street, und geht auf die MacDonald Secondary, dieselbe High-School, die Larry besucht hat. Doch anders als Larry, der in Sport nie ein großes Licht war, läuft Ryan in der Leichtathletikmannschaft seiner Schule die Hundert-Meter-Disziplin. Im März hat er sich für die Manitoba Allstars qualifiziert, und Larry würde es nicht wundern, wenn er olympische Ambitionen hegte. Bis vor einem Jahr hatte Ryan nie einen Spitznamen, aber jetzt ist er Flyin' Ryan – der fliegende Ryan, zumindest in den Lokalzeitungen –, ein Name, der dermaßen mit Anerkennung befrachtet ist, daß er kaum als Spitzname gelten kann. Welch eine Art, sich der Welt einzuprägen. Welch eine Art für die Welt, einen fürs Leben zu kennzeichnen. Leapin' Larry – der hüpfende Larry –, das wäre eine gute Art gewesen, die Jahre zu durchlaufen, das hätte Larry Weller einen Vorsprung gegeben.

Larrys Schwester Midge lebt in Toronto, wo sie ein Kostümgeschäft betreibt, Verleih und Verkauf. Die Wahrheit ist, daß er seine Schwester derzeit nicht besonders gut kennt, dennoch ist Midge halbwegs der Grund, weswegen Larry beschlossen hat, nach Toronto umzusiedeln; er ist monatelang allein gewesen, und er hat erkannt, was er braucht in seinem frostigen Leben – oder vielmehr dem langsamen Tröpfeln, zu dem sein Leben geworden ist. Er braucht das warme Blut der Verwandtschaft, etwas, was er früher nie nötig hatte. Vielleicht geschieht dies, wenn man die Mitte Vierzig erreicht hat. Er wünscht sich jemanden, der sich nach ihm erkundigt, jemanden, der nur anruft, um belanglos zu plaudern: Und wie hast du diese Nacht geschlafen? Was macht deine Erkältung?

Vor kurzem hat er sich gefragt, was ihn noch in Chicago hielt, seit Beth sich davongemacht hat. Seine Irrgartenentwürfe ausführen und seine Beratertätigkeit ausüben könnte er in jeder größeren Stadt in Nordamerika. Elektronische Verbindungen, Kommunikation jederzeit; es waren die neunziger Jahre. Er hat auch beschlossen, den Namen seines Ein-Mann-Betriebs zu ändern. Seit er sich 1988 selbständig gemacht hat, pries er sich mit Irre T/Räume an. Dieser Name mit dem Knalleffekt und dem kleinen Wortspiel paßt nicht nach Toronto, das sieht er deutlich, und er paßt erst recht nicht in das Jahr 1995. Er hat auch den alten Laurence J. Weller aus seinen neuen Visitenkarten gestrichen. Jetzt heißt es schlicht: Larry Weller, Irrgartengestalter. Sauber. Direkt. Knapp. (Er muß heute abend an einen anderen Aprilabend vor fast zwanzig Jahren zurückdenken, als er in Hemdsärmeln auf einer kalten Straße stand und den Rest seines Lebens aufforderte, herbeizukommen, ihn in die Arme zu schließen.)

Eine glückliche Ehe, sei sie lang oder kurz, versammelt eine gewisse Dichte um sich, diese mühelos entschlüpften Worte »meine Frau«, »mein Mann«, dieses gartenschaukelartige Wir-Gefühl, »wir machen immer, nehmen immer« etc. – Zutreffendes bitte ankreuzen –, »wir nehmen immer Vitamin C, wenn eine Erkältung im Anzug ist«, »wir bleiben Sonntagabend immer zu Hause«, »wir bestellen immer die Zeitung ab, wenn wir eine Woche weg sind«. Und die angesammelten Stunden gemeinsamen Schlafes, auch sie ergeben bestimmte Liebesgarantien: daß die Liebe, auch wenn man sie in Ruhe läßt, einen Kokon um einen bildet. Weswegen Larry im vergangenen Jahr außerstande war, sich an den animalischen Kummer zu gewöhnen, wenn er sich im Schlaf rührte und feststellte, daß er allein war. Er fragt sich, ob er den traurigen Körpergeruch der einsamen Menschen nach alten Eau-de-Cologne-Flaschen, Mottenkugeln, kaputten Schuhen angenommen hat.

Heute abend versucht er einzuschlafen, indem er an Beth denkt, die neben ihm atmet, und so ein primitives Obdach für seine Gedanken zu improvisieren, aber er ist unfähig, ihr Bild einzufangen. Daraufhin stellt er sich auf die Kapriolen ihrer Stimme, ihres Duftes ein. Nichts funktioniert. Jeder Erinnerungsblitz führt zu einem ergänzenden schmerzhaften Stich. Er ist ein Mann, der eine schlimme Zeit durchmacht, das ist ihm bewußt, aber er vermeidet es, diesen Mann anzusehen, das Ich, das er mit lauten Gedanken, grotesken Bildern verscheucht. Diese Schrottkiste von einem Leben. Sein Larry-Leben, das heute nacht an die Decke seines ausgeräumten Schlafzimmers im ersten Stock projiziert ist; der rechteckige Schein von einer Straßenlaterne fällt durch ein vorhangloses Fenster und erinnert ihn an die starken Schwaden des Scheiterns. (Wenn man ein Leben ohne Sex führt, fängt man an, mit sich selbst zu sprechen.)

Schließlich kommt eine Art Schlaf. Der dunkle Turm des

Schlafes, mit Fenstern, verschlossen. In seinen Träumen kocht es von grünem Sumpfwasser und scharfen Worten, die ihm mit ihren langen Blättern ins Gesicht wedeln.

Das Morgenlicht ist klar und hart, seine ersten schnellen Schritte auf dem Fußboden sind grotesk. Da liegt Larrys Koffer, offen. Da ist das Bett mit dem nackten Matratzendrell und den geränderten Flecken, Blut, Samen, Schweiß, von ihm und von Beth, doch jetzt machen sich die Bettfedern für einen Kräftewandel bereit. Er selbst wird in einer Stunde auf der Straße sein, unterwegs nach Toronto. Ja, das wird er – Larry Weller, fünfundvierzig Jahre alt, weiß, männlich, eine gefährdete, wenn nicht seltene Spezies, wird auf dem Weg zu seiner nächsten Sache sein und der übernächsten. Er sehnt sich nach etwas, aber wonach? (Das Kind im Hochstuhl, damit hat alles angefangen.)

Menschliches Streben hat eine komische Seite, das weiß er, und es hat etwas Klägliches, wenn man allzu bereitwillig in die Kamera lächelt und von der Erweiterung der sinnlichen Möglichkeiten des Lebens vor sich hin brabbelt, dennoch fühlt er, als er zum letztenmal rückwärts aus der Einfahrt setzt, einen plötzlichen Heiterkeitsruck, der, so vermutet er, sich aus Leidenschaft und Gleichgültigkeit zusammensetzt, die derselbe Löffel dummerweise zusammengerührt hat. Was ist er doch für ein Einfaltspinsel. Larry. Larry Weller.

Und dann, als er auf der Kenilworth Avenue nach Süden und auf die Auffahrt zum Eisenhower Expressway fährt, fällt ihm ein Abend in der letzten Woche ein, als er und Larry Fine auf der abgeschirmten Veranda vor dem Fernseher saßen. Es war anläßlich der internationalen Leichtathletikwettkämpfe, die aus München übertragen wurden. Ein amerikanischer Läufer wurde interviewt. Ein Bulle von einem Mann. Riesenhaft, muskulös, mit erstaunt blickenden blauen Augen. »Ich hatte diesen Traum, seit ich sechs Jahre alt war«, wimmerte er in die Kamera. »Ich habe diesen Traum von Gold für mein Land. Der amerikanische Traum, in den Herzen der Sportler ist er noch lebendig. Aber hey, es geht nicht darum, zu siegen, es geht darum, sein Bestes zu geben und seine Schuldigkeit zu tun, ja, sich einzusetzen für dieses unser Land, verstehen Sie? Das einzige freie Land, das es auf der ganzen Welt gibt.«

»Herrgott«, sagte Larry Fine und drückte auf den Aus-Knopf. »Herrgott, warum sind die Kerle solche Blödmänner?« Dann sagte er traurig: »In einem gewissen Sinne heißen tief drinnen alle Männer auf der Welt Larry.«

Kapitel Vierzehn

Larrys Zellgewebe

1996

Im Alter von fünfundvierzig Jahren hat Larry Weller eine Anzahl seiner Ausscheidungs»faktoren«, Nephrone genannt, verloren – und das, obwohl er nie ein starker Trinker war. Wie bei den meisten Menschen ist seine Leber seit seinem vierzigsten Lebensjahr geschrumpft.

Natürlich weilen seine Vorfahren in seinem Blut und seinem Gehirn, ihre DNA-Päckchen sind säuberlich angeordnet und tun so, als seien sie nicht so ausschlaggebend, wie sie sind. Larrys Knochenmasse, die in seinen Zwanzigern auf dem Höchststand war, ist in den letzten Jahren ebenfalls geschwunden; dies vermutet er zumindest. Er nimmt sich immer wieder vor, den Test machen zu lassen. Als Landschaftsarchitekt verbringt er viele Stunden über ein Zeichenbrett gebeugt, und er ist überzeugt, daß dieses Beugen und Biegen seines Rückgrats im Verein mit der daraus entstehenden Spannung schuld ist an der Steifheit im unteren Rückenbereich, die er morgens spürt. Ein Berufsrisiko, könnte man sagen. (Er hegt manchmal den Verdacht, daß sich in dem Raum zwischen seinem Skelett und seinen dünnen Muskeln eine Art Privatscherz versteckt hält.)

Die geteilten Knochenplatten seines Schädels sind kurz vor seinem ersten Geburtstag zusammengewachsen und schließen jeden Zugang zum Hintergrundrauschen des Universums aus, dem Odem eines größeren, volleren Lebens, dem Geruch des Möglichen – das ist ein Verlust, doch den empfindet Larry nur gelegentlich: inmitten der Leidenschaft, angesichts von etwas unerwartet Schönem oder Geheimnisvollem, wenn er mit der Hand über die getrimmte Oberkante einer grünen Hecke oder zwischen die Schenkel einer Frau fährt, diese schmale Hülle, die sich so folgsam einem dramatischen Szenenwechsel öffnet.

Jeden Morgen zwei Minuten mit seiner elektrischen Zahnbürste, und er ist ein besserer, braverer Mensch. Er hat zwanzig Füllungen in den Zähnen. Und zwei Brücken. Keine Kronen bislang. Einen leichten Gelbstich, vor allem auf den unteren Zähnen. Sein Zahnfleisch unten links ist zurückgegangen, so daß die Zahnhälse fast freiliegen. Als er das letzte Mal den Zahnstein entfernen ließ, gab ihm seine Zahnhygienikerin eine winzige Zahnbürste im Puppenformat mit, mit der jeden Morgen und jeden Abend in der Problemzone stochert. Das macht eine weitere Minute, zumindest aber dreißig Sekunden zuzüglich zu der Zeit, die er täglich auf die Pflege seines Körpers verwenden muß. Er fragt sich, was Charlotte Angus, die häufig in seiner Wohnung übernachtet, von diesem Miniaturbürstchen denkt, das im Badezimmer neben seiner normalen Zahnbürste hängt. Vielleicht glaubt sie, daß es einen sonderbaren Fetisch darstellt, und aus diesem Grund hat sie sich bislang eine Bemerkung verkniffen. Er selbst sieht das Bürstchen als ein Nicken in Richtung seines letztendlichen Todes, einen weiteren Wegweiser zum Abtritt.

Wenn Larry dem nordamerikanischen Durchschnittsmann entspricht, dann nimmt sein Testosteron vermutlich ab, seit er in den Dreißigern war – das beunruhigt ihn, aber es beunruhigt ihn nicht jede Minute an jedem Tag; er zieht es vor zu denken, daß seine gelegentlichen Episoden sexuellen Versagens psychischer Natur sind und eine totale Kehrtwendung möglich ist. Wie oft hat er gespürt, daß die Haut seines Hodensacks straff wurde? – eine Million Male –, und ist es da nicht logisch, daß dieser unfreiwillige Mechanismus schließlich ausleiert? Seit er vor einem Jahr nach Toronto gezogen und Charlotte Angus begegnet ist, hat er das Gefühl, mit drei von vier Zylindern zu funktionieren. Charlotte ist genauso alt wie er. Es wäre womöglich anders, wenn sie fünfundzwanzig wäre. Aber in welcher Weise anders? Er ist sich nicht sicher.

Dichte, Farbe und Glanz von Larrys Haar lassen nach. Er weiß, daß ungefähr fünfzig Prozent der Männer europäischer Abstammung unter Haarausfall leiden, was ihm ein Trost sein sollte, aber keiner ist. Charlotte findet Männer mit ihrer Angst vor Glatzköpfigkeit jämmerlich. Solange der sichtbare Schädel sauber und nicht zu knochig oder von Adern entstellt ist, was spielt es da für eine Rolle, wie viele Haare darauf sind? Und was ist mit Yul Brynner?

Wie bei allen Menschen, hat auch bei Larry die Haut seit seinen Teenagerjahren nach und nach ihre Elastizität eingebüßt. Seine Lebensskala an Mimik ist in seinem Gesicht zu finden, ist dort eingeprägt. Ein kleiner brauner Fleck sitzt mitten auf der oberen Hälfte seiner linken Wange, ein weiterer seitlich an seinem Hals. Sind sie durch Sonneneinwirkung entstanden, oder könnten es Leberflecken sein? Er erinnert sich, was seine Mutter über Leberflecken gesagt hat, die auftraten, als sie noch in den Dreißigern war, und daß sie gelernt habe, mit wie zu einem Korb gefalteten Händen im Schoß zu sitzen, die Handflächen nach oben, so daß diese Schönheitsfehler verborgen blieben. Larrys erste Frau Dorrie hatte eine ziemlich rauhe Haut, gesund, aber zugleich empfindlich. Es könnte sein, daß die Rauheit durch das extreme Klima in Manitoba und nicht durch genetische Faktoren verursacht wurde. Beth, seine zweite Frau, hatte eine weiche, irisch aussehende Haut – ihr Gesicht, ihre Arme, ihre Beine und Pobacken –, die durch die allabendliche Anwendung von Ölen und Cremes noch weicher wurde. Charlotte Angus verwöhnt ihren fünfundvierzig Jahre alten Körper mit einer monatlichen Massage im Queen-Street-Salon, anschließend ein Salzbad und eine »Körperpolitur«. Jede Behandlung erleichtert sie um fünfundsiebzig Dollar, aber sie betrachtet es als Investition in ihre psychische Gesundheit.

Larry leidet auch unter Alterssichtigkeit; klar ausgedrückt bedeutet dies, daß seine Fähigkeit, Gegenstände aus der Nähe deutlich zu erkennen, nachgelassen hat und daß er jetzt eine Lesebrille braucht. Blau, Grün und Lila sind oft schwer zu unterscheiden. Seine Augen passen sich auch langsamer an, wenn er in einen dunklen Raum tritt. Letzte Woche kam er nach einer bis in den späten Abend dauernden Sitzung mit dem Vorstand der McCord-Stiftung – Garth McCord ist ein Landerschließer in Toronto – in seine Wohnung und wäre beinahe über Charlottes Reisetasche im Schlafzimmer gestolpert. (Er hatte vergessen, sie anzurufen und Bescheid zu sagen, daß er später kommen würde, und diese Vergeßlichkeit, vermutet er, ist der beunruhigendste Aspekt seines Älterwerdens.)

Sein Gehör ist, soweit er es sagen kann, unverändert, und er schätzt sich glücklich, daß er nie ein Heavy-Metal-Fan war oder in einer lauten Fabrik arbeiten mußte wie sein Vater, der infolgedessen einen irreparablen Schaden erlitt. Würde er ein Hörgerät tragen, wenn es sein müßte? Vermutlich nicht. Nun, es käme darauf an, wie ernst der Verlust wäre. Er würde darüber nachdenken müssen. Sein Leben empfindet er nicht so sehr als eine Geschichte denn als eine Folge von Klängen – wirklichen Klängen, die in seinem Innenohr schmettern.

Wenn die Medizinstatistik stimmt, wiegt Larrys Gehirn nicht mehr so viel, wie es wog, als er dreißig war. Er kann nicht mehr gleichzeitig mehrere Ideen im Kopf wälzen, und er hat es tatsächlich abgelehnt, neue Kunden anzunehmen, bevor das McCord-Projekt fertiggestellt ist. Es ist der größte Irrgarten, den er je entworfen hat, ein dreidimensionales Paradestück, und die Berechnungen bringen ihn gelegentlich auf eine neue, beunruhigende Weise durcheinander. Was geht in seinem Kopf vor? Wo ist die Leichtigkeit geblieben, mit der er ein visuelles Konzept verfolgen konnte? Andererseits liebt er den Gedanken, daß er einiges an Erfahrung und Kenntnissen angesammelt hat: Weisheit also. Er hat vor kurzem gelesen, daß ein Menschengehirn fast genausoviel wiegt wie ein Menschenfuß, und diese Vorstellung mit ihrer geballten Unvernunft läßt ihn schaudern.

Seine Lungenzellen sind starr geworden – das ist mit sechsundvierzig absolut normal –, so daß ihr früheres Fassungsvermögen jetzt um etwa zwanzig Prozent geschrumpft ist.

Larrys Arterien werden ebenfalls allmählich starr, aber nur geringfügig; dies ist nicht verwunderlich, wenn man bedenkt, daß sein Herzmuskel sich in seinem Leben nahezu zwei Milliarden Mal zusammengezogen hat. Er bemüht sich, sich nicht allzu große Sorgen wegen beruflicher Probleme zu machen, und er verzichtet auf fettreiche Ernährung. Seine Schwester Midge und ihr Lebensgefährte Ian sind fanatisch, was Fett anbelangt, und haben Butter, Margarine und Öl ganz von ihrem Speiseplan gestrichen. Mit Wasser verdünnten Zitronensaft träufeln sie heutzutage über ihren Salat.

Seine Mutter und sein Vater litten zu ihrer Zeit beide unter Verstopfung und Hämorrhoiden, aber Larry hat diesen Beschwerden vorgebeugt. Ein paar Eßlöffel Kleie jeden Morgen halten diese Sektion seines Lebens funktionsfähig. Blähungen sind ein weiteres umfassendes Problem. Er kann sich nicht vorstellen, was Charlotte denkt, wenn er einen fahren läßt. Furzen Frauen nicht? Er erinnert sich nicht, daß eine seiner Ehefrauen die Kontrolle über sich verloren hätte, es sei denn im tiefen Schlaf, und dann war es nur ein leises, eigentlich liebenswertes Blubbern. Er würde gern jemanden danach fragen, aber er wüßte nicht, wen. Er steht neuerdings nachts zweimal auf, um Wasser zu lassen. (In seinen Dreißigern war es einmal; wird es in seinen Fünfzigern dreimal sein?)

Das Verhältnis von Muskelgewebe zu Fett hat sich leicht verschoben, und er denkt daran, ernsthaft mit Gewichten zu trainieren. Er hat gehört, daß der Toronto Athletic Club ein gutes Mittagspausenprogramm anbietet, aber er nimmt oft über die Mittagspause an Besprechungen teil, oder er und Charlotte verzehren in dem Suchtzentrum, wo sie als Beraterin arbeitet, auf die Schnelle ein Sandwich – Truthahnbrust, niemals Käse. Larry hat beschlossen, seine Organe nach seinem Tod der Wissenschaft zu vermachen, und er hat diese Absicht auf seinem Führerschein erklärt. Er schämt sich, daß so ein kleiner, schmerzloser Akt ihm das Gefühl gibt, ein rechtschaffener Mensch zu sein.

Im großen und ganzen ist er in passabler Verfassung. Sein Körper ist ein aufrechtes wandelndes Labyrinth, und er empfindet ihn als ein Wunder. In seinem Ohrläppchen sind Kapillargefäße, die mit seinem Herzen verbunden sind. Auf der Oberfläche seiner Haut befinden sich Nerven, die so sensibel sind, daß sein Gehirn es sofort registriert, wenn sich ein mikroskopisch kleines Insekt auf seinem Handrücken niederläßt.

Es gibt Dinge beim menschlichen Körper, von denen er nie etwas wissen wird, insbesondere jene Seite der Welt, die von ihm weggeneigt und in Dunkel gehüllt ist: Menstruation, Geburt, bestimmte Scherze und Kümmernisse und hormonale Explosionen. Es gibt Männer, die anderen Männern ihre Fäuste ins Arschloch stopfen – er wird nie wissen, wie das geht oder wie sich das anfühlt.

Vom Temperament her scheint er zu einer Art schwereloser Melancholie gefunden zu haben, einer schwankenden psychischen Verworrenheit; das Problem ist, daß er nicht weiß, wie er der Mensch sein soll, der er geworden ist, aber das könnte sich morgen ändern. Für den Augenblick sitzt er dort hinter seinem eigenen Gesicht. Er ist angezogen, er ist pünktlich. Was für eine Überraschung. Und auch, was für eine unangenehme Überraschung. Die Teile des Lebens, die einmal Trost gewährt haben, scheinen mehr und mehr eine Illusion oder ein Dilemma zu sein.

Dies nennt Larrys alter Freund Eric Eisner das Paradox der Perfektion. Es scheint, sobald genug Geld da ist, genug Anerkennung, genug Liebe – nicht daß er Charlotte Angus richtig liebt –, dann ist, von der nächsten Minute abgesehen, nichts mehr da, dem man entgegenblicken kann.

Larry wurde krank. Es war im Sommer. Er saß in seinem klimatisierten Büro in der St. Clair Avenue und telefonierte mit einem Subunternehmer. Sie feilschten, aber in freundschaftlicher Weise, über die Kosten von Globosa-Setzlingen für das McCord-Projekt. Larry meinte bei einem so großen Auftrag einen stattlicheren Rabatt beanspruchen zu können, und er versuchte, dies in Worte zu kleiden. Statt dessen ergoß sich ein Strom von Unsinn über seine Lippen. Es schien eher eine Melodie als ein Satz, eher ein Scherz als ein ernsthafter Gegenvorschlag. Seine Stimme klang sogar in seinen eigenen Ohren wie die quäkenden Töne eines Comic-Geschöpfes, wo war *das* hergekommen? »Fühlen Sie sich nicht wohl, Mr. Weller?« vernahm er vom anderen Ende der Leitung. Er spürte aufkommende Übelkeit, begleitet von schwindendem Licht. Dann brach er zusammen. Die vor kurzem eingestellte Teilzeitsekretärin hörte das Plumpsen seines Körpers auf dem Teppichboden und kam herbeigerannt.

Drei Wochen später ratterte ein Geräusch wie ein Traktor durch sein Gehirn. (Aber nein, es waren nur die Essenstabletts, die über den Krankenhausflur gekarrt wurden.) Andere Bilder schwammen ins Blickfeld und verflüchtigten sich schnell. Einmal hob er unter enormer Anstrengung den Arm zur Seite und stieß auf einen Gegenstand, der vertraut und fremd zugleich war. Ein Rechteck, Pappkarton, mit scharfen Kanten – eine Kleenexschachtel, ja, aber er hätte sie nicht benennen können. Er zog ein Tuch heraus und fühlte mit einem Anfall von Erstaunen den sauberen Ratsch am Schachtelschlitz. Er ließ es auf den Boden flattern, ein schwebender weißer Vogel, schön, doch er betrachtete es mit distanzierter Neugierde, wußte, was es war, und wußte es doch nicht. Dann zog er noch eins heraus und dann noch eins. Das Schaben der Tücher, wenn sie durch die Öffnung glitten, sagte ihm, daß er lebte, und er fühlte, daß sein Handgelenk in einen regelmäßigen Rhythmus fiel, in eine Art Tanz. Ein surrendes Freudegefühl begleitete jedes Ziehen, bis am Ende hundert Papiertücher, der gesamte Inhalt der Schachtel, auf einem Haufen neben seinem Bett lagen, eine weiche Schneewehe. Stimmen schwebten ringsum durch die Luft – *er hat sich bewegt, er wacht auf* –, verstummten dann zitternd.

Diese Zuckungen, diese Alpträume – das ist er.

Er schlug die Augen auf. Er war allein in einem Krankenhauszimmer, flach auf dem Rücken, zu Ursteifheit erstarrt. Ein strenger Geruch von kochendem Mais lag in der Luft. Das Rechteck aus hartem Licht vom Fenster knallte auf seine Augen, die sich eigenartig trocken anfühlten. Er bewegte sich versuchsweise auf dem Bettlaken und stellte fest, daß sein Arm, seine Nase, sein Penis an Plastikröhrchen angeschlossen waren. Dann klatschte jemand einen kalten Lappen auf sein Gesicht.

Drei Wochen waren vergangen. Er konnte es nicht glauben. Ja, sagte seine Schwester Midge. Zweiundzwanzig Tage. Wir dachten, es wäre aus mit dir. Mein kleiner Bruder im Koma. Im tiefen Koma.

Nach Larrys Zusammenbruch hatte man sich geeinigt, seine alte Mutter in Winnipeg nicht aufzuregen; warum eine alte Frau beunruhigen, die selbst halb im Koma war und sich die meiste Zeit nicht an den Namen ihres Sohnes erinnern konnte? Larrys zwei Exfrauen wurden natürlich benachrichtigt, und Larrys siebzehnjähriger Sohn Ryan kam von der Universität von Pennsylvania, wo er am Sommerlager für Leichtathletikchampions teilnahm, nach Toronto geflogen. Midge berichtete Larry mit feuchten Augen, daß der Junge sechs Tage hintereinander am Bett seines Vaters gesessen, ständig zu ihm gesprochen und so versucht hatte, ihn zurückzuholen.

Es schien beinahe ungehörig, danach zu fragen, aber Larry mußte es wissen: Was waren die genauen Worte, die während dieser Zeit einseitiger Vertrautheit aus Ryans Mund gekommen waren? Worte der Ermutigung? Ein Wiegenlied? »Nun, er hat dir jeden Tag die Zeitung von vorn bis hinten vorgelesen«, erklärte Midge. »Den *Toronto Star.* Alles bis auf die Todesanzeigen. Er hat den ganzen Tag gebraucht, bis er durch war.«

Ryan, sein Sohn. Es war unvorstellbar, sogar erschütternd. Einst nur eine Flocke im Bewußtsein, war der Junge umgewandelt worden in diese geisterhafte Anwesenheit am Bett seines Vaters, war durch die Leitartikel gehaspelt, die Sportergebnisse, den Börsenbericht – dies war derselbe schuldlose kleine Junge, den Larry im Stich gelassen hatte, als er und Dorrie sich 1983 trennten. Und jetzt hatte dieses Kind wahrhaftig – nein, Larry konnte es nicht ertragen, daran zu denken. Jedenfalls nicht im Augenblick, nicht in seinem gegenwärtigen Zustand der Schwäche. (Mehrmals täglich sieht er sich unerklärlicherweise den Tränen nahe.)

Was genau war ein Koma? Eine Krankheit auf den Tod, auch wenn der Patient zuweilen überlebt. Ein Zustand tiefer Bewußtlosigkeit, verursacht durch – doch zunächst kannte niemand die Ursache. Enzephalitis – Gehirnentzündung – wurde angenommen und später bestätigt. Vermutlich durch eine Stechmücke übertragen. An jenem Wochenende hatte er mit Ian Stoker am Rice Lake geangelt. Es mußten Untersuchungen vorgenommen werden. Gehirnschaden – ja oder nein? Die Situation war unklar. Weitere Untersuchungen.

Die zwei Exehefrauen waren *nicht* an sein Krankenbett geeilt. Beth war freilich in England, doch er hätte gedacht, daß Dorrie aus Winnipeg kommen würde, zumal sie sich in den letzten Jahren gut verstanden haben. Es kamen jedoch gattinnenhafte Karten, gattinnenhafte Blumen, Faxe und Briefchen. Das Dutzend Rosen, das Beth über Interflora schickte, war aufgegangen und verblüht, bevor Larry zu sich kam und aufwachte. Dorries zweckmäßigere Topfchrysanthemen gediehen gut; sie standen auf dem Fernsehapparat, den Midge nach dem großen Tag des Erwachens, dem 20. Juli 1996, gemietet hatte.

Der große Tag des Erwachens – so denkt Larry darüber. Niemand kann erklären, warum oder wie, aber in seinem betäubten Gehirn war ein Schalter angeknipst worden: Zeit, aufzuwachen, Freundchen. In den ersten Tagen litt er unter Kopfschmerzen und Verwirrung, wieder diese Traktoren, die durch den Flur rollten und die Windungen seines zentralen Nervensystems hinaufglitten, wobei sie kleine Kläfflaute und Bollergeräusche von sich gaben. Sein Körper fühlte sich unsagbar erschöpft an nach dem langen Schlaf, seine Gelenke waren entzündet wie die eines alten Mannes. »Kannst du dich an gar nichts mehr erinnern?« fragten Besucher. Ihre Gesichter ließen deutlich erkennen, daß sie Larrys Sturz ins Leere unbegreiflich fanden. Er war auf »die andere Seite« gegangen. Er mußte doch etwas von dort mitgebracht haben. Träume? Erhellte Tunnels? Dröhnende Stimmen? Bestimmt schlummerte irgendeine Erinnerung wie ein weißer Zwerg dort in seinem Gehirn.

Nein, da war nichts. Und dies bestätigte, was Larry immer geglaubt hatte, daß mit dem Tod keine letzten Instruktionen verbunden waren, auch nicht mit dem Beinahetod.

»Charlotte hat fast jede Nacht bei dir gesessen«, sagte Midge zu ihm. »Sie hat dort im Sessel geschlafen oder zumindest zu schlafen versucht. Sie wollte nicht, daß du allein bist, wenn du aufwachst.«

»Aber ich war allein«, sagte Larry. Er fragte sich, ob das vorwurfsvoll klang.

»Sie ist eine bewundernswerte Frau.«

»Ja.«

»Eine *sehr* liebenswerte Frau.« Midges Ton war wohlwollend und doch streng. Sie war zwei Jahre älter als Larry und hatte heute mal wieder ihren Große-Schwester-Tag.

»Ich weiß, ich weiß.«

»Ich wollte es dir bloß noch mal gesagt haben.«

Er lebte. Und wie es aussah, hatte er keinen bleibenden Schaden davongetragen. Wie sollte er seine nackte Erleichterung in Worte kleiden? Der plötzliche Riß in seinem Leben hatte sich geschlossen, er war glatt vernäht mit dem glänzenden täglichen Faden des erneuerten Bewußtseins. Sein Appetit nahm zu. Die Tabletts mit Kartoffelbrei und Rindfleischscheiben mit Zwiebelgewürz lockten ihn zurück ins Leben. Appetit, Fülle. Sein fortlaufendes Larry-Ich. Ja, sagte die Teilchenbeschleunigungskammer seines Gehirns: Füttere mich. Die Zeitungen, so ungeheuerlich und bissig, flossen über von aufregenden Überraschungen, und die beste dieser Überraschungen war, daß die Welt weitermachte mit ihrem üblichen Trödeltrott. Jelzin fuhr mit seinen Faxen fort, das Morden in Irland fing wieder an, das Miniaturtheater mit Bill und Hillary ging in eine weitere Schlammrunde, und Bob Dole murrte auf dem Fernsehschirm und zeigte der Nation sein leidendes, verblüfftes Gesicht. Dies alles kam Larry frisch und erstaunlich vor, und alle, der Neurologe eingeschlossen, sagten ihm, was er für ein Glück hatte, wie gut, daß sofort ärztliche Hilfe geleistet werden konnte, wie selbstlos die Bemühungen des Koma-Teams waren, daß die entzündungshemmenden Medikamente und Steroide Wunder gewirkt und sein Zellgewebe erhalten hätten.

Er war dankbar, doch, ja. Aber etwas zerrte an ihm in den stillen Minuten kurz vor oder nach der Besuchszeit, eine Faser des Begehrens. Er wußte, was es war, und er sträubte sich dagegen. Er sehnte sich danach, an den stillen, unerreichbaren Ort zurückzukehren, an den er sich nicht erinnern konnte, sein Bewußtsein in einem weichen Nest zu wiegen.

Geborgenheit, Schlaf, Empfindungslosigkeit. Er wollte sich in jene ausgehöhlte Finsternis betten, in der er vage seine wahre Heimat erkannte. Dunkelheit. Nein, nicht Dunkelheit. Mehr wie die Farbe von regentrübem Tageslicht. Ein Irrgarten ohne Ausgang.

Nein, er wird nicht so leicht von diesem Leben losgerissen.

Am Ende waren es die Olympischen Spiele, ausgestrahlt von Atlanta, Georgia, die ihn retteten. Der fieberhafte Tumult aus dem Süden heizte die Tage und Nächte seiner Genesung an. Sprinten, Springen, Schwimmen, immer weiter und schneller, ein Karneval aus Muskelkraft und Präzision, derben Begrüßungen und umarmenden Trainern, während er in seinen Kissen lag, gebannt, erstarrt. Sein alter Freund Bill Herschel kam aus Winnipeg herbeigeflogen, um ein paar Tage bei ihm zu verbringen. Sie hätten sich unterhalten können; sie hatten im Laufe der Jahre wenig voneinander gehabt, abgesehen von eiligen Kurzbesuchen, und es hätte alles mögliche zu sagen gegeben, doch stattdessen hockten die beiden stundenlang in Larrys Krankenzimmer; der Farbfernsehschirm zeigte ihnen das hektische Ächztheater mit Tauchen, Gymnastik, Gewichtheben, Rudern, Volleyball, Fußball, Ringen; diese kuriosen menschlichen Hampeleien verschmolzen miteinander, so schien es Larry, und wurden zu einem einzigen Riesenspiel, einem erdachten Supersport, zusammengesetzt aus einem Gebrause von Luft, Kies und Wasser, mit strengen Regeln und einer Reihe bizarrer Hindernisse, die zu überwinden waren, die künstlichen Hürden, die Ringe und verrückten Gefahren des Ungewöhnlichen. Musik schwoll zu Beifall an und wieder ab, volltönende Signale und Startpistolen durchlöcherten die Luft, und währenddessen beförderten die sich bewegenden, schwenkenden, sich anstrengenden, springenden, schwitzenden Männer und Frauen ihn endlich zu seinem eigenen Körper zurück.

Weil sie nichts versäumen wollten, zappten er und Bill wie verrückt zwischen den Sendern hin und her. Als sie Donovan Baily die Hundert-Meter-Strecke laufen und die Goldmedaille gewinnen sahen, erfüllten sie das Zimmer mit kleinen Freudenjuchzern. Bill riß sich sein T-Shirt vom Leibe, schwenkte es wie eine Fahne über dem Kopf und führte am Fußende des Bettes einen irrsinnigen Hüpftanz auf, zweihundert Pfund fuchtelndes Männerfleisch, und Larry, der noch an seine Schläuche und Drähte angeschlossen war, fühlte, wie der lebenspendende Saft der Euphorie durch sein geschwächtes Zellgewebe wogte. Atem, Anfänge. Er war auf dem Wege der Besserung, wie seine Mutter gesagt hätte. Der Augenblick floß über von sich selbst, von seiner geballten Vollkommenheit. Die Luft vor Larrys Augen wurde weich. Er war wieder lebendig in seinem Gehäuse aus Haut und Blut, und für den Moment war das genug.

Er hatte Charlotte Angus kennengelernt, kurz nachdem er sein Büro von Chicago nach Toronto verlegt hatte. Er stellte fest, daß es für einen alleinstehenden Mann, auch für einen alleinstehenden Mann Mitte Vierzig, der zwei Scheidungen auf dem Buckel hatte und zehn Pfund überflüssiges Bauchfett mit sich herumschleppte, überhaupt nicht schwierig war, Frauen kennenzulernen. Verfügbare Frauen gab es im Überfluß; alle seine Bekannten führten eine Liste mit attraktiven, intelligenten, alleinlebenden Frauen, die begierig waren, einen Partner zu finden. Doch wo waren die attraktiven oder auch unattraktiven alleinlebenden Männer mittleren Alters? »Entweder sie sind schwul geworden«, sagte Larrys Schwester Midge, »selig seien ihre aufgeregten Pimmel. Oder sie ziehen mit jüngeren Frauen herum. Oder, drittens, sie sind egoistische Trottel, die man keiner Frau andrehen will.«

Sie selbst lebt, nach einer traurigen frühen Ehe, jetzt in Toronto mit einem Mann namens Ian Stoker zusammen, einem fünfzig Jahre alten Gestalter von Plakatwänden und Bauzäunen, der seine Arbeit von seinem Kellerbüro aus erledigt, sofern es Arbeit gibt. Sie sind jetzt seit acht Jahren zusammen und pflegen eine So-la-la-Beziehung ohne Höhen und Tiefen. »Ich suche kein Ideal«, hat Midge Larry anvertraut. »Ich weiß, daß man in meinem Alter Kompromisse machen muß. Zum einen war ich nie scharf darauf, meine zarten Lippen auf einen Schnurrbart zu drücken, ach übrigens, ich bin froh, daß du deinen los bist, Larry. Ohne siehst du jünger und sauberer aus. Aber ansonsten gibt es zur Zeit keinen großen Druck zwischen Ian und mir. In keiner Weise. Ich glaube nicht, daß er tagsüber fremdgeht, aber ich würde es nicht verhindern. Wie ich die Ungewißheit aushalte? Weil ich im Laden verdammt viel zu tun habe, deshalb. Ich komme von der Arbeit nach Hause, und Ian hat irgendwas im Ofen, meistens was Passables, und er hat den Tisch gedeckt, einigermaßen, und ich kann die Füße hochlegen. Er geht nicht kegeln oder saufen, das liegt ihm nicht. Er hat schon unsere Kuschelkissen auf der Couch zurechtgeklopft, und wir lassen uns einfach fallen für den Abend, in eine Art Fernsehtrance, und das ist nicht so schlecht, wie du vielleicht denkst. Wenigstens zappt er nicht dauernd hin und her, das spricht schon mal für ihn. Und sonst? – mal überlegen. O Gott, was sonst? Er geht ab und zu angeln, dann habe ich das Haus für mich, einfach himmlisch! Er geht jeden Morgen unter die Dusche. Mir wäre lieber, er würde abends duschen, aber was kann man machen. Er benutzt keine stark riechenden Toilettenartikel. Das rechne ich ihm hoch an. Hmmmm. Wenn er Geld hat, gibt er es aus. *Ein* knickriger Mann hat mir gereicht. Du weißt ja, wie Paul war. Aber ich habe den Knaben geliebt, besonders gegen Ende. *Und* am Anfang. Gottchen! Ian dagegen weiß eine gute Flasche Wein zu schätzen. Er kann Schokolade von Schokolade unterscheiden. Er knabbert keine Erdnüsse oder Brezeln, nichts von diesem Zeugs, und er läßt zweimal im Jahr seine Zähne behandeln. Das genügt doch, um eine Beziehung aufzubauen, findest du nicht? Meiner Meinung nach macht er gute Arbeit. Seine Plakatwände und Bauzäune vor dem Smithsite Building waren viel interessanter und lebhafter als das Gebäude selbst. Das haben alle gesagt. Er spricht auch nicht schlecht von seiner Ex. Er sagt höchstens, und das nur ab und zu, daß sie immer den Toast verbrennen ließ und es auf die Stromleitung in der Wohnung schob. Das mit dem Toast war eine Art Symbolik. Sie hatte nämlich die Angewohnheit, die Schuld an jedem kleinen Mißgeschick von sich abzuwälzen. Als sie ihren Job verlor, gab sie dem Wecker die Schuld. Sie hat ihn wahrhaftig zum Abfall geworfen. Als sie eine Fehlgeburt hatte, gab sie Ian die Schuld, sie hat tatsächlich gesagt, seine Gleichgültigkeit müsse den Fötus ›nervös‹ gemacht haben. Ich gebe zu, er ist kein Adonis. Sein Brustkasten, o jemine. Diese runden Schultern. Nichts, worüber man jubeln könnte. Aber ich habe mich umgesehen, und mir ist aufgefallen, daß es wirklich nicht mehr viele gutaussehende Männer gibt. Nicht, wenn sie älter sind als, sagen wir, vierzig. Die Männer werden ziemlich früh im Leben schlaff. Dagegen die Frauen! Die Frauen pflegen sich. Ich meine, schau dir Charlotte an. Mitte Vierzig, und sie ist hinreißend. Ihre Haut, ihre gepflegten Hände, ihre lustige Lache. Sie hat eine sehr, sehr positive Einstellung. Und einen guten Geschmack in Schals, auch beim Haarefärben. Ich hoffe nur, du weißt zu schätzen, was du an ihr hast, und das meine ich ernst, Larry.«

Charlotte ist Witwe. Ihr Mann Derek, ein Buchhalter, war vor vier Jahren an Prostatakrebs gestorben und hatte sie einigermaßen gutgestellt zurückgelassen. Sie müßte nicht arbeiten, aber wie wollte sie sonst ihre Zeit ausfüllen? – sagt sie immer. Zumal die beiden Söhne erwachsen sind, der eine in Alberta, der andere an der Küste. Außerdem hat sie ihr Beraterdiplom, es wäre eine Schande, es nicht zu nutzen.

Sie und Larry haben sich auf einer Dinnerparty bei gemeinsamen Bekannten kennengelernt. Alle anderen am Tisch waren jeweils Hälften eines Paares, und aus dem forcierten Überschwang der Unterhaltung war klar ersichtlich, daß Verkuppelung in der Luft lag: eine klasse Frau allein und, welche Rarität, ein verfügbarer alleinstehender Mann. Man setzte die zwei nebeneinander, so dicht, daß Larrys Ellenbogen beim Schneiden seines Brathuhns den Seidenärmel von Charlottes Bluse streifte. »Verzeihung«, sagte sie, lächelte auf ihren Teller hinunter und zog ihren pink umhüllten Arm zurück. (Später sah er, daß sie mit Vorliebe pinkfarbene und rosa Töne sowie sanfte Rotschattierungen trug.) Das Tischgespräch war allgemein gehalten, lief aber, wie Larry feststellte, auf die beiden ungebundenen Gäste hinaus, ihn und Charlotte Angus. Ob ihm Toronto gefalle? Wie war es im Vergleich mit Chicago? Ob Charlotte *Showboat* gesehen habe? Nein? Und Sie, Larry? Sie sollten es sich wirklich nicht entgehen lassen, alle beide.

Eine Woche später waren sie zusammen im Bett. In dieser ersten Nacht – sie waren lieber in Larrys Wohnung gegangen als in Charlottes Haus in Deer Park – waren sie beide scheu wie Jungfrauen. Larry hatte nicht eine einzige Sexnacht gehabt, seit seine Frau Beth ihn verlassen hatte, und bei Charlotte war es Jahre her. Tatsächlich, bekannte sie – das war später –, hatte sie überhaupt nur einen einzigen Partner gehabt. Sie und Derek hatten jung geheiratet, und in Sachen Monogamie waren beide altmodisch. Sie vielleicht noch mehr.

Ihre Haut hatte die puderige Weichheit eines gepflegten, aber untrainierten Körpers. »Oh«, sagte sie, scharf einatmend, wie von einer alten Erinnerung durchdrungen, »oh, oh.«

Er fühlte weniger Erregung als Behagen in ihrem Fleisch, in dieser willigen Zärtlichkeit und dem Chor von zuversichtlichen gehauchten Ohs. Sie hatte das Licht nicht anlassen wollen. »Bitte«, hatte sie gesagt und auf die Lampe gedeutet.

Das Dunkel bedeckte sie wie ein kühles Laken. Er genoß es, sog seine Sattheit in sich hinein. Charlotte zitterte an Armen und Beinen, ein wohliges Schaudern, und er streckte die Arme aus, es zu umfangen.

Es war schon früher in seinem Leben geschehen, daß er gesammelt neben dem Körper einer wunderbaren Frau lag – Mitternacht, eine Sommerbrise am Fliegengitter, Grillen, die das Dunkel durchsurrten, das gelegentliche Rattern eines Fahrzeugs auf der Straße –, und jedesmal hat er eine Flut von Dankbarkeit gefühlt, so stark, so plötzlich und mächtig, daß sie sich den Eingrenzungen durch Sprache oder Gesten, ja sogar der unfertigen, versuchsweisen Formulierung in Gedanken entzieht. Was ist dieses Paradies? Berühren. Berührt werden. Das unbelastete Ich, das sich wieder einmal der primitiven Melodien halb bewußt ist, die hinter der Bühne spielen. Der unverdiente Genuß einer Menschenhand auf seinem Menschenleib. Eine willige Liebkosung, diese sprunghafte Zunahme von in der Haut verschlossenem Wissen, ja, o ja. Sein abgewürgtes, mißgebildetes, unterbrochenes Leben könnte gerettet werden. Und zwar in ebendieser Minute von einer Frau namens Charlotte Angus. Als er es am wenigsten verdient.

Manchmal denkt er, daß Charlotte ihn liebt, doch vielleicht liest er nur den flackernden Schatten geteilter Langeweile. Gewiß haben sie nicht über Liebe gesprochen, noch nicht.

Sie war auf ihre Art eigenwillig mütterlich. Und warum nicht? Sie ist eine Mutter, seit sie fünfundzwanzig Jahre alt war. (Der Gedanke an die fünfundzwanzig Jahre alte Charlotte, ihr scheues Lächeln, ihre von Schmuck unberührten Ohrläppchen, ließ sein Herz überfließen.) An manchen Tagen wehrte er sich gegen ihre Bemutterung, an anderen Tagen nicht. Er solle Zinktabletten nehmen, schlug sie vor.

Wenn Derek doch nur Zink genommen hätte. Er solle es mit Schaumstoffeinlegesohlen in den Schuhen versuchen, das sei ein Unterschied wie Tag und Nacht. Wenn er Schlafprobleme habe, brauche er sich nur vorzustellen, daß er seinen Namen auf eine Samttafel schreibe; schreib ihn langsam mit der Kuppe deines Mittelfingers, stell dir im Kopf jede Schleife und jeden Strich vor; wenn du einen Fehler machst, kannst du es ausradieren und von vorn anfangen.

Er hat das Gefühl, etwas Luftiges, Flottes antworten zu müssen: »Großartig.« »Toll.«

Nun, denkt er, vielleicht läuft es so zwischen einem fünfundvierzig Jahre alten Liebespaar. In diesem Alter braucht der Körper jede greifbare Ermutigung. Anweisungen für Ernährung und Bewegung. Rezepte zur Entspannung. Fünfundvierzigjährige wälzen sich nicht im Herbstlaub, um Gottes willen, sie machen nicht spontan Schneeadler im Park oder schlagen sich in Diskos die Nacht um die Ohren. Nein. Sie konzentrieren sich auf Verbesserungen ihrer häuslichen Verhältnisse; es war zum Beispiel an der Zeit, daß Larry ein paar bequeme Möbelstücke kaufte; der Eßtisch und die Stühle, die er aus Chicago mitgebracht hatte, waren unglaublich schön, etwas Derartiges hatte Charlotte noch nie gesehen, aber der Rest der Wohnung brauchte, nun ja, eine Aufheiterung. Sie gab hilfreiche Hinweise für Fensterverkleidungen. Auch Ratschläge für Fleckenentfernung und Kunststopfen – aber sein hellgrauer Anzug, der sollte nun wirklich in die Kleidersammlung gegeben werden. Er arbeite zu hart, bringe zuviel von sich in den McCord-Irrgarten ein, zwinge sich, einen Termin einzuhalten, der, genau besehen, völlig unverbindlich war.

Larry hörte zu und nickte. Das war das Ärgerliche am mittleren Alter: Man vergißt, was für einen auf dem Spiel steht. Man vergißt es glatt.

Es ist nicht die richtige Zeit, und dies spüren beide instinktiv, vom Zusammenleben zu sprechen. Doch an zwei, drei Abenden in der Woche landen sie entweder in Larrys Bett oder in ihrem. Diese Nächte sind lang und genußvoll. Er wacht auf und betrachtet sie, wie sie schwer auf der Seite liegt und tief schläft. Beide bemerken oft, daß sie jetzt viel besser schlafen, daß sie sich insgesamt entspannter fühlen. Larry ist sogar einmal am Sonntagnachmittag auf Charlottes Wohnzimmercouch eingenickt. Es war ein kühler Frühlingstag, und als Charlotte ihn dort sah, deckte sie ihn mit einer Mohairdecke zu. (Sie war eine Frau, die Textilien liebte und gern kleine Wohltaten erwies, damit andere es behaglich hatten.)

Er fühlte die federleichte Berührung der Decke, als sie um seine Schultern fiel, und ohne ganz aufzuwachen, wußte er sich in der Umarmung profunder Zärtlichkeit, jener entfernten Cousine der leidenschaftlichen Liebe. Sein Atem wurde tiefer und trug ihn – mit verminderter Pulsgeschwindigkeit, während die abgeblendeten Scheinwerfer eines Traumes lockten – zum idealen Gestade des Schlafes.

Seine liebe Charlotte. Dies ist etwas Neues. Dies ist in gewisser Weise lieblicher als die Lügen, das Theater und die inszenierten Manipulationen der Ehe, aber er kann sich nicht mit Leib und Seele darauf einlassen. Er steckt in einer Zwickmühle; dies empfindet er, wenn er an Charlotte Angus denkt, deren Schande und Güte in ihrem Bestreben liegen, zu gefallen – diese sacht übergeworfene Decke, ihre vollen Lippen, ihre freigebige Zunge, die Art, wie sie sich durch Unsicherheiten manövriert, sie durchsteht. Aus einem unerfindlichen Grund hat sie nach seinem lebendigen Leib gegriffen und sich ihm angeboten.

Larrys Vater, der 1988 gestorben war, hatte Anweisung gegeben, seinen Körper einäschern zu lassen. Alle waren überrascht, daß Stu Weller, ein sturer Traditionalist, zu einer so fortschrittlichen und umweltbewußten Entscheidung fähig war. Jetzt, im Oktober 1996, hat sich Dot, Larrys Mutter, im Tod zu ihrem Mann gesellt. »Eine große alte Dame«, sagte die Oberschwester des Pflegeheims in Winnipeg. »Sie war bereit zu sterben«, sagte Midge Weller. »Ja«, pflichtete Larrys Exfrau Dorrie bei, »die letzten Monate waren wirklich schrecklich traurig.« »Ich nehme an, sie möchte eingeäschert werden?« sagte Larry. Er formulierte es als Frage. »Unbedingt«, antwortete Midge.

Midge und Larry flogen nach Winnipeg, Reihe 23, Sitze A und B, ein Geschwisterpaar im mittleren Alter, beide mit dem Vorrat genetischer Zellen ihrer toten Eltern und mit ein wenig von deren unaufhörlicher Konfusion ausgestattet. Plötzlich waren sie verwaist. Midge blätterte schniefend, mit roten Augen, in einer Ausgabe des *Victoria Magazine*. Das erlesene Tafelgeschirr, die Fotografien von altem Leinzeug, die Rezepte für Veilchenmarmelade erinnerten sie nicht an ihre Mutter, sondern an den Abstand, den ihre Mutter immer zu derlei Dingen gehalten hatte. »Sie war so verdammt redlich«, sagte Midge zu Larry. »Sie hat nie über die Stränge geschlagen. Hat sich nie Extravaganzen oder Albernheiten erlaubt.« Larry, der die neueste Ausgabe von *Newsweek* las – noch mehr wirre Drohungen aus dem Mittleren Osten –, fühlte sich zu solchen Einblicken nicht berechtigt. Er hatte seine Mutter geliebt, dessen war er sicher. Tatsächlich ging das, was er für sie empfand, über Liebe hinaus. Eine Frau mit schwankenden Stimmungen, mit Anwandlungen von körperlicher Energie und trägen Tränen, die spät in ihrem Leben in der Liturgie der anglikanischen Kirche und in der Liebe Christi ihren Frieden gefunden hatte. Dot Weller hatte ihn zur Welt gebracht, er hatte an ihren Brüsten genuckelt, Fleisch von ihrem Fleisch. Doch diese Szenen gehörten zur Hintergrundmusik von Larrys Leben – vorhanden, aber nicht dringlich vorhanden.

Midge und Larry einigten sich darauf, Dots Asche am Tag

nach der Trauerfeier auf dem West Hawk Lake zu verstreuen, wie es auch mit der Asche ihres Vaters Stu geschehen war. (Larrys Sohn Ryan hielt bei der schlichten anglikanischen Zeremonie die Lobrede, und Dorrie, die am Ende bei Dot gewesen war und ihre Hand gehalten hatte, servierte in ihrem Haus in der Lipton Street Kaffee und belegte Brote. Und es war Dorrie, die Midge und Larry ihr Auto für den Ausflug zum Ausstreuen der Asche lieh.) Sie fuhren ostwärts. Es war ein windiger Tag, und die Felder und Steine boten das stoppelige, abgestorbene, monochrome Bild, das dem ersten Schnee und dem Zufrieren des Sees vorausgeht. »Wir kommen gerade rechtzeitig«, sagte Midge.

»Du meinst, sie starb gerade rechtzeitig«, sagte Larry.

Als er ein Kind war, hatte seine Mutter zu ihm gesagt – er ruft sich dieses Gespräch jetzt nachdenklich in Erinnerung, sie waren den ebenen Manitoba Highway entlanggefahren, die Bäume hatten ihr Laub abgestreift, die Schneezäune standen hier und da gebündelt am Bankett, um bald für den Winter aufgestellt zu werden –, daß Menschenleichen zu Staub werden. Er erinnert sich, daß er an der Wahrheit dieser Behauptung zweifelte. Staub, das waren die trockenen Flusen unter seinem Bett. Eine Menschenleiche verfaulte, verweste.

Doch es war Staub, was er und seine Schwester im Kofferraum von Dorries Auto beförderten, ein Behälter mit Staub. Larry hat kürzlich erfahren, daß es Stunden gewaltiger Hitze bedurfte, um eine Menschenleiche zu Pulver zu reduzieren. Trotzdem gab es Teile, die sich der Auflösung widersetzten, verhärtete Stückchen, Knochen vielleicht oder Zähne. Erstaunlich, diese Dauerhaftigkeit von Körperatomen.

Midge schaltete das Radio ein und drehte die Heizung auf, so daß das Auto zu einer kleinen Höhle mit ihrem eigenen wohltuenden Wetter wurde. Er fürchtete den Augenblick, wenn sie beide am Seeufer stehen – zum einen wußte keiner von ihnen, ob dies eine gesetzlich erlaubte Handlung war oder nicht – und ihre Hände in die trockenen Überreste von Dot Weller, ihrer Mutter, tauchen würden.

Der Augenblick stellte sich nicht ein, jedenfalls nicht an diesem Tag. Als sie nach einer zweistündigen Fahrt an einem verlassenen malerischen Aussichtspunkt geparkt hatten, öffnete Larry den Kofferraum und fand – nichts. »Ich dachte, du hättest sie reingetan«, sagte er zu Midge. »Ich dachte, du«, sagte Midge, die hemmungslos weinte und zum Schutz gegen die Kälte die Arme um sich schlug.

»Herrgott. Sie ist noch auf Dorries Veranda.«

»Das halte ich nicht aus.«

»Wir müssen sie nicht in den See streuen. Das war bloß eine Idee. Ich meine, Dads Asche ist längst ...«

»Das Wasser sieht ohnehin zu kalt aus.«

»Diese Wellen.«

»Und wenn wir ...«

»Sie mit nach Toronto nehmen?«

»Im Flugzeug?«

»Ich weiß nicht.«

»Weißt du, wir könnten sie in unseren Garten tun. Die hübsche Stelle neben den Pfingstrosen. Oder sind wir einfach bloß bequem, Larry, und wollen nicht den ganzen Weg nach Winnipeg zurückfahren, um die Asche zu holen, und dann wieder hierher, um ...?«

»Sie hatte Pfingstrosen wirklich gern. Weißt du noch, wie sie ...«

»Ian hätte bestimmt nichts dagegen. Oder findest du es zu makaber? Die Asche der eigenen Mutter im Garten.«

»Nein, finde ich nicht. Ich meine, wir wollen es vielleicht nicht zugeben, aber sie ist bloß ...«

»Asche.«

»Richtig. Staub.«

»Nein«, sagte Midge eine Stunde später. Sie hatten noch gut neunzig Kilometer vor sich bis Winnipeg. Sie schaltete das Autoradio hastig aus. »Das können wir nicht machen, Larry. Wir können sie nicht mit nach Toronto nehmen. Wir würden kein gutes Gefühl dabei haben. Wir müssen morgen wieder nach West Hawk und sie in den See streuen.«

»Ja«, sagte Larry und wünschte, er hätte dies gesagt.

Letzten Sommer, als Larry Weller bewußtlos im Koma lag, einem Koma, aus dem er möglicherweise nicht mehr erwachen würde – die Ärzte wollten keine Voraussagen machen –, ließ man seinem Körper die sorgfältigste Pflege und so gut wie ständige Überwachung angedeihen. Er schlief seinen traumlosen Schlaf und wußte nicht – fühlte, spürte, merkte nicht –, daß die Funktion seiner Körperorgane aufrechterhalten wurde. Er wurde während dieser Zeit intravenös ernährt, da seine Würg- und Schluckreflexe außer Betrieb waren. Häufiges Absaugen war erforderlich, um die Sekrete von Mund und Kehle zu entfernen und seine Atemwege offenzuhalten. Natürlich kümmerte man sich auch um seine Mundhygiene – sein Zahnfleisch und seine Zähne wurden zweimal täglich mit Chlorhexidin betupft.

Alle zwei Stunden wurde er umgedreht, damit der Druck von seiner Haut genommen und seinen Lungen Sauerstoff zugeführt wurde. Es bedurfte eines Krankenpflegers, um einen so schweren Körper wie Larrys zu bewegen, oder zweier Krankenschwestern, die zusammenarbeiteten. Er mußte vorsichtig hingelegt, sein Rückgrat mußte gerade ausgerichtet werden, um zukünftige Knochendeformationen zu vermeiden. Die Funktion seiner Gelenke wurde durch tägliche Bewegungsübungen erhalten. Ein Dauerkatheter nahm seinen Urin auf, den er in seinem bewußtlosen Zustand weiterhin produzierte, und sein Stuhl wurde regelmäßig manuell aus seinem After entfernt.

Eine elektronische Überwachung registrierte seine Lebenszeichen und versuchte, seine Bewußtseinsebene zu messen – obwohl über Koma und dessen eigenartige Position auf halbem Wege zwischen Leben und Tod wenig bekannt ist. Denkt oder träumt ein komatöser Körper, hört er Geräusche und spürt die Spannungen, die ihn umgeben? Larrys Kinn und Wangen wurden rasiert, seine Finger- und Fußnägel geschnitten. Seine Füße waren an ein L-förmiges Plastikbrett geschnallt, das ihnen Halt gab. Ohne dieses Fußbrett wären seine Füße in eine Fußsohlenkrümmung »gesackt«, was eine Verkürzung der Muskeln und Sehnen auf der Rückseite seiner Fußgelenke zur Folge hätte, so daß er, sollte er überleben, außerstande wäre, aufrecht zu stehen.

Hunderte von Händen hatten ihn während der zweiundzwanzig Tage seiner Bewußtlosigkeit berührt. Die Hände von Fachkräften, die ihre Arbeit taten, Punkte auf seiner Tabelle abhakten, seine mit Blut gefüllten Gewebe lebendig und elastisch hielten. Seine intimsten Öffnungen, seine Nasenlöcher, sein After, wurden frei- und saubergehalten. Die Gesichter der Fremden, die diese Taten vollbrachten, sind ihm gänzlich unbekannt, und dies scheint ihm ein fundamentales Ungleichgewicht in der Welt zu verkörpern. Seine zwei gescheiterten Ehen, die Distanz, die er zwischen sich und seinen toten Eltern fühlt, seine Unfähigkeit, seinen Sohn zu verstehen oder sich durch Willenskraft zu zwingen, Charlotte Angus zu lieben – alle diese Fehlschläge sprechen von der Isoliertheit der Menschen, davon, daß jeder einzelne Mensch auf Erden sich in die Einsamkeit seiner Knochen zurückzieht.

Aber das ist nicht wahr. Es ist unmöglich, ein ganzes Leben von den Grenzen eines komplexen Körpers umschlossen zu verbringen. Früher oder später, und manchmal durch Zufall, wird jemand eine Hand oder eine Zunge oder einen Krümel genitales Fleisch ausstrecken und in die dunklen Kammern eindringen. Dieser Akt kann als ausgesprochenes Unglück oder als ausgereifte Wonne verstanden werden. Die Haut wird aufbrechen, oder die Zellenwand, und alle warmen Säfte des Lebens werden freigelassen – ob wir es wollen oder nicht –, um sich ungehindert in die Mischmaterie der Welt zu ergießen, dieses wogende, gefällige Meer. Larry Weller ist verstört von dieser Vorstellung, aber auch seltsam getröstet. Er wird genesen; in gewissem Sinne hat er sein ganzes Leben in einem Genesungszustand verbracht, hat aber erst mit fünfundvierzig Jahren begonnen, das lebenswichtige Vorauswissen von dem einzuatmen, was aus dem souveränen Ich in ihm werden wird, diesem Luxuszierstück. Er hätte dieses Ich gern musikalischer und erleuchteter, er besäße gern eine ausgeprägtere Neugierde, und vor allem hätte er gern irgendwen, irgend *etwas* zum Lieben. Er ist nahe daran. Er fühlt es. Er ist jetzt halbwegs wach und auf dem Weg, vollends aufzuwachen.

Kapitel Fünfzehn

Larrys Party

1997

Vor der Party

Wenn es einem nicht gutgeht im Leben, denkt man nicht im Traum daran, eine Party zu geben. Wenn man nicht in den Spiegel gucken und einen liebenswürdigen, großzügigen und gesunden Menschen sehen kann, schreckt man vor Gastgeberpflichten zurück. Deswegen hat Larry Weller seit geraumer Zeit keine Party gegeben. Er kann sich wahrhaftig nicht mehr an das letzte Mal erinnern. Ungesellig ist er gewesen, seit seine zweite Frau Beth ihn vor drei Jahren verließ.

Doch nun wird Beth in der Stadt sein.

Und ebenso, durch Zufall, Larrys erste Frau Dorrie – sie wird für ein paar Tage hier sein, geschäftlich.

Zwei Exfrauen am selben Wochenende in Toronto. Ein glücklicher Zufall.

Beth hat Larry aus England gefaxt, wie gern sie ihn wiedersehen würde nach dieser langen Zeit. (»Viel zu lange, und ich habe wundervolle Neuigkeiten.«) Und Dorrie hat eine ihrer typischen Postkarten geschrieben. »Ich habe den ganzen Samstagmorgen Besprechungen, aber der Rest des Wochenendes ist frei. Wollen wir uns nicht treffen, um der alten Zeiten willen?«

»Das ist die ideale Gelegenheit, eine Party zu geben«, sagte Larrys Freundin Charlotte Angus, als sei es bereits beschlossene Sache. »Und ich verspreche, daß ich einspringen und helfen werde.« Dann fügte sie, zögernder, hinzu: »Das heißt, wenn du das möchtest.«

»Natürlich, gerne. Aber wie? Was können wir…?« Er fühlt sich verloren in diesem allzu plötzlichen gesellschaftlichen Dickicht; es ist einfach zu lange her. »Wann? In welcher Form? Um welche Zeit?«

»Samstagabend? Ein Essen. Sieben Uhr ist gut. Es ist

früh, aber so kannst du damit rechnen, daß alle vor Mitternacht gegangen sind.«

»Hältst du das wirklich für eine gute Idee? Es scheint mir…«

Wie schien es ihm? Diese Frage stellte er sich. Ein sechsundvierzig Jahre alter Mann (siebenundvierzig im August), der eine Party gibt? Das sieht man nicht oft, einen alleinstehenden Mann, zweimal geschieden, der seine gesellschaftlichen Verpflichtungen erfüllt, indem er seine Freunde nicht in ein Restaurant, sondern zu einem Abend unbeschwerter Geselligkeit zu sich nach Hause einlädt. Ein gedeckter Tisch. Gespräche, Gelächter. Essen und trinken nach Herzenslust. Die meisten Männer in Larrys Stellung sind lieber Gäste statt Gastgeber. Das ist Charlottes Meinung. Solche Männer lassen sich immerzu bewirten. Es kann jahrelang andauern, dieses gesellschaftliche Ungleichgewicht, bevor irgendjemand auf die Idee kommt, es in Frage zu stellen. Es muß so etwas wie ein Notstand eintreten, um eine Gegeneinladung unvermeidlich scheinen zu lassen.

Und nun ist dieser Augenblick gekommen. Zwei Exehefrauen treffen am selben Wochenende ein, und beide – Larry kann nicht anders, als erfreut, ja sogar geschmeichelt zu sein, –, beide haben sich schriftlich angekündigt, suchen seine Gesellschaft. Dies ist zivilisiertes Benehmen, dies wirft ein gutes Licht auf ihn als Mann, als ehemaligen Ehemann, und so weiter, und so fort.

»Ich kann es einfach nicht glauben«, sagte Charlotte zu Larry, »daß sie sich nie kennengelernt haben. Ich meine, sollte man nicht annehmen, daß sie sich in all den Jahren wenigstens einmal…?«

»Es ist ein weiter Weg von Chicago nach Winnipeg«, erwiderte Larry, nicht sehr überzeugend. »Sie haben aber ein paarmal am Telefon miteinander gesprochen.«

»Höflich, da bin ich sicher.«

»Sehr.«

»Beide haben die Nach-Ehe-Etikette peinlich genau eingehalten, nehme ich an.«

Larry mußte darüber nachdenken. Er hatte Beth' eifersüchtige Ader erlebt, wie unvernünftig geringschätzig sie manchmal über seine erste Frau herzog, und er erinnert sich auch an Dorries rauhe Kanten. Doch das war eine alte Geschichte, die Temperamente seiner Ehefrauen; er war in den Zwanzigern gewesen, als er Dorrie heiratete, in den Dreißigern, als er und Beth sich begegneten; seine Ehen schienen ihm jetzt weit entfernt, Erfindungen eines anderen, jüngeren, weniger gefestigten Ich. Er weiß so viel mehr als vor zwanzig Jahren, zumindest glaubt er dies gern. Eine Milliarde Informations-Bytes lasten auf ihm. »Ich denke«, sagte er zu Charlotte, »daß man sich auf alle beide verlassen kann.«

»Gut. Denn es enthält eine Menge Potential für ...«

»Ich weiß, ich weiß.« Tatsächlich war er jetzt aufgeregt über die Aussicht auf die Party, und aufgeregt über seine Aufgeregtheit.

Es war beim Mittagessen an einem Mittwoch, als er und Charlotte dieses Gespräch führten. Larry hat in letzter Zeit erkannt, daß Speisen im Restaurant sein Selbstgefühl hebt und daß er und Charlotte an ihren kleinen Tischen in der Öffentlichkeit Möglichkeiten sondieren, vor denen sie im Privaten zurückscheuen.

Am Vormittag hatte er eine kurze Pressekonferenz über die Einweihung des McCord-Irrgartens gegeben, ein Projekt, das ihn die letzten zwei Jahre beschäftigt hat. In genau fünf Wochen soll der Irrgarten offiziell eröffnet werden. Es ist ein relativ zurückhaltendes Werk, aber für Larry ist es trotzdem das kreativste, abenteuerlichste seines Lebens. Er ist diesmal neue Wege gegangen, aber subtil, sanft. Statt der steifen, formalen Pflanzen der traditionellen Irrgärten – Stechpalme, Buchsbaum, Eibe – hat er Dutzende von dichten, aber formlosen Hecken genommen – sich sacht ausbreitende Pflanzen wie die fünfblättrige Aralie (verträgt verschmutzte Luft gut), Amurahorn, Geißblatt, Blasenspiere, die Wind und Kälte trotzt, Ilex wegen der leuchtendroten Beeren und dunklen Blätter, schmalblättrige Ölweide, großblättriges Johanniskraut, Erbsenstrauch wegen seiner fedrigen Leichtigkeit, geflügelter Spindelstrauch und Forsythie. (Garth McCord hat öffentlich geäußert, die Forsythie sei ein zu »vorstadtmäßiger« Strauch. Er hat dies mit großem Nachdruck gesagt, es war schließlich sein Geld, doch am Ende wurde ein Kompromiß gefunden.) Larry hofft, und dies hat er heute morgen in einer vorbereiteten Erklärung der Presse mitgeteilt, daß dem Irrgarten die wesentliche Odyssee des Sichverlierens und Sichfindens eines konventionellen Irrgartens innewohnt, aber dem Irrgartenwanderer gestattet wird zu vergessen, daß das Strauchmaterial eine Art Wand ist, und es vielmehr als Erweiterung der träumerischen organischen Welt zu sehen, in der Irrgarten und Irrgarten-Entschlüßler zu einem einzigen Organismus verschmelzen.

Der in einer Schlucht liegende McCord-Besitz, der großzügig in das städtische Grünsystem integriert wurde, senkt sich zu einem kleinen Bach hinab, und der Irrgartenpfad, der abwärts und auf dem Rückweg aufwärts führt, soll den Absteigenden in einen unbewußten Schlaf locken, gefolgt von einem langsamen Erwachen. (Drei Reporter nahmen an der Pressekonferenz teil – Larry gesteht sich selbst, wenn auch nicht Charlotte, daß er von der Anzahl enttäuscht ist –, und jeder notierte die Formulierung: *Erweiterung der träumerischen organischen Welt.*)

Larry und Charlotte Angus saßen in einem Café namens Blinking Duck abseits der King Street an einem Tisch im Freien, teilten sich einen Meeresfrüchtesalat, sprachen über die noch abstrakte Vorstellung von Larrys Dinnerparty und blickten dabei zu dem seltsam leeren Himmel hinauf. Dies ist Kanada, das kalte, gebirgige Land mit seinem wechselhaften Wetter und dem standhaften Herzen. Heute ist es jedoch ungewöhnlich warm für April, und Larry hatte den Fehler begangen, seinen grauen Wollblazer und eine Krawatte zu tragen. »Leg das Zeug doch einfach ab«, riet ihm Charlotte auf ihre fürsorgliche Art, und er tat es.

Wir könnten acht oder zehn Personen bei Tisch sein, meinte Charlotte gerade, aber warum nicht genau zehn, weil diese Zahl so schön an den Tisch paßt. Einfaches, aber feines Essen. Ein leichter Rotwein, ein italienischer vielleicht. Ein früher Abend.

Eine Brise rauschte über die Terrasse, eine energische Aprilbrise, und hob die Zipfel von Charlottes Schal ein paar Millimeter an. Alles, was Larry über Frauen weiß, sagt ihm, daß sie einen Punkt in ihrem Leben erreicht hat, wo ein Schal um den Hals in Sachen Aufmöbelung angeblich Wunder wirkt. »Wirklich«, erklärte sie, während sie den Saum des Schals befingerte, »eine Dinnerparty ist nicht ganz dasselbe wie eine gewöhnliche Party.«

»Inwiefern?« Er spürte, wie sein schläfriges Lächeln über die rosa Papiertischdecke wehte. Er war jetzt über ein Jahr mit Charlotte zusammen, und sie haben gelernt, unbeschwert miteinander umzugehen. Wenigstens zum Teil entspringt diese Unbeschwertheit einer Gewohnheit halbherziger Neckerei, als hätte jeder einen Pakt mit sich geschlossen, vom anderen ein bestimmtes Quantum an Ironie einzufordern.

»Ach, ich weiß nicht. Eine Dinnerparty ist irgendwie eine sichere Sache. Mehr so etwas wie ein Ereignis.« Charlottes Stimme hatte einen zuversichtlichen Klang angenommen. Sie ist eine schüchterne Frau, neigt aber zu Energieschüben. »Ein inszeniertes Ereignis. Bei einer Dinnerparty kann man die Kontrolle behalten.«

»Mit Small talk, diesem seichten Geplauder, meinst du?«

»Nun ja«, sagte sie achselzuckend, »dem Himmel sei

Dank für Small talk, behaupte ich. Seichtes Geplauder ist besser als tiefsinniges Gerede. Schauerliches tiefsinniges Gerede. Ästhetik, gesellschaftliche Werte. Und die Leute lassen dich ins Messer laufen, indem sie Schriftsteller erwähnen, von denen du nie gehört hast. Zitieren Kierkegaard. Also wirklich!«

Larrys Lächeln wurde breiter. Zitate bei Tisch sind nicht seine Sache, auch wenn er sich manchmal wünscht, er hätte die Fähigkeit dazu.

Charlotte war noch nicht fertig mit dem Thema. »Hast du dir schon mal überlegt, wie still die Welt wäre, wenn wir nicht über das Wetter oder die Grundstückspreise reden könnten? Oder über die Eichhörnchenplage in unseren Gärten? Was wäre, wenn wir nicht über unseren Urlaub quatschen könnten? Oder darüber, was unsere Kinder machen? Mein Gott!«

»Nicht mal das ist ein sicheres Thema.« Larry betrachtete Charlottes munteren Mund und ihre baumelnden Ohrringe und dachte daran, daß Ryan, sein eigener Sohn, vor kurzem beschuldigt worden war, vor einem Wettkampf Dopingmittel genommen zu haben, Steroide, und daß in dieser Sache ermittelt wurde.

»Und noch etwas«, fuhr Charlotte fort, »man kann die Leute nicht fragen, was sie arbeiten. Das gilt heute als aufdringlich. Ich meine, was ist, wenn sie arbeitslos sind? Oder wenn sie bei einer Firma arbeiten, die Pornofilme oder Damenbinden herstellt oder so was? Bei dir ist es in Ordnung, Larry, du arbeitest mit schönem, lebendigem Grünzeug.«

»Also«, sagte Larry, »du meinst, eine Dinnerparty ist eine sichere Sache? Im Sinne von neutraler Konversation.«

Charlotte zog die Augenbrauen hoch. »Nun ja, Kontrolle behalten ist schon wichtig, nicht? Ich meine, über die Dynamik. Weißt du, es könnte sein...« Sie durchschnitt mit einer Hand die Luft.

Es folgte eine Pause. Larry hätte nicht sagen können, ob

es eine lange Pause oder eine kurze Pause war. Er blickte sich um und stellte fest, daß sich das Restaurant mit jungen Pärchen zu füllen begann; die meisten sahen wie Liebespaare aus. Zwanzigjährige, Dreißigjährige, ihre Hände begegneten sich auf Tischplatten, machten kleine sexuelle Winke mit den Fingerspitzen.

»Ich bin ein miserabler Koch«, sagte Larry kopfschüttelnd und dachte dabei an seinen Freund Bill Herschel, der seine Forellen selbst räuchert und regelmäßig Brot für die Familie bäckt. »Beth hat darauf bestanden, daß wir uns mit dem Kochen abwechseln …«

»Wirklich? Das hast du nie erwähnt.«

»Das war so eine Masche von ihr.«

»Als Feministin, meinst du.«

»Aber ich könnte bloß Nudeln kochen.«

»Nudeln? Hmmmm. Nein, ich glaube nicht. Nicht für zehn Personen.«

»Dann haben wir ein Problem.«

»Ich habe doch versprochen, daß ich dir helfe.« Charlotte sprach jetzt lauter, da der Geräuschpegel angestiegen war. »Aber hör mal, wie würdest du mich, verstehst du – deinen Exfrauen vorstellen? Ich meine, welche Worte würdest du wählen?«

»Äh-hem.« Er hielt inne, verlegen, ermahnte sich, sich zu bremsen, wußte er doch, wie empfindlich Charlotte sein konnte. »Ich sage einfach, wir sind Freunde.«

»Und das sind wir, nicht wahr, Larry?« Sie sah ihn an, ihre Augen gaben ein Versprechen. Oder baten, wie ihm schien, um eine vertiefende Bekräftigung.

»Wir sind gute Freunde.« Er hielt seinen Blick im Zaum, betonte das Wort *gute* leicht wie eine Fingerspitze, aber es schien sie zufriedenzustellen.

»Vielleicht«, sagte sie stirnrunzelnd, »sollten wir acht Personen sein statt zehn. Oder noch besser neun. So können wir uns asymmetrisch rund um den Tisch unterhalten.

Asymmetrie gibt dem Gespräch immer eine bessere Konzentration.«

Woher weiß sie solche Sachen? »Bist du sicher, daß wir das wollen? Konzentration?«

»Aber natürlich.«

»Statt eines netten unkonzentrierten Wischiwaschi? Wie in dem französischen Film, den wir gesehen haben, wo wir nicht wußten, worum es ging?«

»Wir können einiges für das Essen fertig kaufen«, sprach Charlotte hastig weiter und zog ein kleines Notizbuch aus ihrer Handtasche. »Den Nachtisch zum Beispiel. Das machen heute alle. Ja, auf jeden Fall ein fertig gekaufter Nachtisch. Irgendwas Schokoladiges. Von Dufflet.«

»Wo wir gerade von Nachtisch sprechen ...«

»Daran habe ich auch eben gedacht. Wollen wir uns ein Stück Käsetorte teilen? Die Mandel darauf sieht gut aus.«

»Warum nicht.«

Sie haben sich in den letzten Monaten angewöhnt, sich Essensportionen zu teilen – verminderter Appetit, denkt Larry, oder auch das Altersäquivalent zum Händchenhalten. Er betrachtete sie zärtlich. Die forsche Aussage ihres Lippenstifts. Ihre Augen. Versöhnliche, begehrliche Augen; wie brachte sie es fertig, eine solche Begehrlichkeit lebendig zu halten? (Ein Schimmer grüner Lidschatten, gekonnt aufgetragen. Fragende Brauen. Das Erschlaffen eines Augenlids, wenn sie müde war.) Ihr bunter Seidenschal beschwor flammende Bilder von Mittelamerika herauf, aber Larry weiß, daß sie ihn letzten Sommer in der Provence gekauft hat – oder war es Spanien? Es mußte einem heiß werden, überlegte er, wenn man sich so etwas um den Hals band.

Charlotte ist eine Frau, die immer »ihr Bestes tut«, die »sich auf Dinge stürzt«, und verdrehterweise ist es dies, denkt er, was ihn davon abhält, sie mit der gleichen Wärme zu lieben, die sie ihm entgegenbringt. Etwas – vielleicht der Tod ihres Mannes vor fünf Jahren, vielleicht ihre genetische

Veranlagung – zwingt sie, so scheint es Larry, fester als die meisten anderen Menschen in die Torte des Lebens zu beißen. Zu beißen und immer weiter zu beißen.

»Wenn du dich für Lamm entscheidest«, sagte Charlotte Angus eine Woche vor seiner Dinnerparty zu Larry, »solltest du wirklich Bohnen dazu reichen.«

»Warum Bohnen? Kein Mensch mag Bohnen. Zumindest keiner, den ich kenne.«

»So wird Lamm in Frankreich serviert. Blutig, in der Mitte rosa, und mit weißen Bohnen. Das ist Tradition. Oder diese kleinen Limabohnen. Die kann man tiefgefroren kaufen.«

»Bohnen sind schwer verdaulich.«

»Berge von Bohnen sind schwer verdaulich. Da hast du absolut recht. Man darf eben nur wenige Bohnen zum Fleisch reichen. Mehr Garnitur als Beilage.«

»Wie viele sind wenige? Zwölf Bohnen? Zwanzig?«

»Du liegst auf meinem Arm, Lieber. Ja, so ist es besser.«

»Also, ein paar Bohnen, um das Lamm zu garnieren. Heißt das, wir müssen die Bohnen nicht garnieren?«

»Mit ein wenig Petersilie bestreuen. Oder frischem Salbei. Den gibt es auf dem St.-Lawrence-Markt. Salbei wäre sehr schön, wenn ich es recht bedenke.«

»Und um den Salbei zu garnieren?«

»Weißt du was, Larry? Du bist plump und albern. Männliche Albernheit in dieser Zeit ist…«

»Ungehörig«, ergänzte er. Auch Beth hatte etwas gegen Albernheit.

»Genau.«

»Wann ist die rechte Zeit für männliche Albernheit?« Er schmiegte seinen Körper an ihren, legte ein Bein um ihre weiche Hüfte.

»Nie. Ich dachte, das wüßtest du. Es gibt eine neue diesbezügliche Verordnung. O Gott, schau, wie spät es ist. Ich muß heute morgen zeitig zur Arbeit. Besprechung. Das Trauma-Team macht eine Präsentation.«

»Was meinst du damit, ich bin plump?«

»Hab ich gesagt, du bist plump?«

»Ja.«

»Weil du – weil du versuchst, mich dahin zu bringen, daß ich gattinnenhafte, triviale und blasierte Sachen sage. Damit ich wie ein Haustyrann aussehe, wenn ich doch bloß die Freundin bin, die dir zu helfen versucht.«

»Mir gefällt, wie du das gesagt hast. ›DIE FREUNDIN.‹ Groß geschrieben.«

»Eher kursiv. Ich meine, mit sechsundvierzig Jahren wäre es wohl unpassend, von deinem ›Mädchen‹ zu reden, und – lieber Gott, sieh dir bloß meinen Rock an. Was überkommt mich nur, wenn ich die Nacht bei dir verbringe? – zu Hause hänge ich meine Sachen *auf*, ich achte auf mich. Ich werde ihn bügeln müssen, und zwar fix. Ich nehme nicht an, daß du destilliertes Wasser im Haus hast?«

»Ich besorge heute welches. Wenn ich rausgehe, um die Limabohnen zu kaufen.«

»Du wirst drei Pakete brauchen. Für neun Personen dürfte das gut reichen.«

»Sind wir neun? Ich habe den Überblick verloren.«

»Du weißt ganz genau, daß wir neun gesagt haben. Warum versuchst du auf einmal, es so aussehen zu lassen, als wäre diese Party ganz allein meine Idee? Und, Larry, hör mal, wenn du die Lammkeule ausgelöst servieren willst, wozu ich dir rate, solltest du es lieber jetzt bestellen. Heute, meine ich. Bei Ollife machen sie das vorzüglich. Sie marinieren es auch. Olivenöl. Zitrone. Rosmarin. Wunderbar.«

»Sonst noch was?«

»Tja, du könntest – nein, das sind genug freundinnenhafte Ratschläge für heute morgen. Obwohl vielleicht, wenn ich drüber nachdenke ...«

Speisenfolge – Larrys Party

Champagner
(Cartier Imperial Canadian?)

Winterkürbis und Ingwersuppe

Lammkeule mit Rosmarin
Keniaböhnchen / Karotten
(Beaujolais)

Salat

Bayerische
Österreichische Schokoladentorte
(Muscat de Frontignan?)

Kaffee / Kognak

»Was?«

»Nichts.«

»Sehe ich dich heute abend?«

Sie zögerte und warf ihm einen Blick zu. Einen undefinierbaren Blick, aber er merkte, daß Bestrafung darin lag. »Morgen abend wäre mir lieber«, sagte sie. »Bei mir.«

Beth hat Larry endgültig 1994 verlassen; in ihrem Haus in Oak Park blieben ein Schrank voll weich fließender Kleider und ein Badezimmer mit einem Sammelsurium von hypermodern gestylten Haarbürsten und Miniaturparfümflakons zurück.

Ansonsten verließ sie ihn behutsam, taktvoll, *psychologisch.* Ihrer ersten leisen Ankündigung von Angesicht zu Angesicht in einem Restaurant in Southampton folgte ein paar Tage später ein ausführlicher Brief.

> Liebster Larry,
> dies alles wird leichter für Dich sein, wenn Du Dir vorstellst, daß das Leben ein Buch ist, das jeder von uns allein schreiben muß, und daß es in dem Buch viele Kapitel gibt. Ich denke, wir wissen beide, daß unser Kapitel, Deins und meins, Seiten mit Ekstase enthielt, mit wechselseitigem Wachstum…

Und so weiter und so fort. Er fand den Text schwer verständlich, als sei er in volltrunkenem Zustand verfaßt worden, aber das war unmöglich, weil Beth niemals etwas Stärkeres als Quellwasser anrührte – ihre Allergien, ihre Angst, zuzunehmen. Der letzte Absatz lautete:

> Dein spirituelles Signum, süßer Larry, hat das meine erleuchtet, und ich möchte gerne denken, daß unser vereinigtes Epigraph sowohl sexuelle als auch intellektuelle Sternschnuppen über die Synapse unserer zusam-

mengehefteten Blätter ausgesandt und jene Art von Glaubwürdigkeit gezündet hat, die nach der Trennung weiterlebt. Ich spüre aber, daß es Zeit ist, auf einem neuen Blatt fortzufahren, so wie die Dinge liegen, und unseren Weg zu Verständnis und Vergebung aufzuschreiben.

Die liebe herrische, pädagogische Beth. Gebrochen las er diesen Brief und fühlte gleichzeitig, wie sein Gesicht sich in einem Lächeln entspannte.

Moment mal. Halt! *Lächelte gebrochen?* Bestimmt nicht. Vielleicht lächelte er um sein gebrochenes Herz *herum. Unter* ihm, *durch* es hindurch.

Larry, immer mehr zum Beobachter, zum Skeptiker geworden, trat zurück und sah sich dabei zu, wie er den Brief seiner Frau zur Hand nahm und ihm mit einem Rotstift energisch zu Leibe rückte. Drei minus. Und das war großzügig zensiert.

Verständnis und Vergebung, ah-ha! Also das war ihr Rezept. War das alles?

Als Beth ihn verließ, nicht wegen eines anderen Mannes, sondern wegen eines Lehrstuhls in England, war er kurz vor seinem vierundvierzigsten Geburtstag, ein Mann in seiner abgeklärten Periode, das jedenfalls wollten romantische Dummköpfe ihn glauben machen. Verständnis und Vergebung hätten mühelos kommen sollen. Ein Kinderspiel. Mit einem kaum merklichen Heben einer nicht muskulösen Schulter. Wo steht denn geschrieben, daß die Liebe mächtiger ist als eine neue Karrieremöglichkeit? »Mein allerliebster Larry«, hatte seine glatthäutige Beth in einem Postskriptum hinzugefügt, frisch angereichert mit Sauerstoff, wollte es scheinen, durch den Taumel ihres eigenen Schreibstils. »Du bist der Übersetzer meiner ungeformten Seele gewesen, aufmerksamer Leser meines Körpers und Geistes und zuletzt Lektor und Verleger meiner tastenden

Liebe. Laß uns, Du und ich zusammen, unsere separaten Seiten umblättern. Und weiterlesen!«

Ja, gut. Was gab es sonst zu tun?

Wenn ein Mann eine Frau nicht von sich aus verlassen hat, wird er unfähig sein, zu-verstehen-und-zu-verzeihen. Vielmehr wird er diese siamesischen Zwillingsverben als Miniaturwerkzeuge am Glücksbringerarmband einer Frau sehen – Spaten, Hacke –, kurios und dekorativ, und auch nicht eine Minute über die ungeheure Nachsicht nachdenken, die sie verlangen. Auch nicht – Herrgott noch mal! – über die Wippe der Schuld, die sie ins Blickfeld schaukeln.

Larry und seine erste Frau Dorrie waren fünf Jahre verheiratet gewesen, als er sie verließ. Fünf Jahre, ein Kind, ein Haus im Zustand der Renovierung, ein vollbeschäftigter Zeitabschnitt – und doch hat er Mühe, sich zu erinnern, woraus ihr gemeinsames Leben bestand. Sie beide waren sich, so schien es ihm immer, in der Zeit der alten Poesie begegnet, 1977, als die Welt sich singend und klingend reimte und die Zimmerdecken höher waren oder, wenn nicht, wenigstens die Möglichkeit von Höhe zu spüren war.

»Wie war sie?« fragte Charlotte Angus Larry einmal; es war nach einem Liebesspiel in Charlottes weißem und cremefarbenem Schlafzimmer.

»Wer?«

»Dorrie. Die erste.«

»Du wirst es nicht glauben, aber ich kann mich nicht erinnern.«

»War sie phantastisch im Bett?«

»Hmmmm. Schwer in Worte zu fassen.«

»Das heißt, du möchtest es lieber nicht sagen. Das heißt, es geht mich nichts an.«

»'tschuldigung.«

»Ich muß mich entschuldigen. Mein großes Maul.«

»Sie konnte witzig sein. Sie hat ihren Chef und die

Toyota-Verkaufsabteilung imitiert. Und auch meinen Dad. Darin war sie gut. Bevor alles kaputtging.«

»Und ist wirklich alles kaputtgegangen?«

»Alles. Na ja, alles außer Dorrie.«

»Warum seid ihr nicht zu einem Eheberater gegangen?«

»Das gab es nicht in unserem Vokabular.«

»Dachtet ihr, es wäre mit einem Stigma verbunden, wenn ihr …«

»Kein Stigma, das nicht. Es war *wirklich* eine Frage des Vokabulars.«

»Wenn Derek und ich Probleme gehabt hätten, ich bin sicher, wir hätten professionelle Hilfe gesucht. Es wäre das Natürlichste von der Welt gewesen.«

Bei der Erwähnung von Derek, Charlottes verstorbenem Ehemann, wurde es Larry jedesmal leicht übel. »Vielleicht hattet ihr, du und Derek, diese Art von Vokabular«, sagte er vorsichtig.

»Bist du sicher, daß du Vokabular meinst? Habt ihr ehrlich nicht gewußt, was ein Eheberater ist?«

»Das wußten wir. Das wußte jeder.«

»Also was dann?«

Er dachte an seine Mutter, die über lange Strecken ihres Lebens deprimiert gewesen war, aber nicht im Traum daran gedacht hätte, psychiatrische Beratung zu suchen. »Ich wußte die Worte rund um die Worte nicht«, sagte er zu Charlotte. »Wie man dahin kommt.«

»Manchmal, Larry, sagst du etwas, und ich habe keine Ahnung, was du meinst.«

»Manchmal weiß ich es selbst nicht«, sagte er und schluckte.

Ihm schien, daß das, was er schluckte, die Bitterkeit seines eigenen Wesens war. Er war nicht der Mann, als der er angefangen hatte. Er ist jetzt reicher und trauriger, und er hat den Trick verlernt, sich selbst im Auge zu behalten.

»Na? Was meinst du?«

»Sieht hübsch aus. Die Tischdecke war eine gute Idee.«

»Sie hält alles zusammen, nicht? Und ich bin froh, daß du an die dunkelgrünen Kerzen gedacht hast, Larry. Weiße Kerzen sehen kirchlich aus.«

»Danke, daß du Blumen mitgebracht hast.«

»Mir ist eingefallen«, sagte Charlotte, »was du einmal gesagt hast – von wegen Rosen auf einem Eßtisch, daß der Duft auf die Suppe übergeht.«

»Meine Floristenzeit!« Er stieß einen Seufzer aus. »Das müssen wir im ersten Semester gelernt haben. Es bleibt einem ewig erhalten.« Er betrachtete den gedeckten Tisch, die glänzenden Gabeln und Messer, die schimmernden Weingläser, die bereitstehenden Stühle. »Alles bleibt einem ewig erhalten, ja. Jede Einzelheit.«

»Du wirst mir doch nicht rührselig, Larry?«

»Könnte schon sein. Langsam überkommen mich Zweifel an dieser ganzen...«

»Das sind die Nerven, nicht Zweifel. Und das ist völlig normal. Wenn Derek und ich eine Dinnerparty gaben, habe ich immer in letzter Minute Panik gekriegt. Daß mir vielleicht der Hauptgang anbrennt, daß vielleicht niemand kommt, lauter solche Sachen. Du hast doch von allen gehört, oder?«

»Die beiden Frauen haben gefaxt.«

»Eigenartig.«

»Das habe ich auch gedacht. Midge hat angerufen. Sie und Ian kommen ein paar Minuten später. Und Sam Alvero hat eine Nachricht hinterlassen – er kommt vielleicht ein paar Minuten früher, es hat irgendwas damit zu tun, daß er seinen Wagen in der Karosseriewerkstatt abholen muß.«

»Die McCords?«

»Seine Sekretärin hat angerufen. Sie wollte wissen, ob sie in Abendkleidung kommen sollen. Ich sagte, leger.«

»Na, das wird ja interessant. Bin gespannt, was er unter leger versteht. Apropos, ziehst du dich noch um?«

»Gefällt dir mein Pullover nicht?«

»Doch, doch. Du siehst eingepackt und geborgen aus.«

»Das war meine Absicht.«

»Wogegen ich mir in diesem Kleid verdammt bloßgestellt vorkomme. Dem Blick der Exfrauen ausgesetzt. Ihren huschenden kleinen Augen. Neugierig. Ich wollte mir einen Schal umbinden, aber…«

»Du siehst großartig aus.«

»Nicht zu geheimnisvoll oder gefährlich? Das ist sie, Leute – Larry Wellers neue Freundin. Hmmm. Na, wer ist sie wohl, wie fügt sie sich ins Bild? Auch nicht mehr die Jüngste, was? O mein Gott, was brabble ich da.«

»Die Nerven.«

»Halt mich einen Moment fest.«

»Hmmmm.«

»So ist es besser.«

»Es wird gutgehen.«

»Ich kann das Lamm riechen, du auch? Knoblauch, himmlisch, himmlisch. Hoffentlich essen alle gern Knoblauch. Na ja, wenn nicht, haben sie Pech gehabt.«

»Ich kann gar nichts riechen.«

»Weil du den ganzen Nachmittag hier warst. Und ich sehe, die Möhren hast du auch schon fertig.«

»Und die Suppe. Aber vielleicht solltest du sie lieber probieren.«

»Wir haben noch eine halbe Stunde Zeit. Wie wär's mit Tischkarten?«

»Ich weiß nicht. Das klingt schrecklich…«

»Förmlich? Vielleicht hast du recht. Dann laß uns wenigstens die Sitzordnung überlegen. Und auswendig lernen.«

»Warum sollen sich nicht einfach alle setzen, wohin sie wollen?«

»Das können wir nicht *machen*, Larry! Was ist, wenn die

zwei Ehefrauen nebeneinander landen? Ich meine, wir wollen es zwanglos halten, aber die beiden Seite an Seite, das könnte« – sie hielt inne – »Ärger provozieren.«

»Was für Ärger? Sie werden sich nicht gegenseitig die Haare ausreißen. Schließlich sind sie keine Rivalinnen.«

»Ach Larry!«

»Was soll das heißen – ›ach Larry‹?«

»Ich weiß nicht. Bloß, manchmal bist du so naiv.«

»Die beiden haben ganz verschiedene Zeitabschnitte besetzt. Es gab überhaupt keine Überschneidung. Ich sehe nicht, wieso sie Rivalinnen sein können. Sie sind eigentlich – ich weiß nicht – Gefährtinnen im Entkommen.«

»Ach Larry«, sagte Charlotte wieder und schüttelte den Kopf. »Du – du kapierst es einfach nicht, was?«

»Vermutlich nicht.« In gewisser Weise kapierte er es aber.

»Jedenfalls werden sie jede Minute hier sein, und wir sollten uns wirklich eine Sitzstrategie überlegen.«

»Gut«, sagte Larry, »wir könnten eine Ehefrau an jedes Ende setzen – auf diese Weise sind sie so weit auseinander wie möglich.«

Zu seiner Überraschung nahm sie das ernst. »Hmmm. Vielleicht zu auffällig. Und eigentlich nicht korrekt. Sie sind die Ehrengäste, vergiß das nicht.«

»Und du und ich, wir wollen bestimmt nicht an den Enden sitzen und Mum und Dad spielen. Ich jedenfalls nicht.«

»Nein, diese Idee habe ich von vornherein verworfen. Zu selbstbewußt und hierarchisch. Als wären wir darauf aus, den Abend zu beherrschen.«

»Also, was machen wir?«

»Ich dachte, deine Schwester und Ian könnten an den Enden sitzen. Sozusagen en famille. Übrigens, ich hoffe, du hast nichts dagegen, Larry, aber ich habe eine kleine Skizze gemacht, als ich heute bei der Arbeit war, eine Art Sitzplan.« Sie zog ein gefaltetes Blatt Papier aus ihrer Handtasche und legte es flach auf den Tisch. »Hier siehst du, wo ich Midge

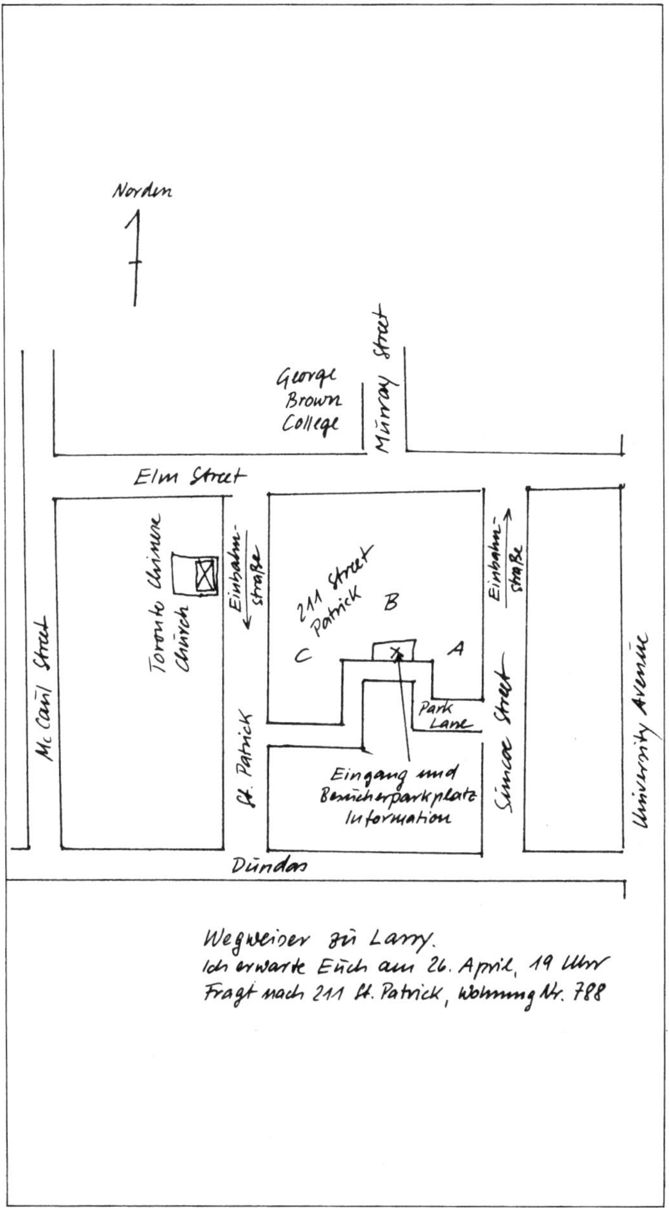
Norden
George Brown College
Murray Street
Elm Street
Toronto Chinese Church
Einbahnstraße
Einbahnstraße
211 Street Patrick
B
A
C
Park Lane
Eingang und Besucherparkplatz Information
St. Patrick
McCaul Street
Simcoe Street
University Avenue
Dundas
Wegweiser zu Larry.
Ich erwarte Euch am 26. April, 19 Uhr
Fragt nach 211 St. Patrick, Wohnung Nr. 788

und Ian hingesetzt habe. Leider konnte ich die bunte Reihe nicht richtig hinkriegen, aber …«

»Ist doch gut so.«

»Und du sitzt hier an der Längsseite, in der Mitte zwischen Samuel und Marcia McCord. Es ist nur eine Vermutung, aber mir scheint, daß sie nicht allzuviel verbindet, nach allem, was du mir von Sam erzählt hast. Daß er neu ist in diesem Land? Sein Englisch? Und so weiter. Also, Dorrie sitzt hier neben Midge – du hast gesagt, daß sie sich gut verstehen.«

»Früher nicht, aber jetzt sind sie wirklich …«

»Und Garth McCord sitzt dir gegenüber, Beth links von ihm. Ich dachte mir, sie haben dieses ganze spirituelle Zeugs gemeinsam.«

»Du hast dir wirklich Gedanken gemacht, nicht?«

»Bin ich zu gastgeberisch? Zu bestimmend? Sag's mir.«

»Aber Moment mal – wo sitzt du, Char?« Er nannte sie nicht oft Char. »Du bist nicht auf dem Plan.«

»Ich? Ich bin nicht drauf? O Gott.«

»Du hast nur acht Plätze eingezeichnet. Wir sind neun.«

»Ich glaub's nicht. Daß mir das passiert ist.«

»Warum setzt du dich nicht hierhin?« sagte Larry und deutete auf eine Stelle. »Zwischen mich und Sam.«

»Oder vielleicht zwischen Garth und Dorrie.«

»Such's dir aus.«

»Was denkst du, was das zu bedeuten hat?« fragte Charlotte. Ihre Stimme war ein Wimmern geworden. »Unterbewußt, meine ich. Daß ich mich vom Tisch fernhalte. Tue, als wäre ich nicht hier.«

»Es hat geklingelt!«

»Du machst auf, ja? Es ist vermutlich Sam Alvero. Ich schalte das Lamm runter.«

»So, jetzt geht's los.«

»Ja. Es geht los.«

»In ein paar Stunden ist alles vorbei. Dann haben wir's hinter uns und sind wieder allein. Nur wir zwei.«

»Genau.« Sie lächelte ihn an.

»Einen Kuß. Auf gutes Gelingen.«

»Auf gutes Gelingen. Viel Glück.«

Dann ging Larry zur Tür, holte tief Luft und stieß sie in einem pulsierenden Wunschstrom aus: Laß diesen Abend behaglich und zwanglos sein, laß uns liebevoll sein, beschere uns alles, was wir uns wünschen.

Die Party

Beth war schön. Er hatte ganz vergessen, wie schön. Der kalte Frühlingsabend hatte ihr einen Hauch Farbe verliehen, und ihr grüner Samtmantel mit den silbernen Knöpfen wehte theatralisch, als sie zur Wohnungstür hereinkam. »Larry«, sagte sie und nahm sein Gesicht zwischen ihre kalten Hände.

Oh, der Aschenduft einer alten Liebe!

»Du bist die erste«, sagte er absurderweise, und im nächsten Moment fühlte er ihre Arme um seinen Hals und ihre Lippen, die sich mit der erinnerten Festigkeit auf seine drückten, heute abend noch fester, wegen der Kälte. Er spürte das Bumpern seines Herzschlags. Dies hatte er vorher nicht bedacht: Begrüßungen, Umarmungen, wie weit man gehen durfte.

Beth ließ lächelnd abrupt von ihm ab. »Aber Larry«, trällerte sie aufgekratzt mit kristallklarer Stimme, »das ist so unheimlich gastlich von dir. Eine Dinnerparty!«

»Ich hatte Hilfe«, sagte er und nickte zur Küche hin, wo das Klappern von Besteck und Töpfen zu hören war, und dann fiel ihm ein hinzuzufügen: »Eine Freundin von mir.«

Wie körnig und falsch sich dieses Wort auf seiner Zunge anfühlte: Freundin.

Beth knöpfte langsam ihren Mantel auf, dann hielt sie

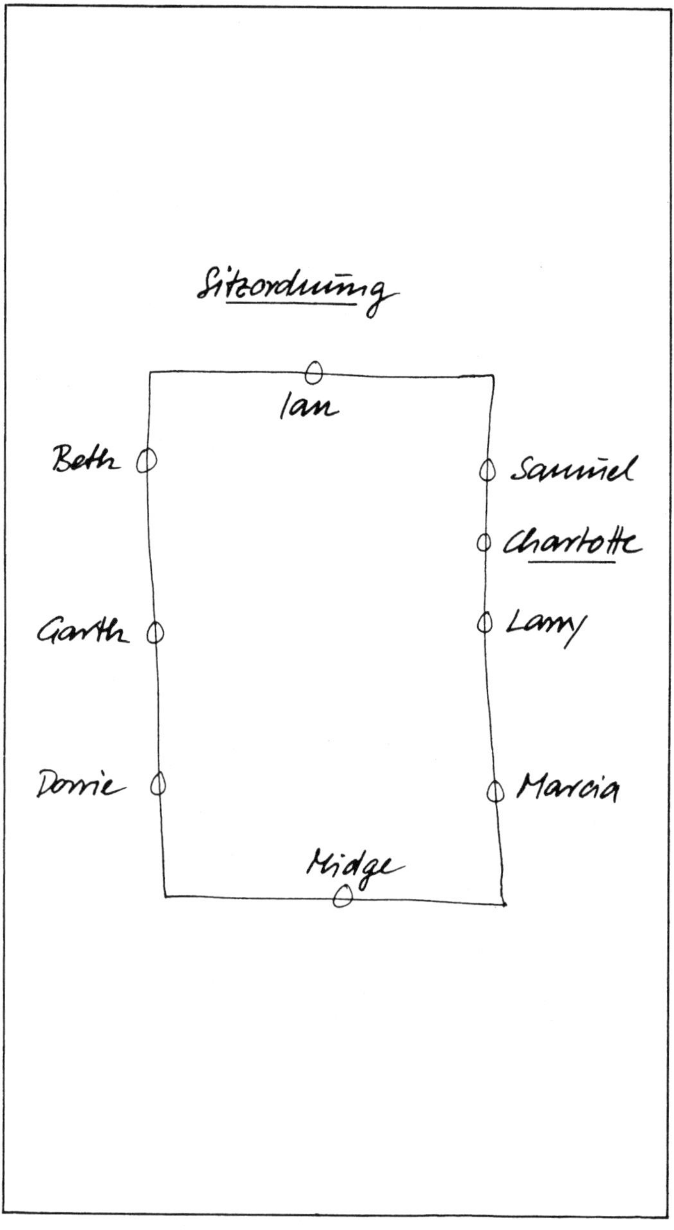
Sitzordnung
Ian
Beth
Samuel
Charlotte
Garth
Larry
Dorrie
Marcia
Midge

ihn weit auf, mit einem gehörigen Schwung, so jedenfalls schien es Larry. Selbst im Dämmerlicht der Diele konnte er sehen, daß sie strotzend, blühend, schwanger war. Im achten Monat, im neunten? – aber nein, schwangere Frauen durften gegen Ende nicht fliegen, oder? »Siebter Monat«, sagte sie, seine Gedanken lesend, und drehte sich seitwärts, so daß Larry sie im Vollprofil bewundern konnte. »Ich hab dir doch geschrieben, daß ich wundervolle Neuigkeiten habe.«

Er machte den Mund auf. Was war das? Wer? Wann? Aber dann klingelte es wieder an der Tür, und gleich darauf hörte er ein Klirren in der Küche.

Seine Party war erst fünf Minuten in Gang, und schon war er verloren.

»Samuel Alvero, Beth Prior. Sam hat hier in Toronto mit mir an einem Projekt gearbeitet, er ist Gartenbauexperte, vor kurzem aus Spanien gekommen. Sevilla, stimmt's, Sam? Beth kommt gerade aus London. Sie wollte mir eben erzählen, daß sie ...«

»Ich bin entzückt, Sie kennenzulernen.«

»Es ist mir ein Vergnügen.«

»Oh, guten Abend! Ich bin Charlotte Angus. Verzeihen Sie, ich hatte in der Küche zu tun, als Sie – Sie müssen Beth sein. Hm, hm. Es ist so schön, Sie zu sehen, ich meine, es ist großartig, daß Sie kommen konnten. Und Sie sind Samuel. Larry hat mir viel von Ihnen erzählt, wie fabelhaft Sie in den letzten arbeitsamen Wochen waren, daß Sie Tag und Nacht geschuftet haben, um bis zur Eröffnung fertig zu werden. Hat es da wieder geklingelt, Larry? Könntest du wohl aufmachen, ich muß in der Küche nach dem Rechten sehen.«

»Darf ich vorstellen, Garth und Marcia McCord. Sam kennen Sie ja schon, Garth. Sie sind sich auf der Baustelle begegnet – erst letzte Woche, nicht? Und das ist Beth Prior, soeben dem Flugzeug aus England entstiegen. Ich wollte erklären, bevor die anderen kommen, daß Beth und ich einmal, allerdings vor Jahren, aber eine Zeitlang – oh, und das ist Charlotte Angus. Charlotte, ich glaube, Garth hast du schon kennengelernt, aber Marcia noch nicht. Marcia ist ursprünglich aus New York, wenn ich mich nicht irre.«

»Virginia. Richmond, Virginia.«

»Ach ja, richtig. Virginia.«

»Aber ich habe tatsächlich in New York gelebt.«

»Verstehe.«

»Etwas über ein Jahr. Achtzehn Monate sogar, oder vielleicht waren es siebzehn. Vermutlich haben Sie deswegen gedacht…«

»Kann ich Ihnen etwas zu trinken anbieten?«

»Ich liebe New York, aber heute liebe ich es auf tragische Weise.«

»Sie lieben es wie?«

»Ich helfe dir mit den Getränken.«

»Ich denke, ich schaffe das schon, Charlotte. Könntest du nicht…«

»Da, es hat wieder geklingelt. Das muß…«

»Ich mache auf.«

»Dorrie.«

»Hallo, Larry.«

»Hast du die Adresse ohne weiteres gefunden?«

»Ich hab ein Taxi genommen.«

»Komm rein, komm rein, gib mir deinen Mantel. Ein kalter Abend für April.«

»Ein bißchen windig.«

»Und gestern war es vollkommen…«

»Es ist wunderbar, dich zu sehen. Aber…«

»Aber?«

»Es ist irgendwie so ein komisches Gefühl.«

»Hier zu sein?«

»Ja, hier zu sein. Ich weiß nicht, warum.«

»Du siehst – hinreißend aus.« Es stimmte. Sie sah keß aus, erwartungsvoll, ihr Blick war klar.

»Du auch.«

»Aber auf alle Fälle älter.«

»Lucy Warkenten läßt dich grüßen.«

»Lucy. Wie gefällt es ihr als Stadtratsmitglied?«

»Sie ist so glücklich wie noch nie. Sie hat mir aufgetragen, es dir zu erzählen.«

»Ich ruf sie morgen an.«

»Hört sich nach einer ziemlich großen Party an.«

»Wir sind bloß ein paar Leute. Neun insgesamt. Aber bevor wir reingehen, sollte ich dir vielleicht etwas sagen, Dorrie. Ich hätte es in meinem Brief erwähnen sollen.«

»Was?«

»Beth ist hier. Aus England zu Besuch.«

»Beth. Oh.«

»Es ist reiner Zufall, daß ihr beide zur gleichen Zeit hier seid.«

»Oh.«

»Ich hoffe, es ist dir nicht peinlich, Dorrie. Es schien einfach eine gute Gelegenheit, sich zu treffen …«

»O nein. Überhaupt nicht peinlich. Kein bißchen, Larry. Himmel. Nein.«

»Das ist Dorrie Shaw-Weller. Ich stelle dir die Runde vor. Garth und Marcia.«

»Sehr erfreut.«

»Hübsche Ohrringe haben Sie. Ich hatte mal ganz ähnliche, bloß in Silber. Und vielleicht ein bißchen kleiner. Ich kann unmöglich große Ohrringe tragen, sie erdrücken mich. Mein Gesicht.«

»Danke.«

»Und das ist Samuel Alvero, der mit mir an einem Irrgarten-Projekt gearbeitet hat.«

»Ah, Sie sind auch eine Weller? Teil der Familie. Wie bezaubernd. Hatte ich nicht erwartet. Auf einer Familienparty zu sein.«

»Freut mich sehr, Sie kennenzulernen, Samuel.«

»Und dies ist eine gute Freundin von mir, Charlotte Angus.«

»Guten Abend, Charlotte.«

»Wir freuen uns so, daß Sie hier in Toronto sind.«

»Und das ist Beth Prior.«

»Hm, hm. Sie sind also Dorrie.«

»Sie sind also Beth.«

»Es ist – ich weiß nicht, was ich sagen soll –, es ist unglaublich.«

»Ja, nicht wahr? Daß wir uns endlich kennenlernen.«

»Haben Sie was dagegen, Dorrie, wenn ich Sie fest umarme?«

»Nein, ganz und gar nicht, aber… aber…«

»Er hat sein eigenes Schwimmbad hier drin. Da kann gar nichts passieren.«

»Da nun fast alle da sind, darf ich vielleicht Champagner empfehlen.«

»Champagner!«

»Heute abend, also, heute abend ist ein besonderer Anlaß.«

»Sollten wir nicht auf Midge und Ian warten, Larry?«

»Sie können sich jederzeit anschließen, sobald sie da sind.«

»Ich muß leider passen, Larry. Champagner und Föten vertragen sich nicht, und ich habe sowieso nie…«

»Ich nehme gern ein Glas Champagner.«

»Und glauben Sie mir, Garth trinkt für sein Leben gern Champagner. Einmal waren wir auf einer ganz erstaunlichen Party, sie fand auf einem Schiff statt, das vor Cape Cod vor Anker lag, und da waren so niedliche kleine Männchen mit knallroten Stiefeln, die hüpften herum und schenkten …«

»Ja, bitte, Larry. Hmmmm, lecker.«

»Sehen Sie nur, diese Farbe.«

»Glatt wie Seide.«

»Und natürlich waren wir alle voll wie die Strandhaubitzen, und eine Frau, Sie würden sie kennen, wenn ich ihren Namen nennen würde, sie ist heute überall und nirgends, sie hat zu Garth gesagt, er hätte die süßesten Ohrläppchen, die sie je bei einem Mann gesehen hätte, und Garth wurde puterrot und sagte …«

»Ich habe nicht getrunken keinen Champagner, seit ich mich verabschiedet habe vor vier Monaten von meinen lieben Freunden. Und ich sehe, der hier ist aus Kanada. Erstaunlich.«

»Sie werden ihn etwas fruchtiger finden als …«

»Hat es geklingelt, Larry? Soll *ich* diesmal aufmachen?«

»Midge, Ian! Ihr kommt gerade rechtzeitig.«

»Wir sind einfach von selbst reingekommen.«

»Larry wollte gerade einen Trinkspruch ausbringen.«

»Du siehst umwerfend aus, Charlotte.«

»Du auch.«

»Nimm dir ein Glas. Und du auch, Ian.«

»Nein, keinen richtigen Trinkspruch. Ich möchte euch nur alle herzlich willkommen heißen. Und euch Gesundheit und Glück wünschen.«

»Auf die Eröffnung des McCord-Irrgartens.«

»Ja, das wollen wir nicht vergessen.«

»Was?«

»Das erzähle ich später.«

»Auf uns.«

»Prost.«

»Zum Wohl.«

»Vorwärts!«

»Und jetzt laßt mich eure Gläser noch mal vollschenken, bevor wir uns an den Tisch setzen.«

»Die Suppe ist vorzüglich. Schmecke ich da Ingwer heraus?«

»Und eine Spur Limone, das ist meine Vermutung.«

»Wem dürfen wir gratulieren? Wer hat die Suppe kreiert?«

»Apropos Limonen, Garth hatte mir zum Geburtstag ein kleines Soufflé versprochen. Man hat nicht gelebt, solange man nicht das Limonen-Soufflé im Four Seasons gekostet hat. Wir hatten einen Tisch reserviert, aber als wir uns hinsetzen wollten, ist etwas Furchtbares passiert…«

»Die Suppe hat Larry gemacht.«

»Larry!«

»Warum so erstaunt?«

»Oh, jetzt haben wir seinen Stolz verletzt.«

»Ich kann mir einfach nicht vorstellen, daß Larry Suppe kocht. Ich erinnere mich, er war ein Profi im Dosenöffnen, aber…«

»Und wenn ich mich recht besinne, war es Campbell's Tomatensuppe.«

»Genau. Die war seine Spezialität. Das hatte ich fast vergessen.«

»Später hat er allerdings Fortschritte gemacht und Parmesankäse auf die Campbell's Tomatensuppe gestreut. Er ist die kulinarische Leiter hinaufgeklettert.«

»Warum macht ihr Frauen Larry heute abend so schlecht?«

»Ich wollte gerade erklären, daß unsere Gäste, Dorrie und Beth, heute abend…«

»Was ich absolut nicht essen kann, sind Muscheln. Mein Allergiespezialist sagt, sie könnten tödlich sein. Krämpfe, ein rapides Absinken des Blutdrucks, dabei habe ich schon den niedrigsten Blutdruck der Welt. Er sagt, daß…«

»Die Zeiten haben sich geändert. Die Männer schämen sich heute nicht mehr zu sagen, daß sie Suppe kochen. Ian macht eine ganz köstliche Broccolicreme …«

»Jedenfalls ist das eine gute Möglichkeit, die Stiele zu verwenden.«

»Schäm dich, Ian. Das klingt, als ob du ausgesprochen sparsam wärst.«

»Guter Gott, wahrhaftig, nicht?«

»Öko-Freak.«

»Grüner als du.«

»Sogar in Spanien ändern sich diese Dinge. Die Spanier essen sehr gern Suppe, und die meisten Männer, das heißt, die jüngeren Männer, wissen, wie man ein bißchen Kohl kleinschneidet und zum Kochen bringt.«

»Nun, da ist wirklich nicht viel dabei, wenn man es so nimmt, nicht?«

»Es ist bloß, wir sind immer noch fassungslos, daß ein Mann tatsächlich ein Schälmesser in die Hand nehmen kann.«

»Daß er überhaupt auf die Idee kommt.«

»Mein Mann Derek hat nie …«

»Mein Vater, Midges und meiner, sollte ich sagen …«

»Ah, ich verstehe nicht. Midge ist Ihre Schwester, Larry? Das haben Sie mir nicht gesagt.«

»Seine große Schwester, darf ich hinzufügen! Und Ian am anderen Ende des Tisches ist mein Partner.«

»Ihr Mann. Ich verstehe.«

»Sozusagen.«

»Ich sehe, dies ist wirklich eine Familienparty. Es ist mir eine Ehre, mit von der Partie zu sein.«

»Beinahe eine Wiedervereinigung, Samuel. Aber ich wollte sagen, daß mein Dad gelegentlich Tee gemacht hat …«

»Bist du sicher, Larry? Ich kann mich nicht erinnern, daß dein Dad in der Küche einen Finger gerührt hat.«

»Aber Tee war auch wirklich alles, was er gekocht hat.«

»Dann sind Sie die erste Generation männlicher Suppenmacher.«

»Garth hat nie Suppe gekocht.«

»Du auch nicht.«

»Was soll das heißen?«

»Ich habe nur gesagt...«

»Du magst doch gar keine Suppe. Weißt du noch, damals in Santa Barbara. Du hast die Suppe zurückgehen lassen. Du hast gesagt, es sei idiotisch, sich mit Erbsensuppe vollzustopfen, statt zu warten, bis...«

»Marcia will damit sagen, daß...«

»Ich erinnere mich, daß ich die köstlichste Sauerampfersuppe in Tennessee gegessen habe. Weißt du noch, Larry, es war auf unserer Hochzeitsreise.«

»Hochzeitsreise? Ah, in Spanien sagen wir *luna de miel*. Die direkte Übersetzung wäre Honigmond. Wie Ihr *Honeymoon*. Ich bin immer froh, wenn ich eine direkte Übersetzung finde. *Luna* heißt Mond, ja, und *miel*...«

»Als Derek und ich heirateten, haben wir gesagt, wir verschieben unsere Hochzeitsreise, bis...«

»Wenn ich eine direkte Übersetzung finde, habe ich das Gefühl, das Wort ist weniger groß.«

»Wie wahr, wie wahr.«

»In einem Restaurant in Saskatoon gibt es eine Suppe mit Limonenmeringuen.«

»Was? Wo?«

»Ich höre, Beth, Sie leben in England. Marcia und ich versuchen, zweimal im Jahr nach London zu kommen, und dorther stammt auch ursprünglich unsere Leidenschaft für Irrgärten. Wir haben drei oder vier gesehen...«

»Mindestens vier! Ich führe fanatisch Buch über alle Einzelheiten, fragen Sie, wen Sie wollen, und ich bin sicher, wir haben mindestens vier besichtigt, vielleicht fünf...«

»Rein theoretisch gibt es überhaupt keinen Grund für diese Irrgärten. Sie sind privilegiert, sie tun nichts...«

»Und wir waren so angetan von dem, diesem Geheimnisvollen an ihnen, von allem, was sie verkörperten, symbolisch, übersinnlich, und da dachten wir, wir bringen die Tradition heim nach Toronto.«

»Ein Irrgarten ist nicht auf eine spezielle Kultur angewiesen, findet Garth.«

»Das ist dann also der McCord-Irrgarten, den Sie vorhin erwähnten?«

»Er wird in ein paar Tagen offiziell eröffnet.«

»Irrgärten sind – sie sind wie Daumenabdrücke auf dem Planeten.«

»Je enger der Wirbel, desto höher der Blutdruck. Haben Sie das gewußt?«

»Je enger der was? Desto höher der was?«

»Eine von den Eskapaden unserer Kultur, vollkommen nutzlos, außer...«

»Die Bürgermeisterin wird das Band durchschneiden.«

»Und sie wird die erste Gruppe hindurchführen.«

»So wie wir es sehen, findet im Zentrum des Irrgartens eine Begegnung mit dem eigenen Ich statt. Das Zentrum verlangt eine Umkehr, einen Neuanfang, ein Gefühl von...«

»... von Wiedergeburt. In den Windungen des Irrgartens ist man isoliert, und dann tritt man wieder ins Leben.«

»Was die Pein der zeitgenössischen Menschen anspricht, sich abwechselnd zu verlieren und zu finden.«

»Wie Sie sehen, ist Garth ein Bekehrter.«

»Warten Sie, bis Sie den Siebenpunkteknoten sehen – dort ist ein Magnolienbaum und...«

»In einem Labyrinth gibt es nur eine Route, in einem Irrgarten gibt es viele. Wenn Sie das symbolisch verstehen, bedeutet es, unser Leben ist offen...«

»Die meisten Stadtratsmitglieder werden da sein, Beamte

und so weiter. Marcia und ich sind natürlich dabei. Samuel wird die Pflanzenarten erklären. Und Larry wird uns begleiten, falls wir uns wirklich verlieren.«

»Wir haben immer die Vorstellung gebraucht, daß die Geschichte sich vorwärts bewegt, auf eine gewisse Verbesserung zu, zum mindesten eine Erneuerung. Doch dieser Irrgarten von Larry deutet auf die Rundreise hin, die wirklich, wenn man mal darüber nachdenkt ...«

»Edmond Carpent sagt, daß der Irrgarten ...«

»Nehmen Sie den Ore-Algorithmus ...«

»Kontrolliertes Chaos und geplante Panik.«

»Stimmt genau, Dorrie. Wunderbar. Aber woher ...?«

»Ich habe einen Artikel darüber gelesen. Ein ganzes Buch sogar.«

»Oh! Das Spellman-Buch?«

»Du guckst so überrascht.«

»Du überraschst mich wirklich, Dorrie. Das hast du immer getan.«

»Ich lebe mit einem Irrgarten, wie du weißt. Direkt vor meinem Fenster. Na ja, einem halben Irrgarten immerhin.«

»Und du hast ihn erhalten. Ich habe mich immer gefragt, warum ...«

»Nicht als Akt der Buße, falls du das denkst. Ich nehme an ... Ich habe mich daran gewöhnt. Ich hab ihn gern, wenn du die Wahrheit wissen willst.«

»Was habt ihr zwei da zu flüstern?«

»Darf ich noch etwas von Larrys Suppe anbieten? Dorrie, Garth?«

»Nur ein Fitzchen.«

»Was Sie für kuriose Ausdrücke haben in Ihrer Sprache. Fitzchen!«

»Aber kann man sich in einem Irrgarten tatsächlich verlieren?«

»Larry hat es getan. Auf unserer Hochzeitsreise.«

»Der Irrgarten von Versailles, der leider zerstört wurde,

hatte dreißig Kreuzungspunkte und vierunddreißig Verzweigungen und...«

»*Ihrer* Hochzeitsreise? Ich verstehe nicht. Sagten Sie nicht...«

»Ich habe mich nicht *richtig* verloren...«

»Nicht, Larry? In Hampton Court? Ich weiß noch, wie wir auf dich gewartet haben. Wie besorgt wir waren, als du nicht mit uns anderen herauskamst.«

»Man braucht keine besonderen Kenntnisse, um aus einem Irrgarten herauszufinden. Der Mensch wird mit dem erforderlichen Ortungsinstinkt geboren.«

»Das war dann also eine *andere* Hochzeitsreise.«

»Ah!«

»Ich hatte noch keine Gelegenheit zu erklären, daß beide, Dorrie – und Beth – also, daß zufällig beide...«

»... hier in der Stadt sind, und deswegen haben Larry und ich beschlossen, ein paar Freunde zum Essen in Larrys Wohnung einzuladen und...«

»Und Derek? Ist er...?«

»Tot. Seit einer Weile. Krebs.«

»Es tut mir so leid, ich hätte nicht...«

»Schrecklich leid.«

»Krebs, eine Geißel.«

»Mein Therapeut glaubt, daß Krebs in den meisten Fällen durch Wut verursacht wird, weil man seine Wut nicht erkennt und annimmt. Er sagt, ich bin ein typischer Fall, nicht daß ich Krebs habe, noch nicht jedenfalls, aber er sagt, ich muß wirklich versuchen, meine...«

»Haben Sie Familie in Spanien, Samuel?«

»Meine Brüder, meine Schwester...«

»Aber sind Sie verheiratet?«

»Sie ist seit einem Jahr tot. Meine Frau. Es war eine Depression. Sie hat Schlaftabletten genommen.«

»Mein Therapeut sagt...«

»Das ist mit ein Grund, weshalb ich dieses Projekt in Kanada angenommen habe. Um etwas Luft zwischen meine Trauer und mich zu bringen.«

»Etwas Abstand zu gewinnen.«

»Ja genau! Um etwas Abstand zu gewinnen.«

»Wer hat gesagt, ›nur abschalten‹?«

»War das nicht Forster? Aber ich meine, tatsächlich hat er gesagt …«

»Wenn niemand mehr Suppe möchte …«

»Laß mich dir helfen, Charlotte.«

»Nein, Larry. Laß *mich* Charlotte helfen. Wenn ich noch länger sitze, kriegt das Baby auf Dauer einen steifen Hals.«

»Ahhh! Das sieht nach Lammkeule aus.«

»Ich dachte, ich rieche Lamm, als ich vorhin zur Tür hereinkam.«

»Ich liebe Lamm!«

»Larry, dieser Abend ist voller Überraschungen.«

»Er kauft ein, er kocht, er tranchiert.«

»Und deckt einen tollen Tisch.«

»Nein wirklich, ich …«

»Und er wird mit Lob überschüttet.«

»Männer!«

»Sie können nichts dafür, wenn wir in einem Atemzug lieb und herablassend zu ihnen sind.«

»Gütiger Himmel! Es fällt mir erst jetzt auf! Das ist ja unser alter Tisch, an dem wir sitzen. Larry und ich haben diesen Tisch in Chicago gekauft, auf einer Versteigerung!«

»Wunderschön.«

»Männer! Das Lob, das Männer einheimsen, bloß dafür, daß sie Männer sind!«

»Wie ist es heutzutage, ein Mann zu sein?«

»Ja, wie ist es? In den letzten Tagen des zwanzigsten Jahrhunderts?«

»Sag es uns.«

Als Larry das rosa Lamm zerteilt und die zweite Portion auf noch warme Eßteller gibt, kommt ihm plötzlich ein Gedanke. Daß er zuvor kaum je eine Party gegeben hat. Er ist in einem Haus aufgewachsen, in dem, außer bei Familienessen, nie das Geräusch von Partys oder Festlichkeiten ertönte. Keine Kindergeburtstagsfeiern, nichts spielte sich am Silvesterabend ab außer im Fernsehen, Times Square, New York City, und ein Glas süßer Sherry um Mitternacht. Hatte seiner Mutter und seinem Vater einfach das Gen für Gastlichkeit gefehlt? Oder, und das ist wahrscheinlicher, waren sie zu schüchtern oder hatten sich nicht ausgekannt mit dem gestalterischen Impuls, der eine Party ins Leben ruft? Es sollte eigentlich etwas ganz Einfaches, ganz Natürliches sein, das Versammeln von ein paar Freunden unter einem Dach, das Anbieten von Essen und Trinken und Herzlichkeit, und auch diese eigentümliche, spannungsgeladene und manchmal gefährliche Gelegenheit, daß *etwas geschieht.*

Aber es ist natürlich überhaupt nicht einfach – und das erkennt er jetzt, als er sich an dem sanft beleuchteten Tisch umsieht, seine Freunde betrachtet, diese Versammlung von Freunden und Verwandten – und drei Frauen, die er so gut gekannt hat, *gekannt* –, und er fühlt, daß die Party, seine erste und einzige Party, abrutscht, kollabiert, erstarrt. Sollte eine Party menschliche Fesseln nicht lösen? Gute Frage.

In diesem Moment fühlt Larry das Gegenteil, daß die Membran zwischen den Menschen zäher ist, als er dachte. Wo war der belebende Persönlichkeitsglanz, den er sich vorgestellt hatte? Vielleicht sollte er noch eine Flasche Wein aufmachen. Wein, der große Löser. Ja.

»Ja«, bittet seine erste Frau Dorrie an ihrer Ecke des Tisches, »sag uns, wie es heutzutage ist, ein Mann zu sein.« Ihr Mund ist forscher als in seiner Erinnerung, und jetzt formiert er sich zum Beginn eines Lächelns oder vielleicht einer weiteren Frage.

Dorries Vorstellung von einer Party bei sich zu Hause

hatte so ausgesehen, daß sie ein anderes Ehepaar zu Pizza und Fernsehen zu sich einluden. Er erinnert sich an diese Abende Ende der siebziger Jahre, wie Dorrie in Jeans und Pullover, das dichte Haar glatt ums Gesicht gekämmt, eine Schale mit Chips und Dip auf den Couchtisch stellte und eine mit Erdnüssen, während sie vor sich hin murmelte, ob sie den Teppich noch schnell saugen müsse. Dann ließ sie die tiefgefrorene Pizza auftauen, um sie später zu erhitzen, sah zu, daß eine Flasche Wein im Kühlschrank war, sorgte sich, daß das Baby aufwachen könnte. Wie viele derartige Abende hatte es gegeben? – vermutlich nur ein paar, denkt Larry. Und wo war er bei den Vorbereitungen für diese freudlosen, langweiligen Zwei-Paare-Zusammenkünfte? Nirgends. Von ihm wurde anscheinend nichts erwartet.

Er fragt sich, was für Partys Dorrie jetzt wohl gibt. Sie lebt in demselben Haus, aber das Haus und auch ihr Leben haben sich drastisch verändert. Sie ist jetzt stärker, aber sie ist auch weicher geworden; er nimmt an, manche Leute würden diese Veränderung als Reife bezeichnen, aber es steckt mehr dahinter. An der Art, wie sie ihr Lammfleisch zerteilt, an den sauberen, sicheren Schnitten mit ihrem Messer, dem wachen, vergnügten Ausdruck in ihrem Gesicht, kann er ablesen, daß sie sich in der Welt wohler fühlt als früher. Dies alles sollte ihn nicht verwundern. Aber es ist nicht ihr geschickter Umgang mit einem Messer, was ihn fesselt. Nein, es sind ihre Augen, diese großen grauen Augen, an die er sich erinnert und die anscheinend das ganze Zimmer zwangen, sich ihr zuzuneigen. Ihr Hals, der aus dem Kragen ihres dunklen Kleides schaut, und das breite Silberband an ihrem Hals – hat sie eine Ahnung, wie sie aussieht?

»Sprechen wir von *jungen* Männern?« fragt Beth. »Oder von Männern, die mit der Überzeugung aufgewachsen sind, daß sie der überlegenen Kultur angehören?«

»Ich meine«, sagt Midge, »wir sprechen von den Männern hier am Tisch.«

Beth lehnt sich auf ihrem Stuhl zurück, sie hat sichtlich Spaß an der Sache. Ihren Teller mit Gemüse hat sie schon geleert. »Wenn das so ist, wer fängt an?«

»Diese Frage. Würde es Ihnen etwas ausmachen – mein Englisch ist so unbeholfen –, würde es Ihnen etwas ausmachen, es noch einmal zu sagen, diese Frage, die Sie gestellt haben?«

Zufrieden verschränkt Beth die Hände über ihrem Bauch. »Wir möchten wissen, wie es ist, *Sie* zu sein, zu diesem Zeitpunkt in *unserer* Geschichte.«

Sie ist glücklich heute abend. Larry erinnert sich, daß sie Partys immer geliebt hat, daß sie bei Eltern aufgewachsen ist, die alle ein bis zwei Wochen eine Dinnerparty gaben. Als er Beth heiratete, war für sie ein Kasten mit Tafelsilber, ausreichend für zwölf Personen, selbstverständlich. Auch mehrere Porzellanservice und für jede Person ein eigenes Salzfäßchen mit einem winzigen Löffelchen. Sie war mit einem leisen Hang zu gut zubereitetem, traditionellem Essen ins Eheleben gesegelt, riesigen Braten, in dicke Scheiben geschnitten, und dazu mußte eine silberne Sauciere herumgereicht werden. Genau diese Partys hatte sie immer gemeint, wenn sie davon sprach, daß sie sie geben wollten, sie und Larry in dem Haus in Oak Park. Schließlich hatten sie deswegen das Haus gekauft und den Tisch mit den zehn schönen Stühlen, einen Tisch, dessen Kante sie jetzt durch das schwere Tuch befingert, während sie sich vielleicht seine glatte Maserung und seinen Glanz in Erinnerung ruft.

Diese Partys fanden jedoch nie statt. Sie war zu sehr mit ihrer Doktorarbeit beschäftigt, ihren Vorlesungen, hatte zuviel zu tun, um sich in ernste Vorkehrungen zu vertiefen, die telefonischen oder schriftlichen Einladungen, die Speisenfolge, die Küchenarbeit. Außerdem aß sie kein Fleisch mehr und fand die Zubereitung von Fisch für acht oder zehn Personen zu aufwendig. »Wir sind allen eine Einladung schuldig«, pflegte sie stöhnend zu Larry zu sagen, doch mit durchtriebener Belustigung in der Stimme. »Das holen wir nie auf.«

»Limabohnen«, sagt Garth McCord selig. »Ich habe keine Limabohnen mehr gegessen, seit ich ein Schulkind war.«

»In Frankreich ...«

»In unserer Familie gab es nie Bohnen. Das ist eine lange Geschichte.«

»Noch Wein, Marcia?«

»Ein herrlicher Wein. Er erinnert mich daran, wie Garth und ich einmal ...«

»Dieser Tisch. Wenn du feststellen solltest, daß du ihn eigentlich nicht brauchst, Larry, ich würde ihn gern wieder nehmen.«

»Ein Mann zu sein in diesem Augenblick der Geschichte bedeutet ...«

»Weiter, Ian. Was bedeutet es?«

»Es bedeutet – wollt ihr es wirklich hören?«

»Ja!«

»Also, wir sind keine Versorger und Wächter mehr. Das ist seit Jahren passé.«

»Für die meisten, nicht für alle ...«

»Und wir gehören keinen Männerlogen mehr an. Das war einmal ein Teil des männlichen Erhaltungssystems. Der Elks Club, der Moose Club, der Lions Club, die Rotarier.«

»Ich kann mir nicht vorstellen, daß du zu einem ...«

»Und jagen und fischen? – das kann man vergessen. Die Frauen feixen, wenn die Männer vom Jagen und Fischen reden.«

»Das ist nicht wahr, Ian. Ich liebe es, wenn du fischen gehst.«

»Weil du das Haus für dich haben willst. Gib's zu.«

»Schön, ich geb's zu.«

»Ein Mann ist heutzutage nichts weiter als eine Infrastruktur für einen Penis und ein Paar Hoden.«

»Das ist nicht wahr! Sagen Sie mir, daß es nicht wahr ist.«

»Das ist alles, was von uns verlangt wird. Unsere Körper sind nur wandelnde, sprechende Hüllen, die dazu bestimmt sind, unseren schäbigen Vorrat an genetischen Zellen aufzunehmen.«

»Wer sagt, daß es so weit mit uns gekommen ist?«

»Nun«, springt Beth ein wenig gleichgültig ein, »ein Apfel ist nichts weiter als ein verdickter Fruchtknoten, der...«

»Wenn ich das nächste Mal in einen Apfel beiße, werde ich daran denken.«

»Ein Mann heutzutage...«

»In Wirklichkeit wollen wir alle doch die Männer heiraten, die wir sein würden, wenn wir Männer wären.«

»Wie bitte?«

»Sei mal ernst, Ian«, sagt Midge. Sie formt ihre Handflächen zu einem Korb. Einem leeren Korb, der gefüllt werden möchte. »Du siehst doch, wir wollen es wirklich wissen.« Sie beugt sich vor, so daß das Kerzenlicht ihre eine Gesichtshälfte schmeichelnd färbt. Larry fällt ein, daß seine Schwester bald fünfzig wird. Ihr Tonfall ist nur leicht spöttisch.

»Also gut. Ich will ernst sein. Aber ich muß euch warnen, daß ich mich nicht als einen typischen Mann bezeichnen würde.«

»Und ich bin bestimmt auch keiner.«

»Und ich würde nicht sagen, daß ich...«

»Typisch, nie.«

»Die Dame, wie mich dünkt, gelobt zuviel...«

»Wir warten, Ian.«

»Schon gut, schon gut. Heutzutage, und ich denke, Sie werden mir alle zustimmen, ist die Position eines Mannes vollkommen reaktiv geworden. Wir müssen unsere Signale von Frauen empfangen, oder wir haben nichts mehr zu melden.«

»Gegenschlag! Hmmm. Aber weiter.«

»Ein Mann zu sein bedeutet 1997, auf Eierschalen zu gehen. Ich trau mich nicht mehr, einer Frau zu sagen, daß sie hübsch aussieht. Daß mir die Farbe ihres Kleides gefällt oder ihre neue Frisur. Man würde mich wegen sexueller Belästigung drankriegen.«

»Wer immer man ist.«

»Aber darum geht es gar nicht, oder? Komplimente. Artigkeiten. Ob man einer Frau die Tür aufhalten soll oder nicht.«

»Oh, ich weiß nicht. Zum Teil geht es *genau* darum.«

»Es ist ein Tarnmanöver.«

»Ich habe einen sagenhaften Friseur entdeckt, einen unheimlich netten, erstklassigen kleinen Mann, ich gebe Ihnen gern seinen Namen…«

»Ich hab's langsam satt«, sagt Ian, »daß die Männer immer Hanswurste sind. Sie sind Hanswurste im Fernsehen, Hanswurste in Filmen und in Büchern – sie sind Trottel, sie sind Lahmärsche, sie sind die Zielscheibe aller Witze.«

»Aber vielleicht sind sie das wirklich. Hanswurste, meine ich.«

»Wo sind die Männer geblieben, die Würde und Courage hatten?«

»Oh, es gibt sie noch, diese Männer, aber sie sind… sie sind nur ein bißchen…«

»Aus der Mode geraten?«

»Ja, genau.«

»Und deswegen«, fährt Ian fort, »gehe ich seit etwa 1980 auf Eierschalen.«

»Aber«, sagt Dorrie und beugt sich vor, »was macht es dir *aus*, auf Eierschalen zu gehen?«

»Da ist was dran.«

»Ich stimme Dorrie zu. Es sollte dir überhaupt nichts ausmachen, verdammt noch mal.«

»Das meine ich gar nicht. Ich meine ...«

»Was meinst du?«

»Nun ja, auf Eierschalen gehen bedeutet einfach – normale Liebenswürdigkeit.«

»Und Respekt!«

»Vor Frauen ...«

»Und Männern.«

»Überall liegen Eierschalen herum, meinst du.«

»So ungefähr.«

»Es könnte doch einfach sein, daß es Zeit ist für die Männer, sich auf Eierschalen zu *spezialisieren.*«

»Männliche Sensibilität. Hmmmm.«

»Ich weiß nicht recht, ob ich da zustimme, Beth. Übertreibst du es nicht ein bißchen mit deinem ...?«

»Ich meine es ernst.«

»Ich auch.«

»Ich ebenso.«

»Vielleicht habt ihr mich mißverstanden. Die Frage ist nicht, ob es einem etwas ausmacht. Es ist eine Frage von Konfusion. Man ist die halbe Zeit aus dem Gleichgewicht.«

»Was denkst du, Garth?«

»Ehrlich gesagt, ich habe nicht viel darüber nachgedacht.«

»Ich wußte, daß du das sagen würdest, Garth. Ich konnte mich absolut darauf verlassen, daß du nicht darüber nachgedacht hast. Ich will Ihnen sagen, worüber Garth nachdenkt. Er steht morgens auf und fängt an ...«

»Nun mal langsam, Marcia.«

»Aber das ist zu erwarten«, behauptet Beth. »Konfusion ist das natürliche Klima – das einzige Klima für das postfeministische Zeitalter.«

»Ich möchte wissen, warum die Leute immer vom postfeministischen Zeitalter sprechen«, meint Charlotte nachdenklich. »Als ob wir schon dort wären. Als ob wir schon dort angekommen wären ...«

»Da ist was dran, Charlene.«

»Charlotte.«

»Richtig, Verzeihung. Charlotte. Aber mein Standpunkt – na ja, es ist nicht so sehr ein Standpunkt als vielmehr ein ...«

»Ich würde so sehr gerne Ihren Standpunkt hören. Bei uns in Spanien ...«

»Mein Standpunkt ist, daß wir – Männer und Frauen – diese Periode der Konfusion hochachten sollten. Unsere gegenwärtige Periode der Verworrenheit – sie ist ein großes, grandioses Geschenk. Wir hatten fünftausend Jahrhunderte vollkommener phallischer Klarheit. Alle wußten, wo's langging. Die Männer knöpften sich in ihre Machtkostüme ...«

»Aber wenigstens haben wir alle gewußt, wer wir waren und was erlaubt war.«

»Bist du wohl still, Garth, um Gottes willen. Du weißt ja nicht, wovon du sprichst.«

»Beruhige dich, Marcia.«

»Und wenn ich mich nicht beruhigen will?«

»... die erste Hälfte des Jahrhunderts war mit Unheil befrachtet, die zweite mit Leere ...«

»Also standen die Männer in ihrer aufrechten Haltung ...«

»Aufgerichtet!«

»Ha.«

»... und ...«

»Und Frauen? Was ist mit Frauen?« fragte Samuel.

»Die Frauen gingen außen herum.«

»Ganz, ganz leise.«

»*Erzählen* Sie mir davon. Garth ist immer ...«

»Die Frauen gingen auf *Zehenspitzen* auf Eierschalen.«

»Autsch.«

»Ist das alles, was du sagen kannst, Larry? Autsch.«

»Ich meinte nur…«

»Wißt ihr, was meine Mutter zu mir gesagt hat, bevor Larry und ich geheiratet haben? Sie hat gesagt: ›Wenn du nicht willst, daß er fremdgeht‹ – ich war Ehefrau Nummer zwei, wie ihr wißt –, ›nimm nicht mehr als zehn Pfund zu. In deinem ganzen Eheleben. Zehn ist das absolute Maximum.‹«

»O mein Gott, ich habe schon…«

»*Meine* Mutter – das war, bevor Derek und ich geheiratet haben –, sie hat gesagt, eine Frau soll ihren Mann jeden Tag mit einem sauberen weißen Taschentuch zur Arbeit schikken, das sie eigenhändig gewaschen und gebügelt hat. Das sei seine Visitenkarte für die Welt. Und das Taschentuch sei ihr Beitrag zu seinem Erfolg.«

»Und haben Sie es gemacht? Das mit dem Taschentuch?«

»Ja, sicher. Ach Gottchen, ich habe mich an sämtliche Binsenwahrheiten gehalten. Ein ununterbrochenes Defilee von Taschentüchern bis zu dem Tag, an dem Derek starb, verflucht noch mal. Und ich verfluche auch diese ganzen Taschentücher. Wenn ich es noch einmal machen müßte, ich würde eine feierliche Verbrennung…«

»Defilee! Ein gutes Scrabble-Wort.«

»Wußten Sie, daß, wenn man alle Scrabble-Steine der Welt in eine Reihe legte, sie zweimal um die Erde reichen würden?«

»Meine Mutter hat zu mir gesagt, es gibt eine Sache, die ein Ehemann nicht erträgt, nämlich eine tropfende Strumpfhose an der Duschstange. Als Larry und ich achtundsiebzig heirateten und unser Haus in der Lipton Street gekauft haben, da bin ich an jedem Abend unmittelbar vor dem Zubettgehen in den Keller hinuntergestiegen, um meine Strumpfhose auf die Wäscheleine zu hängen.«

»Husch, aus den Augen!«

»Das habe ich nicht gewußt, Dorrie. Ich hätte es nicht mal gemerkt, wenn du …«

»Vielleicht nicht bewußt, aber Dorries Mutter wußte, wie solche Sachen sich aufstauen …«

»Und sich zu dem Groll addieren, der schon vorprogrammiert ist. Die unerbittliche Addiermaschine.«

»Was für ein Groll ist das?«

»Ja.«

»Der natürliche Haß, den Männer für Frauen empfinden, sobald die Frauen ihre Fortpflanzungspflicht erfüllt haben. Das ist darwinistisch.«

»Ich liebe die Frauen.«

»Ich auch. Marcia und ich …«

»Aber ist Ihnen aufgefallen, wie die Männer die Armstütze im Flugzeug mit Beschlag belegen? Verzeihung, daß ich so kleinlich bin, aber das ist, als ob die Frauen keinen Arm hätten, den sie vielleicht gern – aufstützen würden.«

»Ich muß sagen, wenn Sie es mir freundlicherweise gestatten, daß ich den Anblick einer Damen …, wie nennen Sie das – Strumpfhose? –, ich finde diesen Anblick ganz, also sehr …«

»Erotisch?«

»Ah, ja, in der Tat, e-ro-tisch.«

»Und so wurden die jungfräulichen Augen meines glücklichen Bruders nicht ein einziges Mal beleidigt von dem widerlichen, unerträglichen Anblick tropfender …«

»*Meine* Mutter gab mir nur einen Rat, bevor Garth und ich geheiratet haben: Du darfst deinen Mann niemals in der Öffentlichkeit bloßstellen. Das läßt sich kein Ehemann gefallen.«

»Oh.«

»Und deswegen sind wir in Therapie, wie ich sage.«

»Marcia, um Gottes willen …«

»Ich kann anscheinend nicht aufhören, ihn bloßzustellen. Es ist wie eine Sucht. Ich muß es einfach tun.«

»Wir haben alle irgendeine Form von Sucht. Wo ich arbeite, da…«

»Aber Sie haben das Schlimmste noch nicht gehört. Das Schlimmste ist, daß er es liebt, in der Öffentlichkeit bloßgestellt zu werden. Er, verstehen Sie, er verlangt es geradezu. Er blüht dabei auf, wie Sie vielleicht bemerkt haben. Das ist *seine* Sucht.«

»Das ist nicht wahr.«

»Hm, meine Mutter hat mir keine vorehelichen Empfehlungen gegeben…«

»Dein Glück, Midge.«

»Ach, ich weiß nicht. Vielleicht hätte ich mit ein paar klugen, gezielten Ratschlägen vieles besser gemacht.«

»Noch Lamm?«

»Es ist absolut köstlich.«

»Das macht die Marinade.«

»Ich wollte nur sagen, daß Männer und Frauen am Ende unseres Jahrhunderts diese Periode der Unsicherheit als ein Experiment betrachten sollten. Wir können Dinge ausprobieren. Männer können einen Topf Suppe kochen, wenn sie wollen, ohne auf ihre Penisse verzichten zu müssen.«

»Sie können sie sogar mit ihren Penissen umrühren.«

»Autsch.«

»Ich faß es nicht! Wir sind wieder beim Thema Suppe.«

»Und Penisse.«

»Ich meinte das nur als Metapher.«

»Wenn wir unser Leben nur rückwärts leben, uns unser angesammeltes Wissen zunutze machen könnten. War es nicht Kierkegaard, der gesagt hat…?«

»Wer?«

»Ja.«

»Ich bin nicht sicher, ich muß es nachschlagen.«

»Ich muß Beth recht geben. In der Firma, in der ich arbeite – wir stellen Grußkarten her…«

»Dorrie ist zu bescheiden. Sie steht an der Spitze der Firma, die …«

»… versuchen wir, uns zu weniger geschlechtsspezifischen Sachen hinzubewegen. Unsere Geburtskarten zum Beispiel. Die alten Standardfarben Rosa und Blau machen Gelb und Rot Platz. Ein Baby ist eine Person, nicht ein Er oder eine Sie. Und bei den Valentinsgrüßen bemühen wir uns, den Markt für Karten von Frauen an Männer zu erweitern. Oder Karten für die Schwulenszene.«

»Für wen?«

»Noch Wein, Marcia?«

»Nur ein bißchen. Nur halbvoll. Ich muß aufpassen, daß ich nicht …«

»Genau auf diese Weise will ich mein Kind aufziehen, wenn es geboren ist. Ich hoffe, es von Anfang an als eine Person zu behandeln. Und übrigens, es ist ein Junge. Ich habe den Test machen lassen. Ein Junge, der zu einem Mann heranwachsen wird, was immer das heißt. Diese ganze männliche Aggression und Wut sind schon in ihm angelegt …«

»Ich weiß nicht, ist das wahr, daß Männer …«

»Also, ich erinnere mich deutlich, daß Larry mir erzählt hat, als wir jung verheiratet waren, er hätte große Zeitschwaden mit dem Wunsch verbracht, anderen Leuten die Nase einzuschlagen.«

»Schwaden? Habe ich das gesagt? Vielleicht ab und zu, aber nicht …«

»Ich glaube nicht, daß ich als Mann jemals den Wunsch hatte, andere Leute zu schlagen …«

»Das sagst du, Ian, aber warum bist du, wenn du an einer Ampel stehst, und sie wird grün, so wild darauf, daß dein Wagen als erster startet?«

»Das ist nicht das gleiche wie jemandem die Nase einschlagen.«

»Da bin ich nicht so sicher.«

»In meiner Heimat haben wir nie …«

»Ist es bloß Testosteron oder etwas, was noch fester verankert ist? Ich meine …«

»O mein Gott, die Geheimnisse, die Männer vor Frauen haben. Und Frauen vor Männern.«

»Das bricht einem das Herz.«

»Tut es das wirklich? Ich meine, wirklich und wahrhaftig?«

»Vielleicht ist es besser so.«

»Nein. Nein, ist es nicht.«

»Der Weg eines Mannes ist anders als der Weg einer …«

»Jedenfalls, mein Baby wird zunächst eine Person sein und dann erst ein Mann.«

»Viel Glück. Aber ich muß Sie warnen, was Sie sich vorgenommen haben, das ist, als versuche man, an einem Grashalm hinaufzuklettern.«

»Was sind wir nur für eine bange Gesellschaft. Uns ist bange vor Politik, bange vor Geschlechterrollen, vor …«

»Erzähl uns von – von deinem – deinem Baby, Beth.«

»Du meinst, wer der Vater ist?«

»Hm, ja.«

»Samenbank. Ich habe mir jahrelang ein Kind gewünscht, wie Larry weiß. Aber, na ja, es hat nicht geklappt. Und deswegen habe ich letztes Jahr beschlossen, um – um technischen Beistand zu ersuchen.«

»Erstaunlich, was man heute alles macht – aber wie, wie trifft man die Wahl?«

»Man bekommt einen kleinen Katalog, in dem alle Spender aufgeführt sind. Da sind Rassenabstammung, Größe, Ausbildung, ein, zwei besondere Interessen und so weiter beschrieben.«

»Stellt euch bloß mal vor, wir würden uns danach unsere Ehepartner aussuchen.«

»Weiter, Beth.«

»Der erste, den ich mir ausgesucht habe, war ausgegangen.«

»Ausgegangen?«

»Nicht auf Lager.«

»Oh.«

»Ich hoffe, Sie haben nichts dagegen, wenn ich für ein paar Minuten den Kopf auf den Tisch lege, ich habe unerträgliche Kopfschmerzen.«

»Marcia hat eine hundsmiserable Woche hinter sich.«

»Hör auf mit diesem leidenden Blinzeln – bi-bitte.«

»Vielleicht möchten Sie sich hinlegen. Im Schlafzimmer.«

»Nein, nein, der Tisch ist prima.«

»Dann lassen Sie mich wenigstens Ihren Teller aus dem Weg räumen.«

»Nicht auf Lager, sagten Sie.«

»Da habe ich einen anderen Spender gefunden, der mir fast genauso gut gefiel.«

»Aber werden Sie sich nicht immer fragen, was der andere gezeugt hätte?«

»Glaube ich nicht. Ich werde zu beschäftigt sein, um nachzudenken. Das sagen mir alle.«

»Ein Kind allein aufziehen, also, das kann nicht ganz einfach sein. In meiner Heimat ...«

»Zuerst dachte ich, ich könnte das hinkriegen. Ich war unbesiegbar. Dann fing ich an, mich zu fragen ...«

»Je länger man überlegt, um so stärker die Zweifel. Das ist nur zu verständlich.«

»Aber ich kann mir jetzt keine Zweifel mehr erlauben, nicht? Ich muß mir machbare Strategien ausdenken, nachdem ich mich auf die Mutterschaft eingelassen habe.«

»Larry sagt, Sie sind zu Besprechungen hier.«

»Gewissermaßen. Aber ich habe Montag morgen ein Vorstellungsgespräch. An der Universität von Toronto.«

»Tatsächlich?«

»Sie suchen jemanden für die Frauenforschung.«

»Du meinst also – du meinst, du könntest dir tatsächlich

überlegen, England zu verlassen und nach Toronto zu ziehen?«

»Es ist eine schöne Stadt.«

»Fabelhaft.«

»Warum sind Sie hierhergekommen, Larry?«

»Wegen meiner Schwester. Midge.«

»Das habe ich nicht gewußt, Larry. Du bist *meinetwegen* hergezogen?«

»Und Sie?«

»Ich wollte mein eigenes Kostümgeschäft eröffnen, und diese Stadt erschien mir ideal.«

»... wo alle kostümiert rumlaufen, na klar.«

»Ich bin hier geboren. Mein Vater ist hier geboren.«

»Aber Beth, wären Sie nicht, hm, einsam in einer neuen Stadt?«

»Ich hätte ja Larry.«

»Oh.«

Larry ist erstaunt, wie laut dieses »Oh« klingt. Und erstaunt, daß er es war, der es ausgestoßen hat. Es rollt wie eine kleine Murmel über die plötzliche Stille am Tisch und fällt zwischen die verstreuten Teller und Brotkrümel, die halb gegessene Lammkeule auf ihrem See aus mattglänzendem Jus, bumpert dann gegen den gebeugten Kopf der schlafenden Marcia McCord mit ihrer Flutmarke von Make-up, die sich an der Seite ihres langen, dünnen, vornehmen Halses entlangschlängelt.

Dies, denkt Larry, ist eine Party in Trümmern. Eine Idee, die niemals hätte verwirklicht werden sollen. Wenn diese Party ein Theaterstück wäre, würde der Vorhang fallen. Wenn sie ein Film wäre, gäbe es eine Abblende. Genau in diesem Moment. Jetzt.

Aber nein. Er weiß, der Abend ist nicht zu Ende. Da kommt noch mehr.

Er hat den ganzen Abend auf dieses Nochmehr gewartet, ohne zu wissen, was es ist, aber jetzt sieht er, daß Dorrie ihn über den Tisch hinweg direkt anlächelt. Was sagt sie mit diesem alten, weisen Lächeln, dem unendliches Wissen und Vertrautheit innewohnen?

Unlesbar, dennoch lächelt er zurück, ein Lächeln voller Botschaften: Hier sind wir, wir zwei.

Etwas ist geschehen im Raum, das begreift er; es sind zwei Dichtheiten anwesend, sich gegenseitig durchdringend, und die Luft um den Tisch, von Kerzen erhellt, weich, bricht sich in schimmernden Hitzestrahlen. Ein wahrnehmbarer Vorgang vielleicht, eine Luftspiegelung, aber hier sind sie plötzlich, Larry und Dorrie, die Wellers, Mann und Frau. Dies ist ihre Party. Sie sind, in dieser abgeänderten Version der Wirklichkeit, Partner in einer langen Ehe, Überlebende alter, längst verheilter Streitigkeiten. Den Weg, den sie scheinbar getrennt eingeschlagen haben, sind sie in Wirklichkeit zusammen gegangen. Trotz allem, trotz allem. Dies also ist geschehen. Ihre Eltern sind tot, die Jahre sind verflogen, und sie selbst sind Eltern eines geliebten Sohnes, der in Schwierigkeiten steckt. Sie, Dorrie und Larry, sind es, die diesen Abend ins Leben gerufen haben, und hier, um sie geschart wie in einer Holographie, sind ihre Freunde und Angehörigen, herzlich eingeladen, ermutigt zu reden, behaglich versorgt mit Essen und Wein, geliebt, umarmt.

Die Stunde verrinnt. Bald werden die alten Freunde gegangen sein. Bald werden sie nur einander haben. Ende des Abends. Ein verzehrender Traum, der sich auflöst. Eine Vision, ein Schemen von dem, was ihnen rechtmäßig gehört.

Die Schokoladentorte ist die Krönung. Das ist sie für Charlotte – Krönung! Sie wäre verstimmt, wenn sie wüßte, daß ein Schokoladenfleck sich auf der linken Ecke ihrer Oberlippe niedergelassen hat, was sie unsymmetrisch aussehen läßt. Verrucht sogar.

Señor Samuel Alvero hat gerade erklärt, daß er sich nicht

über das männliche Geschlecht äußern werde und darüber, wie es sich für sich selbst definiert. »Ich bin schließlich heute abend der steinerne Gast. Kennen Sie diesen Ausdruck? *Invatado de piedra.* Von *Convidado de piedra.* Vielleicht gibt es das nur bei Spaniern. Ein steinerner Gast ist jemand, der eingeladen wird, um einen Platz am Tisch einzunehmen, um eine Lücke zu füllen. Es wird nicht erwartet, daß er viel spricht. Oder viel tut. Er ist bloß…«

»Bloß da.«

»Genau.«

»Ein Stein.«

»Ich fühle mich selbst wie ein Stein«, sagt Beth. »Ich habe so viel gegessen.«

»Wunderbar, die Torte«, sagt Marcia McCord, die wieder zum Leben erwacht ist und jetzt ihre Haare glattstreicht. »Sie erinnert mich daran, wie Garth und ich einmal in Wien waren und ich zum Mittagessen drei Stück Schokoladentorte gegessen habe, um mir innerlich Mut zu machen, mir Ohrlöcher stechen zu lassen.«

»Bei uns in Spanien gibt es immer…«

»Wissen Sie, ich habe mir nie Ohrlöcher stechen lassen«, verkündet Beth in ehrfürchtigem Ton.

»Weil es sich nicht mit Ihren politischen Prinzipien vertrug?«

»Weil ich ein absoluter Feigling bin. Clips oder gar nichts, heißt die Parole.«

»Und Clips bringen einen um!«

»Sagen Sie mir, warum hat eine intelligente Frau den Wunsch, ihre – sich zu verstümmeln?«

Midge Weller gibt eine lange Geschichte zum besten, wie sie sich mit vierzehn Jahren in ein Einkaufszentrum in Winnipeg geschlichen hat, wo kostenloses Ohrlochstechen angeboten wurde, und wie sie den Kopf über Nacht in Badetücher gewickelt hatte und ihre Ohrläppchen heillos und heftig bluteten.

»Ich war vierzig, als ich mit *meinen* Ohren so weit war«, wirft Charlotte ein; ihre Stimme klingt drollig und verzerrt. »Das ist spät, spät, spät, aber ich dachte, was soll's, ich muß dieses Ereignis irgendwie feiern.«

»Ein kleiner Stich für die Weiblichkeit.«

»Zwei kleine Stiche.«

»Ha!«

»Meine Mutter hat mir meine zu Hause gestochen«, steuert Dorrie bei. »Ich war ungefähr zwölf. Sie hat mich auf die Couch gelegt und sich mit einer heißen Nadel ans Werk gemacht. Ich bin nach dem ersten Ohr ohnmächtig geworden, und in dem Moment, als ich wieder zu mir kam, nahm sie sich das zweite vor.«

»Haben Sie ihr das je verziehen?«

»Natürlich. Aber ich habe ja auch einen Punkt in meinem Leben erreicht, da ich allen verziehen habe. Außer mir selbst vielleicht.«

»In meiner Heimat ist es Brauch, zu ...«

»Wie kommt es, daß wir uns selbst nie verzeihen?«

Larry blickt auf. Wer hat das gesagt? Wer? Es ist Marcia McCord. Sie starrt auf ihr zweites Stück Torte, und Larry sieht, daß ihre Augen von Tränen überfließen.

Er hat immer gewußt, daß er ein Mann mit ein paar lockeren Teilen ist: einem Gehirn zum Beispiel mit einem Scharnier, das er aufklappen kann. Und jetzt denkt er: Oh, diese Frauen, diese schönen Frauen. Er betrachtet sie voll Verwunderung. Jede dieser Frauen ist ein selbständiges Ich, aber auch Teil von Larrys Ich. Und es scheint, daß sie sich zusammengeschlossen haben, daß sie sich plötzlich rings um diesen schlichten rechteckigen Tisch bemühen, den Abend mit ihren großzügigen Mündern und gestikulierenden Händen wieder flottzumachen. Er liebt sie alle – o ja! Seine herrische, treue, unberechenbare Schwester mit der spitzen Zunge. Seine zwei großartigen Ehefrauen – man sehe sie sich nur an! Sie sind herrlich lebendig im flackernden Kerzenlicht, auf eine Art, die er nie vermutet hätte – anmutig, tiefgründig, ernsthaft, liebevoll. Und seine sanfte Charlotte, ja. Und er liebt sogar Marcia McCord, die in ebendiesem Moment ihre zerbissenen Lippen geöffnet hat und eine Schilderung zum besten gibt von Garth' ehrlicher Meinung über österreichische Hotels – putzig, trist, teuer, fade und nach angebrannter Milch riechend.

Die Stimme dieser Frauen verbinden sich zu einer Wolke aus Leichtigkeit über dem Tisch. Jetzt sprechen sie über den Import von Rohmilchkäse. Gehen jetzt über zu den Vorteilen von Bahn- gegenüber Luftreisen, zur nationalen Brustkrebsbewegung, zu David Cronenbergs Filmen, zum Rücktritt der Ballerina Karen Kain. Es ist eine Art komplizierter Tanz, den sie aufführen, oder es ist ein Spinnennetz. Was wäre er in seinem Leben ohne Frauen? Ein steinerner Gast auf seiner eigenen Party. Das ist der wahre Stand der Dinge. Ein Lückenbüßer.

Die Männer am Tisch sind im Augenblick still, Charaktere, beobachtet von einer schlecht geführten Kamera – sie verdauen die mächtige Torte, meint Larry, oder sie hören zu, oder sie denken nach – denken nach über die nicht zu beantwortende Frage, der sie so behutsam ausgewichen sind: Was heißt es, am Ende unseres Jahrtausends Teil der Männergesellschaft zu sein? Was wünschen sie sich, wenn ihre Namen erst ins Buch des Lebens eingetragen sind? Doch halt – es gibt kein Buch des Lebens.

Männer. Diese seltsamen gepolsterten Ansammlungen von Knochen, die furchtbare Sterblichkeit, die sie begleitet, das Sammelsurium von Glück und Unglück, die törichten Entscheidungen, die Samen der Jungen, die sie alle einmal waren – und ihre Samen sprießen unangemessen weiter, auch wenn ihnen die Haare ausgehen und ihre Muskeln erschlaffen. Sie kämpfen um ein wenig Raum in der Welt. Brauchen ein wenig menschliche Zuwendung. Kriegen ihn hoch, kriegen es hin. Wann hört es auf? Hört es jemals auf?

Larry erinnert sich an ein Foto, das jemand von ihm aufgenommen hat, als er ein ganz kleines Kind war. Er lehnt in einem exquisit gearbeiteten Hochstuhl und sieht starr geradeaus, sein Kindergesicht ist voller Schmerz und Erkenntnis. Ist es seine Zukunft als Mann, die er sieht? Das wankende Wesen, das heute weiß, daß an jedem einzelnen Tag etwas von ihm fortgenommen wird und daß es eines Tages zuviel sein wird?

Vor ungefähr zwanzig Jahren war das anders. Ja – es dürfte fast zwanzig Jahre her sein, Ende April, ein kalter Abend, genau wie dieser. Als er allein auf einer Straße in Winnipeg ging, sechsundzwanzig Jahre alt, sah er, vielleicht zum ersten Mal, den Mann, der er sein könnte. Er hatte die Kraft des Windes gespürt und impulsiv sein Tweedsakko abgeworfen, sich dem Augenblick hingegeben, den er soeben entdeckt hatte, sich vorantreiben lassen auf seinen verlockenden Strömungen. Die Liebe wartete auf ihn. Verwandlung. Güte. Arbeit. Verständnis. Die Verzauberung und Befreiung der Wörter. Die Entdeckung seines eigenen unbeholfenen Körpers, und wie er sich nach Anschluß sehnte. Und auch Kinder, wenn er Glück hätte, aber er würde Glück haben, daran bestand nun kein Zweifel mehr. Der Wind, der gegen seinen preisgebenden Körper blies, informierte ihn über sein günstiges Schicksal. Er mußte nur stillstehen und es geschehen lassen.

»Es tut mir so leid, das mit Ihrer Frau«, sagt Charlotte zu Samuel Alvero. Sie sind mit ihren Kaffeetassen ins Wohnzimmer gegangen und sitzen auf zwei ziemlich steifen Stühlen am Erkerfenster. »Bei Derek, meinem Mann, war es das gleiche. Schlaftabletten. Eine Überdosis.«

»Vielleicht ein unglückliches Versehen …«

»Er hat einen Brief hinterlassen.«

»Aber ich dachte, Sie sagten – haben Sie nicht gesagt, es war Krebs, an dem …«

»Der wurde behandelt. Es ging ihm gut. Aber er war zu traurig. Oder wütend auf die Welt. Oder vielleicht auf mich. Ich habe es nicht sehr vielen Leuten erzählt.«

»Es tut mir so leid.«

»Ich habe nichts zu Larry gesagt. Ich möchte nicht, daß er es weiß.«

»Sie können mir vertrauen.«

»Ich sehe es an Ihren Augen, daß ich Ihnen vertrauen kann.«

»Und ich sehe es an *Ihren* Augen, daß ...«

»Hat Larry Ihnen erzählt, wie sehr ich Spanien liebe?«

»Ach! Sie haben meine Heimat besucht!«

»Wir haben mit Madrid angefangen, drei phantastische Tage, und dann ...«

»Das Wetter, es war gut?«

»Einen Abend hat es geregnet, die dicksten Regentropfen, die ich je gesehen habe. Nicht viele, nur ein paar, aber jeder war so rund und vollkommen, und sie fielen auf meine bloßen Arme. Es war irgendwie himmlisch.«

»Mein Therapeut«, sagt Marcia McCord zu Ian, »vertritt die Theorie, daß ich mich aufspiele, weil ich mich dazu verdammt fühle, mich aufzuspielen.«

»Sie meinen so etwas wie eine Prophezeiung zur Selbstverwirklichung?«

»Ich weiß, daß mich niemand leiden kann. Die Leute können mich nicht ausstehen, das ist eine Tatsache. Und deswegen sorge ich dafür, daß sie mich wirklich und wahrhaftig nicht ausstehen können.«

»Ich mag Sie.«

»Aber wie Sie das sagen. Männer sind Lügner, nicht wahr? Und sie lassen sich immer von den Frauen die kleinen Emotionsstückchen zusammenkleben.«

»Wollen Sie sich nicht entspannen?«

»Na gut. Mach ich. O Gott!«

»Sie weinen ja.«

»Nicht richtig, es ist der Rauch.«

»Hier raucht niemand.«

»Oh.«

»Lassen Sie mich einen Moment Ihre Hand halten. Lassen Sie mich.«

»Danke.«

»Sie zittern.«

»Ich weiß.«

»Es stimmt nicht, daß ich mich nie bloßgestellt fühle«, sagt Garth McCord zu Beth. Er rührt seinen Kaffee überaus gründlich um, obwohl er ihn schwarz trinkt. »Ich fühle mich immerzu verdammt bloßgestellt.«

»Aber warum lassen Sie sich ...«

»Ich liebe sie. Sie ist – schwierig. Sie hat ihr Leben lang Probleme gehabt. Ich habe das gewußt, als wir heirateten. Sie braucht sehr viel, sehr viel – Betreuung. Aber ich liebe sie.«

»Dann haben Sie Glück gehabt.«

»Und es scheint, Sie haben auch Glück gehabt.«

»Sie meinen – das hier? Das Baby?«

»Sie haben eine echte Wahl getroffen. Es ist nicht einfach so geschehen.«

»Ja.«

»Und jetzt denken Sie daran, nach Toronto zu ziehen.«

»Denken schon, aber es gibt so viel zu überlegen. Zum Beispiel, wäre es nicht unangenehm für Larry, wenn das Baby und ich in derselben Stadt wären wie er?«

»Hmmmm.«

»Ich hatte mir vermutlich gedacht, wir könnten vielleicht, verstehen Sie, zu einer neuen Verständigung gelangen. Wir zwei? Aber ich wußte natürlich nichts von der Existenz von Charlene ...«

»Sie heißt Charlotte.«

»Und ich habe keine Ahnung, wie ernst ihre Beziehung ist. Da sehen Sie, in was für einem Schlamassel ich stecke.«
»Und es ist so leicht, Schaden anzurichten. Das können Sie mir glauben.«
»Was haben Sie gesagt?«
»Schaden.«
»Das dachte ich mir.«

Larry geht im Zimmer herum und schenkt Kaffee nach, er bückt sich, gießt ein, schnappt Gesprächsfetzen auf. Midge und Dorrie sitzen eng beieinander auf dem kleinen Sofa am künstlichen Kamin, und Dorrie erklärt, warum sie an diesem Wochenende in Toronto ist.
»Ich bin auf Wohnungssuche«, sagt sie Midge ins Ohr, doch Larry, der sich vorbeugt, hört es auch.
Midge stellt ihre Tasse ab. »Ich kann es nicht glauben. Daß du jemals aus Winnipeg wegziehen würdest.«
»Es wird mir schwerfallen, das Haus aufzugeben. Die vielen Erinnerungen.«
»Aber warum?« fragt Larry.
Was ist los mit ihm? Er hat Dorries Tasse zu voll geschenkt.
»Die Firma will schon länger, daß ich umsiedle, aber ich wollte nicht wegziehen, bevor Ryan mit der High-School fertig war. Seine Freunde und alles.«
»Du hast ihm echte Wurzeln gegeben.«
»Ich bin nur so überrascht, das ist alles.«
»Mein Neffe! Er ist ein Prachtkerl.«
»Er ist ein ganz lieber Junge. Die Doping-Geschichte, es scheint, das war allein die Idee seines Trainers.«
»Was für ein Einfluß!«
»Dann ist es verdammt gut, daß er wegzieht.«
»Gott sei Dank ist es vorbei«, sagt Larry. Vorbei, ja. Aber sein Sohn, der nur theoretisch beteiligt ist, ist trotzdem geschlagen fürs Leben, zumindest befleckt, seine Welt ist für

den Augenblick zerstört. »Lyin' Ryan« – Lügen-Ryan – wurde er von der Presse genannt. Ein Messer in der Brust.

Midge wechselt abrupt das Thema. »Vielleicht können Ian und ich dir bei der Wohnungssuche behilflich sein, Dorrie.«

»Ich könnte darauf zurückkommen.«

»Vielleicht könnte ich dir auch helfen«, sagt Larry.

»Hey«, sagt Midge. »Setz dich hin, Larry. Laß mich den Kaffee nachschenken.«

»Meinst du wirklich?«

»Ich bin deine Schwester, der Boß. Hast du das vergessen?«

»Larry«, sagt Dorrie. »Du siehst erschüttert aus. Was ist los?«

»Ich bin nicht erschüttert. Ich bin bloß...«

»Bloß was?«

»Ich weiß nicht. Froh. Daß du hier in Toronto sein wirst. Wir werden die Möglichkeit haben, endlich klarzukommen.«

»Meinst du, wir kriegen das hin? Daß wir klarkommen?«

»Vermutlich nicht. Aber wir könnten jedenfalls reden.«

»Guck jetzt nicht hin, aber Marcia weint. Bei Ian da drüben in der Ecke. Sie hat Tränen in den Augen.«

»Ich dachte, ich hätte es gesehen, aber ich war mir nicht sicher.«

»Sollen wir etwas tun?«

»Ich denke, nein.«

»Ich habe viel geweint, Larry. Als du weg warst, habe ich zwei Jahre lang geweint.«

»Es tut mir leid, es war...«

»Es braucht dir nicht leid zu tun. Ich habe mich damals nicht ausgekannt mit dem Verheiratetsein. Als ich es dann kapiert habe, war es zu spät.«

»Und du hast nicht wieder geheiratet.«

»Ich hatte ein paar... Freunde. Aber nicht viele. Ich war

beschäftigt. Mit Arbeit. Mit Mutter-Sein. Und vor allem ...«

»Vor allem?«

»Vor allem damit, zu lernen, ein Mensch zu sein. Dafür mußte ich zu Hause bleiben.«

»Ich habe auch geweint.«

»Wirklich?«

»Anders vielleicht.«

»Wie anders?«

»Nicht sehr anders. Eigentlich gar nicht anders.«

»Charlotte – ist sie ...?«

»Eine Freundin. Eine gute Freundin.«

»Hast du das ernst gemeint, was du heute abend am Tisch gesagt hast? Daß du damals in Hampton Court gar nicht richtig verlorengegangen bist?«

»Nicht ganz. Ich bin verlorengegangen, aber ich wollte mich verlieren.«

»Warum hast du mir das nicht erzählt?«

»Ich wußte nicht, ob du es verstehen würdest.«

»Ich hätte es verstanden. Aber ich hätte nicht gewußt, wie ich dir sagen soll, daß ich es verstehe.«

»War das unser Problem? Daß wir nicht genug Wörter wußten?«

»Oder was wir sagen durften.«

»Wir hätten alles sagen können. Wir hätten es lernen sollen.«

»Reden lernen ist zweierlei. Da sind die Wörter selbst und ...«

»... und was hinter den Wörtern steckt.«

»Sag mir, Larry – möchtest du immer noch verlorengehen?«

»Nein, nicht mehr. Ich möchte ...«

»Was?«

»Ich möchte ... gefunden werden.« Das ist nicht ganz wahr, aber dem, was wahr ist, traut er noch nicht.

»Ich habe erst vorhin gedacht, Larry, als wir beim Nachtisch waren – wie anders jetzt alles ist. Und doch ist alles – irgendwie ...«

»... dasselbe.«

»Ja.«

Nach der Party

»Ich liebe dich. Ich habe dich immer geliebt.«

»Ich liebe dich auch. Ich habe gewartet. Bloß wußte ich nicht, daß ich wartete.«

Larry schlief, wachte aber mehrmals auf, träumte, oder träumte vielleicht nicht, von den Tröstungen, die auf dieser Welt geboten werden: Humor, Fatalismus, Veränderung, Bejahung, Begreifen der statistischen Wahrheit. Wir werden vermutlich an einer Herzkrankheit sterben, wir werden vermutlich unter ehelichem oder sexuellem Versagen leiden, wir werden in unserer Kindheit Alpträume haben. Wir werden pro Jahr 4,3 Bücher lesen. Unsere Kinder werden in Notaufnahmen landen, sie werden Narben im Gesicht und verfärbte Vorderzähne haben. Und wir werden immer rundherum gehen. Aufpassen, wohin wir gehen. Wo wir gewesen sind.

Lieber Larry,
ich mußte heute morgen ins Büro, diese verdammten Bürokraten scheren sich nicht um Sonntagsruhe, und ich dachte, ich schiebe Dir bloß diesen Brief unter die Tür. Ich fühle mich miserabel, weil ich gestern abend nicht dageblieben bin, um aufräumen zu helfen, aber ehrlich gesagt, Larry, ich hatte das Gefühl, daß Dorrie vielleicht bleiben und Dir zur Hand gehen würde.

Ich glaube, wir waren alle müde, und als Sam mir anbot, mich nach Hause zu fahren – er wohnt gleich um die Ecke, wie sich zeigte –, konnte ich nicht widerstehen. Er hat ein paar herrliche CDs mit spanischer Musik, klassische Gitarre, und er sagte, er möchte, daß ich sie höre. Du erinnerst Dich, wie gut mir damals die Musik gefallen hat!

Großartige Party, übrigens. Wir haben es geschafft! Was immer »es« ist.

Charlotte

Hi Bruderherz, ich bin's bloß, Midge, und werfe meine ungeordneten Gedanken in deine mündliche Post. Es ist halb elf am Sonntagmorgen, und ich habe einen schrecklichen Kater. Ian auch. Macht aber nichts. Ich nehme an, daß du fest schläfst und das Telefon nicht hörst. Wollte mich bloß für die großartige Party bedanken. Marcia McCord ist ein sehr ungezogenes Ding, nicht? Eigentlich ist sie eine Katastrophe. Armer Garth. Warum sind die Männer solche Schlappschwänze? Übrigens, diese Frage erfordert keine Antwort. Ian und ich fanden deine Suppe umwerfend – und er will natürlich das Rezept. Du kriegst auch Punkte für deinen Lammbraten und den Nachtisch, dabei bin ich mir verdammt sicher, daß der *nicht* aus La Cuisine Weller kam. Ein interessanter Abend. Dein steinerner Gast war – hmmmm – ein bißchen steinern eben, wie er seine Rolle als ausländischer Gast so konsequent und verkniffen und mit Handkuß-Charme gespielt hat. Aber irgendwie habe ich ihn am Ende gemocht. Vielleicht, weil er nett zu Charlotte war, die ein bißchen – perplex aussah. Ist es dir überhaupt aufgefallen? Was sind die Frauen doch für Dummköpfe! Deine inklusive, ehrlich. Beth war – wie soll ich es ausdrücken? – sie selbst. Voll von sich selbst. Voll von Baby und sich. Eine kompakte selbstbezogene Kugel aus

Fleisch. Sie wird prima zurechtkommen. Hoffe, du hast das soweit mitgekriegt. Und Dorrie. Ich habe mich immer gefragt, was passieren würde, wenn du und Dorrie wieder zusammen wärt. Tja, ich hatte so eine Ahnung, daß sie auf eine zweite Fahrt auf dem Karussell wartete, auch wenn sie es selbst nicht wußte. Bis dann, Kleiner. Wir sprechen uns später.

Von: samero@mccordworks.com

hallo freunde. wollte bloß mal an diesem sonntagnachmittag hallo sagen. ich muß mich unbedingt für das essen gestern abend bedanken. ich war zufrieden mit guten freunden am tisch, gutem essen und gutem wein. und gesprächen, was kann man mehr verlangen. sie waren alle so freundlich und charlotte auch. ihr freund sam.

Hier Garth. Sonntagnachmittag. Schade, daß ich Sie nicht antreffe, aber ich hinterlasse eine kurze Nachricht auf Ihrem Band. Zwei Uhr zweiundzwanzig oder so. Tolle Party. Marcia und mir hat es sehr gefallen. Einfach toll. Tolles Essen, tolle Leute. Marcia hat die ganze Nacht durchgeschlafen – ohne Beruhigungsmittel. Zum ersten Mal seit einer Ewigkeit. Gutes Zeichen. Verzeihung für die Reibereien. Aber es war toll. Marcia läßt danken. Sie sagt, es war ein echtes Erlebnis. Sie sagt, machen Sie sich ihretwegen keine Sorgen. Danke auch von mir.

FAX:

Von: Beth Prior, Hart House, Universität von Toronto

An: Larry Weller

Lieber Larry,

will mich bloß für die wunderbare Party bedanken. Und ich war Midge und Ian unendlich dankbar dafür, daß sie mich hinterher hier abgesetzt haben. Ich wünschte, ich könnte sagen, ich habe gut geschlafen, aber in Wirklichkeit war ich die ganze Nacht wach und habe nachgedacht. Und hatte mit Sodbrennen zu kämpfen – daran war nicht Dein köstliches Essen schuld, bloß »das winzige Babylein«, das seine Abneigung gegen Völlerei und Vergnügen bekundete.

Dies ist gewissermaßen Hallo und auf Wiedersehen, denn es ist mir gerade eben gelungen, meine Reise umzubuchen. Ich fliege morgen früh nach London zurück. Die ganze Toronto-Reise erscheint mir jetzt als Idiotenidee (der Idiot bin ich, wer sonst?), und ich will unbedingt nach Hause, bevor die Hormongötter mich mit einem vorzeitigen *accouchement* strafen.

Lieber Larry. Ich habe immer gewußt, daß Du sie liebst. Und daß sie Dich liebt. Ich habe es gewußt! An Deinem Schweigen habe ich es gemerkt. An der völlig unverbindlichen Karte, die sie Dir geschickt hat, als Du vierzig wurdest. Mir ist nicht entgangen, daß Du sie aufgehoben hast, ganz unten in Deiner Unterwäscheschublade. Mir schien, daß es nur des richtigen zeitlichen Rahmens oder der richtigen Stimmung oder der richtigen Umstände bedurfte. Oder der richtigen Kehre im richtigen Moment – wie in einem von Deinen schönen Irrgärten.

In Liebe Deine Beth

P.S. Danke, daß Du mich zu Deiner Party eingeladen hast. Wenn Du einmal in meiner Nähe bist, gebe ich eine Party für *Dich.* Jederzeit, im Ernst. UAWG. Nur bei Absage.

Es irrt der Mensch durchs Labyrinth
und hofft, daß er sich wiederfind't.
Das Gras ist tief, der Pfad ist breit.
Ein Irrweg ist's nach alter Art,
der Füße lähmt und Hirne narrt.
Doch Kopf und Herz sind hocherfreut.
Es ist wie unser Lebenslauf:
Dort, wo du anfängst, hörst du auf.

Bradfield, *Sentan's Wells*, 1854

Danksagung der Autorin

Ich danke den Herren David Arnason, Tommy Banks, Tony Giardini, Jack Hodgins, Robin Hoople, Don Huband, Steve Hunt, Davy James-French, dem verstorbenen Jim Keller, Joseph Krotz, Jake MacDonald, Brian MacKinnon, Don McCarthy, Bill Neville, Mark Morton, Doug Pepper, Gord Peters, John Ralston Saul, Donald Shields, John Shields, Ray Singer, Harry Strub und Max Wyman für ihre Anregungen, mit denen sie zum Gelingen dieses Buches beigetragen haben.
Ferner danke ich Maggie Dwyer und Jane Gralen sowie dem Personal der Winnipeg Public Library.

Die Übersetzerin dankt Herrn Jost Albert von der Bayerischen Verwaltung der Gärten, Schlösser und Seen, München, ohne den sie sich in den Labyrinthen dieses Romans hoffnungslos verirrt hätte.